中国现代文学的历史语境与文化选择

张根柱　刘香　徐元绍 ◎ 著

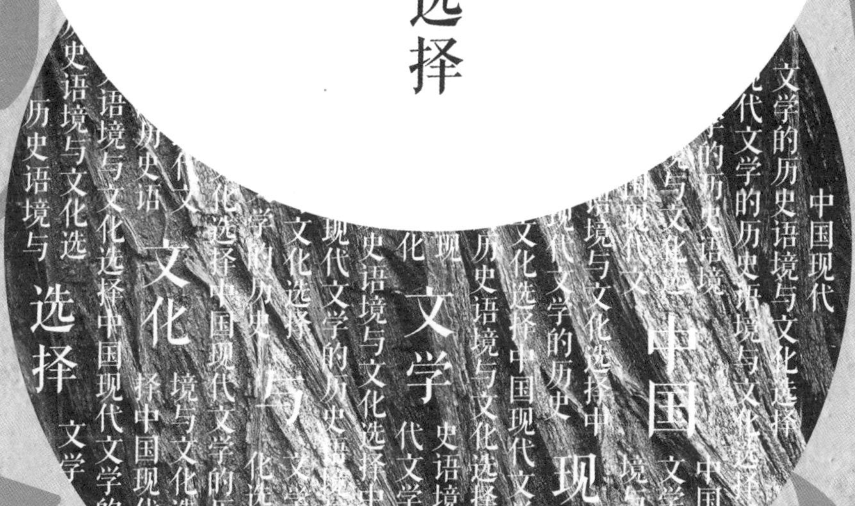

中国戏剧出版社
CHINA THEATRE PRESS

图书在版编目（CIP）数据

中国现代文学的历史语境与文化选择 / 张根柱，刘香，徐元绍著．—北京：中国戏剧出版社，2020.6
ISBN 978-7-104-04951-7

Ⅰ．①中… Ⅱ．①张… ②刘… ③徐… Ⅲ．①中国文学－现代文学－文学史研究 Ⅳ．①I209.6

中国版本图书馆CIP数据核字（2020）第091349号

中国现代文学的历史语境与文化选择

责任编辑：郭　峰
责任印制：冯志强

出版发行：中国戏剧出版社
出 版 人：樊国宾
社　　址：北京市西城区天宁寺前街2号国家音乐产业基地L座
邮　　编：100055
网　　址：www.theatrebook.cn
电　　话：010-63385980（总编室）
传　　真：010-63383910（发行部）

读者服务：010-63381560
邮购地址：北京市西城区天宁寺前街2号国家音乐产业基地L座

印　　刷：鑫海达（天津）印务有限公司
开　　本：787mm×1092mm　1/16
印　　张：20
字　　数：320千
版　　次：2020年6月　北京第1版第1次印刷
书　　号：978-7-104-04951-7
定　　价：118.00元

PREFACE

前言

2000年，我考入南京大学中文系中国现当代文学专业，师从许志英先生攻读博士学位。许师为人为学，非常严谨。在选定博士论文选题时，经与许师商议，最终决定以延安文学为研究对象。那时许师嘱我，要做好这个题目，需认真研读《解放日报》原刊及所能找到的延安时期的其他原始报刊。也正是从那时起，我便每天在南京大学图书馆阅读影印版《解放日报》，做了大量的笔记，为撰写博士论文做了一些必不可少的资料性工作。博士论文能顺利完成，正得益于许师的影响和严格要求。师恩如海，永志难忘！写这篇文字的时候，正值2020年清明假期，许师已仙逝多年。回忆与许师相处的岁月，心潮起伏，感慨万千！

时光荏苒，转眼20年过去。这20年的大多数时光，我的学术研究工作主要集中在延安文艺领域。现在回想在南大研读《解放日报》的学习生活，有所得亦有所失。所得主要体现在阅读原刊使我对延安文艺的发展有种现场感，对延安文艺的发展脉络有一个大致的了解；所失则主要表现在阅读范围太窄，大部分精力都集中在阅读《解放日报》所刊载的文艺思想、文艺政策、文艺指示、文艺作品、文艺现象等，对于《解放日报》所刊载的社会、政治、军事、经济等方面的报道及其背后所蕴藏的历史、文化因素则缺乏细致深入的思考和研究。在某种意义上说，这些因素对延安文艺的发展走向起到了决定性作用。从宏观层面而言，脱离社会的发展而研究文学容易使研究工作具有一定的片面性，甚至走入歧途和误区。但对当时的我来说，是没有能力认识到这一点的，或者说这一点并没有引起我足够的重视。随着延安文艺研究领域的不断深化，我愈来愈强烈地认识到“时运交移，质文代变”的历史含义。下面我以延安文艺为例，说明历史语境对延安文艺发展的影响。

文艺的发展是不能脱离它所赖以产生的历史语境的，对延安文艺而言尤其如此，因为它产生在一个前所未有的剧烈的社会动荡时期，中华民族外侮内患交织在一起。张闻天在陕甘宁边区文化协会第一次代表大会上论及中华民族新文化产生的历史背景时就曾追溯到清末民初，这是符合客观的历史发展事实的。中国封建王朝自秦以降，特别是从汉代的罢黜百家、独尊儒术起，在社会思想领域基本上跳不出儒家的圈子，在社会经济领域则基本上以农耕文明为主。这期间虽有历代封建王朝的更替，但社会生产力、生产关系并没有得到太大的发展和调整。随着大航海时代的到来和西方工业革命的兴起，中国这种封闭落后的发展方式在清末被西方列强以一种极端残酷的方式打破，中华民族从此生活于水深火热之中，民族矛盾和阶级矛盾空前激化，中国近现代文化、艺术的发展就是在这样一种历史语境中进行的。无数优秀的中华儿女一面反思着自身文化的不足，一面借鉴着世界文化的先进之处，力图建设一个崭新的、富有生命力的中华民族新文化，建立一个独立、民主、富强的新中国。

中国共产党诞生于五四新文化运动之中。在第一次国内革命战争失败后，中国共产党就担负起独立领导中国人民反帝反封建的伟大斗争这一历史性任务。第五次“反围剿”斗争失败后，中央红军被迫转移到陕北。随着西安事变的和平解决，延安文艺中的民族性因素开始出现。卢沟桥事变之后，民族矛盾空前激化，抗日民族统一战线正式形成，陕甘宁边区的合法地位得到了承认，这是延安文艺运动得以发生、发展的政权基础。中国共产党在党内下发了《大量吸收知识分子》等重要文件，成千上万的知识分子满怀着救国救民的理想来到延安，为延安文艺运动的发展、壮大准备了雄厚的人才基础。面对全国及延安文化界、文艺界发展的新形势，中国共产党提出了新的文化思想与文艺理论，制定了新的文化、文艺政策。在陕甘宁边区文协第一次代表大会上，毛泽东与洛甫分别做了《建立中华民族新文化》《抗战以来中华民族新文化运动与今后任务》的报告，提出了中国共产党建立中华民族新文化的理论主张。在上述文化思想与文艺理论的指导下，中央文委、中宣部及边区政府、军队、学校等有关部门制定了一系列文化、文艺政策，为前期延安文艺运动的蓬勃开展奠定了政策基础。政权、政策、人才等诸因素是延安文艺生成的现实基础，延安文艺的民族性品格有了自由广阔的发展空间。

文艺思潮方面，在文艺服务于抗战救国这一根本原则指导之下，延安文艺的民族性品格进一步凸显，涉及的文艺现象和文艺理论问题在诸多方面得到了反映。其中，关于文艺的民族形式问题引起了前期延安文艺界的高度关注，这次论争涉及的范围较广、人员较多，影响较大，如艾思奇、柯仲平、周扬、何其芳、冼星海等不同艺术领域的知名人士对此问题都先后发表了自己的主张。由于论争者对传统文化、民间文化、五四新文化的价值立场不同，因而在什么基础上建立什么样的民族形式以及如何建立民族形式等问题上分歧较大，难以达成共识。艺术大众化是前期延安文艺界关注的另一个焦点问题。在风云激荡、民族危亡的战争年代，如何利用艺术唤醒广大民众的民族意识成为困扰延安文艺界的一大课题，对这一问题的理论探讨主要集中在戏剧与诗歌两大艺术领域。雷铁鸣、孙强、少川、唯木、映华、白苓等人都分别从不同的角度对边区的戏剧运动进行了总结与思考，一致肯定了边区开展戏剧运动以唤醒民众民族意识的必要性，同时也从不同角度、不同侧面指出了延安戏剧运动中存在的各种问题。在诗歌领域，林山、雪苇、沙可夫、黄药眠、史塔等人就新诗如何走向民众发表了自己的意见。此外在文艺理论的其他领域延安文艺界也有所涉及，如文艺与政治的关系、文艺与现实生活的关系、对文艺创作的认识等，具体表现为：马列主义与文艺创作的关系；对碧野小说《乌兰不浪的夜祭》的批评；陈企霞与何其芳关于诗歌创作中政治内容与艺术表现的论争;《解放日报·文艺》百期纪念时欧阳山、荒煤、艾青、罗烽等人所表现出来的不同文艺思想；丁玲、萧军、王朝闻、力群、冯牧、萧梦等人的文艺主张；关于“边区美术一九四一年展览会”的论争等；其中，部分论争已经超出文艺的范围，如欧阳山与林昭关于如何正确评价中国小资产阶级知识分子的论争。上述论争强调思想的自由与独立，讨论展开得比较充分、深入且富有建构意义。

文艺创作方面，强烈的民族意识使得抗战建国成为前期延安文艺运动最重要的主题。延安艺术家投身于抗日的洪流之中，积极探索既饱含时代精神又具有民族风格的文艺创新之路。在音乐创作领域，由冼星海谱曲、光未然作词的《黄河大合唱》在全国引起巨大反响。作品既具有鲜明的时代色彩，又饱含浓郁的生活气息和民族风格。在诗歌创作领域，由刘御、林山、田间、史轮、邵子南等多位诗人发起的诗歌朗诵运动和街头诗运动，既与中华民族生死存亡的抗战现实有着密切的直接的联系，同时也是对新文学大众化传统的自觉传承，表现了延安文艺工作者在“新瓶装新酒”这一艺术路径上的可贵探索精神。在戏剧创作领域，由柯仲平、马健翎领导的陕甘宁边区民众剧团运用陕西地方戏剧艺术形式秦腔、郿鄠等，深入民间，编演革命现代戏，代表着延安文艺工作者在“旧瓶装新酒”方向上的有益尝试。针砭民族痼疾、希冀民族新生是延安启蒙文艺民族性品格的另一面表现，主要体现在萧军、丁玲、罗烽、王实味、马加、朱寨、张谔、华君武、蔡若虹等人的文艺创作中。此外，以何其芳、周立波、陈荒煤、严文井等鲁艺知识分子为代表的革命抒写则表现了投身革命的作家对革命的感受与思考，也表现了他们对民族文艺的另一种理解和阐释。上述几个方面互为补充，分别从不同的侧面展示了延安文艺的民族性品格和延安知识分子对“五四”文艺传统的继承及其在新时期的发展。

抗日战争进入相持阶段后，国内阶级矛盾由缓和趋于激化。1941 年 1 月皖南事变爆发后，国民党政府完全停发了八路军的军饷，加之日军对各抗日根据地的“扫荡”、华北各地连年遭受自然灾害等原因，陕甘宁边区和敌后各抗日根据地都进入了极端困难的时期。面对严峻的政治、军事、经济形势，党和边区政府开展了针锋相对的斗争，延安文艺界对此也有迅速、集中的反映。这一时期中国共产党确立了毛泽东在党内高层的核心领导地位，并发动了全党范围内的整风运动，延安文艺座谈会就是在上述宏观历史背景下召开的。《在延安文艺座谈会上的讲话》（以下简称《讲话》）的核心就是提出了文艺的阶级性原则，即文艺为工农兵服务的方向。中宣部 1943 年 11 月 7 日下发了《关于执行党的文艺政策的决定》，党对文艺工作的领导大大加强，由《讲话》前的直接领导、间接领导与文人的自我管理相结合的管理体制变为党的一元化领导和直接管理的文艺工作管理体制。经过整风运动，延安文艺家的文化心理和精神结构发生了深层次的变化，阶级立场更为明确、坚定。第三次国内革命战争爆发后，延安文艺的阶级性因素更是呈压倒性态势。

文艺思潮方面，阶级性成为后期延安文艺界出现频率最高的关键词之一，文艺批评整体呈现以政治性话语为中心进行价值评判的格局。其主要表现有：延安文艺界自觉地展开了对《讲话》前的文艺创作与文艺活动的反思与检讨：如对“鲁迅式”杂文和所谓“暴露黑暗”小说的批判；关于“演大戏”问题和鲁艺的“关门提高”问题；关于《腊月二十一》的立场问题；围绕何其芳的抒情诗《叹息三章》和《诗三首》的争论；关于《轻骑兵》《矢与的》的评价问题；对回忆性及身边琐事题材的批评等。上述反思、反省、批评、批判均表现出政治标准第一的倾向。通过文艺群众化运动的开展，延安文艺界对传统文艺形式、民间文艺资源中蕴藏着的人民性有了全新的发现并对之进行理论上的概括和提升，使之更加符合现实需要。具体表现为：张庚、李纶、阿甲、刘芝明、任桂林等关于平剧改造问题上的思考、论争；周扬、周立波、艾青、丁里、冯牧、安波等人对秧歌的艺术形式特征以及如何演好秧歌等问题上的历史溯源、现实观感和理论总结；赵树理创作方向的确立等。对苏联文化思想、文艺理论、文艺政策、文艺作品的大力宣传、介绍、借鉴等具有很强的现实针对性，也成为本时期延安文艺的一大鲜明特色。

文艺创作方面，阶级性成为后期延安文艺作品的鲜明标签。阶级立场成为衡量作家思想水平、作品艺术价值的重要标尺，这不仅体现在作家对主题题材的定向选择，而且还决定着作品的整体艺术构思。在艺术构思上的影响主要体现在以下两点：第一，政策决定着人物形象的阶级道德性质与阶级力量分布比例，即，不同的阶级群体有着不同的道德水准，阶级力量的对比与政策的规定高度吻合；第二，政策决定着作品情节的进展，即某部作品情节的发生、发展、高潮与结局，基本上是某项政策具体实施过程的形象化演绎。这特别鲜明地体现在秧歌剧的创作、表演之中，大生产运动、改造二流子运动、减租减息、识字运动、拥政爱民等党和边区政府的各项政策在《兄妹开荒》《十二把镰刀》《夫妻识字》《减租》《军爱民　民拥军》《动员起来》等秧歌剧中都先后得到形象化的阐释。在工农兵话语的指向下，延安文艺中的工农兵形象数量上大为增加并迅速占据舞台的中心位置。文艺形式方面出现了传统化、民间化、实用化的趋势，呈现政治诉求与民间审美合一的样态，这特别鲜明地体现在平剧改革、赵树理等人的创作、

《吕梁英雄传》等章回体小说、“信天游体”诗歌《王贵与李香香》等之中。另外，集体主义创作方法的提倡、大团圆结局的兴盛也是后期延安文艺的鲜明特征。上述各种努力标志着标有阶级印记和时代特色的新型工农兵审美形态开始形成。

延安文艺发展的脉络证明，文艺的发展是不能离开它所赖以产生的历史语境的。本书收集的相当一部分论文涉及延安文艺领域。除此之外，还有一部分涉及中国现代文学史上的其他一些作家作品，这些论文也大都从作家作品与历史语境的互动关系展开研究的。

借此之际，向为本书出版工作付出辛勤劳动的出版社各位领导、编辑表示衷心的感谢！

张根柱

2020 年 5 月

CONTENTS

目 录

◆ 中国现代文学的历史语境（1936 ~ 1947）◆

文化工作“十三条”：语境·文本·实践

——论《关于各抗日根据地文化人与文化人团体的指示》……………… 003

周扬、周立波与鲁迅艺术文学院的“关门提高”……………………………… 015

在文学大众化的道路上执着探索

——延安“文协”初期的文学大众化实践论析………………………… 031

纠结于政治与文艺之间

——论延安时期丁玲的文学创作………………………………………… 043

在战争与文艺之间

——论前期延安文艺界的下乡入伍运动………………………………… 051

土地改革政策的文学化演绎

——论解放区长篇土改小说与土地改革政策之间的互文性………… 061

从个人主义到集体主义

——延安作家思想转变历程论析………………………………………… 071

写什么与怎么写

——谈前期延安文艺界论争中的一个焦点问题………………………… 088

◆ 中国现代文学的文化选择 ◆

论延安时期张闻天的文艺思想……………………………………………… 095

解放区文艺奖金制度的起源、活动统计及实践导向………………………… 110

文艺大众化在解放区的践行探析…………………………………………… 125

与“母性与革命性”相伴生
——试析山东现代文学史上女性形象塑造的意识特点…………………… 137
山东“十七年”英雄主题小说中“英雄形象”的原型剖析…………………… 144
论胡秋原的文艺自由观………………………………………………………… 151
盟主的气度，历史的高度
——“文艺自由论辩”中鲁迅对胡秋原保持缄默态度原因之探析……… 158
青岛四年对梁实秋的意义……………………………………………………… 167
中国“维特热”与1920年代文化市场 ……………………………………… 176

◆ 中国现代作家作品论 ◆

论萧军延安时期的创作对鲁迅文艺思想的继承………………………………… 189
特殊的存在
——萧军论……………………………………………………………………… 197
“海滨故人”女性群体的自我追求及其现代意义 …………………………… 245
论《呐喊》《彷徨》中虚无主义思想的复杂性 ………………………………… 252
历史文本的传奇化与文学文本的历史化
——论金庸武侠小说的历史写作策略………………………………………… 261
文化符码与心理符码的合一
——鲁迅作品中的看客形象小议……………………………………………… 272
乡下人的文学神庙
——论沈从文的人性观对其创作的影响……………………………………… 280
悲亦美 美亦悲
——论沈从文湘西题材创作中独特的悲剧意蕴……………………………… 286
生命活动的艺术结晶
——论庐隐作品的情感结构与其文本形式的对应关系……………………… 292
叙述的狂欢：写作者的自我救赎之道
——评莫言的长篇小说《四十一炮》 ………………………………………… 302

后 记 ……………………………………………………………………………… 308

中国现代文学的历史语境（1936 ~ 1947）

文化工作“十三条”：语境·文本·实践

——论《关于各抗日根据地文化人与文化人团体的指示》

张根柱

1940 年 10 月 10 日，中共中央宣传部、中央文化工作委员会联合下发了《关于各抗日根据地文化人与文化人团体的指示》（以下简称《指示》或文化工作“十三条”），这是延安文艺发展史上的一件大事，对于促进前期延安文艺的发展、繁荣起到了非常重要的作用。因此，有必要对这份文件出台的历史语境、政策文本及实践成效进行深入的研究。

从《指示》产生的历史语境来看，主要有两个方面的因素催生了这份文件的出台：政治因素与文化因素。在政治领域，1936 年 12 月 12 日发生的西安事变虽然在一定程度上缓和了国共两党的紧张对立关系，但并未从根本上改变当时国内主要矛盾为阶级矛盾的性质。1937 年 7 月 7 日，卢沟桥事变的爆发揭开了中华民族全面抗战的序幕，国内主要矛盾的性质也发生了根本性的变化，中日之间的民族矛盾取代阶级矛盾上升为国内的主要矛盾。卢沟桥事变的第二天，中国共产党中央委员会就发布了《中国共产党为日军进攻卢沟桥通电》，呼吁全中国人民：“全中国的同胞们，平津危急！华北危急！中华民族危急！只有全民族实行抗战，才是我们的出路！”并且提出了“不让日本帝国主义占领中国寸土！”“为保卫国土流最后一滴血”的响亮口号。随着蒋介石庐山谈话的发表，中国共产党和陕甘宁特区政府的地位进一步合法化，这为中国共产党在自己领导的辖区内开展文化工作提供了一个合法、稳定的政治空间。

在文化领域，随着抗日战争的全面爆发，中国文化的中心出现了由东部大城市如北京、上海等向西部转移的趋势，延安即是当时的文化中心之一。由于中国共产党的鲜明的抗日姿态和陕甘宁特区的合法地位，延安成为中国进步知识分子心目中的圣城，中国共产党中央委员会也不失时机地下发了《大量吸收知识分子的决定》，对全党、全军及中国共产党领导下的政府提出了大量吸收知识分子的明确要求。大批知识分子纷纷奔向延安并被党安排在各个不同的领域工作，文化领域的队伍数量与结构发生了根本性的变化。在抗日战争全面爆发前的相当长的一个时期内，陕甘宁边区的文化工作队伍主要是散布在政府、军队、机关中的工农兵成员，其工作性质主要是宣传党的革命主张、抗日主张和边区政府的政策，就数量而言在整个革命队伍中所占的比例相对较小。随着知识分子的大量涌入，延安文化领域的工作人员则由以工农兵队伍为主变为以知识分子为主且数量大为增加，这其中不乏一些全国有影响力的作家、艺术家及社会科学工作者，如何其芳、萧军、冼星海等，队伍的专业化水平显著提高。如何管理好、使用好这些知识分子并使他们全身心投入中国共产党领导的抗日洪流中，成为当时中国共产党高层领导面临的一个重大课题。

建立文化领域的抗日民族统一战线是这一时期中国共产党开展文化工作和知识分子工作的一个主要策略。与其他领域的工作相比，文化工作有其自身的特点和规律。由于其工作对象主要是文化界知识分子群体，而此前党关于知识分子群体的工作又缺乏成功的经验可资借鉴，建立并巩固好抗日民族统一战线还面临着这样那样的困难。除来自国民党的外部干扰外，阻碍抗日民族文化统一战线工作开展的另外一个因素就是来自党内，这其中又分为两个方面：一个是以王明为代表的右倾投降主义，主张把抗日民族统一战线的领导权交给国民党；另一个则是来自党内的“左”倾关门主义与宗派主义。由于当时党的阶级基础主要是工人和农民，而部分工农兵领导干部又或多或少地存在着排斥知识分子的倾向，所以相比之下，就党内而言“左”倾关门主义与宗派主义倾向较为严重。翻阅这一时期延安的一些报刊，此种现象在文艺作品中有不少反映，如马加发表在《解放日报》的小说《间隔》就生动地描述了知识分子与工农干部在情感上的隔阂。

这一时期，党内分管宣传文化教育工作的领导为张闻天同志。为了纠正党内的上述偏向，张闻天同志不论是在党内的有关指示中还是在公开的场合都不厌其烦地强调知识分子工作和文化统一战线工作对于党的工作的重要性。张闻天同志要求，党在文艺战线上要团结一切可以团结的文化人，不允许存在关门主义与宗派主义倾向，更不允许政治权力话语对文艺话语粗暴地进行干涉。1937 年 11 月 14 日“特区文化界救亡协会”成立，张闻天代表党中央做了《十年来文化运动的检讨及目前文化运动的任务》的长篇报告。当时的《新中华报》对这次大会进行了报道。[①]尽管报告的原文没有保存下来，但是我们从当时的报道中大致可以见到他对文化工作、文艺问题的基本观点。在这次大会上，张闻天同志充分肯定了“左联”“社联”为革命斗争的方向及其成绩，但同时他也严厉地批评他们处理与“同路人”的关系的思维方式，批评他们不能吸取广大的革命者参加革命的阵营里，使党的文化战线未能扩大与坚强，这是“关门主义”的弊病。张闻天同志尖锐地指出，党的文化工作过去有一个很深的错误，就是文化内部有小团体，有小党派，常闹意见，弄到文化人不知何去何从，关门主义者门户之见太深，气量不够，今后应该坚决避免。联系到“左联”内部周扬等人与鲁迅产生的矛盾及其影响，应该说张闻天的批评意见是有现实针对性的，如果在当时的延安，在党的政权领导下的其他根据地，文化界仍然出现类似的情况，那么对于党的形象，对于党领导好文化界工作是不利的。如果跳出关门主义与宗派主义的怪圈，那么文学的内容就能够注重多方面的描写，作家们的视野可以更加开阔，可以写出优秀的作品来，那么所谓“差不多”、所谓“千篇一律”的现象就可以避免了。[②]

为了彻底纠正党内的上述错误倾向，也是为了向党内外文化界人士说明中国共产党的文化主张与文化政策，1940 年 1 月 5 日，张闻天同志在陕甘宁边区文化协会第一次代表大会上的报告中明确、系统地阐述了关于新文化运动当前的具体任务、党的抗日文化统一战线及其特点、新文化运动队伍的基本构成等问题。从这份报告中我们可以看出，张闻天同志对于世界文化发展史和中国文化发展史有较深的研究，对抗日战争时期中国存在的各种文化观点进行了鉴别，同时

① 徐行白：《特区“文协”成立大会记——十一月十四日在“陕公”大礼堂》，《新中华报》1937 年 11 月 24 日第 3 版。

② 程中原：《张闻天与新文学运动》，江苏文艺出版社 1987 年版，第 216—219 页。

代表中国共产党提出了鲜明的文化政策主张。为了进一步贯彻中国共产党的文化政策，落实陕甘宁边区文化协会第一次代表大会的会议精神，张闻天又主持起草了以中央宣传部、中央文化工作委员会名义联合下发的《关于各抗日根据地文化人与文化团体的指示》（1940年10月10日）。[①]除此之外还有：1940年9月10日发布的张闻天为中共中央起草的《发展文化运动》的党内指示；1940年10月，在张闻天指导下，中宣部做出的《关于充实和健全各级宣传部门的组织及工作的决定》；1941年6月，中宣部公布的张闻天撰写的《关于党的宣传鼓动工作提纲》。

在上述各个讲话和文件中，《关于各抗日根据地文化人与文化人团体的指示》对于做好文艺和文化工作有着特别具体的规定，特别能体现出这一时期中国共产党对文化工作的科学领导和民主作风，对于指导前期延安文化（文艺）运动乃至中国共产党领导下的全国各抗日根据地的文化（文艺）运动的发展起着至关重要的作用。

从政策文本来看，这份文件简明扼要，共分十三条，主要内容涉及以下三个方面：第一，要高度重视文化及文化人工作，重视改进党领导文化工作的方式方法。第二，要高度重视文化团体的组织性质、活动方式及其任务。第三，要高度重视文化工作后备力量的培养。

第一，要高度重视文化及文化人工作，重视改进党领导文化工作的方式方法。《指示》的第（一）、（二）、（三）、（四）、（五）、（十三）条涉及这个方面的问题。文件首先指出，对于文化界人士，党内存在着某种程度的关门主义倾向，为了完成党在新时期的工作目标，党的各级领导机关应该重视文化工作，重视知识分子工作，要彻底纠正党内一部分同志轻视、厌恶、猜疑文化人的落后心理。由于知识分子在社会上是一个特殊的群体，他们有知识，有一技之长，其作品不仅作用于普通人的精神，而且也涉及党和边区政府的形象，对内对外都常常产生相当大

① 中央宣传部，中央文委:《关于各抗日根据地文化人与文化人团体的指示》出自《延安文艺丛书》编委会《延安文艺丛书·文艺理论卷》，湖南人民出版社1984年版，第200—202页。

的影响，因此，党的各级领导机关都要研究如何做好文化工作，要掌握并尊重文化工作的规律，要尊重文化人的学习、工作习惯并最大程度上发挥他们的作用。在这里我们可以看到，张闻天同志主要还是从当时的政治需要出发来看待文化人、文化工作的，这是他身为一名政治家、一名中国共产党人应有的立场，但在当时来说也是难能可贵的。张闻天认为，鉴于文化工作的重要性，党应该继续设法使大批文化人到延安及党领导下的各根据地来，党必须使根据地成为不但能够使他们安心其本职工作，求得自己的进步，而且也是最能施展文化人天才的场所。

张闻天同志深知，对于文化工作的重视，对文化界人士的重视，不应该仅仅停留在口头上，也不能仅仅写在纸面上，最主要的是要落实到行动中，落实到文化工作领导方式方法的改进中。因此文件进一步指出，党的各级领导机关应该想方设法保障文化人正常写作，充分发挥文化界人士的积极性和能动性。身为一个知识分子，张闻天深知，爱好写作、要求写作是文化人的最大特点，文化作品就是文化人对于革命事业的最大贡献。为了让文化人能够安心从事文化工作，这一时期党对文化界人士的待遇也相对比较高。为了让文化人能够有发表作品的平台，这一时期党克服种种物质上的困难，创办了一些报刊，这也是中华人民共和国成立之前中国共产党创办文化报刊最多的时期。为了让文化人畅所欲言，这一时期，党对文艺创作、文艺论争除在政治大方向上引导外，一般不直接干预，这也使得这一时期的文艺创作、文艺论争更多了一些民主化的色彩。针对当时的延安及各抗日根据地存在不同程度地向文艺界出题目要作品的现象，张闻天指出，党应该在实际上保证他们写作的充分自由，党对文艺工作的领导主要是指明正确的政治方向，那种给文艺作家规定具体题目，规定政治内容，限时交卷的方法，是完全要不得的。

文艺批评是开展文艺工作的重要方式之一，科学、民主的文艺批评对于文艺工作的繁荣有着积极的促进作用。相反，粗暴、简单的文艺批评常常成为文艺工作正常开展的阻碍。而对于文化人的作品，党的领导机关及文化界要采取一种辩证的、科学的、正确的态度来对待，既要采取严正的、批判的实事求是的态度，但同时又要站在宽大的立场，力戒以政治口号与偏狭的公式去非难作者，打击作者的创作积极性，尤其不能出以讥笑怒骂的态度。正确的做法是，一方面应正确地评价他们的作品，使他们的努力朝向正确的政治方向与美学方向；同时也要鼓舞他们努力写作的积极性，不使他们因一时的失败而灰心失望，由于大多数文人是从东部、中部等一些大城市来到延安的，初到延安，对于延安的生活、工作等有许多不适应之处，他们中的一些人创作了一些所谓“暴露黑暗”的作品，另外一些人则创作了一些“回忆过去”的作品，还有一些作家到延安之后则没有任何作品，成了当时人们嘲讽的“坐家”，思想非常苦闷。这些文艺现象在当时有不少争议。文件中的上述明确指示，是具有现实针对性的。

由于文化工作特别是文艺创作是人类精神领域的活动，许多文艺家的创作往往是在夜深人静之时，这有别于一般人的生活作息规律。针对文化人这一工作特点，文件要求，党的各级文化领导机关要充分估计到文化人生活习惯上的各种特点，对他们的工作要给予特别的关照。由于初来延安的文化人特别是党外的知识分子不太喜欢参加集体活动，不太喜欢接近大众，延安的一些工农干部往往把他们视为怪人，这不利于党的民族统一战线工作的开展。针对这一点，文件特别指出，对于文化人生活习惯上的过高的、苛刻的要求，是不适当的。对于新来的及非党的文化人，应更多地采取同情、诱导、帮助等方式去影响他们进步，而不能采取简单粗暴的方法。中国共产党人应有足够的气量和党内党外的文化人共同生活，共同工作，共同为抗战建国大业服务。同时，要采取科学的、民主的工作方式与文化人融为一体，逐步使文化人从内心到行动上自觉自愿地接近工农大众、接近社会现实、接近中国共产党，汇入革命的洪流，养成尊重革命秩序、服从革命纪律的习惯，从而使他们真正成为革命队伍的一部分，为革命事业做出自己的贡献。

第二，要高度重视文化团体的组织性质、活动方式及其任务。由于知识分子源源不断地涌入延安，到 1940 年初延安的知识分子已形成一个相当庞大的群体，这其中文化界人士又占据延安知识分子群体的主要部分。在保障延安知识分子物质生活的前提下，如何管理好这一群体，如何让他们的工作最大限度地有益于革命工作同时又使他们本身的才能在自己所从事的领域得到最大程度的发挥和提高，这是对党的文化统一战线工作提出的一项课题。为解决这一难题，张闻天提出采取党领导下的文化团体的方式。这一方式的科学性在于，它既实现了党对文化人的统一管理，也实现了文化人的自我管理，其领导有别于党领导下的一般行政机关，也避免了文化界人士成为一盘散沙，同时也加强了文化界内部人士的相互联系，成为大家联络感情、交流工作经验的一个平台。实践证明，对文化团体的这种管理方式是有效的。

《指示》的第（六）、（七）、（八）、（九）、（十）条涉及这方面的内容。《指示》明确指出，各种不同类的文化人（如小说家、戏剧家、音乐家、哲学家等），可以按照文化门类的不同组织各种不同的文化团体，如文学研究会、戏剧协会、音乐协会、新哲学研究会等。同时，为了充分发挥文化界对抗战建国的作用，这些不同文化门类的各个团体也可以联合起来，组成一个范围更广、规模更大的如文化界救亡协会之类的联合团体。由于上述文化团体在人员组成与分工领域具有与其他民间团体不同的特点，因此，党的领导机关应该估计到这些文化团体同其他一般民众团体的不同性质，然后根据其不同的工作特点各自定出它们的特殊任务。就总体而言，这些文化团体的任务就侧重于其本身的工作对象，一般是："介绍、研究、出版、推广各种文化作品；吸收与培养各方面的文化人才；指导大众的各方面文化运动；联络文化人间的感情与保护他们切身的利益；组织文化人向各地报章杂志的写稿，介绍并递寄他们的作品或译著到全国性大书局出版；向外面的及大后方的文化团体进行经常的联络。"要纠正有些地方把文化团体同其他群众团体一样看待及要团体成员担任一般群众工作的不适当的现象。

对于各文化团体如何发展会员、党的领导机关如何领导、指导帮助上述文化团体开展工作，文件也有明确的指示。文件明确指出，上述各种文化团体人员的组成，一般只吸收相关领域文化人及一部分爱好文化的知识分子，不必过度追求数量与规模，因为文化团体及其会员的作用，重点不在数量之多，而在质量之好。就组织系统而言，这些文化团体也没有必要在各地建立自上而下的、系统的、普遍的组织。只有在文化人比较集中的中心地区，文化团体可以建立它们个别的分会。与党的行政机关、学校等相比，文化团体内部不必有很严格的组织生活与很多的会议，以保证文化人有充分的自由和时间来从事相关领域的研究与写作。对于各文化团体如何在党的领导下开展工作，《指示》指出，一方面，各个文化团体应该努力指导各学校、各机关、各部队、各民众团体的群众文化活动，帮助学校、机关、部队及有关群众团体组织各种它们各自的文化小团体，诸如歌咏队、剧团、文学小组之类的组织，并且要经常性地给予指导，必要时甚至可召集它们开一定范围内的代表会或座谈会；另一方面在领导体制上，这些群众性的文化小团体在体制上不属于各文化团体领导，而是仍属于各学校、各机关、各部队，各民众团体的文化教育宣传部门。这样安排的主要目的是避免各文化团体因忙于日常的组织工作而不利于文化界人士基本任务的完成。另外，在文化人比较集中的地区，党应设立文化俱乐部一类的地方，以供给文化人平时的集会与娱乐之用，具体到文艺工作而言，为了使作家们有创作与交流的适当场所，可特设“创作之家”一类的住所，使他们能够安心从事创作。这一时期，延安开辟空间，成立了一些诸如“文化俱乐部”“作家俱乐部”之类的场所，显示了延安文化界宽松活跃的文化气氛和自由多样的文化生态。

第三，党的领导机关要高度重视文化工作后备力量的培养和领导队伍的建设。《指示》的第（十一）、（十二）条涉及这个方面的内容。关于如何培养文化工作的后备力量，《指示》指出，党的领导机关要挑选对文化工作有兴趣的青年知识分子，为他们开办各种培训文化工作干部的短期学习或训练班，以培养文化工作后备力量，也可以选择机关、部队中有文艺天才的“小鬼”，给他们提供长期的训练。为了使各种学习和训练达到相应的要求，鼓励文化人去担任一定的教课工作是非常有必要的。在如何建设文化领域党的领导干部队伍时，张闻天特别看重领导干部的专业背景和专业素质，他认为让不懂文艺工作的同志来领导文艺工作是不合适的。这种思想在《指示》中也有所反映。文件特别指出，为了加强党对文化工作的领导，党的领导机关要从有相当威信与地位的共产党员文化人或非党的文化干部中进行选择，培养他们中的一部分人在文化运动中能够担任组织工作的干部。文化领域的领导干部本人虽是文化人，但其日常活动应偏重于组织工作，而不是写作。如果没有这些文化组织工作者，文化团体之间、文化人内部的团结很容易产生问题，文化人及文化团体也很难充分发挥其效能。在党的干部队伍建设中，此种文化类干部特别缺乏，各级党的机关要注意选择和培养，以加强党对文化工作的领导。

尽管文化工作“十三条”颁布的时间是在 1940 年 10 月 10 日，但其指导思想及具体的实施措施在此之前就已经在延安文化界推开，它对于促进前期文化运动的开展起到了积极作用，具体到实践领域而言，主要影响表现在以下三个方面。

第一，营造了科学的、民主的文化工作环境，促进了前期延安文艺思潮和文艺创作的健康发展。文艺思潮方面，在文艺服务于抗战救国的根本原则之下，前期延安的文艺界展开了丰富而热烈的讨论、论争，这些讨论、论争涉及的文艺现象和文艺理论问题是多方面的，如文艺与人民大众的关系、文艺与现实生活的关系、文艺与政治的关系以及对文学创作的认识、文艺的民族形式，等等，具体表现为：对于碧野小说《乌兰不浪的夜祭》的批评；关于“边区美术一九四一年展览会”的论争；萧军、陈企霞与何其芳关于诗歌创作中的思想与文学、政治与艺术的论争；《解放日报·文艺》百期纪念时欧阳山、艾青、罗烽等人所表现出来的不同文艺思想；周扬、何其芳、冼星海、沙汀、王朝闻、冯牧、萧梦等人的艺术主张；其中，部分论争已经超出文艺的范围，如欧阳山与林昭关于如何正确评价中国小资产阶级知识分子的论争。上述论争强调思想自由和独立，讨论展开得比较充分且富有建构意义。文艺创作方面，延安现实生活得到了生动的再现。边区生活的面影，抗战中的悲壮殉难及成长者画像，均成为延安作家表现的对象。特别是延安启蒙文艺创作（“讽刺画展”与“野百合花”系列杂文，部分批判农民意识和封建意识、官僚作风、知识分子自身弱点的小说）显示了文艺家试图通过开展内部批评的方式进行革命建构的文学策略。以鲁艺知识分子为代表的革命抒写则表现了投身革命的作家对革命的感受与思考，这其中周立波的小说创作与何其芳的诗歌创作具有鲜明的代表性，表现了知识分子在走向革命道路过程中的思想、情感的两重性：一方面对逝去的生活有着温情的怀念与留恋；另一方面也表现出了对革命的无限憧憬与向往。上述几个方面互为补充，分别从不同的侧面显示了延安知识分子对“五四”文学传统的继承和在新时期的发展。延安文化界还担当起战争中文化武器的任务，揭露国民党专制腐败，诅咒法西斯统治者侵略行为，及时反击国民党在文化上对解放区的诬蔑，从文化上完成了保卫边区的历史使命。

第二，各种文艺团体（包括文学、戏剧、音乐、美术等）纷纷成立，延安的文艺运动蓬勃发展，党领导下的新文化运动进入了一个空前繁荣发展的时期。由于各种原因，在文艺座谈会召开之前，延安文化界成立的文化社团已难以统计出具体的数字，但其中的文艺社团大约至少75个。众多的文艺社团活跃在延安文化界，对于推动延安文艺的发展、繁荣起到了非常重要的作用。在林林总总的文艺社团中，从组织关系来说大体又可分为两类：一类是具有领导、管理性质的社团，如陕甘宁边区文化界救亡协会等；另一类则是专业性质鲜明的社团，如陕甘宁边区音乐界救亡协会、陕甘宁边区美术工作者协会等；专业性质鲜明的社团又大体可分为普及型与提高型两种，如鲁迅研究会和陕甘宁边区民众剧团。鲁迅研究会成立于1941年1月15日，是延安文艺界具有相当学术化倾向的提高型社团组织，其成立目的是让鲁迅先生的“精神、思想、学术、创作……显其真价，得以发扬”，研究会的基本成员为相当知名的学者和作家，如范文澜、江丰、艾思奇、萧军等。在一年多的时间里，鲁迅研究会做出了显著的成绩，如出版了《鲁迅论文选集》《鲁迅研究丛刊》《阿Q论集》《鲁迅小说选集》等，从纯学术的角度来看，其中的一些研究论文提出的观点相当深刻。陕甘宁边区民众剧团则是专门从事大众化艺术实践、宣传党的方针政策的文艺团体，其艺术主张与政治倾向是相当鲜明的。第一任团长柯仲平写的《民众剧团团歌》就有这样的唱词：“我们是民众剧团，我们向老百姓学习。”民众剧团的艺术实践受到老百姓的热烈欢迎，群众在一次演出时送他们的一副对联说明了这一点。对联的上联是：“中国气派，民族形式，工农大众，喜闻乐见”；下联是：“明白事理，尽情尽理，有说有笑，红火热闹”；横批是：“团结抗战”。据统计，1938 ~ 1946年的八年中，边区剧团下乡最多的要算是民众剧团，它平均8天内有3天在乡间，共走了23个县，190处市镇村庄，演出1475场，平均2天有1场，观众达260万人，为革命事业做出了巨大贡献。①

第三，坚持普及与提高并重的方向，创办了许多文艺刊物。延安时期，在物资匮乏、纸张短缺的情况下，文艺工作者在党中央的领导和支持下，克服种种困

① 钟敬之、金紫光：《延安文艺丛书·文艺史料卷》，湖南文艺出版社1987年版，第500—507页。

难先后创办了20余种文艺期刊，这其中既有铅印的，也有油印的。从艺术种类来看，涉及艺术领域的各个方面，如美术领域的《前线画报》、诗歌领域的《新诗歌》、音乐领域的《歌曲旬刊》等，还有一些综合性的文化刊物，如《文艺战线》《中国文化》《中国文艺》等。这些文艺刊物大体也可分为普及型和提高型两种，其中《大众习作》可视为普及型的代表，《谷雨》可视为提高型的代表。《大众习作》创刊于1940年8月，是一个通俗性大众化的文艺刊物，其主要对象是：边区县、区、乡级工作干部，小学教师，工厂、军队、农村的通讯员和广大的初学写作者。它所担负的主要任务是：（1）组织通讯组、读报组、读书会等，帮助和推动广大群众的读、写运动，并加强这支文化新军的团结和发展。（2）帮助广大通讯员提高写作水平，增强写作信心，掌握写作方法。（3）根据大众化的实践经验，总结和建设大众化的正确理论。对于它的特点，1940年8月31日的《新中华报》曾有如下概括："（一）登的文章多是真正大众的作品。（二）有原文与改写双登，使读者大众可以对照，可以比较，知道怎样写就好，怎样写就不好。（三）由这个刊物本身，提供出一个大众化的具体办法，即指出了走向大众化的一条新的道路。"茅盾先生在1941年的《抗战期中国文艺运动的发展》一文中曾高度评价了《大众习作》。《谷雨》创刊于1941年11月，是延安文抗的机关刊物，在这个刊物上发表作品的大都是延安文艺界的一些名家，如丁玲、周扬、何其芳、艾青、萧军、周立波等。当时延安的一般文艺刊物要求每篇作品的字数限制在三五千字，而《谷雨》发表的作品相对来说篇幅较长，尽管稿约把每篇作品的字数限定在万字以内，但特稿还是可以例外的。《谷雨》除了发表文艺创作外，对文艺理论的建设也相当重视，每期都刊发此类文章，其中第五期实际是"理论特辑"，共发表六篇理论文章，比较集中地讨论了"当前的文艺运动"问题。另外，《谷雨》还比较重视对国外理论的介绍，如周扬翻译的车尔尼雪夫斯基的《艺术与现实之审美关系》发表于第一期，曹葆华翻译的《列宁与艺术创作的根本问题》发表于第二、三期合刊上等，大大扩展了延安文化界的理论视野。[①]

① 钟敬之、金紫光：《延安文艺丛书·文艺史料卷》，湖南文艺出版社1987年版，第738—740页。

综上所述，《指示》的出台是非常及时的，它对于促进前期延安文艺运动的繁荣起到了关键性的作用。当然，作为一项文化政策如果说还有什么不足之处，那就是在实际执行的过程中，对于当时延安文化界知识分子间的意气之争、宗派之争还缺乏及时的、有效的引导和化解，但文化工作“十三条”提出的一些关于文化工作的原则是符合文化工作规律的，体现了其科学性、民主性，对我们发展今天的文化事业也有很多值得借鉴的地方。

（原载于《临沂大学学报》2016 年第 5 期）

周扬、周立波与鲁迅艺术文学院的“关门提高”

张根柱 *

一、逐步走向正规化的鲁迅艺术学院

鲁迅艺术学院（以下简称鲁艺）是时势促成的产物。“七七”抗战爆发以后，中共为了适应抗战形势的需要，曾于 1937 年 11 月拟由沙可夫、朱光等负责筹办一个艺术训练班。1938 年 1 月 28 日，戏剧界为纪念“一·二八”淞沪抗战六周年，经集体创作，朱光、左明编导，沙可夫、朱光、李伯钊、徐一新、任白戈、左明、孙维世等参与的话剧《血祭上海》在延安上演，此剧连续公演了二十天，观众达一万人，博得观众的热烈欢迎。[①] 这次公演推动了延安艺术界新阵容的建立，成为鲁迅艺术学院成立的先声。在一群军、政、文艺家举行的有关《血祭上海》演出的座谈会上，有人提出了“一个使满座兴奋的建议：创办艺术学院，一阵热烈的掌声代表全场对此建议的拥护。这是《血祭上海》演职人员的演出结束座谈会，到场的有中共领袖及边区政府文化界同人，这一建议不仅得到文艺界及边区政府负责人的赞助，最值得庆幸的是中共中央的领袖们，特别是毛泽东同志，声言愿意用最大的力量来帮助艺术学院的创立，于是就在这次会上筹备艺术学院委员会正式宣告成立。因为在边区议决就行，所以一切工作都照预定计划去

---

* 本文系与付道磊博士合作。

① 《延安文艺丛书·文艺史料卷》，湖南文艺出版社 1987 年版，第 631 页。

进行。一个星期后，毛泽东、艾思奇等发起的创立缘起公布了。为纪念已故的文豪——全国青年爱戴的导师，定名为鲁迅艺术学院。在这含有伟大历史意义的缘起中，曾这样正确地指出：‘艺术——戏剧、音乐、美术、文学是宣传鼓动与组织群众最有力的武器，艺术工作者——这是对于目前抗战不可缺少的力量，因此培养抗战的艺术工作干部在目前也是不容稍缓的工作。’”“从此在延安的北门外有一片新的土地，这就是抗战艺术的新园地鲁迅艺术学院”①。2 月间发布了毛泽东领衔的“创立缘起”②，在物质条件极其困难的情况下，鲁艺于 3 月 14 日开始上课，并于 4 月 10 日在城内中央大礼堂举行了隆重的开学典礼，毛泽东与全体师生合影，全校会餐。

鲁艺首届学员仅设戏剧、音乐、美术三个系，系主任分别是张庚、吕骥、沃渣。当初未设文学系，大概是因为戏剧、音乐与美术更直观、更有利于抗战宣传的缘故。开始时，鲁艺没有设正院长一职，但当时即有人认为毛泽东就是院长，后来有的党史资料上赫然写着“鲁迅艺术文学院院长毛泽东（兼）”③。1938 ~ 1939 年，鲁艺当局的实际领导人：沙可夫为副院长兼教务主任（后来的副院长还有赵毅敏），徐一新任训育主任。④ 院务委员会由沙可夫、周扬、朱光、徐一新、吕骥等组成。此外，还设有校董事委员会、编审委员会和晚会委员会。从招收第二届学员开始，又增设了文学系，周扬兼任系主任。⑤

鲁艺成立后，中共领袖们非常关心鲁艺。1938 年 5 月 12 日，毛泽东同志又亲临鲁艺做报告，在报告中他说：你们的校歌在唱“我们是艺术工作者，我们是抗日的战士，用艺术做我们的武器”，这很对。“我们的两支文艺队伍，上海亭子间的队伍和山上的队伍，汇合到一起来了。这就有一个团结的问题。要互相学

---

① 徐一新：《艺术新园地是怎样开辟的》，《新中华报》1939 年 5 月 10 日。

② 《鲁迅艺术学院创立缘起》，出自《延安文艺丛书 · 文艺理论卷》，湖南人民出版社 1984 年版，第 781 页。

③ 《中国共产党组织史资料汇编》，出自《领导机构沿革和成员名录》，红旗出版社 1983 年版，第 329 页。

④ 《延安文艺丛书 · 文艺史料卷》，湖南文艺出版社 1987 年版，第 640 页。

⑤ 同上书，第 631—637 页。

习。取长补短。要好好地团结起来，进行创作、演出。要下去，要到人民生活中去，走马看花，下马看花，起码是走马看花，下马看花更好。我们要有大树，也要有豆芽菜，没有豆芽菜，怎么能有大树呢？我不懂文艺，文艺是团结人民、教育人民、打击日本帝国主义的武器，创作好像厨子做菜一样，有的人作料放得好，菜就好吃。”“你们要好好看书学习。书是好看的，它不会叫，不会跑，不像杀猪，杀不好，猪就跑了。除了看书，还要学习民间的东西，演戏要像陕北人。”“文学艺术是有阶级性的，资产阶级的文学家、艺术家，提倡什么艺术至上，实际上是为资产阶级服务，眼里根本没有工人、农民。无产阶级文学艺术工作者要到革命斗争中去，同时学习人民的语言。要从革命斗争中学习的东西多得很。”① 由此可见，毛泽东对于办鲁艺是从革命事业的角度考虑的，他所提倡的是一种实用的、非常现实的文学艺术。

张闻天虽然不是鲁艺的发起人，但是，鲁艺的教育方针是中共中央宣传部讨论拟定并经中央书记处通过的。② 鲁艺创办后，张闻天于 1938 年 4 月 20 日为鲁艺成立纪念特刊题词：“认识大时代，描写大时代，在大时代中生活奋斗，站在大时代的前卫为大时代服务——这就是现代文艺家的使命。”③ 在鲁艺成立周年纪念时，毛泽东、朱德、洛甫等许多中央领导同志，不仅亲临盛会，而且都为鲁艺题词。④ 从党对于鲁艺的具体指导上来讲，张闻天是起了很大作用的。当时他是中央书记处书记、中共中央宣传部部长、同时兼任中央干部教育部部长（中央干部教育部于 1939 年 2 月 17 日成立），副部长为李维汉。⑤1939 年 4 月 10 日，中央干部教育部副部长罗迈（李维汉），“受干部教育部和鲁艺负责同志的委托”，做了《鲁艺的教育方针与怎样实施教育方针》的报告，明确指出鲁艺的教育方针

---

① 何其芳:《毛泽东之歌》，载《时代的报告》1980 年第 1 期，转引自《延安文艺丛书 · 文艺史料卷》，湖南文艺出版社 1987 年版，第 32 页。

② 《延安文艺丛书 · 文艺史料卷》，湖南文艺出版社 1987 年版，第 636 页。

③ 程中原:《张闻天传》，当代中国出版社 1993 年版，第 436 页。

④ 《延安文艺丛书 · 文艺史料卷》，湖南文艺出版社 1987 年版，第 636 页。

⑤ 《中国共产党组织史资料汇编》，出自《领导机构沿革和成员名录》，红旗出版社 1983 年版，第 331 页。

是："以马列主义的理论与立场，在中国新文艺运动的历史基础上，建设中华民族新时代的文艺理论与实际，训练适合今天抗战需要的大批艺术干部，团结与培养新时代的艺术人才，使鲁艺成为实现中共文艺政策的堡垒与核心。"① 中宣部讨论拟定的这个教育方针不否认而且依然强调"政治教育在鲁艺的重要性"，但是，他们认为："政治与艺术是不同的。政治运动与艺术运动是各自依照着本身特定的规律与形态向前发展，但政治与艺术的关系又是不可分离。"因此，在政治与艺术的关系问题上，就要反对"左"和右两种偏见。"左"的偏见"要求把政治运动的规律机械地运用到艺术运动上，要求艺术直接服从于政治，还原于政治；要求政治不但给艺术以动向，并且替它规定作品的内容与结构，要求把政治的口号，放进艺术作品中去，要求文艺的作品成为简单的宣传品，要求革命的艺术家，简直成为革命的职业家，要求艺术工作者，直接作罢工的领袖与工人的组织者。"他们认为这种"左"的偏见妨害团结全国艺术界的广大力量，来从事新时代艺术理论与实际的建设；而右的偏见以为艺术可以漠视政治，同样影响了艺术运动水平的提高。他们还提出鲁艺要建立优良的校风，要提倡民主的作风，要在政治上和创作上关心艺术家。②

张闻天等提出这个教育方针并不是偶然的。鲁艺成立以后一年的学校教育基本上是应时教育，是"战时教育方针"③。在这一年中，鲁艺组织了百次以上的公演晚会，两次发动全体教职学员下乡工作，④ 如徐一新所说"我们的口号是到前线去，到敌人后方去，到农村去。鲁艺成立以来，一、二、三届的同学，大部分都派到前线和敌人的后方。"⑤ 客观地讲，鲁艺办学一年，取得了一定的成绩：团

---

① 罗迈（李维汉）：《鲁艺的教育方针与怎样实施教育方针》，出自《延安文艺丛书·文艺理论卷》，湖南人民出版社 1984 年版，第 783—802 页。

② 同上。

③ 徐一新：《鲁艺的一年》，原载《文艺突击》新 1 卷，转引自《延安文艺丛书·文艺理论卷》，湖南人民出版社 1984 年版，第 809—810 页。

④ 沙可夫：《鲁迅艺术学院创立一周年》，《新中华报》1939 年 5 月 10 日。

⑤ 徐一新：《鲁艺的一年》，原载《文艺突击》新 1 卷，转引自《延安文艺丛书·文艺理论卷》，湖南人民出版社 1984 年版，第 809—810 页。

结了文艺家，为抗战培养和供给了一些艺术干部，积极地组织了很多重要的晚会，帮助和推动了边区的艺术活动，在全国也产生了相当大的影响，吸收了许多热爱艺术的青年前来学习，但是这一年也存在许多缺点："在创始的相当一段时间，没有明确的教育方针；教书、学习、行政各方面的制度，还没有适当的建立；创作还未得到应有的提倡与扶助；优良的校风尚未完全养成，文艺理论的研究未提到应有的高度，为要使鲁艺能够完成其所担负的伟大使命，上述这些缺点是应当纠正的，这便是现在和最近的将来鲁艺应当解决的重要问题。"①我们可以这样认为，罗迈到鲁艺做报告就是为了切实贯彻党的教育方针，新任命赵毅敏为鲁艺副院长就是为了加强对于鲁艺办学的领导②。当时的鲁艺主管副院长沙可夫也表示：鲁艺的主要任务是"训练大批适合于今天抗战急迫需要的艺术干部"，"同时我们没有忘了一面抗战一面建国，所以鲁艺除了上面它的主要任务以外，认为以马列主义的理论与立场，建立中华民族新时代的艺术人才，这对于鲁艺是同样重要的任务。"③接着，1939 年 5 月 15 日，鲁艺发出布告，称："罗迈同志关于《鲁艺的教育方针与怎样实施教育方针》的报告，经本院教职员学员热烈讨论，由本院根据讨论结果，决定各种具体实施办法，呈准施行。"并将新制度下各主要负责人名单公布。④1939 年 5 月 19 日，鲁艺召开各部部务会议。沙可夫宣布新教育计划。设立各系主任、指导员、班长、科代表。全院共分为四个系：戏剧系（张庚兼）、文学系（沙可夫兼）、音乐系（冼星海）、美术系（王曼硕）。各系报告教育计划。⑤其实，将鲁艺的教育办成正规化，这也是一部分文化人的希望。萧三即说："中国文字里的许多术语，名词容易混淆，弄得不清楚，不完全，比方说国际上通用的两个字'Institut'和'Akademic'中文都译作'学院'，其实后者比前者更高深，更大规模。我在国外译'鲁迅艺术学院'时便是

① 《延安文艺丛书·文艺史料卷》，湖南文艺出版社 1987 年版，第 57 页。

② 徐迟：《读周立波遗稿有感》，《外国文学研究》1982 年第 2 期。

③ 沙可夫：《鲁迅艺术学院创立一周年》，《新中华报》1939 年 5 月 10 日。

④ 《延安文艺丛书·文艺史料卷》，湖南文艺出版社 1987 年版，第 640—641 页。

⑤ 艾克恩：《延安文艺运动纪盛》，文化艺术出版社 1987 年版，第 137 页。

译作‘Akademic’。‘鲁艺’的规模不愧这个名称，希望更加努力，发展并充实‘鲁艺’的工作和内容，使之真正成为全国的一个造就抗战的、民众的艺术和文学干部人才的最高学府！”①

总起来看，在鲁艺成立两年的时间里，其学院教育还不是很正规。据1938年9月制订的教育计划，鲁艺的学制比较短，“期限：每届分两学期，每学期三个月，第一学期修业后，分发实习三个月再回院继续修第二学期。连实习期共九个月”②。即使是鲁艺的正常教学工作也是常常为其他事务所冲淡的。鲁艺经常举办晚会、展览会，鲁艺戏剧系和鲁艺实验剧团经常要有剧作上演。从鲁艺成立到1939年冬不到两年的时间里，就进行晚会演出160多场，并创作结合政治形势的戏剧50多出。③鲁艺为响应中共中央生产运动的号召，专门成立了以徐以新为主任的生产委员会，并通过了生产计划，全校担负生产细粮一百三十石，菜蔬达到自给，年约七万三千斤。为了进行抗战宣传，鲁艺专门成立了以文学代理主任陈荒煤为团长的“鲁艺文艺工作团”和鲁艺所属的实验剧团一起开赴前方工作。在李维汉到鲁艺做了关于鲁艺教育方针的报告之后，这种状况并没有多大改变。从1939年6月24日始，“鲁艺开始军事演习，将全院人员编为一个纵队。政治处主任徐以新为纵队司令，副院长赵毅敏为政治委员，沙可夫、吕骥、萧三为顾问。纵队司令部下辖三个连，每日进行操练。”④显然，对于新的教育方针，鲁艺当局还没有真正地付诸实施。

二、周扬与鲁迅艺术文学院的“专门提高”

张闻天等对于鲁艺新教育方针的制定，是鲁艺走向正规化和专门化的前提与

---

① 小山:《“鲁艺”在国外》,《新中华报》(鲁迅艺术学院周年纪念特辑)1939年5月10日。

② 《延安文艺丛书·文艺史料卷》，湖南文艺出版社1987年版，第641—642页。

③ 钟敬之:《延安鲁迅艺术学院概貌侧记》,《新文学史料》1982年第2期。

④ 《延安文艺丛书·文艺史料卷》，湖南文艺出版社1987年版。

关键，但是，鲁艺正规化和专门化的真正实施是在周扬手中进行并完成的。1939年11月28日，鲁艺迅字22号通告宣布：新任正院长吴玉章，副院长为周扬，宋侃夫任政治处处长兼党总支书记。原副院长赵毅敏调任其他工作。从此，鲁艺日常工作一直由周扬负责主持。[①] 革命老人吴玉章只是挂名，不常视事，因此，作为副院长的周扬成了鲁艺当局的实际领导人。鲁艺领导层人事的变动，显然是为了“结束早期鲁艺教育行政和教学程序总是被不断举行的晚会所支配所紊乱的那种不正常状态”，和“克服抗战初期延安学校的游击作风”。[②]

1940年1月，陕甘宁边区文化协会第一次代表大会隆重召开，张闻天的文化政策报告在延安营造了一个很好的文化氛围，对于鲁艺的正规化建设也有很大的影响。中央宣传教育部副部长罗迈在大会上还专门做了《在抗战中的两种不同的教育政策》的报告。[③]1月20日，中宣部又召开了文化工作委员会议，到会的有洛甫、吴玉章、周扬、艾思奇等。[④]1940年4月，鲁艺举行两周年纪念大会，毛泽东、朱德、洛甫、吴玉章、茅盾等参加了大会，毛泽东为鲁艺题写了“鲁迅艺术文学院”的校名，大约从此开始鲁迅艺术学院改名为“鲁迅艺术文学院”。就是在这个会上，周扬报告了鲁艺的成绩和以后工作的方向，他表示“我们要培养新中国的理论人才，建立新中国的文艺批评”[⑤]。这说明周扬对于鲁艺的建设已经有了远景的规划。

周扬对于鲁艺实行的正规化措施在1940年7月制订、后又经过修订的第四、第五届学生的教育计划中开始体现。新计划将教育方针规定为团结与培养文学艺术的专门人才，以致力于新民主主义的文艺事业。教学目的也改为培养适合于抗战救国需要的文学理论、创作、组织人才，使其具备社会历史知识与艺术理论之

---

① 《延安文艺丛书·文艺史料卷》，湖南文艺出版社1987年版，第64页。

② 周扬：《艺术教育的改造问题——鲁艺学风总结报告之理论部分：对鲁艺教育的一个检讨与自我批评》，《解放日报》1942年9月9日。

③ 《新中华报》1940年1月20日第5版。

④ 艾克恩：《延安文艺运动纪盛》，文化艺术出版社1987年版，第171页。

⑤ 同上书，第195页。

相当修养，并有基础巩固的某种技术（即艺术）专长。为达此目的，原来的短期学制也延为三年（实习除外）：第一年打基础；第二三年趋于“专门”。新计划并提出学院的教育精神为学术自由，各学派学者均可在学院自由讲学并进行各种艺术活动。①

罗迈在1940年12月为《新中华报》撰文指出：一九四一年的干部教育要取得胜利，“必须切实执行《中央宣传部关于提高延安在职干部教育质量的决定》”。并说，“依我看来，延安的干部学校正处在这种短期训练班逐渐进到正规学校的过渡时期中，个别学校已开始正规化”，我们应当立即着手研究和解决“正规化学制的确立问题”“课程、课程标准及教材的编审问题”等。②1941年3月6日，鲁艺院务会议决定全面检查和总结第三年的工作，前后达一个半月之久。③就是在这场大检查中，周扬提出了“专门化”的任务。对此，当时中央干部教育部的副部长罗迈明确表示支持周扬：“我同意周扬同志的意见——要专门化。”④他说鲁艺目前有两重任务：一方面要提高自己，同时要帮助别人；在提高自己的任务上，除了培养文艺理论家与文艺批评家以外，还要培养艺术教育人才；在帮助别人的任务上，一方面要帮助延安的文艺活动，同时要作为团结全国文艺人的中心。对于这种主张，他大概考虑到有人会指斥他们这是脱离现实，是保守主义，他乐观地解释道：“现在我们大家在延安埋头研究，长期打算，一俟将来形势好转，分发出去，这一大批有相当修养的干部将是掌握全国文艺活动最宝贵的资本。这是不是保守主义呢？如果说是的，应该说是革命的保守主义。”⑤我们可以说，罗迈到鲁艺的讲话，完全体现了张闻天的指导思想。事实上，早在1938年8月，张闻天在中央政治局的会议上就有“我们并不反对少数人从事‘专门’

① 钟敬之：《延安鲁迅艺术学院概貌侧记》，《新文学史料》1982年第2期。

② 罗迈：《预祝一九四一年延安干部教育的胜利》，《新中华报》1941年1月10日。

③ 艾克恩：《延安文艺运动纪盛》，文化艺术出版社1987年版，第237页。

④ 李维汉：《在鲁艺第二次工作检查总结大会上的讲话》，出自《延安文艺丛书·文艺理论卷》，湖南人民出版社1984年版，第812页。

⑤ 同上。

的艺术”的发言。[①] 罗迈在解说鲁艺的性质时已经说得非常明白：“鲁艺是什么学校？是文艺学院，是新民主主义的文艺学院。新民主主义的文艺是什么？如洛甫同志所说，是民族的、民主的、科学的、大众的。”[②]

正是由于张闻天等中央一部分领导人的支持，这种教育方针在周扬领导下得以贯彻执行。鲁艺的一系列措施、正规化与专门化建设紧锣密鼓地进行。1941年4月29日，即李维汉在鲁艺第二次工作检查总结大会上讲话后第二天，鲁艺由周扬院长做了第二次工作检查总结，调整机构，设文学部、戏剧部、音乐部、美术部和四个行政职能处，任命部门负责人。[③] 接着，鲁艺订出《艺术工作条约》十条。[④]5月20日，鲁艺召开第一次党代会，发出《敬告全院教职工书》。指出：“鲁艺是培养新民主主义的文学艺术的创作、理论、组织各方面的专门人才的学校”，所有的党员“要和所有的非党的同志手携手把‘紧张、严肃、刻苦、虚心’的校训，把《艺术工作条约》真正切实地实行起来。在日常生活中，在艺术活动上，为创造新民主主义的艺术而共同努力。”[⑤] 这样，在鲁艺初步形成一套系统的办学思想。到了6月10日，延安鲁迅艺术文学院建立了正规学制。成立文学（部长周扬兼）、戏剧（部长张庚）、音乐（部长冼星海）、美术（部长江丰）四部，原有四个系和五个工作团分属四部之下。[⑥] 每个部的负责人都是在一个领域有影响、有成就的专业代表，这就大大地加强了鲁艺的正规化、专门化教育。从1941年6月鲁艺发布的《鲁迅艺术文学院招生章程》来看，鲁艺的正规化、专门化已经形成了一定的格局，其招生模式和开设课程已和现在正规大学、学院相仿，明确规定办学宗旨：“以马列主义的理论与立场，培养适合抗战建国需要

① 张闻天：《张闻天选集》，人民出版社1985年版，第241页。

② 李维汉：《在鲁艺第二次工作检查总结大会上的讲话》，出自《延安文艺丛书·文艺理论卷》，湖南人民出版社1984年版，第811页。

③ 艾克恩：《延安文艺运动纪盛》，文化艺术出版社1987年版，第248页。

④ 《延安文艺丛书·文艺史料卷》，湖南文艺出版社1987年版，第649页。

⑤ 艾克恩：《延安文艺运动纪盛》，文化艺术出版社1987年版，第251页。

⑥ 同上书，第258页。

之艺术文学人才，为建立中华民族新民主主义的艺术文学而奋斗。”设置了戏剧、音乐、美术、文学四个本科专业，修业年限为三年。各专业有共同的必修课和共同的选修课，而且各专业的专业课既有讲授各门艺术史、艺术运动，讲授艺术理论的课程，也有兼顾创作、欣赏与艺术实践的课程。例如，戏剧系课程有：动作、演技、朗诵、音乐常识、文学欣赏、剧作法、中国新剧运动史、戏剧概论、剧团领导、舞台工作、导演论、导演实习、舞台美术、舞台管理、剧作实习、名剧选读、中国戏剧史、毕业公演。文学系课程有：新文学运动、名著选读、中国文学、创作问题、创作实习、文艺批评、作家研究、世界文学、文艺理论选读、创作。① 这种为抗战建国服务的教育方针，对于培养文艺人才起到了非常明显的作用，以至于多年以后周扬本人和鲁艺的学员都认为这是一种不可否认的历史功绩，并没有什么错。

周扬对于鲁艺的正规化建设与专门提高确实是做出了成绩的，并且，他的这种执着一直持续到了整风运动发动以后。毛泽东发表了他的两个著名的演说后，为了进一步贯彻整风精神，中央宣传部又于 1942 年 4 月 3 日发布了在全党整风的决定，同时发布了总学委的通知，但是，这并没有影响鲁艺的正规化与专门化的风气。4 月 11 日，在鲁艺艺术文学院举行成立四周年纪念会上，“院长周扬就该院教育方针发表意见：一、基本方针，为团结与培养文学艺术的专门人材，以致力于新民主主义的文学艺术事业；二、具体目的，为培养适合于抗战建国需要的文学艺术之理论、创作、组织有某种技术专长及具有历史知识与艺术理论修养的人才；三、教育精神为学术自由，各学派学者专家均可在院内自由讲学，并进行各种实际艺术活动。”②

直到毛泽东召开延安文艺座谈会以后，毛泽东于 5 月 30 日又亲临桥儿沟向鲁艺全体师生员工做了重要讲话，号召大家从鲁迅艺术文学院这个“小鲁艺”走到工农兵群众的“大鲁艺”中去，鲁艺正规化、专门化建设才算停止了。“由于整顿三风和文艺座谈会，特别是毛泽东同志亲临鲁艺的一次演讲，改造鲁艺的问

---

① 《延安文艺丛书·文艺史料卷》，湖南文艺出版社 1987 年版，第 647—648 页。

② 同上书，第 142 页。

题提到了我们的议事日程之上”，周扬才深刻地检讨说：“鲁艺的教育和实际脱节的现象是很严重的。这现象并不是个别的，偶然的，而是贯穿于从教育方针到每一具体实施的全部教学过程中，这是根本方针上的错误。‘关着门提高’五个字出色地概括了方针错误的全部内容。”“我们提倡‘专门化’与‘正规化’，就是为了执行这个错误的提高方针。”[①] 至此，专门化、正规化作为一种错误的办学倾向被大批特批，周扬、张庚等鲁艺领导公开做了深刻的检讨并推出一系列整改的措施，鲁艺的专门化、正规化教育就此止步。

三、周立波与他开设的“名著选读”课

如果说鲁艺的正规化与专门化建设，是张闻天、李维汉等中央领导制定了正确的教育方针，是主管鲁艺的副院长周扬贯彻得力、执行有方的话，那么真正使鲁艺的正规化与专门化工作做出实绩的，应该归功于那些怀着满腔热血奔赴延安的鲁迅艺术文学院的文学、戏剧、音乐及美术教员。

在鲁艺文学系，专门化更是蔚然成为风气。周扬亲自主讲艺术概论，何其芳讲授古典文学和诗歌，文学大师茅盾讲授市民文学，而对鲁艺的正规化与专门化起到推波助澜作用的应该是周立波开设的“名著选读”课。鲁艺由于有周立波这样的知名作家、翻译家加盟，确实为此增色不少。据周立波的夫人、当时的鲁艺学员林蓝回忆：“一九四〇年到一九四二年的两年间，立波同志在延安鲁迅艺术文学院讲授‘名著选读’。”“立波同志讲授的‘名著选读’，不仅使文学系的同学为之痴迷，也受到其他各系同学及教职员工的热烈欢迎，大大提高了同学们的文学知识和欣赏写作水平。故此，中华人民共和国成立后，工作在全国各条文化战线上的延安鲁艺的老同志们，每当回忆起在延安鲁艺度过的可贵的青春岁月时，

---

① 周扬:《艺术教育的改造问题——鲁艺学风总结报告之理论部分：对鲁艺教育的一个检讨与自我批评》，出自《延安文艺丛书·文艺理论卷》，湖南人民出版社 1984 年版，第 816—824 页。

必然要谈起立波同志的‘名著选读’课，都对立波同志怀有深切的尊敬之情。”[①] 穆青也说：“我记得名著选读课最受欢迎，每次讲课，别的系的不少同学都来旁听。周老师深刻地剖析《安娜·卡列尼娜》和《红楼梦》两部名著，分析人物形象和故事结构，娓娓道来，其味无穷。引得同学们对书中主人公的命运争论不休。”[②]

周立波的“名著选读”课所讲的内容是很丰富的。他当年讲授过的我国的著名作家与作品，有鲁迅和《阿Q正传》，曹雪芹和《红楼梦》等。讲得更多的是外国文学，有高尔基、法捷耶夫、绥拉菲摩维奇、涅维洛夫、普希金、莱蒙托夫、果戈理、托尔斯泰、屠格涅夫、陀思妥耶夫斯基、契诃夫以及歌德、巴尔扎克、司汤达、莫泊桑、梅里美、纪德等和他们的经典名著。如果我们把这些作家做一归类的话，可以发现他讲授的主要是俄苏、法德等国的作家与作品以及我国的经典作家作品。这说明他对于讲授对象是进行了选择的。因为当时延安思想文化界是提倡学习苏联的文化以及法德古典时期文化的。这并非说周立波在鲁艺讲授名著选读不是自由的，相反，是教员自身的内在约束与鲁艺的教育方针允许下的宽泛的自由。从他的讲稿的内容来看，他是对于自己比较欣赏的作家与作品大讲而特讲，对于自己比较感兴趣的方面尽情渲染，而对于自己不太欣赏或者说不太感兴趣的东西略讲或略过。这种讲授方式能够让讲授者讲出自己得意的东西，显然是自成一家的授课方式。

周立波的“名著选读”课，代表了延安文艺座谈会以前鲁艺教学的一种主导倾向，也就是以后所说的“关门提高”的倾向。现在的研究者依然神往于当年鲁艺的讲堂与那时宽松的文化思想氛围。徐迟认为：“这份《立波遗稿》真正是我国近代文艺理论研究的极为重要的一个文献，更是一件弥足珍贵的美学瑰宝。”[③] 周立波在文学名著选读课上，通过对著名作家作品的分析与评论，在延安鲁艺较为系统地阐述了自己的美学观点和文学主张。

---

① 周立波：《周立波鲁艺讲稿》，上海文艺出版社 1984 年版，第 159—160 页。

② 穆青：《鲁艺情深》，《人民日报》1988 年 5 月 26 日。

③ 徐迟：《读周立波遗稿有感》，《外国文学研究》1982 年第 2 期，第 77 页。

首先，周立波是以作家、翻译家兼文学评论家的身份来从事文学教学的，他有丰富的创作阅历，深知创作的得失，尝味笔耕的甘苦，他又有精湛的翻译技巧和高超的文学理论素养，所以，他对那些大作家和名作的剖析，也有他本人独具的特点，就特别注意寻求作家作品的一般“精神法则”，探索艺术规律。因此，他讲授名著选读课的主旨之一，即是向学员传授这些著名作家作品艺术上的成就，培养鲁艺学员对于文学艺术作品的艺术感受力和审美能力。虽然现存的《周立波鲁艺讲稿》并非当年讲稿的记录或追记，而只是当时作者亲手写的提纲挈领之作，但它有非常严密的逻辑结构、内在的紧密联系，博引旁征，丰富多彩，并且非常完整，有很多的警句。他讲课的语言也和一般理论家的口气不一样，我们今天读起来仍然感到格外亲切，可以想象得到作家当时在鲁艺学员面前讲话的模样。正因为他名著选读课上得异常精彩、生动活泼、妙趣横生，所以，多少年以后，当年鲁艺的学员依然觉得“给我印象最深，每次忆起就震撼心灵、无限念恋的是周立波同志的《名著选读》课”①。周立波在鲁艺课堂上对于文艺美学的提倡，并不像后来在整风中所批评的是一种主观主义、教条主义的表现。因为优秀的文学作品总是给读者以巨大的美学感受，对它的研究却需要理智的头脑。对文学的研究，离开了美的感受，这对读者、学员是枯燥的，而在课堂上空洞的教条式的结论，对于读者更是无益，于促进创作也无补。严格地说，对文学作品的研究绝不应该把审美感受排斥在外。文学研究论著，本身就应该有美的感染力。周立波的“名著选读”课正是两者有机结合的一个范例。

其次，周立波善于运用比较研究的方法，把问题分析透，揭示作品的艺术特色。运用比较的方法，在某种程度上，就意味着需要一种广博的学识。而周立波在授课时，可以说将此方法运用得娴熟。其讲稿中，有作家思想的比较，有作品艺术特色的比较，有主人公形象的比较，有作家创作风格的比较，有文学创作思潮的比较。他这种精当的比较分析，既突出了艺术规律的某种内在联系，又引导读者增进了对每一部作品的理解，也加深了对文学创作的一般规律的认识。周立

① 梔亭:《记立波同志讲课》,《外国文学研究》1982 年第 3 期，第 99 页。

波也可以说是延安文艺中最早的、为数不多的比较文学研究者。他的这种研究方法，外国文学研究界认为对于目前的比较文学研究依然有某种借鉴意义。

最重要的是，周立波在鲁艺的讲学及其鲁艺讲稿体现了中国进步文人的艺术理想主义。例如，他在讲授《莫泊桑和他的〈羊脂球〉讨论提纲》中提出："大艺术，一定是积极地引导读者，一定不是人生抄录，而有选择，剪裁。而我们更不同于莫泊桑，不但要表现'Life as it is'（按照生活本来的样子），而且要表现'Life as it is going to be'（按照生活将要成为的样子），以及'Life as it ought to be'（按照生活应该成为的样子），因为我们要改造人的灵魂的境界。"[①] 他认为《贾司陶的女主持》的"诗的表现"之一就是它的"抒情诗"性质，这种抒情诗"使人神往于美好、庄严的梦境，使人在狭窄的现实生活中看到美丽的未来（先知的喇叭），看到广阔的生活的大野。在好的环境里使人更向完全走去，在不好的环境中，使人热烈的向上，为向上而斗争，而这斗争是曲折的，多方面的，说出一样美妙的事件，（使人在）说出各样的美（一片花，一点爱人的微笑）使人感到一种欢乐，因而得到一种甜蜜的休息，提起他的疲倦了的身心，使能再勇猛的战斗。在困难在失败中，不绝望。"[②] 文学要表现作者的艺术理想，文学作品要写出理想世界、理想的人物来，从而激励人们更好地战斗，这正是周立波对于文学及文学家的责任的理解，所以他主张："我们的世界观和创作方法是统一的。""我们是肯定多于否定……""我们是祝福多于诅咒"，"我们是快乐多于愁苦"。[③] 或许因为这样，周立波也属于鲁艺的主张"写光明"派吧。但是，周立波本质上是一个作家，他并没有因为自己的艺术主张而扼杀其他的艺术观点，他认为："歌德名他的自传为'诗与真实'，暗示了文学上的一个基本问题。……伟大的思想家，都把诗和真实联系得很紧，同时想起它们，或者可以说，把它们当作有同一内容的东西。真实是人生的本质，诗是真实的完美的表现。反映人生的真实愈多，愈广的诗，是伟大的诗，而果戈理正是这样的诗的作者。"所以，对于

---

① 周立波：《周立波鲁艺讲稿》，上海文艺出版社 1984 年版，第 41 页。

② 同上书，第 20 页。

③ 同上书，第 76 页。

写作的主题和新的东西，“主题不能听旁人或自己的选择。作家要忠实于自己的气质、才能和想象。有的爱幸福的主题，有的爱阴暗，最感兴趣的，会知道得最清楚，而知道得最清楚的会描写的最好。……以爱的主题为例。你的观点，你的个性，你的表现方法，都可以使旧的东西带有新的性质。而且还可以发现新的东西。描写你最欢喜的东西。”①

周立波不但是一个艺术理想主义者，还是一个不折不扣的人性论者。如果我们实事求是地考察周立波的文艺观及其在鲁艺的讲稿，就会发现这是一个不争的事实。他认为蒙田之所以取得了散文上的大成就，是与他“在包尔斗大学学习法律，青年生活，消磨于法庭，军营，议会，像当时贵族，过着一种愉快冒险的生活”有关的，因为，“在此期间，他获取了广阔的人生经验，和对于人性的深深的透视”②。他认为文学研究主要是“对于人生的认识和对于这所认识的东西的表现”，因此，人性（HUMAN NATURE）和美学（AESTHETICS）的既有的和可能的原理，是我们探讨的两个主要的东西③。对于俄国著名作家托尔斯泰，他做了多次的讲授，他认为作为艺术家的托尔斯泰的一个比较突出的艺术特点就是他是“一切人性的洞察者”④。由此可见，周立波所讲的“人性”并不是人生的一个代名词，也不是抽象的、孤立的人性，而是指包括人的自然属性和社会属性的人的本性，人的这种自身价值、人的个性解放和人权的尊严也是人性的一个重要的内容。周立波并不是一个唯人性论者，对于人性问题他也有他自己独特的理解。在他做关于《安娜·卡列尼娜》的第四次报告时，他就批判地认识到：托尔斯泰“为了‘他的思想的要素，使现实的要素’变得萎缩一些。为了他的永久的宗教真理，他要创造永久的人性。然而永久的人性是没有的，延安的女孩们，少妇们，没有安娜的悲剧。”但是，从周立波的鲁艺讲稿中，他分明认为人性也是文学的主要表现之一，写人性也正是现实主义的内容的一个突出的方面。爱情是人

---

① 周立波：《周立波鲁艺讲稿》，上海文艺出版社 1984 年版，第 70—76 页。

② 同上书，第 2 页。

③ 同上书，第 6 页。

④ 同上书，第 95 页。

性的一个重要方面。周立波在他的讲稿中多次提到“爱”“情爱”，并且他还颇为欣赏那种充满“力”的、“热情爱”。很显然地，周立波认为文学作品是应该描写爱情的，只不过这种爱情应该和革命事业紧密相连的，由个人的情爱上升至对于别人、对于人民大众的爱，正是爱情的坦途。

另外，我们从周立波在鲁艺的讲稿可以看出，他虽然热情主张文艺的现实主义创作方法，但是，他并不排除吸收欧美文艺的优秀遗产，相反，他大胆地提出要批判地吸收现今欧美文艺的一些主张。例如，他深入探讨了“弗洛依特（弗洛伊德，Sigmund Freud），埃利斯（Havelock Ellis），巴甫洛夫（Pavlov）精神分析，性心理，以及无条件反射等学说，对于现代小说的影响”。认为：“他们增加了（许多）我们对于人的许多知识，对心理分析有很光辉，很勇敢的探险。”并批判地指出：“但是他们没有把一个人看成社会的个人”，“我们认为要不得的地方，还是在他们以思想代替了行动。我们要求小说有丰富和泼辣的行动。我们要求心理的描写是增加我们对于人物性格的明确的认识。我们对于人物的处理的方向，不是自我陶醉的毫无意义的对于他们的意识的分析，而是对于他们的行为的表露。”①

通过周立波的“名著选读”课，我们可以看出鲁艺的教学确实是真正贯彻了鲁艺的新的教育方针，立足于鲁艺是一个“新民主主义的文艺学院”，为抗战建国培养文艺人才。

（原载于《临沂大学学报》2016 年第 5 期）

① 周立波：《周立波鲁艺讲稿》，上海文艺出版社 1984 年版，第 95 页。

在文学大众化的道路上执着探索

——延安“文协”初期的文学大众化实践论析

张根柱

在中国文学现代化进程中，文学的大众化问题始终困扰着中国现代作家。从“五四”时期新文学先驱们提出的“平民文学”到“左联”时期革命作家倡导的“普洛文学”，尽管中国现代作家付出了种种努力，但新文学始终没有走出知识分子的圈子。这种状况在中国共产党领导下的延安地区有了较大的改变，其中延安初期“文协”的文学大众化探索在文学如何走进大众等方面为我们提供了有益的启示。

一、文学大众化的外部环境

延安“文协”成立于1937年11月14日，是陕甘宁边区文化界救亡协会的简称。由于“文协”成立、成长于延安这一大的外部环境，也是开展文学大众化的平台，所以从某种意义上说，延安“文协”的成立条件即是“文协”推进文艺大众化的外部条件。延安“文协”的成立与延安文艺运动的兴起同以下几个因素息息相关。第一，中国共产党在陕北建立了稳固的根据地，由于处于战时非常时期，根据地的政治、经济、军事、文化高度一体化，这使得延安文艺运动的兴起、发展有了必要的政权基础。第二，“七七”事变后抗日战争全面爆发，大批文艺人才纷纷聚集延安，延安文艺运动的兴起与发展有了充足的人才基础。第三，中国共产党为适应新形势的变化，在党内主管意识形态领域的领导人张闻天的主持下，先后颁布了一系列支持、鼓励发展文艺运动的新政策，延安文艺运动的兴起与发展有了外部的政策基础。

1935 年 10 月，毛泽东率领的中央红军在第五次反“围剿”失败后历经千辛万苦，冲破了蒋介石指挥的国民党部队的围追堵截，战胜了来自党内的错误思想和种种危机，转战二万五千里到达陕北。先落脚瓦窑堡，继而迁至保安，最终移驻延安。抗日战争的全面爆发不仅使中国革命的性质和主要任务发生了根本性的变化，而且使全国文化发展的外部环境与发展方向也产生了巨大改变。中国共产党审时度势，不仅争取了本党与陕甘宁特区政府的合法地位，更是与国内各党各派人士开展合作，表现出积极抗日的姿态。与国民党的消极抗日相比，中国人民在中国共产党身上看到了民族解放与复兴的希望。

中国共产党清楚地认识到知识分子在民族抗战与民族建设中的重要作用。1939 年 12 月 1 日，中共中央发出了毛泽东同志起草的《大量吸收知识分子的决定》(以下简称《决定》)。《决定》指出：“在长期的和残酷的民族解放战争中，在建立新中国的伟大斗争中，共产党必须善于吸收知识分子，才能组织伟大的抗战力量，组织千百万农民群众，发展革命的文化运动和发展革命的统一战线。没有知识分子的参加，革命的胜利是不可能的。”①《决定》还批评了党内恐惧、排斥知识分子的心理和现象。对于知识分子的艺术创作与学术研究，中国共产党表现出了宽广的胸怀与远大的眼光。1941 年 6 月 7 日、10 日，《解放日报》连续发表社论《奖励自由研究》与《欢迎科学艺术人才》。与保守、专制的重庆相比，延安成为光明、自由、进步的象征，充满着朝气蓬勃的气象。全国的知识分子源源不断地奔向延安。

面对文化界、文艺界的新形势，迫切需要中国共产党制定新的文化、文艺政策。这一时期，中国共产党在意识形态领域的领导者为张闻天。延安时期，根据党内分工安排，他主管党的意识形态工作和干部教育工作，并主持制定了一系列文艺政策，领导延安文艺运动走向了科学、民主、开放的道路。这一时期，中国

① 毛泽东:《大量吸收知识分子》，转引自《毛泽东同志论党的作风和党的组织》，人民出版社 1983 年版，第 140 页。

共产党颁布的关于文艺问题的决议和指示有些散见于宣传教育类文件中，有些则为一些专门性文艺文件。

（1）《中央关于宣传教育工作的指示》（1939年5月17日）

（2）《中央关于开展抗日民主地区国民教育的指示》（1940年3月18日）

（3）《中央关于发展文化运动的指示》（1940年9月10日）

（4）《中央宣传部中央文化工作委员会关于各抗日根据地文化人与文化人团体的指示》（1940年10月10日）

（5）《中央宣传部关于充实和健全各级宣传部的组织及工作的决定》（1940年10月14日）

（6）《总政治部中央文委关于部队文艺工作的指示》（1941年1月18日）

（7）《中央宣传部关于党的宣传鼓动工作提纲》（1941年6月20日）

（8）《中央宣传部关于各抗日根据地报纸、杂志的指示》（1941年7月4日）

这一时期党报关于文化、文艺问题的社论还有以下文件。

（1）《庆祝边区文协代表大会召开》（1940年1月10日《新中华报》社论）

（2）《边区文协代表大会的成就》（1940年1月17日《新中华报》社论）

（3）《欢迎科学艺术人才》（1941年6月10日《解放日报》社论）

（4）《努力展开文艺运动》（1941年8月3日《解放日报》社论）

（5）《把文化工作推进一步》（1942年3月25日《解放日报》社论）

从上述有关文化、文艺问题的文件及党报发表的社论中可以看出，这一时期中国共产党的文艺政策有以下几个特点。

第一，中国共产党把抗日民族文化统一战线视为革命阵营中的一个重要部分，其重视程度前所未有。第二，这一时期中国共产党的文化、文艺政策体现了高度的开放性、科学性、民主性。与“左联”时期的文艺政策、文艺倾向相比，这一时期文艺更具开放性、科学性、民主性。这一点，在《关于各抗日根据地文化人与文化人团体的指示》中得到了很好的体现。第三，由于抗日战争的爆发，中国共产党把宣传抗日、发动民众作为党的文化工作的最重要的任务之一。

综上所述，延安文艺社团的成立有了必要的政权基础、人才基础和政策基础，也充分适应了当时延安文化人建立自己的团体和平台，借以研究文化、创作文艺进而服务抗战的心理需求，同时也符合中国共产党建立抗日文化统一战线借以进一步团结全民族各方面的力量，争取抗日战争的早日胜利的政治需要，因而，延安文艺社团的成立也就提到了中国共产党和延安文化界的议事日程上。经过短暂的酝酿和筹备，1937 年 11 月 14 日在陕北公学大礼堂召开了“陕甘宁特区文化界救亡协会”的成立大会，张闻天代表中共中央出席大会并做重要报告。“文协”成立后的一项重要任务就是积极推动文艺的大众化运动，依内容与形式的关系而言主要表现为以下两种做法：新瓶装新酒，即积极利用现代文学新形式来表现新内容；旧瓶装新酒，即充分挖掘旧形式来表现新内容。

二、文学大众化探索之一：新瓶装新酒

延安“文协”推动文学大众化的方式之一，就是文学新内容与新形式相结合，即当时流行的叫法：新瓶装新酒。这种“新瓶装新酒”的做法具体表现在文学形式上就是街头诗朗诵运动，而街头诗朗诵运动则最早肇始于战歌社。“战歌社”的名称和组织，最早出现在陕北公学。1937 年 12 月 9 日晚，在陕北公学的大操场上举行了纪念“一二·九”运动的晚会。参加晚会的除陕公的同学和教职工外，还有校外的一些同志。人们团团席地而坐，当中留出了一块空地，空地上有一张桌子和一盏汽灯，这就是讲话和表演节目的地方。陕公的同学刘御朗诵了一首写于 1936 年的较长的诗:《咱们不干谁来干》。这首诗生动地反映了“一二·九”运动后北平学生深入农村唤醒民众的宣传活动。诗人后来回忆当时他朗诵的场景时说:“我的朗诵不是念稿子，故不必埋头纸面，而可以面向听众。我的朗诵没有依靠扬声器，故不必定定地站在一个位置上，但必须放大嗓门。在朗诵中，我的眼睛，我的手足，我的喉咙，自然而然地听从诗情的支配，有动有静，有缓有急，有高有低，有时是平平叙事，有时是娓娓说理，有时是嬉笑怒骂，有时是大声疾呼……在持续五六分钟的朗诵中，多次激起听众的掌声，这掌声正是台上台下思想共鸣的反映。朗诵完毕，当我退出‘舞台’时，有的同学热

烈地同我握手，表示满意。这一次诗歌朗诵的尝试取得了出乎意外的成功。”[①] 对于这次成功的原因，刘御认为并非偶然，无论时间、地点和条件，对于这次朗诵都十分有利。他总结了以下三点主要原因：首先，在纪念“一二·九”的晚会上朗诵反映“一二·九”学生运动的诗歌，诗歌的中心内容与开会的意义和会场的气氛是十分合拍的。其次，晚会的主要听众——当时的陕公同学，多半是从平津流亡出来的学生。他们都曾直接或间接地参加了“一二·九”运动，诗歌的思想感情完全反映了他们的心声，很容易引起他们的共鸣。还有，朗诵者同时就是诗作者，他与听众之间又有着共同的生活经验、斗争经验和思想感情，在朗诵中，他充当了他们的代言人，他吐露他们的心声，台上台下的呼吸与脉搏，自然而然地统一起来了。应该说，刘御的总结是非常全面、准确的。

第二天，便有几位诗歌爱好者前来联络，商议成立“战歌社”。后来，边区文协负责人柯仲平建议以陕公“战歌社”为基础，再吸收其他单位的诗歌作者参加，在文协领导下，建立一个更广泛的群众性诗歌组织——战歌社。这一建议，得到大家赞同，便于 1937 年 12 月底召开了成立大会。柯仲平兼任社长。

对于战歌社成立初期的一些活动，骆方在《诗歌民歌演唱晚会记》一文中有较为确切的记载。自从战歌社成立以后，战歌社即以开展新诗歌朗诵运动为中心展开工作。根据骆方的记载，战歌社成立一个月来几乎每次晚会（中央大礼堂的或陕北公学的）都有新诗朗诵的节目，“人们都以极大的注意注视着这一个新的运动前途，都以极大的热心帮助这一个新的运动的开展。”[②]

由于战歌社发起的诗歌朗诵运动所产生的影响，文艺界对诗歌朗诵运动开始关注。《新中华报》1938 年 1 月 25 日的《边区文艺》第四期专门开辟“关于诗的朗诵问题”讨论专栏，发表了林山、雪苇、沙可夫、柯仲平等人的有关文章，3 月 15 日又发表了黄药眠的《我对于朗诵的意见》。2 月 26 日，战歌社又召开会议，专门讨论诗歌朗诵的理论与技术问题。这些文章和讨论，一致肯定了诗歌朗

① 刘御：《延安的第一次诗歌朗诵、第一个诗歌团体和第一次诗歌朗诵晚会》，《延安文艺研究》1985 年第 1 期，第 49 页。

② 骆方：《诗歌民歌演唱晚会记》，《战地》1938 年第 3 期。

诵运动是文艺（特别是诗歌）大众化的实践和途径，是时代的需要，应该发展；诗歌创作要大众化；朗诵要改进。

在战歌社的积极带动下，延安的诗歌朗诵运动日益蓬勃发展。柯仲平是这一运动的带头人，群众集会、周末晚会、大街小巷，都是他诗歌朗诵的场所。为了积极发挥诗歌的战斗作用，战歌社经常配合延安举行的各种重大社会活动开展工作。1938 年 6 月 18 日，延安边区文化界救亡协会举行高尔基逝世两周年大会，在纪念会场，战歌社布置了“纪念高尔基专号”的诗歌墙报，与会者争相观看抄录，反映良好。战歌社青年诗人们的工作热情很高，他们除了办诗歌墙报、写朗诵诗外，还成立了朗诵队，编油印的社刊，积极推进延安的诗歌运动向前发展。

在诗歌朗诵运动的基础上，战歌社还在延安及其他抗日根据地发起了街头诗歌运动。1938 年 8 月 7 日，战歌社与西北战地服务团战地社联合发表了著名的《街头诗歌运动宣言》，并定 8 月 7 日这一天为“街头诗歌运动日”。当天，由柯仲平、林山、田间、史轮、邵子南等 30 多位诗人创作的街头诗，贴满了延安的大街小巷。大街中心悬挂的几幅红布耀眼夺目，上面也写着“街头诗运动日”。同时，他们把诗写在墙壁、岩石和门板上，并散发诗传单，搞街头诗朗诵。街头诗运动日的诗歌有 9 首被登在 1938 年 8 月 10 日的《新中华报》的“街头诗选”上，它们是田间的《假使敌人来进攻边区》、骆方的《我们向你们敬礼》、贺嘉的《岗哨》、余修的《开大会》、敏夫的《边区自卫军》、史轮的《儿歌》、柯仲平的《保护我们的利益》、刘御的《小脚婆姨》和季纯的《给我一支枪》。“街头诗运动日”之后，陕甘宁边区的街头诗创作进入高潮。抗战文艺工作团的高敏夫最早把延安的街头诗带到了晋察冀，《抗敌报》文艺副刊《海燕》也开始登载街头诗。在晋察冀，战地社的田间、邵子南、史轮、曼晴等人与铁流社的钱丹辉、烂矛等合作，共同组织了一次街头诗运动日。

由于街头诗运动的蓬勃发展，对街头诗运动的理论探讨也进一步深入。1938 年 8 月 15 日，《新中华报》发表了林山的《关于街头诗运动》的理论文章。全文共分三个部分：为什么提倡街头诗；街头诗在战地；街头诗运动的意义和成绩。两个月后，1938 年 10 月 26 日，史塔在晋察冀边区的《抗敌报》上发表了《关于街头诗》一文，文章分为“街头诗在陕北”“行动的街头诗与形式”“边区的诗歌工作者到街头去”三个部分。史塔认为，街头诗就是把诗贴在街头上，写在墙头上，给大众看，给大众读，以引起大众对诗的兴趣。这不仅是利用诗歌作为战斗的武器，同时也是使诗歌从学校里、课堂上、文人的会议席上、少数的知识分子中解放出来，使它真正的大众化，成为大众的诗歌。这种街头诗，绝不是诗人在象牙塔里的低吟慢唱，而是参加在大时代斗争的行动里面的人，奏出的大时代的群众的旋律；同时又是正确地指导群众行动的，故街头诗是充满着行动性的行动的街头诗。史塔又以田间的《假使敌人来进攻边区》为例，指出街头诗虽然具有相当于政治口号与标语的意义，然而它又不是口号与标语，而是一种利用“旧瓶装新酒”的特殊形式的新诗，负有“在旧的基础上开拓新的形式，创造明朗通俗口语的任务”。史塔号召诗歌工作者不仅要写诗，更要自觉广泛地开展伟大的抗战的街头诗运动。①

街头诗的兴起既与中华民族生死存亡的抗战现实有着密切的直接的联系，同时也是对新诗及新文学大众化传统的自觉传承，是中国文学现代化过程中诗人们在诗歌领域的有益尝试。“五四”新文化运动以来，新诗在语言和情感等方面显示出大众化的发展方向。胡适在《文学改良刍议》中提出“不用典”便舍去了文学的陈腐艰涩，“不避俗语俗字”便容许了大众话语进入文学作品，使文学变得更加清晰、通俗、明白，有利于平民大众的接受。陈独秀在《文学革命论》中提出“推倒雕琢的阿谀的贵族文学，建设平易的抒情的国民文学”。继之而起的文学研究会在 1920 年关于“民众文学”的讨论中已把民众具体化为工、农、商、学、兵以及其他下层民众，并初步探讨了文学与民众的结合问题。1923 年开始的革命诗歌提出了诗歌与工人、农民和士兵相结合的口号，后来中国诗歌会曾提倡创作“大众歌调”，代表诗人蒲风就曾尝试创作方言诗、明信片诗等。延安的

---

① 对街头诗的一些理论探讨，随后在其他根据地和其他一些诗人中也在进行。如，山东根据地 1944 年 5 月出版的《胶东大众》第 21 期发表了天刑遗作《街头诗歌的研究》；1940 年 7 月华中根据地《江淮文化》创刊号上发表了陆维特的《苏北墙头诗运动的回顾和前瞻》，同一期《江淮文化》上还发表了钱毅的《盐阜的墙头诗运动》；1942 年 9 月 17 日，《解放日报》发表了艾青的《开展街头诗运动——为〈街头诗〉创刊而写》。上述探讨不在本书所论述的战歌社范围之内，故不再详细介绍。

街头诗运动可以视为上述新诗大众化、平民化历史进程中的一个节点，它比上述运动更深入民众，持续的时间也更长久，产生的影响也更大更广。

对于街头诗的内容和兴起的意义，周巍峙做了很好的概括。边区街头诗认真地实践了街头诗的宣言："让诗和人民在一起。"并且在作品上、在活动上都有了很大的发展。它"以抗战的、大众的斗争生活和抗日与民族存亡为根本题材，表现人民的喜怒哀乐，反映人民所关心的现实，鼓舞和帮助人民前进"。它揭露敌人的阴谋，控诉日寇的暴行，歌颂战斗英雄，赞扬劳动模范；号召农民多打粮，鼓励军工多造手榴弹；讴歌民主生活，赞美劳苦大众翻身做主人；支持妇女婚姻自主，夸奖儿童站岗放哨；痛斥封建老顽固，批评懒汉二流子……总之，凡与人民相关的现实生活领域，无一不有它涉足其间。在民族生死存亡的历史关头，街头诗发挥了宣传群众、组织群众的重大作用，历史功绩显著。街头诗是我国诗歌史上的一次创举，是"五四"以来新诗的革命传统的发展和飞跃。[①]

街头诗主要采取了自由诗体，它具有强烈的鼓动性和宣传性，诗体短小精悍，语言明白晓畅，画面形象生动，节奏分明，韵律整齐，洋溢着热爱家乡、抗战杀敌的激情，这是街头诗歌的优点。但不可避免的，街头诗也带有尝试中的一些不足。中国新诗先天就带有形式过于欧化、语言过于直白的弱点，街头诗也存在着艺术上的某些不足。以田间为例，由于受苏联诗人马雅可夫斯基的影响，其街头诗"形式的最大特征是在利用诗句的分行（读起来的时候就是中止和间歇）形成急驰的旋律，在旋律的起伏中间使读者的呼吸紧张起来，使读者对诗人所歌的意象获得强力的感应，激动起感情的涌流"[②]。这是从褒扬田间街头诗的角度来说的。但是，他的诗歌也有勉强分行、不够自然之嫌。难怪杨云琏在给胡风先生的信中说："我非常奇怪田间先生为甚么毫不选择地，把一个完整的句子截成数段来安排。这样做是为了加强印象吗？加重感情吗？抑是为了顾全形式呢？把一个活生生的人，无故地斩成数段来安排，也许是美观一点，但却失去了生

① 周巍峙：《晋察冀抗日根据地文艺工作概述》，转引自《晋察冀抗日根据地》史料丛书编审委员会《晋察冀抗日根据地》（第二册），中共党史出版社 1991 年版，第 156—157 页。

② 吕荧：《人的花朵——艾青田间合论》，《七月》1941 年第 3 期。

命！”[①] 因此，杨云琏把田间分行过多的诗歌比喻成“多节而乏汁的甘蔗”，似乎点中了初期抗战街头诗的形式弊病。

三、文学大众化探索之二：旧瓶装新酒

旧瓶装新酒的工作主要是由延安的陕甘宁边区民众剧团来完成的。陕甘宁边区民众剧团，亦称边区民众剧团，简称“民众剧团”，1938 年 7 月 4 日成立于延安，由陕甘宁边区文化界救亡协会领导。柯仲平、马健翎先后任团长。它是运用陕西地方戏剧艺术形式秦腔、郿鄠等，编演革命现代戏，宣传党的方针政策的文艺团体。

陕甘宁边区民众剧团，是适应时代的要求产生的。陕甘宁边区虽然在中国共产党的领导下建立了革命政权，但在意识形态领域，封建思想依然占据着广大农民的头脑，这其中固然是千百年统治人们思想的正统封建思想起着主导性的作用，但与传播封建思想的各种文化艺术形式也有很大的关系。利用旧的文化艺术形式，代之以新的革命内容来宣传革命思想、革命主张，对于发动广大农民参加革命，对于中国革命运动无疑是大有裨益的。毛泽东同志正是看到了这一点才对在革命文化战线工作的同志提出这一要求的，他所主张的“旧瓶装新酒”观点也是基于陕甘宁边区文化的现状和农民的思想实际所提出的。对于这一点，从事文化艺术工作的一些同志也有清醒的认识，如艾思奇就认为边区文化的发展存在着严重的不平衡，一方面有高度的大都市的文化（这主要是指延安的革命文化而言）；另一方面还有着极落后的文化（这主要是指延安周围农村的封建文化而言），延安城的文化高度和边区其他各县的文化高度是有着相当距离的。因此，艾思奇认为，边区文化工作应该稍稍转一转方向，加上一点新的质量。提高的工作要和深入群众的工作相配合：“民众中间现在还保存着许多有地方特色的，然而为俗流低级的趣味所腐蚀了的文化生活，在年节的关头还做着男女调情之类的

① 杨云琏：《关于诗与田间的诗致胡风》，《七月》1940 年第 2 期。

空洞无意义的舞蹈的表演，文化工作者应该走到他们中间去给以指导、教育，改善一些低级的东西，发扬他们的特色，加入抗战的内容。”①

据黄俊耀回忆，剧团的成立时间是 1938 年 7 月 4 日。②成立的当天，剧团在延安的火神庙演出了秦腔《一条路》《回关东》。这两出戏的内容，都是唤起民众抗日的意识，指出中国人只有坚决起来抗日才是唯一的生路。演出很成功，屋顶树杈都坐满了人。群众看戏后很受感动，演出轰动了延安。从此，古老的秦腔，开始注入了抗日的新鲜血液，以宣传抗日救国的崭新姿态出现在中国文坛上。

但是这一剧团在当时的性质是业余的且仅限于延安市内，因此演出以后，团员多数回到生产上去了。延安市各民众团体及该会认为此种组织欲使其深入民间，担负教育民众、训练民众、组织民众之职责，必须加以独立与扩大，方可收事半功倍之效，因此有立刻着手组织职业化的民众剧团之必要。经过边区党委和中央文委的研究，任命了将要成立的民众剧团的负责人，并且配备了必要的人员。团长柯仲平为陕甘宁边区民众剧团所写的团歌道出了剧团的宗旨：“你从哪达来？从老百姓中来。你又要往哪达去？到老百姓中去。我们是来学习老百姓的宝贵经验，你看老百姓已活了几千、几万年。我们是来动员老百姓抗战生产，你看老百姓的力量深无底、大无边。我们是来吃老百姓的奶，我们是来为老百姓开垦荒山。在民主的边区，我们自由地走来走去。我们要叫胜利花开遍，花开遍，在荒山。”③在整个抗日战争时期和解放战争时期，陕甘宁边区民众剧团以自己的实际行动实践了自己的团歌。他们沿着一条文艺为群众服务的道路，自己背着背包，行小路，过泥滩，涉河流，走沙漠，踏遍了陕甘宁边区的山山水水。遇到难行处，全团上下，一齐上阵：扛驮子，拉毛驴，甚至修路铺桥，坚持到部队、村寨，为工农兵演出。边区人民称民众剧团是“咱们自己的剧团”。有一次演出，群众送给他们一副对联，贴在舞台上。“中国气派，民族形式，工农大众，喜闻

---

① 艾思奇：《谈谈边区的文化》，《新中华报》1938 年 3 月 5 日。

② 黄俊耀：《陕甘宁边区民众剧团历史回顾——在中国戏曲现代戏研究会 1981 年年会上的发言》，出自《戏剧论丛：第一辑》，中国戏剧出版社 1982 年版，第 170 页。

③ 鱼讯：《陕西省戏剧志・省直卷》，三秦出版社 2000 年版，第 680 页。

乐见。”下联是：“明白事理，尽情尽理，有说有笑，红火热闹。”横批是：“团结抗战”。他们在宜君县店头演出后，煤窑工人赠给剧团一面锦旗，旗上写着：“有说有笑，红火热闹；尽情尽理，意味深长”，受到广大人民群众的欢迎。民众剧团的戏，内容是革命的，来自现实生活，语言是大众化的，群众能听懂，形式是民众熟悉的，群众喜欢看。1939 年 2 月 13 日，他们第一次从延安出发，带着马健翎创作的《一条路》《查路条》《好男儿》《那台刘》《有办法》和张季纯创作的《回关东》等秦腔现代戏，途经延长、延川、安定、子长、张家畔、定边、盐池、靖边、志丹、高桥等三十余处，行程二千五百里，为群众和部队演出近百场。同年 6 月 16 日返回延安，历时四个月零三天。出发时全团不到三十人，返回时已扩充到四十一人。《新中华报》称这次到各地巡回演出为“小长征”。1940 年春，民众剧团兵强马壮，声威大震。他们带着一批新节目，开始了第二次“小长征”——挺进关中。在这次长达一年的“小长征”中，他们逢村献艺，遇镇搭台，足迹踏遍了边区的村庄市镇，唱遍了边区的山山水水。全团同志受到极大教育和锻炼，比第一次“小长征”收获更大。①

柯仲平在《介绍〈查路条〉并论创造新的民族歌剧》一文中，也介绍了陕甘宁边区民众剧团的演出备受边区老百姓欢迎的情况：“我们民众剧团，勿论走到哪个乡村里去，都受群众热烈的欢迎。这一乡的群众还不肯放我们，另一乡早派代表来邀请我们，说是‘已经准备好欢迎你们了’。”② 老百姓喜欢民众剧团演戏的主要原因，据老百姓自己讲是“教我们娱乐，还教我们知道打日本的事情”，“不止看个红火，还要看个情节”。而地方宣传干部也认为民众剧团给老百姓唱三天戏的效果赶得上他们三五个月的宣传教育工作。这当然是与民众剧团采取当地老百姓喜闻乐见的民间戏曲形式分不开的。由此可见，从文学大众化的实际效果看，旧瓶装新酒要好于新瓶装新酒。

---

① 孙国林、曹桂芳：《毛泽东文艺思想指引下的延安文艺》，花山文艺出版社 1992 年版，第 365 页。

② 柯仲平：《介绍〈查路条〉并论创造新的民族歌剧》，转引自徐乃翔编《文学的“民族形式”讨论资料》，广西人民出版社 1986 年版，第 36 页。

文学大众化是一个复杂的问题，它既涉及文学自身发展的艺术规律，同时也与外部社会环境的变化息息相关，特别是在风云激荡、民族危亡的战争年代。在民众文化水平极低甚至不识字的情况下，文学要想走向大众、发动大众的确是值得艺术家探索的问题。从这个方面来说，延安艺术家对文学大众化的探索是非常有意义的。

（原载于《临沂大学学报》2015 年第 5 期）

纠结于政治与文艺之间

——论延安时期丁玲的文学创作

徐元绍

政治与文艺的纠结，可以说是整个中国现代文学中的重大问题。文艺的政治化，表现了中国在现代民族化发展进程中的文艺诉求；五四文艺传统，体现了中国文学的现代化追求。两者的纠结，不仅影响了中国现代文学的发展进程，更是影响了当时绝大多数作家的文学创作。作为典型个案，丁玲，五四后第二代以善于描写女性个性解放意识而登上文坛，第一个来到延安的著名作家，前期延安文学的重要倡导者、组织者和实践者，为前期延安文学的繁荣与发展做出了重要贡献。而在延安文学后期，即 1942 年 5 月《在延安文艺座谈会上的讲话》后，丁玲基本上停止了小说创作，只是进行一些政治任务性质的报告文学等创作。她沉寂了五年，才有了 1947 年标志着政治与文艺“完美”融合的反映华北地区土改的长篇小说《太阳照在桑干河上》的面世。延安时期的丁玲，似乎“始终紧张而痛苦地被两种分裂的自我形象和自我感觉所缠绕，难以解脱”①。一方面，她在积极主动地向政治靠拢；另一方面，潜隐于作家内心深处的文艺意识却时时隐隐出现，她纠结于政治与文艺之间，一直努力在探索两者之间的结合。

① 贺桂梅:《转折的时代——40～50 年代作家研究》，山东教育出版社 2003 年版，第 217 页。

一

前期延安文学，指的是从 1935 年 10 月红军进入陕北到 1942 年 5 月毛泽东的《在延安文艺座谈会上的讲话》发表之前的延安文学。当时作为中共中央书记处书记、中央宣传部部长张闻天的“无为而治”的“自由主义”的文艺思想主导着整个前期延安文学，即：在“强调文艺为抗战形势服务的同时亦比较注重文艺战线内部的包容性，要求尊重文化人的生活习惯和工作方式，遵循文艺创作的内在规律”[①]，在较为宽松的文化文艺生态氛围中建设“民族的、民主的、科学的、大众的”[②]中华民族的新文化。延安的文艺运动蓬勃发展，各种文艺团体（包括文学、戏剧、音乐、美术等）纷纷建立，创办了许多文艺的和研究的刊物，各种文化活动十分活跃，各种文艺理论问题的研究与论争热烈而健康，文艺创作空前繁荣。

在延安文学前期，丁玲的文学创作大体上可分为两个阶段：1936 年冬至 1939 年秋为第一阶段；1939 年冬至 1942 年 5 月为第二个阶段。基本上经历了一个从初期创作上的调整期到回归“文艺”传统的过程，即由积极向政治靠拢，宣传抗战，积极深入当时延安的社会生活，到扎根灵魂深处的文艺意识使其超越生活现实，以一种批判意识和理性态度来观照生活与社会现实，创作出一大批当时在延安文坛影响深远的作品的过程。

1936 年 11 月，丁玲在党组织的帮助下脱离国民党的南京囚禁生活，来到中共中央所在地陕北保安，受到毛泽东、张闻天和中国共产党领导层的欢迎和善待。她很快融入了延安的真实生活，积极投入到全民抗战的热潮之中。她发起成立了中国文艺协会，并被推举为文协主任，要用“那帮助着冲锋侧击和包抄的一支笔”写下“汉奸的秦桧”和“白脸的曹操”[③]，为民族抗战服务。全面抗战爆发

---

① 韩晓芹：《体制化的生成与现代文学的转型：延安〈解放日报〉副刊的文学生产与传播》，中国社会科学出版社 2012 年版，第 13 页。

② 张闻天：《抗战以来中华民族的新文化运动与今后任务》，《解放》1940 年第 103 期。

③ 丁玲：《刊尾随笔》，《红色中华·红中副刊》1936 年第 1 期。

后，丁玲担任了中央军委委托中央宣传部组织的西北战地服务团的团长。1937年9月，她带领西战团从延安出发，东渡黄河到山西、陕西等地，辗转数千里，一直到1938年10月底，才回到延安。后来又调离西战团，进入马列学院学习。

这一阶段，丁玲怀着对革命的向往与追求，向政治靠拢，自觉践行文学为民族、为政治服务的原则。当时她曾经鼓吹："我们的戏剧、歌咏等等只是一个工具，是船上的桨篷、缆索而已。这些固然重要，但更重要的是指南针、是舵。而政治却是战地服务团的指南针、是舵"[①]，这都鲜明地传达出丁玲追随政治、追随时代主潮的心态。在文学创作方面，除了《一颗未出膛的枪弹》《东村事件》外，她抛弃了自己所擅长的小说创作，转而创作了大量极具宣传性、鼓动性的散文、报告文学、话剧。其中，报告文学有《广暴纪念在定边》《记左权同志话山城堡之战》《到前线去》《南下军中之一页日记》《警卫团生活之一斑》，散文有《彭德怀速写》《文艺在苏区》，诗歌《七月的延安》等，虽然这些作品大都比较简单朴实，文学价值不是太高，但却洋溢着对革命生活的新鲜感和战斗的豪情，充满着对我军将领的由衷敬爱，对于宣传抗战、鼓舞士气具有一定的积极作用。如《彭德怀速写》，丁玲用抒情的笔调，为我们勾画出一个与群众血肉相连的无产阶级领导人形象；而《河西途中》《临汾》《孩子们》《第一次的欢送会》《忆天山》《关于自卫队感言》《冀村之夜》《马辉》等则写于西战团期间，大都为作者的亲身经历，真实地记录下了战争生活的画面，能让我们感受到那个时代特有的战斗脉搏的跳动。剧本《重逢》《河内一郎》等，从话剧艺术来看，十分粗糙。然而，正像作家本人所说的："这两个剧本的写作都不是我本人在生活中有什么灵感，也不是经过仔细酝酿、构思、精雕细刻出来的作品，而只是适应宣传工作的需要，完成戏剧组（指战地服务团戏剧组）分配给我的一项写作任务。"[②] 都是为了宣传抗战的需要而作。

---

① 丁玲:《政治上的准备》，转引自《丁玲文集》（第四卷），湖南人民出版社1984年版，第49页。

② 丁玲:《序·丁玲戏剧集》，转引自《丁玲文集》（第六卷），湖南人民出版社1984年版，第642页。

以上报告文学、散文、戏剧等创作，大都是急就章，文学价值不是太高，算不上什么真正的文学创作。这一方面说明丁玲对延安的实际生活还不是很熟悉，还处于一种创作的调整期；另一方面也与传统的士大夫文人情怀有关，当时中华民族面临亡国的危急关头，传统的士大夫“国家兴亡，匹夫有责”精神的感召，使其主动为民族解放而贡献自己的一份力量。

丁玲的创作真正在延安文坛上做出可观的成绩，还要从她 1939 年冬重回边区文协，从事文艺创作始，至 1942 年 5 月延安文艺座谈会召开止的近三年时间。

经过近三年的生活感受，丁玲对延安、对革命的理解，已从单纯的歌颂和赞美转为对现实的冷静的思考。潜隐在她内心深处、创作早期就已在她灵魂深处扎根的文艺意识，使她积极反映现实、干预现实生活。正像学者所评价的：

> 丁玲对解放区生活的认识，在当时可以说已经超越了社会生活的表层结构，超越了一个真挚的歌颂生活的层次，而达到了一种严肃的、纵深的、整体的历史意识。在人们还在为解放区生活大唱赞歌的时候，她已经在用一种挑剔的批判的眼光看待生活了。虽然我们还不能把这完全看成为作家的一种超前意识，但由此体现出来的作家的深邃的思想穿透力和敏锐的洞察力，却是极为难能可贵的。①

这一阶段丁玲的文学创作以小说、杂文为主。其小说创作更是开创了延安“暴露文学”的先河，此类作品分量很重，在当时就引起文坛的注目，有的文章简直一石激起千层浪。其中，揭示中国农村妇女的历史苦难和民族耻辱的《新的信念》，可以说是《我在霞村的时候》主题的前奏。尤其是后者，作者以沉重的笔调揭示出即使在革命圣地延安，压迫束缚农村妇女的封建伦理道德（像“饿死事小，失节事大”的观念）依然在人们的意识中根深蒂固。作于 1940 年，发表于 1941 年 11 月 15 日《谷雨》第 1 期，作为丁玲延安时期文学创作的代表作品的《在医院中时》，更是通过陆萍这一独特艺术形象，成功地写出了理想化的知

---

① 李晓峰：《批判意识：丁玲四十年代的小说意蕴》，《抗战文艺研究》1988 年第 3 期。

识分子与周围环境之间的矛盾，深刻揭露出在延安生活中小生产落后势力与先进的现代科学技术之间的尖锐矛盾；同时，也显示了对普通民众进行启蒙的必要性，在客观上也证明了以工农兵的思想、立场与感情进行知识分子改造的荒谬性。①

相对于丁玲的小说对延安社会生活的隐晦曲折地批判，其杂文更有鲁迅的泼辣凌厉之风，直指延安社会生活中不合理的现象。本着善意的态度，丁玲主张"要以一个崭新的面目出现，把握着斗争的原则性，展开泼辣的自我批评"，同时，也应该"毫不宽容地指斥应该克服、而还没有克服，或者借辞延迟克服的现象"。② 她大声呼吁《我们需要杂文》，更是身体力行，创作了《什么样的问题在文艺小组中》《干部衣服》《"三八节"有感》《风雨中忆萧红》《大度、宽容与〈文艺月报〉》《战斗是享受》等一系列杂文。

丁玲认为，"我们这时代还需要杂文，要用杂文作武器，为铲除封建意识和小生产习气而斗争。"她还进一步指出："即使在进步的地方，有了初步的民主，然而这里更需要督促，监视，中国的几千年来的根深蒂固的封建恶习，是不容易铲除的，而所谓进步的地方，又非从天而降，它与中国的旧社会是相连着的。"③ 像《适合群众与取媚群众》一文直接提出"到大众里去"和"群众化"不能"取媚群众"；《什么样的问题在文艺小组中》一文直指延安时期"假、大、空"的文风，在文末得出结论："文艺不是赶时髦的东西，这里没有教条，没有定律，没有神秘，没有清规戒律，放胆地去想，放胆地去写，让那些什么'教育意义'，'合乎什么主义'的绳索飞开去，更不要把这些东西往孩子身上套。否则文艺没有办法生长，会窒息死的！"④《干部衣服》，更是以典型的杂文方式对延安的等级观念提出批评。这类杂文直指当时延安社会生活之弊，更难得的是，丁玲在具

① 张根柱、付道磊：《延安文学体制的生成与个性的嬗变》，中国矿业大学出版社2008年版，第145页。

② 丁玲：《大度、宽容与〈文艺月报〉》，《文艺月报》1941年第1期。

③ 丁玲：《我们需要杂文》，《解放日报》1941年10月23日。

④ 丁玲：《什么样的问题在文艺小组中》，《中国文艺》1941年第1期。

有这种批判意识的同时还具有理性态度，这使她的作品高于同时代其他人之作。因而，这是一种清醒的现实主义，是一种鲁迅式批判精神的恢复，“解放区文学因为有了丁玲的名字而显示一种与中国文学现代化进程一脉相承的风采”[①]。

丁玲的文学创作由政治热情到回归文艺，这与当时特殊的历史氛围和作家个人的经历有关。丁玲本质上是一个作家，她的激进思想带有那个火热年代激进文化人的共同特征，然而对于文艺本身来说，她深受五四文艺传统的影响，秉承一种民间立场，崇尚文艺的自由创作。其针砭延安社会不合理现象之作，与其自身的经历不无关系。其一，南京的囚禁经历曾经让某些人质疑，这让满腔热忱的丁玲精神上如遭重击；其二，其复杂的情感经历遭遇延安落后的对于妇女的封建旧意识，使她受到周围民众的歧视并与之产生隔膜。这些都对丁玲当时的创作产生了深刻的影响。

二

一般意义上为绝大多数学者所接受的后期延安文学，是指从 1942 年 5 月的延安文艺座谈会的召开始，到 1949 年 7 月全国第一次文代会的召开为止，这一时段内的延安文学及其影响下的整个解放区文学。在延安整风运动开始后（大体以张闻天 1942 年 1 月到晋陕调查离开延安和延安文艺座谈会为界）延安文坛就逐渐沉寂了下来，延安文艺运动走向了实用化、群众化和政治化的道路。延安文艺的体制化开始形成。对于作家的创作而言，体现出努力向体制化靠拢的痛苦过程。而丁玲也不例外。

在《关于立场问题我见》中，丁玲表示拥护毛泽东关于“文艺服从于政治”的思想，承认自己是“小资产阶级出身”，接受过“非马克思主义”。因此，“改造，首先是缴纳一切武装的问题”。而要“从那一个阶级投降到这一个阶级来”，作家本身要有“一颗愿意去受苦的决心”，要承受“把一种人格改造那一种人格

① 张永泉：《解放区文学的开拓者和超越者——丁玲与解放区文学》，《华北水利水电学院学报》2000 年第 6 期。

中的种种磨炼”，“即使有等身的著作，也要视为无物。要拔去这些自尊心、自傲心”。反复强调深入群众、改造自己，做到与群众同呼吸、共命运，真正地融为一体。丁玲这样说，也是这样做。她开始下乡，深入生活。丁玲的创作话语比较彻底地转向了虔诚的歌颂。在个人审美意识与时代政治发生尖锐冲突的时候，丁玲虔诚地服从了时代政治的需要。于是，从 1942 年下半年起，我们看到了“另一个”作家丁玲。曾经以小说创作闻名于世的丁玲，竟然有五年之久没有写过一篇小说。1942 ~ 1947 年，丁玲几乎成了报告文学的“专家”，从描绘十八个八路军战士勇敢牺牲精神的《十八个》起，陆续有《二十把板斧》《田保霖》《一二九师与晋冀鲁豫边区》《记砖窑骡马大会》《民间艺人李卜》《袁广发》《三日杂记》等，它们构成了丁玲这一时期的主要创作系列。

但这毕竟不是真正的丁玲！她知道，这些作品，过于追求政治价值，忽略了文艺审美追求。但是，在为“工农兵服务”的大方向下，在“文艺为政治服务”的大前提下，她一时又难以找到将政治与文艺很好结合的方式。于是，她徘徊着、矛盾着，她在努力寻找能将政治与文艺完美融合的作品……一直到 1948 年，丁玲才出版了标志着政治与文艺“完美”融合与平衡的长篇小说《太阳照在桑干河上》。

《太阳照在桑干河上》无疑具有很强的政治性。这部反映华北地区土改运动的作品，自觉地实践着毛泽东《在延安文艺座谈会上的讲话》中提出的“文艺为工农兵服务”的方向。用丁玲自己的话来说，这部小说：“不过是我在毛主席的教导下、在党和人民的指引下，在革命根据地生活的熏陶下，个人努力追求实践的一小点成果。”[①] 丁玲在作品中自觉地用社会主义现实主义的表现手法，塑造了一批政治水平不一、性格特征各异的共产党员形象，从侧面表现了农村阶级斗争的尖锐性与复杂性，展现出中国农民在中国共产党的领导下必将踏上光明之路的胜利前景。

与此同时，《太阳照在桑干河上》的文艺性也得到了很好的表现。作品不仅

---

① 丁玲:《太阳照在桑干河上·重印前言》，花山文艺出版社 1985 年版。

表现了错综复杂的人物关系：像顾涌，大女儿的婆家是富农，二女儿嫁的是地主的儿子，大儿子参加了人民子弟兵，二儿子还是村干部；地主钱文贵，一个儿子参加劳动，另一个儿子参加八路军，儿媳妇是富裕中农的女儿，侄女黑妮又和现在的农会主任相爱。同时还塑造了多样化而复杂的人物形象，尤其是黑妮——这部小说中最受读者喜爱的人物。黑妮这个形象的特征是“美”，从外表美到心灵美，然而其内蕴却是悲剧美。正是透过这种悲剧美，人们强烈地感受到这个“美丽的少女”“好心肠的姑娘”对自由尊严与美好爱情的强烈渴望与吁求，感受到丁玲在这个人物身上寄予的对美的情感，美的心灵被误解被伤害深感惋惜的人道主义的悲悯情怀。①

最后，作品的文艺性展现，还突出地表现在作者对待农民的态度上，有意无意地对农民表现出来的软弱的国民性进行的揭露和批判，这都让我们再一次看到了丁玲五四启蒙知识分子的一面，骨子里似乎依旧流淌着五四文艺传统的血液。

《太阳照在桑干河上》既具有很强的政治性，又有着自己独特的文艺性，可以说是政治性与文艺性的结合较为“完美”和平衡的一部作品。我们能够从中体会到一个纠结于政治和文艺之间的作家的痛苦和无奈。可以说，《太阳照在桑干河上》是丁玲在外部政治压力和内心文艺诉求中挣扎与融合的结晶。

从上述丁玲在延安时期的文学创作的发展脉络及延安文学体制化的形成来看，延安文学的体制化的规约不仅对作家的创作产生了深远的影响，使得作家的创作纠结于政治与文艺之间；而且深刻影响了中国文学现代化的历史进程。全面客观清醒地认识并评价延安文艺的体制化对作家的规约及对中国文学的现代化发展的得与失，以便在一个宽松、自由的环境中更好地调整作家在战争环境中的心态，更好地承担起民族解放和国民启蒙的双重责任，这应该是每一个延安文艺界知识分子都应该深入思考的问题。

（原载于《临沂大学学报》2014 年第 3 期）

---

① 张艺芬:《沉浮于文学与政治的夹缝之间——延安时期丁玲文学活动研究》，重庆师范大学 2005 年硕士学位论文。

在战争与文艺之间

——论前期延安文艺界的下乡入伍运动

张根柱

前期延安文艺界的下乡入伍运动是延安文学发展中一个引人注目的现象，前期延安文学表现出来的某些根本特征均与之有着紧密的内在联系。作为延安作家了解、熟悉边区生活的重要途径之一，它对延安作家的生存状态与文学创作产生了持久的、深刻的影响。

在张闻天的领导下，前期延安的文化教育事业初具规模并日益走上专业化、正规化的道路，延安的一些机关、学校及各种形式的协会汇聚着来自全国各地的优秀知识分子。为了壮大抗日力量，同时使延安知识分子更好地了解、反映边区生活，大多数机关、学校、协会都积极响应边区的号召，组织种种形式的战地考察团、服务团、慰问团、实习团等，深入前线、农村，下乡入伍运动在延安风行一时。大批年青的知识分子走上了战场、走向民间，他们渴望在下乡入伍运动中获得新鲜的生活体验，为时代谱写壮丽的篇章。

在延安各个机关、学校、协会组织的下乡入伍运动中，鲁迅艺术学院的做法是颇有代表性的。鲁艺的实际负责人周扬极力主张“作家应当到前线去，到内地去”。只有这样，作家才能走出书斋，接触到活生生的现实生活，获得丰富的生活体验，“不管是前线阵地，或是穷乡僻壤，都可给作家提供不少新奇有趣的生活材料。”[①] 周扬的这种看法的确道出了文学创作与生活之间的紧密关系。在他的

① 周扬:《抗战时期的文学》,《自由中国》1938 年创刊号。

积极推动下，鲁艺的每届毕业生都要到前线和农村去实习。鲁艺文学系的第一期学员虽然学制不到一年，但到前方实习的时间就有三个多月，由此可见鲁艺对下乡入伍运动的重视程度。但是，从鲁艺师生下乡入伍的实践来看，并未达到预期效果，师生常常是满怀热情地奔赴前线，最终却不免带着一种沉重的失落感回到延安。这其中的原因在哪里？沙汀、何其芳等人在120师的经历则典型地说明了这个问题的症结所在。

1938年9月，在周扬的安排下，沙汀、何其芳率领部分鲁艺师生到120师体验生活，120师的高层领导对鲁艺师生的到来表现出极大的热情。由于鲁艺师生毕竟不是军队的成员，而且大都没有战斗经历，因此，120师给他们以客人般的优厚待遇。鲁艺师生不惯行军，120师就专门为他们配备了马队，这就使得普通的战士对这批军队中的特殊阶层侧目而视，时不时地与他们发生一些小摩擦。同时，为了切实保证鲁艺师生的人身安全，120师不仅把他们安排在上层机关工作，如司令部、政治部等，而且还配备了专门的警卫人员。鲁艺师生的日常生活就是随120师的上层机关进行频繁而单调的行军，除此之外，便是吃喝、睡觉等正常的生理活动。当他们提出参加战斗或别的军事行动时，常常被阻止或受到限制。处在这种被"养起来"的情境下，鲁艺师生虽然身处前线，却对战争生活了解很少。面对战场上与敌人厮杀的战士，他们的内心不由自主地泛起一种愧疚感，找不到自己的生命价值之所在。沙汀曾经对何其芳开玩笑，说他们是120师喂养的两匹牲口，原因就在于此："……我们既没有具体工作，也不了解敌我情况，每天就是杂乱无章地吃、喝、睡眠和行军，……"[①]这不仅违背了他们到前线去的初衷，而且由于无所事事，难免产生一些茫然不知所措的寂寞感、苦恼感。翻阅沙汀的随军日记，表达此类情绪的语句几乎随处可见："怕见人，不愿同谁交谈，心中泛起一种茫漠的忧郁。""随后彼此都感到自己似乎是吃闲饭，很苦恼。""精神、情绪依旧欠佳。……但是除了疲倦、无聊，仿佛并没有什么值得记得，而且担心老是这样下去如何是好？""又是照例的生活：沉闷，无聊，疲倦

---

① 沙汀：《敌后七十五天·沙汀选集》，四川人民出版社1984年版。

得要命！”“夜里其芳烧着炕，一面同我闲谈，而愈益感觉无事可做之苦。”“睡觉前只有一个坚强的念头：混下去是不行了。”[①] 如果不了解鲁艺师生在军队中的这种“做客”生活，常人是难以理解何以在激烈紧张的战争环境中竟产生贵族式的闲愁情绪。领队如此，属下的心境可想而知，因此，在不到三个月的时间内，鲁艺文学系的多数同学就提出了回延安的要求。面对这种情况，沙汀不禁发出感叹：“大家对自己的处境都颇为感慨，希望学习期满后就回延安。有两位表示的最坚决，说是希望将来好好读一些书；想起大家从延安出发时的热情、抱负，当前的表现有点令人难于理解。而我自己又何尝两样呢！”[②] 虽然师长贺龙苦苦挽留，但鲁艺师生去意已决，不久便毫无所获地返回了延安。何其芳形容说：“这是一个可羞的退却。”[③] 由此可见，他们对自己的这次前线之行是极为失望、沮丧的。

除了这种在部队的“做客”状态外，鲁艺的不少师生对这种体验生活的形式也感到极不适应。即如沙汀个人而言，他就认为，作家在体验生活认识生活上，“与其广阔而浮面，不如狭小而深入”[④]。应该说，这是符合文艺认识生活的规律的，也是符合沙汀个人的特点的。因此，在 120 师到达晋西北岚县的时候，他曾想单独留下并长期居住下去，先了解晋西北根据地的一般情况，然后再深入一个游击区，在一个连或者一个营生活半年左右时间，相信这样下去，应该能获得一些真切的生活体验，在此基础上写出一点像样的作品来应该不成问题的。但是，鲁艺所组织的体验生活的形式是很难让个人有单独行动的自由，况且沙汀本人又是带队的负责人，贺龙师长的三言两语便打消了他这个有些不切实际的念头。由此看来，鲁艺这种形式上的下乡入伍不能给作家提供多少自由活动的时间、空间，虽然在待遇上远比一般战士优越，但在精神上，他们却感觉“自己恰如囚犯

① 沙汀：《敌后七十五天 · 沙汀选集》，四川人民出版社 1984 年版。
② 同上。
③ 何其芳：《星火集》，群益出版社 1945 年版。
④ 沙汀：《这三年来我的创作活动》，《抗战文艺》1941 年第 1 期。

一样。”①

沙汀、何其芳等人在120师的经历，集中反映了鲁迅艺术文学院乃至前期延安文艺界的下乡入伍运动本身所普遍存在的问题。总的看来，这种以集体为单位的下乡入伍运动，时间短暂且工作偏重上层，作家、艺术家基本上处于生活隔离的“做客”状态，虽然他们意在扩大自己的创作视野、丰富自己的生活体验，实际上却是走马观花，仅仅停留在生活的表面。而对于一个作家来说，不管他的文学修养多么深厚，艺术技巧多么娴熟，真切的生活体验都是其作品成功的前提与基础，离开了这个前提与基础，他将一无所获。事实上，鲁艺师生及其他延安作家的创作情况，也恰好证明了这一点。尽管他们曾经到过前线，但战争生活对于他们来说依然是十分的遥远，战场上的士兵对于他们来说也是相当的陌生。虽然他们极力想写出反映民族抗战的切实作品，结果却是要么不真实，要么写不出。对当时描写战争生活的作品，文学修养颇深而又富有战场经验的肖克将军曾有过如下的评论：“描写战争的作品是多的，但是千篇一律，没有变化。比如写枪声总是用‘拍拍’几个字来代替，炮声一定用‘轰轰’的字眼，大家全成为习惯了。其实枪声在高处是一种声音，在低处又是一种声音，远近，有没有危险，一个有战斗经验的人全可以从各种不同的声音听出来。”②枪声炮声的描写不符合战场实际，作家笔下的士兵更是如此，往往是身上穿着士兵的服装，口中却说着知识分子的话语，这就难免给人一种“做”与“隔”的感觉。

前期延安文艺界出现的这种创作与生活隔离的现象，在部分外来型作家身上表现得特别明显，尽管他们没有某种生活经历、某些生活体验，或对笔下的人物没有深刻的了解，但是为了表现抗日这个时代的主题，便不惜以牺牲生活真实为代价，凭空捏造一些惊险离奇的情节，企图以此来吸引读者的注意力，并借此达到反映抗战生活，塑造抗日英雄的目的。此类作品虽然表面上披着一层抗日的外衣，但在骨子里依然掩饰不住生活的贫乏与空虚。在这种情况下，不是作家占有材料，而是材料在牵着作家的鼻子走，作品根本谈不上对生活有什么独立的思考

---

① 沙汀：《敌后七十五天·沙汀选集》，四川人民出版社1984年版。

② 马加：《肖克将军在马兰——平西散记》，《解放日报》1941年11月22日。

与深刻的发掘，更不要说有什么创作个性可言。由于缺乏生活实感，作品的抗战生活与抗日英雄又往往给人一种不真实的感觉。丁玲在《材料》一文中曾对这种创作现象有所描述，一个没有到过东北的作家，却在写一个共产党员在苏联边界上夜行的故事；一个只远远看过几眼日本俘虏的人却在创作着有关日本军队的长篇小说。既然如此，作品中出现这样的描写也就不足为怪了："所以在写水的时候，会有'一涓平的水滔滔而流'，而在写下雪天会有'一会儿四周山头上的云彩便不见了，而鹅毛大的雪片纷纷地飞着'这样的描写。写夜晚会'没有云，也没有星星'。"①

延安前期文学中出现的公式化概念化倾向也与作家缺乏深刻的生活体验密切相关。当作家的创作缺乏厚实的生活基础却又强行反映某种思想的时候，他就会在作品中搬弄一些空洞的政治概念、政治口号，这样，作品本身所包含的主题思想就不能与作者本人的生活经历、情感体验水乳般地结合在一起，也就难免给人以拔苗助长的感觉，公式主义的毛病与口号化、标语化的倾向大多由此产生，尽管作品闪耀着思想、主义的光环，却掩饰不了苍白的生活面孔。查阅前期延安文艺界创办的一些原始报刊，我们就会发现，虽然"抗战小说""抗战戏剧""抗战诗歌"等占据着其中的大量篇幅，但是公式化、概念化倾向几乎成为这些作品的通病，例如戏剧上四五个脸谱（一个日本人，一个汉奸，一个老百姓，一个抗日军官等）搭档的公式，还多少有着支配的作用。与之相比，能深刻反映现实生活的作品还比较少，能创造出真正现实的典型作品也相当有限。

如果不愿如此凌空蹈虚，那就只好有下述两种选择：要么写一些自己熟悉的、回忆性题材的作品；要么封笔不写。事实上，前期的延安文艺界也确实存在着这两种情况，对于后者，我们从批评家的文章中可以略窥一斑："……'实在写不出东西'的感觉，也是不难听得见的。"不少作家从前线回到延安后，面对着自己从前线搜集来的材料。整日坐在窑洞中，却一个字也写不出来。作家身份的唯一证明是作品的产生与存在，没有作品，作家的身份就名存实亡。因此，这

① 丁玲:《材料》,《解放日报》1941 年 9 月 29 日。

批作家被延安的某些人讥讽为蛰居在窑洞里的“坐家”，体验生活的下乡入伍运动也被人称为“特殊官费旅游”。这样，作家们一方面要独自承受难产的痛苦，另一方面又不得不面对周围的嘲讽。

从作家的一些言论来看，回忆性题材的创作在很大程度上也是缘于作家对边区生活的陌生。在《后悔与前瞻》一书中，周立波道出了自己创作回忆性作品的原因：“在过去，我到过前方，也到过乡下，但是没有写出过好东西。因为我在那里是‘作客’，客居的时间又很短。在前方，我敬爱战士，但止于敬爱，对他们的生活、心理和感情，我是毫不熟悉的。我只晓得他们会打仗，很艰苦，总之是不到前方也能知道的一般情形。”[①] 因此，周立波认为，自己写前方只能写出一些表面的片段，写不出伟大的场面和英雄的人物，便只能写一些回忆性的题材。周立波的这番话并非自谦之语，的确道出了其本人及部分延安作家在创作上存在着的一些苦衷。《晋察冀边区印象记》与《战地日记》堪称当时报告文学中的优秀之作，但我们从中得到的也仅仅是有关战争生活的一些印象与观感。由此可见，周立波转而创作《麻雀》等回忆性题材的作品，与其说是过往的经历让他情不能已，毋宁说在很大程度上是由于他与延安现实生活的隔离，是在一种极不情愿的情况下被迫转向的，这在根本上决定了他不可能以一种悠然的心态来从事回忆性题材的创作。

沙汀也有着与周立波同样的感受：“然而就关于创作的理解，重要的原因却还在这里，虽然我看见了一些战后的新的情况，接触了一些已经有了新的观念和新的感情的人民，并且得到了一般的概念，然而他们原来怎样？其间经历如何的过程？这一切都不很清楚，因而，我总觉我对他们是陌生的，不能更深地去了解他们。这和我六七年来创作观念的变化也很有关系，因为单用一些情节，一个故事来表现一种观念，一种题旨的方法，我感到是不够了。”[②] 在这种情况下，沙汀的创作视野又转向了他所熟悉的川西北偏远城镇，《消遣》这篇小说就是他在120师体验战争生活的时候写下的。由于作家对故乡各种各样的人物、风习从小

① 周立波：《后悔与前瞻》，《解放日报》1943年4月3日。

② 沙汀：《这三年来我的创作活动》，《抗战文艺》1941年第7卷第1期。

就耳濡目染，所以这篇小说流露着一种浓浓的乡土风韵，在艺术表现上是相当成功的，但作家本人却对此深感不安、不满："而奇怪的是：我的《消遣》竟是在抗日战争时期，晋西北游击区的岚县写的。"[①] 沙汀分明感到了自己的创作与延安浓重的抗战空气存在着诸多不和谐之处，他之所以离开延安，不能不说与内心这种不安、不满的情绪有着很大的关系。

一件艺术作品的完成，意味着对艺术家本人劳动价值的承认，也是艺术家自我实现的行为，艺术家理应从中得到一些欣慰与满足，但是，我们从沙汀、周立波等人的话语中不仅看不到这些，反而感觉到隐藏在作家内心深处的不安与焦虑。大多数此类题材的作品就是作家在这种心态下创作出来的，这也或多或少地影响到作品的整体情调。细读某些回忆性题材的作品时，总感觉字里行间有一种挥之不去的寂寞感，这不能不说与作家的此种心态有关。延安整风期间，此类题材的作品遭到了批判。不少批评家认为，延安作家生活在斗争着的现实之中，但他们的目光却凝注于过去，凝注于他们所走过的道路："他们所醉心的，正是自己的一点点美丽的幻想，几声寂寞的叹息，一曲伤感的悲歌。"[②] 而这种情调，只能得到一些和他们相同的知识分子的同情，和工农大众是没有缘分的。"写熟悉的题材""不要为了责任感而写"这样的口号，助长了延安作家在创作中的自由主义倾向，阻滞和紊乱了延安作家在走向工农兵方向时本来就不很坚实不很稳健的脚步。有的批评家还用小故事、小人物、小天地之类的词语来形容此类作品，鄙薄之感溢于言表。作家的内心深处本来就潜藏着对自己不满的心理，面对批评家的种种指责，无论如何他们不可能理直气壮地予以反击。

对于自己在前线这种做客状态与延安文艺界创作中出现的问题，延安作家是有所反思并且一直在寻找突破口的。陈荒煤等人在鲁艺文艺工作团的总结报告中所说的一段话是值得大家深思的："根据我们的经验，只有在生活中间，才能够吸取写作的题材；离开了生活，失去了生活深刻的观察和体验，将没有任何的写作题材可言；同时，假使是生活在斗争的浮面，是生活的旁观者，那么，他的

---

① 沙汀：《纪念鲁迅先生，检查创作思想》，《新华日报》1951年10月19日。

② 默涵：《"面包师"和"饼干匠"》，《解放日报》1942年8月7日。

创作也将是浮面的、肤浅的、平庸的东西，没有血肉的文章。文艺工作者应该是一个深入生活的人，是斗争的一员和历史发展中的一个前进的人，只有这样才能够创造出真实的有革命意义的作品。我们可以肯定地说，写作和生活斗争是分不开的，一个部队文艺工作的工作者，尤其绝对需要参加生活而深入生活的。”这并非在冠冕堂皇地做官面文章，而是融合了作家在前线的某些痛苦经历得出来的结论。

为什么延安作家、艺术家在下乡入伍中会产生一种沉重的失落感？这是否说明了下乡入伍运动本身存在着某些问题？如果是这样，又将采取哪些行之有效的措施来加以克服？认真地研究解决这些问题，无疑会对延安文学的健康发展起到有力的推进作用。令人遗憾的是，上述问题并未引起部分延安文艺界领导人的重视，这自然会使作家感到强烈的不满。丁玲在《材料》一文中就提出了自己的看法：“而读者，批评家们还在责备：我们要材料，你们上前方，上乡下去啊！于是另一批人又去接触一下大众，像一个啄食的鸡，茫然地四方寻找着，吞着所遇到的米粒或沙子。也有人是满意的，这些人不是在他们的指导之下又‘奔向前方’了吗？然而我却不免有些惋惜了。假如只是做一个普通的新闻记者，只为写一点报道，假如只做一个通俗小说家，那么去跑吧，去听吧，去写吧，可是他们却是很严肃地在从事着文学，而且企图把终身都放在那上面的。结果绝不会批评家、指导者出来担负责任，责任难免又落在这些无辜者的身上。”[①] 由此可见，前期延安文艺界的下乡入伍运动在很大程度上流于形式，其本身存在的一些问题并没有得到很好的解决。

除上述原因外，延安作家自身存在的一些不足也妨碍着他们在下乡入伍运动中对边区生活的进一步融入。延安作家大都是些年轻的知识分子，思想个性与创作个性正处在一个初步形成的时期，与以鲁迅为代表的五四时代的知识分子相比，他们身上多了一份单纯、热情，却也欠缺一份成熟、坚韧，而且他们大都是从文化较为先进的东部城市辗转奔赴延安的，对于内地民众的愚昧、落后，对于

---

① 丁玲:《材料》,《解放日报》1941 年 9 月 29 日。

中华民族漫长的封建史，显然缺乏一种必要的认识和足够的心理准备。当这批年轻的知识分子刚刚踏上延安的土地，看到内地的民众在中国共产党的动员、组织下纷纷加入抗日行列的时候，他们往往会被这一切感动得热血沸腾，认为中国的民众已经觉醒，中华民族自觉的时期正在来临，而没有清醒地认识到几千年的封建残余同时也在这些民众身上潜滋暗长，中国的现代文化启蒙之路还相当遥远，此时，他们对于民众的认识尚处在一个浮面的、抽象的、理想化的阶段。当他们与民众进行具体的、深入的接触，民众身上的各种缺点进一步暴露在他们的眼前时，延安作家又感觉到内地民众陌生得如此让他们难以解读，无论是思想语言还是生活习惯，自己都与他们格格不入。在这些民众面前，他们会不由自主地产生一种孤独的感觉，似乎自己与民众之间存在着一条不可逾越的精神鸿沟，于是，延安作家常常会采取一种敬而远之的回避态度，而忘记了自己身上的启蒙重任。作家刘白羽等人初到解放区的经历，可谓是这种情形的典型。

1938 年，刘白羽从上海经汉口辗转来到延安，随后参加文艺工作团，走遍华北各抗日根据地，所看到的情形让这位 22 岁的文学青年激动不已："我看到了，是用我自己眼睛，在那儿千百万群众热烈的情绪，是会给你笑，给你兴奋，给你感到光明的热力。"① 年轻的刘白羽认为，真正的力量就体现在这些农民身上，从那时开始，他就有意识地描写这些给他"兴奋"、给他"光明"的农民，并下决心把这定为自己的写作方向。刘白羽对农民这种不切实际的想法注定了他要经历一次精神上的幻灭感，对于这位年轻的文学家来说，这未免有些过于残酷。1939 年，刘白羽重返前线，其间，他从头到尾地参加了一次农民的会议。农民在这次会议上的表现，让刘白羽对于农民的看法大为改变，精神上也受到了很大的打击，他理想中的农民形象完全破灭："我不能同他们接近，我不知道应该同他们说什么，站在他们面前，我感到孤独，我觉得我是另外一种人，他们的陌生人，虽然我从头到尾地参加了农民的会议，可是我不了解他们，他们也不了解我。"② 为此刘白羽倍感苦恼，不久便放弃了他想写也是他所爱的"农民"，转

① 刘白羽:《〈五台山下〉后记》,《解放日报》1943 年 12 月 26 日。

② 同上。

而描写自己熟悉的知识分子题材。知识分子题材的价值当然不容否定，但是，从刘白羽写作的转向上我们可以清楚看到中国知识分子在精神性格上所存在的一些缺陷妨碍着他们在民族启蒙之路上走得更远。要想使民族启蒙的重任继续下去，知识分子必须直面自我启蒙与自我完善这一严峻的课题。

由于上述种种原因，延安作家并没能在下乡入伍运动中深入地了解边区生活，也没能创作出多少令人满意的作品，无论对于组织者还是参与者，这都是让他们大失所望的。认真地总结下乡入伍运动的得与失，努力调整自己在战争环境中的心态，以便更好地承担起民族抗战与民族启蒙的重任，这是摆在延安文艺界每一个知识分子面前的课题。

（原载于《临沂大学学报》2012 年第 5 期）

土地改革政策的文学化演绎

——论解放区长篇土改小说与土地改革政策之间的互文性

张根柱

《暴风骤雨》《太阳照在桑干河上》是第三次国内革命战争时期解放区文艺界涌现出来的长篇土改小说，是解放区作家在延安文艺座谈会以后努力实践工农兵方向的标志性成果。两者同时获得 1951 年度颁发的斯大林文学奖。尽管两者的创作风格迥然相异，但在与土改政策保持高度的一致性方面却表现出许多相似、相通、相同之处，成为对土改政策进行形象化阐释的典型文学文本。

1946 年 5 月 4 日，中共中央下发关于土地改革的指示文件，从此，第三次国内革命战争时期的土地改革运动迅速地在各解放区普遍开展起来。这次土地改革运动为中国共产党进一步积蓄和扩大自己的力量、迅速夺取全国政权打下了良好的基础。《暴风骤雨》《太阳照在桑干河上》就是这一历史运动的文学产物。作家主观世界中的构思、制作与土改政策在现实生活中的具体颁布、实施有着某种程度的互文性。周立波、丁玲等作家苦心经营，使长篇土改小说与土改政策的这种互文性在文学创作的每一个环节都有所体现。

首先，在主题的选择上，《暴风骤雨》《太阳照在桑干河上》都是以土地改革政策为主题，充分体现了延安文艺座谈会以后解放区文艺创作主题选择的时政化这一特点。延安文艺座谈会以后，解放区文学创作的主题有以下两个重要特征：第一，从主题的表现范围与表现深度看，解放区文学大都以表现某一政策为主题，对于作家来说，文学创作是作为一个社会问题、人生问题来看待，更是被视为一个政治问题、政策问题来处理；第二，从主题的变化规律上来看，解放区文学的主题变化基本上与中国共产党各项政策的变动保持一致，即中国共产党的某项重大政策颁布之后，文学的主题在某段时间内向这项政策所指引的方向大面积高密度地集中。当这项政策发生变化之后，文学的主题随即又发生整体性的位移。从《讲话》后解放区文学主题的变化上，我们大体上可以演绎出中国共产党在同时期各项政策的演变轨迹。在这种情况下，一件艺术作品的主题思想其实就是它所包含的政策思想。对此，解放区作家的认识是相当到位的："主题就是根据现实生活、根据政策所决定的一个剧本的中心内容。原来产生主题的是现实生活。作者根据现实生活中所产生的问题（这就很自然地和政策一致了），用具体的方法（政策）解决问题（通过艺术的形式），这个过程就是主题。"[①]《暴风骤雨》《太阳照在桑干河上》就是以土地改革政策为指导，通过长篇小说这种艺术载体去具体地解决土地改革运动这一现实生活中出现的问题。

然而，作家要写好党的政策并不是一件容易的事情。首先，作家要保持高度的政治热情，密切关注党的每一项政策的颁布、实施，使自己的文学创作在时间上紧紧跟住这最重要最中心的时代主题，否则便会有落伍之嫌。其次，作家要认真、仔细地领会党的每一项政策，切实掌握好某个政策的要领，务必使自己的文学创作以它所接触的政策为核心，适合于当时当地的政治要求，服从服务于当时当地的政治任务。当对自己所要表现的政策拿不准、吃不透时，作家一方面要反复地阅读文件，认真地领会文件精神；另一方面应该虚心地向领导请教，否则不但会使作品失去中心，而且还会出现一连串的政治错误。在谈到《太阳照在桑干河上》的创作时，丁玲说过下列一番话语："我更不能犯错误。我反复去，反复来，又读了些关于土地改革的文件和材料，我对于我的人物选择要更严格些。我又发现了我在工作中的许多不可弥补的缺点，我看见了我在工作中所不能看到的事和人。我就用我对于现实生活的认识批判来和那些具体的人和事交织在一块，写出我小说的故事和行动。我是尽我所能达到地去努力。我希望能表现出我所想

---

① 艾青:《论秧歌剧的创作与演出》，出自《艾青全集》（第五卷），花山文艺出版社1991年版。

到的那些。”[①] 周立波也曾经就《暴风骤雨》写作中遇到的若干政策问题请教过松江省委的某些领导。

从政策的颁布、实施到作家的理解、体验乃至最后形诸文学作品面世，无论作家怎样努力缩短其中每一环节的时差，毕竟它们不能同时同步地完成。通常情形是这样的：党的某一个政策颁布之后，另一个政策又接踵而至，而此时作家们还停留在对第一个政策的理解、写作阶段。这样，作品的政策性就不能跟上形势的发展。面对这种情况，作家们常常不知所措，有种力不从心的感觉：“从我们的创作上看，我们对政策了解太差，例如纠偏布置下来了，我们便去找一个中农。我们在土地改革工作里得到一些材料。但当带回来时，时间性已过去了，又要表现生产的新面貌了。那些材料除了写历史东西而外，都不能马上指导现实了。”“我们跟在政策的屁股后面追。人家进行土改时，我们写减租减息；人家进行复查了，我们写清算；人家进行生产建设了，我们写土改……”[②] 从作家们的话语中，我们可以深深地体会到潜藏在作家内心深处的不安与焦虑。

其次，从对原始生活材料的处理上，《暴风骤雨》《太阳照在桑干河上》都是采取一种典型化的处理手法，去繁就简，使进入叙事层面的文学题材与土改政策保持着高度的一致性。当作家以文学作品表现党的政策时，会面临着诸多方面的困难，其中一个比较棘手的问题是：党在制定和实施某项政策的过程中，难免会出现这样那样的失误。面对发生在现实生活中的这些失误，作家们将采取一种什么样的做法呢？周立波在写作《暴风骤雨》时的一些做法则回答了上述问题。

在这场深刻变革中国土地制度的运动中，从政策的最初制定到政策的具体实施都曾经发生过这样那样的失误和偏差。在贯彻阶级路线的同时，中共中央对于划分阶级的标准没有给予充分的说明和具体的政策指导，加之工作中一度盲目提倡“群众要怎么办就怎么办”，使阶级划分标准受到绝对平均主义和狭隘关门主义的影响，造成了严重的偏差。在确定个人的阶级成分时，往往是由贫农团通

---

① 丁玲：《〈延安集〉编后记》，《文艺学习》1955 年第 2 期。

② 艾青：《创作上的几个问题》，出自《艾青全集》（第五卷），花山文艺出版社 1991 年版。

过。或少数人确定，不经全体农民讨论，不允许本人申辩。甚至只要有不同意见，即被认为是包庇妥协，以至地主、富农的面积不断扩大。太行区左权县狮岩村共有 180 多户，最后竟只剩下 8 户不是封建成分，黎城一带有很多村子地富达 60%以上，至于把地富划到 20%以上则更为普遍。在平均分配土地的热潮中，也曾经出现过“放手就是政策”“运动就是一切”“彻底满足贫雇农的要求”、农业社会主义以及过多地侵犯中农利益等过“左”的思想和行动。相当一部分地区不是通过反封建和发展生产来解决贫雇农的困难，而是把富裕中农加以清算，企图以此来满足部分雇农的眼前利益。此外。乱打人乱杀人等过激现象在各解放区也时有蔓延。①

1946 年东北地区进行改革的时候，周立波主动要求下乡，随工作队到尚志县元宝区工作并担任了那里的领导，前后约有半年的时间。对于东北地区土改运动中出现的各种失误与偏差。周立波是耳闻目睹的。但我们在他的反映东北地区土改的长篇小说《暴风骤雨》中，几乎找不到任何有关这方面的痕迹。那么，是什么原因促使周立波这样做的呢？对此，周立波本人有过一段详细的说明：“动笔之前，我把所有材料都温习了一遍。在研究和回想的当中，人物逐渐的浮起，故事慢慢地形成。往后我就研究中央和东北局的文件，追忆松江省委召开的联席会议以及好多次的区村干部会议。借着这些文件和会议的指示和帮助，重新检验了材料和构思，不当的删削，不够的添加。……北满的土改，好多地方曾经发生过偏向，但是这点不适宜在艺术上表现。我只顺便的捎了几笔，没有着重的描写。没有发生大的偏向的地区也还是有的。我就省略了前者，作为表现的模型。”② 这段话清楚地表明以下两点：第一，对于东北地区土改运动中出现的失误与偏差，周立波本人是有所了解并且意识到这些做法是错误的；第二，借助于党的政策的指示（在这里，即周立波所说的中央和东北局的文件以及各种大大小小

① 董志凯：《解放战争时期的土地改革》，出自《解放战争时期土地改革文件选编》，中央党校出版社 1981 年版。

② 周立波：《现在想到的几点——〈暴风骤雨〉下卷的创作情形》，《生活报》1949 年 6 月 21 日。

的会议），周立波站稳了阶级立场，对发生在土改中的事实重新加以检验，“不当的删削，不够的添加”——土改运动中出现的失误与偏差自然是属于“不当的删削”之列。此外，这部小说发生的时间是 1946 年 6 ~ 8 月。此时中国共产党领导的人民解放军刚从长春撤出，除了新站一役之外没有打什么大仗。而书中却提到把国民党军队打得抬不起头来，与当时的情势不符，这是属于所谓的“不够的添加”之列。经过如此的“删削”与“添加”，历史事实在进入文本的叙事层面时发生了很大的变化。

对于自己的这种做法，周立波自有文学上的理论依据：“关于题材，根据主题，作者是要有所取舍的。因为革命的现实主义的反映现实，不是自然主义式的单纯的对于事实的模写。革命的现实主义的写作，应该是作者站在无产阶级立场上站在党性和阶级性的观点上所看到的一切真实之上的现实的再现。在这再现的过程里，对于现实中发生的一切，容许选择，而且必须集中，还要典型化，一般地说，典型化的程度越高，艺术的价值就越大。”尽管周立波的这番解释说得振振有词，但给人的感觉却有些苍白无力。现实主义对于生活的反映当然需要选择、集中，需要典型化，但回避生活中的矛盾与冲突却不是其中应有之义。蔡天心对此评论道：“……革命的现实主义的取舍，绝不能抽掉现实斗争中丰富而生动的内容，回避本质事物的冲突去描写人。因为这就不能真实地描写出人的成长。土改的偏向，是否不宜在艺术上表现呢？表现了土改的偏差是否就违反了‘站在无产阶级立场上党性和阶级性的观点上所看到的一切真实之上的现实的再现’呢？我认为土改的偏向，是可以在艺术上反映，问题是在于作者如何去反映：站在偏向的立场上，自然主义的，纯客观，鼓励赞扬偏向是错误的；但，如能站在现实主义的立场上，揭示现实斗争中所发生的偏向，通过艺术的形象加以批判，则是一个革命的现实主义作家最应该选择的题材和主题。”[①] 毫无疑问，上述评论是击中了《暴风骤雨》的要害的。

周立波处理题材的这种“删削”与“添加”的典型化手法是有代表性的。综

---

① 蔡天心：《从〈暴风骤雨〉里看东北农村新人物的成长》，《东北文艺》1950 年第 2 期。

观整个解放区文学，我们很难找到一部正面描写土改失误与偏差的作品，从而使土改运动中的失误与偏差成为解放区文学中的叙述盲区。比较叙述学认为，叙述盲区是比社会禁忌范围大得多的空白区，是社会文化形态与叙述形式内容完美结合可能性之间的大规模的冲突。叙述盲区的存在，往往使作者的所谓创作意图（即社会文化形态的个人表现）完全被阅读所颠覆，从而使叙述的逼真性完全失去立足之地。叙述盲区比明白说出的内容能揭示更多的东西，它们是作品不完美的症状。如果说它们也揭示现实的话，它们所反映的并不是作为古典现实主义宗旨的关于世界的真相，而是关于观念形态的真相，存在于意识形态本身之中的真相。比较叙述学的这番理论有助于我们更好地理解支配解放区作家如此处理生活原始材料的深层原因。

最后，在作品的构思上，《暴风骤雨》《太阳照在桑干河上》表现出一致的特点：形象配置的阶级化与情节结构的线性化。而这两个特点同样与土地改革政策有着内在的联系。站稳立场、宣传政策的创作指导思想不仅影响着作家对主题的选择、题材的取舍，而且还决定着作品的整体构思。表现在长篇小说中有以下两个鲜明的特点：第一，政策决定着人物形象的阶级性质与分布比例，即不同的阶级群体有着不同的道德水准，阶级力量的对比一定要符合政策的规定；第二，政策决定着作品情节的进展，即某部作品情节的发生、发展、高潮与结局，基本上是某项政策具体实施过程的形象化演绎。

在人物形象的阶级性质与分布比例上，《暴风骤雨》与《太阳照在桑干河上》完全符合中共中央关于土地改革总路线的要求：依靠贫雇农，团结中农，有步骤的、有分别地消灭封建剥削的土地制度。在这两部作品中，工作小组的作用（党的土改政策的执行者）被强调到一个至高无上的位置，作品的主人公毫无例外地都是贫雇农群体，即便有对农民群体中个别英雄形象的描述，那也是打倒了个人主义以后的英雄（如赵玉林、郭全海等），在分布比例上，贫雇农在数量上占有绝对的优势，地主阶级则力量微薄，处在一个垂死挣扎的边缘。同时，为了显示出政策的影响力，还要配置上一小部分中间力量——中农形象（如《太阳照在桑干河上》中的顾涌、《暴风骤雨》中的刘德山等）。在各阶级的道德属性上，绝大多数贫雇农都勤劳、善良，是中国传统美德的体现者，中农表现出自私、落后的一面，是需要团结、教育的对象，而地主则穷奢极侈，集种种恶德之大成，属于被逐步消灭之列。由于作家过多地关注人物形象的阶级属性，忽略了其本身的个性特点与人性因素，作品中的三大人物系列（贫雇农、中农、地主）虽然在主次、轻重上配置得非常符合政策要求，在各式各样的形象和色彩当中显出它的美妙和谐，但在形象塑造上却显得相当的平面化，不能给人一种血肉丰满的立体感。在某种意义上说，某个人物只是表示他阶级属性的符号，不是作为一个具体的、活生生的人存在的。尽管作品显示出丁玲、周立波等作家具有一定的生活基础，但却依然掩饰不住作品在人物塑造上的政策化痕迹。

在作品的艺术结构上，《暴风骤雨》与《太阳照在桑干河上》也表现出一些相同之处。首先，在情节的发展上。两部小说都是以土改工作队的进村与出村为开端与结束，以贫雇农与地主、富农两大阵营力量的变化、对比为故事演进的推动力，以群众的斗争会作为小说发展的高潮，而且在时间上遵循着严格的先后顺序，从而形成一个有头有尾、有过程有结果的直线型结构。这种直线型结构既与现实生活中土改政策的整个实施过程保持着严格的一致，同时它自身的演进又有着一个明确的目标，有着一种不依人的意志为转移的铁一般的内在逻辑。现代叙述学认为，情节的整齐清晰（主要是时序的整齐清晰）是整齐的道德价值体系的产物。因此，一部作品的情节设计不仅体现着作家的艺术思维方式，而且也反映了作家本人的某种道德信念。《暴风骤雨》与《太阳照在桑干河上》的这种直线型结构，让我们看到了支配丁玲、周立波等作家头脑背后的东西。钱理群教授虽然没有从现代叙述学的理论出发，但他凭自己的艺术直觉捕捉到了这一点："从内在的意念看，则是表现了一个带有必然性的历史命题（腐朽的封建制度与阶级统治必然被共产党领导的农民的阶级斗争所推翻）的完成，同时又蕴含着（或者说许诺着）一个乌托邦的预言：取而代之的将是一个'人民当家作主'的新社会与新时代。这样整个小说在几乎是模拟现实的写实性的背后，却又显示出演义'历史必然律'的抽象性，进而成为一种象征性结构。"①

---

① 钱理群：《1948：天地玄黄》，山东教育出版社 1998 年版。

另外，两部作品都是在一种喜气洋洋的大团圆氛围中结束的。在《太阳照在桑干河上》的结尾处，土改任务顺利完成，文采等人在欢腾的锣鼓声、人声中离开了暖水屯。周立波在处理《暴风骤雨》上部时让赵玉林牺牲在与土匪的战斗中，使得作品多多少少显得有些悲剧色彩。作品出版后，有人即对此提出了批评。在创作《暴风骤雨》下部时，周立波接受了这个教训，故事的结局充满着喜剧色彩："喇叭奏着《将军令》，军号吹着得胜号。参军的人都上车子了，小学生唱着《没有共产党就没有新中国》。在鼓乐声和歌唱声里，车子开动了。"[①] 郭全海等人坐着老孙头的马车信心百倍地奔赴前线。

大团圆结局是《在延安文艺座谈会上的讲话》后解放区文学创作中的一种普遍而显著的现象。对于这种大团圆结局，解放区作家是有着自己的理解的。在他们看来，解放区文学的大团圆结局已经和封建文学的大团圆结局有了本质的不同。封建文学的大团圆，归根结底是封建制度的凯旋，它虽然表现了人民摆脱不合理的封建制度与封建秩序的愿望，但在本质上却具有粉饰太平的作用，"像一床锦被，却用来包裹一具周身都已发臭了的死尸"[②]，因此，五四时代反对旧小说戏剧中的团圆主义是正确的、合情合理的。解放区作家认为，解放区文学中的大团圆与旧文学中的大团圆有着本质的不同。它是中国革命现实发展的必然结果："在新的社会制度下，团圆就是实际和可能的事情了，它是生活中的矛盾的合理圆满的解决。"[③] 因此，大团圆结局既表明了他们本人对日益走向胜利的革命形势的认识，同时也是人民大众自己在思想情感上所要求的表现形式，"在今天在新民主主义的社会里，是表现人民胜利，人民'大团圆'的喜剧占统治地位的时代。"[④] 作家在处理作品的结局时，要表现出一种集体狂欢的场面，使人民大众在

① 周立波:《暴风骤雨》，人民文学出版社 1979 年版。

② 艾青:《论秧歌剧的形式》，《解放日报》1944 年 5 月 15 日。

③ 周扬:《表现新的群众的时代——看了春节秧歌之后》，《解放日报》1944 年 3 月 21 日。

④ 艾青:《论秧歌剧的形式》，《解放日报》1944 年 5 月 15 日。

思想、情感上“都有饱和状态的满足，和含义深长的余味”[①]。在这里，对立阶级的失败是构成人民大众的喜剧的前提。从这个角度来说，悲剧与喜剧是有阶级性的，因而，让作品在喜气洋洋的大团圆氛围中结束，是作家站稳阶级立场的表现，这也是为什么解放区作家、批评家极力主张大团圆结局的内在原因。

最后，在创作方法上，为了最大限度地避免政治上、政策上的错误，解放区作家在创作时极力倡导一种集体主义的创作方法。集体创作被誉为创作方法的民主集中制，为不少的作家、批评家屡屡提及：“我们必须提倡大家一起来写，找人谈，请人提意见。集体讨论、修改，再讨论，再修改。这样三翻四覆，无论如何，都比一个人关在窑洞里空想出来的作品要少错误，要丰富，要适合群众的要求。”[②]艾青把这种集体主义创作方法的要点概括为以下四个方面：思想一致；民主作风；集中领导；自愿组合。这就要求每一个参加集体创作的作家都要清醒意识到自己是集体成员之一。在对作品主题与题材的处理上，要养成耐心听取别人的意见的民主作风，在与其他成员反复讨论的基础上取得思想上的一致，绝不能把创作视为个人的事情，更不能把作品当作自己的私有财产。

从上述有关作家的论述中我们可以看出，集体主义创作方法是作为个人主义创作的对立面提出、倡导的，作为一种创作精神，它已深深地浸入了解放区作家的灵魂。在解放区作家看来，集体主义创作不但不会取消个人的才丁与积极性，而且作家的创作个性只有在这种集体主义创作精神的指引下才能够大显身手，充分发挥出自己的长处；反之，离开集体主义精神、离开群众的个人突出，一定产生不出真正代表人民大众的艺术作品来。周立波的下列话语可以说是代表了解放区作家对这种集体主义创作方法的认识：“我深深感到，文学工作者应该反对个人英雄主义，为着把自己的工作做得好一些，为着把新民主主义现实主义的文学再提高一步，文学工作者应该尊重各级党的领导和指导，应该经常虚心认真地向群众学习，并且善于集中同志们的智慧。要是不这样，要是看不起工农兵及其干部的智慧，自以为是，自封‘天才’，架子搭得再高，却像荒早年月的苞米楼子

---

① 艾青:《论秧歌剧的形式》,《解放日报》1944 年 5 月 15 日。

② 同上。

一样——空的。对人对己，都没有好处。”[①] 周立波在创作《暴风骤雨》时，曾经就创作中出现的问题多次征求过松江省委有关领导的意见。这样，作家在创作一部作品前，首先要列出写作大纲，说明自己想要写什么，然后或请示领导，或开座谈会，研究自己的写作意图是否正确。作品完成之后，还要广泛地收集各方面的意见，反复讨论，再三修改。经过上述程序的把关，文学作品与各种政策相对来说能够保持高度的一致性。

从解放战争时期的土改政策与《暴风骤雨》《太阳照在桑干河上》等长篇土改小说的互文性中，我们可以看到土改政策对解放区长篇土改小说的引导、主导作用，它不仅决定了解放区长篇土改小说表现的范围，而且也在相当大的程度上决定了解放区长篇土改小说对现实生活的开掘深度。

（原载于《临沂师范学院学报》2009 年第 4 期）

① 周立波:《〈暴风骤雨〉是怎样写的》,《东北日报》1948 年 5 月 29 日。

从个人主义到集体主义

——延安作家思想转变历程论析

张根柱 *

一

1937 年 7 月 7 日爆发的卢沟桥事变，揭开了日军全面侵华战争的序幕。随着北平、天津、上海、南京等大城市的相继失守，大批的知识分子纷纷涌入内地，出现了文化中心由沿海向内地转移的趋势，进步的新文艺与落后农村地区的接触进一步扩大与深化。

从九一八事变日军侵略东北三省起，中国共产党就一直表现出积极抗日的姿态。与国民党的消极抗日相比，中国人民在中国共产党身上看到了民族解放与复兴的希望。1937 年 1 月 13 日，中共中央进驻延安，从此，这个坐落在中国西北角落的古城，就成为广大青年知识分子心目中的圣地。“到延安去！”这个目的，把全国各地追求进步、追求真理的知识分子紧紧地联结在一起。成千上万的知识分子满怀着救国救民的理想，冒着生命危险，经过种种盘查，不远千里来到延安。据资料统计，仅 1938 年 5 ~ 8 月短短三个月的时间内，经由西安八路军办事处介绍去延安的青年就达 2880 人。到 1943 年底，到延安的知识分子已达四万余人。① 这些源源不断奔赴延安的知识分子大都经过现代科学、民主思想的洗礼，

---

* 本文系与曹允亮副教授合作。

① 郭戈奇：《南洋的文艺运动》，出自《延安文艺丛书 · 文艺理论卷》，湖南人民出版社 1984 年版，第 584 页。

他们的到来，给延安这座古城注入了新鲜的血液与活力。延安也深知知识分子在民族抗战与民族建设中的重要作用，对于知识分子的艺术创作与学术研究，表现出了宽广的胸怀与深远的眼光。1941 年 6 月 7 日、10 日，中共中央机关报《解放日报》连续发表社论《奖励自由研究》与《欢迎科学艺术人才》。前者指出，人类历史上的前进运动，常常和思想自由的开展是分不开的。古今中外，每当革命处在转变的伟大时代，常常伴随着一个文化上的启蒙运动。开展自由研究，打倒不合时代的因袭权威，驳斥现实中的黑暗事物，启发新时代所要求的思想意识，是人类发展、进步的共同需要。在今天伟大的斗争中，需要各方面的知识，因此必须一方面积极地号召各种专家及知识分子，帮助和鼓励他们从事深刻精密的研究工作；另一方面必须提倡勇于追求真理而不顾忌一切因袭教条的作风，提倡自由独立的研究作风。后者在对科学艺术人才表明了延安真诚的欢迎态度外，更是向作家、艺术家发出了热情洋溢的呼唤："深入到边区里面去吧，深入到民众中间去吧，涌现在你眼前的将会是无限丰富而生动的形象，许多新奇的生活的故事，战争的故事。不用歌颂，只需忠实地写出来，就会是动人的，富于教育意义的。对于边区的缺点（即是任何新社会亦所不免的），也正是需要从艺术方面得到反映和指摘。我们看重'自我批评'，尤其珍视真正的'艺术家的勇气'。"①与保守、专制的重庆相比，延安成为光明、自由、进步的象征，充满着朝气蓬勃的气象。延安作家在延安知识分子群体中占有比较特殊和重要的位置。这个群体既包括一些当时已经享誉全国文坛的知名作家，如丁玲、艾青、何其芳、萧军等，也有一些名不见经传的文学爱好者。在这新的历史时期，他们一方面要担负起抗战救国的时代重任；一方面又要把"五四"文学的精神火炬传承下去，在求得民族解放的同时，把"五四"文学中"人的解放"的主题进一步发扬光大，使新文学在延安这块现代思想相对贫瘠、薄弱的土地上生根、发芽并茁壮成长。能否实现这一历史要求，对于每一位居住在延安的现代作家来说，都将是一个严峻的考验。

---

① 《欢迎科学艺术人才》，《解放日报》1941 年 6 月 10 日。

应该清醒地认识到，与北平、上海、重庆等深受新文化影响的城市相比，延安周围农村的文化环境对新文学的发展有着更为不利的一面。不要说科学、民主等现代思想鲜为人知，就是普通人的文化教育程度也惊人的落后。在华池，四五百人中间难以找到一个识字的，而在环县整个地区，也只有两个人受过中学教育，统治大多数人头脑的依然是根深蒂固的封建思想。[①] 巨大的文化落差表明，以科学、民主为根基的现代思想与保守、落后的封建思想必然或早或晚地发生一次深层次的大碰撞。

二

延安作家是深受五四启蒙思潮影响的一代。对于五四新文化运动，作为参与者、领导者之一的胡适认为，整个运动，用尼采的话说，就是以价值重估为特征的一场运动。五四运动所展示的全面反传统的姿态充分表明，这是一场完全的、彻底的“文化革命”，它使人们更加深刻地认识到，这场文化冲突的实质不仅是横向的空间的差异——东、西方文化价值观念的差异，而且是纵向的时间的差异——传统与现代文化价值观念的差异，其现代性意义是毋庸置疑的。它拉开了中国现代思想界、文化界现代化进程的序幕，顺应了时代发展潮流。翻开五四时期新文化运动的旗帜性刊物《新青年》，我们就会发现，五四先驱们对以孔孟思想为代表的儒家文化的反思、批判已经遍及其整个体系的方方面面。在汹涌澎湃的西方各种文化思潮中，五四新文化运动的主导思想仍然是周作人在《人的文学》一文中所提出的以个人主义为基础的人道主义：“我所说的人道主义，并非世间所谓‘悲天悯人’或‘博施济众’的慈善主义，乃是一种个人主义的人间本位主义。这理由是：第一，人在人类中，正如森林中的一株树木。森林盛了，各树也都茂盛。但要森林盛，却仍非靠各树各自茂盛不可。第二，个人爱人类，就只为人类中有了我，与我相关的缘故。所以我说的人道主义，是从个人做起。要

---

① 艾思奇:《抗战中的陕甘宁边区文化运动》,《中国文化》1940年第2期。

讲人道，爱人类，便须先使自己有人的资格，占得人的位置。人为了所爱的人，或所信的主义，能够有献身的行为。若是割肉饲鹰，投身给饿虎吃，那是超人间的道德，不是人所能为的了。”[①] 这种思想的基本价值取向使人们以一种全新的眼光重新认识了社会，重新认识了“人”，重新认识了“自我”。在这种思潮的指引下，以针砭社会各种弊端的批判现实主义文学和大胆追求自主爱情的浪漫主义文学取得了辉煌的成就，五四文学呈现出与传统文学迥然不同的审美风貌。

初到延安的知识分子，大都深受五四这种“个人主义的人间本位主义”精神的影响，这是前期延安文艺界之所以出现启蒙主义创作思潮的重要思想土壤。以何其芳为例，在抗战初期，何其芳回到了自己的家乡四川。在那里，他发现，读经的空气依然十分严重，歧视妇女和虐待儿童的封建思想在到处弥漫，麻醉青年人头脑的工作也在暗暗进行。这一切使何其芳意识到自己身上的责任，因此，他写了《论本位文化》《论家族主义》等猛烈抨击封建思想的文章。在1938年奔赴延安的川陕公路上，这位年轻的诗人还在用倍纳德·萧离开苏维埃联邦时的一句话告诫自己：“请你们容许我仍然保留批评的自由。”[②] 正是在这种“个人主义的人间本位主义”思想的支配下，前期延安文学界出现了两种不同类型的启蒙主义创作思潮：以丁玲、萧军、王实味等为代表的批判现实主义文学，以何其芳、周立波等为代表的主观抒情主义文学。

丁玲、萧军等人在当时的延安即被人称为“暴露黑暗派”，他们认为文学要以针砭现实弊病、疗救社会创伤为旨归，其文学主张明显地受到了鲁迅的影响。由于他们掌握了当时延安文艺界影响较大的几个文艺期刊，如《解放日报·文艺副刊》《谷雨》《文艺月报》等，这更有利于他们发表自己的文学作品以宣扬自己的文学观。这一派的文学创作以小说和杂文为主。在小说方面，以丁玲的《我在霞村的时候》《夜》《在医院中时》、马加的《间隔》、刘白羽的《陆康的歌声》等

① 周作人：《人的文学》，出自赵家璧《中国新文学大系：建设理论集》，上海文艺出版社1981年版，第195—196页。

② 何其芳：《一个平常的故事》，出自《何其芳文集》（第二卷），人民文学出版社1982年版，第223页。

为代表，其批判的矛头不仅指向了延安周围农村民众麻木、愚昧的思想观念，而且对革命队伍内部的种种弊端与落后面也有所抨击。与小说相比，这一时期发表的杂文量大面广，批判锋芒也更为犀利。丁玲、萧军、罗烽、王实味、艾青等人对这种匕首投枪式的文学体裁均曾涉猎，一段时期内，延安文艺界形成了一股杂文创作热潮，如丁玲的《我们需要杂文》《三八节有感》《大度、宽容与〈文艺月报〉》，萧军的《论终身大事》《纪念鲁迅，要用真正的实绩！》《论同志之“爱”与“耐”》，王实味的《野百合花》《政治家・艺术家》，艾青的《了解作家，尊重作家》，罗烽的《还是杂文时代》等。尽管这些杂文言辞激烈，但字里行间无不透露出作家们渴盼延安社会生活更臻完善的良好愿望。何其芳、周立波等人的文学创作在体裁上主要表现为诗歌和小说两种形式，主要表达了知识分子在迈向延安新生活时对已逝生活、情感的深深留恋之情。1942 年 2 月 17 日，何其芳在《解放日报》上发表了题为《叹息三章》的三首抒情诗，4 月 3 日又发表了《我想谈说种种纯洁的事情》《什么东西能够永存》《多少次呵我离开了我日常的生活》以及《诗三首》。在这些诗歌中，何其芳坦露心胸，把自己融入延安生活以后的思想、情感的波动毫无保留地展示出来，其中，有对理想生活的憧憬和向往，有对已逝情感的留恋和迷惘，更有克服自己矛盾思想的决心和信心，引起了延安一般知识分子的心理共鸣。在小说方面，以周立波的“身边琐事”以及“回忆题材”为代表。他的“铁门里”系列，是根据其本人在上海提篮桥监狱里的铁窗生涯写下的，包括五个各自独立又相互联系的小说:《第一夜》《麻雀》《阿金的病》《夏天的晚上》与《纪念》。在这些作品中，周立波以他特有的抒情笔致，在揭露帝国主义者及其走狗凶残、虚伪的本质的同时，表达了革命者对光明与自由的真切渴望，也表达了自己对铁窗同伴的深深怀念之情。由于渗透着作者本人的亲身经历，所以这些小说读来让人倍感亲切，其中的《麻雀》一文在艺术表现上已相当成熟，曾使得鲁艺文学系的主任何其芳为之激动不已。从文学传承关系上来说，延安前期文学界出现的这股主观抒情主义文学是延续了五四浪漫主义文学余风的。

三

启蒙主义文艺思潮在延安兴起不久便迅速消失，集体主义文艺思潮大行其道。这种现象与五四个人主义的落潮有诸多相似之处。五四时期，个人主义思潮盛极一时，但不久即出现了回落现象，许多曾极力主张启蒙主义思想的五四先驱纷纷离开个人主义阵地，要么回归传统要么走向革命，面对这种现象，鲁迅也只能无可奈何地发出了“两间余一卒，荷戟独彷徨”的寂寞叹息。除受传统思想影响的因素之外，20世纪前二十年严重的社会现实也是作家重新评价个人主义思潮的重要原因。1925年，郭沫若在写《〈文艺论集〉序》时，就明确地意识到了这一点：“在大多数人完全不自主地失掉了自由，失掉了个性的时代，有少数的人要来主张个性，主张自由，总不免有几分佞妄。”在这种思想意识的支配下，郭沫若投笔从戎，抛弃一度主张的气吞日月山河的天狗精神，加入北伐军的队伍之中。作家的这种投笔从戎、为国为民的做法诚然可贵，但在短暂的时间内从一个思想极端飞跃到另外一个思想极端，则至少证明了作家思想的不成熟，给人以过于功利之感。如果知识分子认为自身的价值仅仅体现在外在的革命行动上，而忘却了历史所赋予他们的启蒙重任时，不仅社会对他们历史地位的评价褒贬不一，而且他们自身对自己所属阶层的认识也极易产生动摇和怀疑。这一点在抗战初期的延安就得到了证实。

1941年8月20日，延安的重要文化刊物《中国文化》出版了第三卷第二、三期合刊。该刊为抗战四周年纪念专号，集中刊发了一批介绍抗战四年来中国哲学界、文艺界、史学界的思想动态的研究文章，如欧阳山的《抗战以来的中国小说》、艾思奇的《抗战以来的几种重要哲学思想的述评》、李伯钊的《敌后文艺运动概况》、叶蠖生的《抗战以来的历史学》、胡蛮的《抗战以来的美术运动》和培元的遗著《论新哲学的特性与新哲学的中国化》等，其中欧阳山的《抗战以来的中国小说》一文特别值得重视。在这篇文章中，欧阳山不仅对抗战以来的中国小说进行了概括、总结，而且还对中国资产阶级、小资产阶级作家的地位、作用进行了评价。概括有失本意，原文抄录如下。

> 小资产阶级和资产阶级的知识分子在□（作者注：原文看不清楚）前，在前一个文学阶段里是粗制滥造的恋爱小说家，是空虚暧昧的个人革命家，是寻找安静，粉饰太平，或企图居住在战场上“无人地带”里的可怜虫。这里面也有自我中心主义者，人权主义者；还有属于旧民主主义的自由主义者和人道主义者。到了战后，他们或者落伍，或者沉默，或者冷淡，或者转入新民主主义文化的革命营垒中。正如高尔基所说，他们“所受的历史训练，不如西方诸国之深，故他们的道德之分化的过程，智慧贫乏的过程，远较西方的知识分子为速。”但□中国，他们更比不上俄国的知识分子了。他们是先天的孱儿，即在文学成就上也是薄弱，渺小，几乎是不足道的。这些小说家之中，有些接受新民主主义的思想而进步了，有些却变成空虚暧昧的浪漫主义者，甚至连批判能力都没有了的现实主义者，客观主义者和个人感伤主义者，把抗战事业描写成歪曲可笑，或悲观冷淡，或平淡无奇，或衰弱无力，没有战斗意味也没有任何教育意味的那么一种必然“胜利”的事业，使读者对于民族革命战争在本质上是什么一种东西，民族革命战争的基本力量在那里，不能从那些小说中得到正确的理解。[①]

欧阳山的上述观点遭到了林昭的反对。

1942年1月27日，《解放日报》刊载了林昭的《关于对中国小资产阶级作家的估计（就商于欧阳山同志）》，并加编者按语。按语说：“对于林昭同志的这篇文章，我们以为还有值得讨论的地方，这里是作为研究的性质刊出，希望尚有别的同志发表意见。”林昭认为，中国资产阶级知识分子确如欧阳山所言，至于小资产阶级知识分子却显然相反。与资产阶级知识分子相比，中国的小资产阶级知识分子在一切方面都走了一条截然不同的、光荣的道路，在文学上更是如此。小资产阶级的作家始终是中国新文学运动的主力，他们是具有相当丰富的革命潜力和创造精神的一群，曾创造了辉煌的成绩，在中国新文学的历史上留下了不可

---

① 欧阳山：《抗战以来的中国小说》，《中国文化》1941年第2、3期。

磨灭的印迹。他们在极度黑暗恐怖的年代不曾屈膝，在民族抗战的今天更是没有推卸自己肩上的责任："无论是过去的历史或者目前的现实都清清楚楚告诉了我们中国的小资产阶级作家不是什么'不足道'的'孱儿'，而是特别值得称道的中国新民主主义文艺革命运动中的主要力量。"[①] 考察中国小资产阶级作家在中国新文学发展上的作用，应该说，林昭对中国的小资产阶级作家的评价是相当客观的。

但是在延安，林昭的这种观点并没有得到大多数知识分子的认同，更多的人对欧阳山的说法持一种默许态度。"现在我们说到知识分子，往往带着一种不好的意味。"[②] 这句话说出了何其芳本人的真实感受，更说明了知识分子群体在自我价值认同上的一种失落感。从一些纯文学作品的描写中，我们也可以感受到这一点。严文井的小说《一个钉子》，刊载于《解放日报》1941 年 7 月 24 ~ 26 日。小说是以第一人称写成的。"我"因为一个钉子与住在同一个窑洞里的任正吵了起来。文中有一段两人的对话："不晓得为什么，我们扯到各人的出身，用的语言就更加不客气起来；他竟然骂我是'酸溜溜的知识分子'，当然，我就指出他是'一个保存着个人主义情绪的小资产阶级'。"我与任正都是知识分子，我们从两人的对骂中不仅体验不到他们自身有什么优越感，反而感觉到有某种自贬意识存在于他们的思想意识中。周立波的小说《牛》是一篇讲述农民张启南家的牛生小牛的故事，在描写到母牛难产的时候有下面这样一段描写："两只小蹄子很久还停留在那里，不后退，也不想前进。到底是快一点踏进这有着芳香的野草和阳光，也有着许多的辛苦和工作的世界呢，还是在狭窄的但很安适的母胎里，再多留一会？对于这问题，它好像是由于太多的考虑，有了一点点知识分子气的犹疑。但是，也许是摆艺术家的架子。"[③] 这带有幽默色彩的、看似漫不经心的一笔

---

① 林昭：《关于对中国小资产阶级作家的估计（就商于欧阳山同志）》，《解放日报》1942 年 1 月 27 日。

② 何其芳：《论土地之盐》，出自《何其芳文集》（第二卷），人民文学出版社 1982 年版，第 224 页。

③ 周立波：《周立波代表作》，黄河文艺出版社 1989 年版。

不仅说明了知识分子、艺术家在延安给人的印象，也暴露了对知识分子本身的看法。这是延安知识分子思想转向的重要内因。

四

在延安，整风学习和下乡入伍运动是改造知识分子头脑中的个人主义思想意识的两种成功做法。中国共产党在到达陕北之后不久便已开始整风，大规模、群众性的整风运动则是从 1942 年春天开始。1942 年 2 月 1 日和 8 日，毛泽东先后做了《整顿学风、党风、文风》和《反对党八股》的整风动员报告。4 月 3 日，中宣部做出在延安讨论中央关于开展整风和毛泽东整顿三风的报告的决定，对整风运动的目的、要求、方法、步骤和学习的文件，做了明确具体的规定。6 月，中共中央成立了以毛泽东为主任的中央总学习委员会，集中精力进行系统的整风。这次整风运动前后大体可分为两个阶段：第一阶段是整顿作风，检查思想。主要是无产阶级思想同小资产阶级思想的斗争，整顿三风就是要去掉小资产阶级思想，转变为完全的无产阶级思想。这个阶段持续了一年多的时间，其中文艺界一个重要的任务就是批判王实味的文艺思想。第二阶段为全党性的审查干部、清理队伍阶段，这一阶段持续了半年左右，主要是根据毛泽东的意见和布置进行的。

延安文艺界的整风运动就是在上述这样一个大环境下进行的，它的每一步发展都与整个延安的整风运动保持着高度的一致。对于小资产阶级思想的反省、改造贯穿于整个整风运动，在时间上主要形成在前一阶段。其中一个重要的内容就是加强对 22 个整风文件的学习，它对于统一全党思想、统一文艺界思想起着至关重要的作用。22 个文件绝大部分在《解放日报》上醒目地刊出过。对于 22 个整风文件的学习，延安是相当重视的。1942 年 6 月 2 日，《解放日报》发表了题为《加强对于学习的领导》的社论。社论指出，领导学习，就是领导党内的思想斗争，领导党内无产阶级思想战胜小资产阶级思想的斗争，因此，“整个学习的过程，就是这个斗争的过程。22 个文件，是无产阶级思想的结晶，是党员手中的斗争武器。”领导者的任务，就是要掌握思想斗争的每一个方式，运用无产阶级的思想武器，向自己及别人身上的小资产阶级思想进行顽强的进攻。根据这种精神，延安的各个机关、团体划分为5个学习分区，1000多个学习小组，统一受中央总学委领导。每个分区都由总学委指派的重要人员负责，对于一些重要的单位、团体，特别是知识分子成堆的地方，如鲁艺、文抗、青年艺术剧院等，各个分区又要分别派人进行具体指导。为了保证有充足的学习时间，除了必要的日常工作外，各个机关、团体都停止了其他的一切活动，把22个整风文件的学习、讨论、研究以及工作检查、思想检查放在第一位。

学习文件的过程大体划分为以下三个步骤：学习文件、反省自己、检查思想。上述三个步骤虽然与整个的学习过程大体上相吻合，有一个时间上的先后顺序，但也并非泾渭分明，而是彼此交叉、融为一体的。即，学习文件中有自我反省，自我反省中有检查思想，检查思想中又有对文件的重新学习，这是一个循环往复、周而复始的过程，紧张激烈的思想斗争贯穿于学习过程的每一个步骤。对于学习整风文件的方法与形式，也有很多规定，如突击学习、精读文件、做笔记、开小组讨论会、小组长联席会、漫谈、个别谈话、大座谈会、墙报等。通过以上形式的文件学习，集体主义思想观念逐渐深入作家们的头脑中。《解放日报》11月28日讯：文艺界抗敌协会延安分会党风学习比较深入，逐步克服了拿空洞当原则，拿琐碎当具体的偏向。为了给小资产阶级思想以无情的解剖，他们搜集材料供给反省人，在小会及大会上座谈，最后反省人和大家意见取得一致。过去少数党员作家认为遵守纪律只是遵守党的高级领导机关的纪律，不遵守支部的纪律。通过整风，对小资产阶级的“人性”与无产阶级的党性学会了区分。在生活创作上已从个人中心转变到集体中心。

经过上述多道程序的整风文件学习，整风文件的精神已深入延安知识分子的内心，在整风文件精神的指引下，他们找到了一种新的精神力量，开始实现由旧我、小我向新我、大我的飞跃。这种新的精神力量就是集体主义思想。在延安知识分子看来，集体主义是医治小资产阶级个人主义的灵丹妙药，是他们获得新生的一条必由之路。

生我者父母，再生我者集体精神。

它平凡而最伟大，单调而最多采，严密而最舒展。离开集体，不管是谁，个人还有能力么？根本就没有所谓个人了。一片树叶要脱离树而独立于树巅飞翔于空中，没有风也要飘落而枯萎。

个人偏见对抗集体意志，是吐一口气要风倒吹；是一朵浪花想控制海洋改变波浪的方向。

欢快的参加集体生活，欢快的接受集体教育，欢快的分担集体的忧患，欢快的遵守集体纪律，个人获得最高发展和最大自由。[①]

当然，要想彻底让集体主义思想统治自己的头脑，除了有意识地用集体主义思想向个人主义思想开刀外，知识分子还要自觉地采取一种“遗忘”自我的方式来达到这个目的，只有这样，内心深处才能体验到一种灵魂升华的境界：“在人人都只知道有‘我’的时候，忘我的境界是不易体会的微妙的境界，也是最圣洁，最崇高，在市侩庸俗的生活里难以企及的境界。只有忘我，才能牺牲自我，发扬自我，成就自我。忘我才有真我在（依照哲学的矛盾统一律这是解释得通的吧）！为忘掉自己，与别人的（更明确说是为大众的，人类的）幸福而奋斗吧！比起人生，艺术是久远的；比起个人，人类是永恒的哩！”[②]这样，“我”便把“我”的一切都投入到大众、人类的海洋里，投入那个理想中的“大我”里，大众、人类的生存与解放就是“我”的生存与解放，大众、人类的力量也就是“我”的力量，“我”与大众、人类、“我”与“大我”已浑然融为一体，也自然能更多地体验到“我”的生存价值与生命的快乐。

上述忘我的境界与宗教中的脱胎换骨颇有些类似，事实上，有一些作家也正是用宗教中的一些例子来说明自己的思想转变的。在批斗王实味的大会上，丁玲就曾说过如下的话语：“在整顿三风中，我学习得不够好，但我已经开始有点恍然大悟，我把过去很多想不通的问题渐渐都想明白了，大有回头是岸的感觉。回溯着过去的所有的烦闷、所有的努力、所有的顾忌和过错，就像唐三藏站在到达

---

① 李又然：《精读习惯与集体精神》，《解放日报》1943 年 7 月 16 日。

② 吴伯箫：《论忘我的境界》，《解放日报》1942 年 5 月 20 日。

天界的河边看自己的躯壳顺水流去的感觉，一种翻然则悟、憬然而惭的感觉。我知道，这最多也不过是一个正确认识的开端，我应该牢牢拿住这钥匙，一步一步踏实地走快。前边还有九九八十一难在等着呢。”① 这种脱胎换骨般的感觉，相信大多数的延安知识分子在整风运动中都曾体验过。不能说他们在抛弃个人主义、克服旧我的过程中没有经历过思想情感上的痛苦，但是他们真诚地相信为了真理自己理应如此，所以，获得新我后的幸福远远大于克服旧我的痛苦的，这是一种相当复杂的精神蜕变过程。不少的作家在回忆当年的整风运动时，内心总是充满了怀念与感激之情："参加一九四二年到一九四五年间的整风学习，对我是一次大改造，我将永远感激中国共产党和毛主席所给予我的教育。”② 经过整风运动的"洗礼"，作家们已完全抛弃了个人主义的文学观，对此，他们没有丝毫的犹豫和怨言。赵超构在与丁玲会面时的一席对话证明了这一点："我率直地说，'我感觉这里只有共产党的文艺，并没有你们个人的作品。'为了这句话，她又做了五分钟的解释，总其言，是'为了大家服务，应当放弃个人的主观主义的写作'。"③ 我们有理由相信，这是作家们的由衷之言。

五

1943 年春天，延安整风运动告一段落。通过对 22 个文件的学习，延安知识分子对自己、对延安的认识已逐渐取得一致，在这种情况下，中央认为，知识分子下乡入伍的时机已经成熟。3 月 10 日，中共中央文委与中组部联合召集党的文艺工作者开会，使即将参加实际工作的党员作家充分了解党的文艺政策，实现《讲话》所指示的新方向。中宣部代部长凯丰与中组部部长陈云详细说明了作家、艺术家到群众中去的重大意义和几个在认识上必须彻底转变的根本问题，指出作家、艺术家要想为工农兵服务，必须深入群众、改造自己。中共中央总学委副主

① 丁玲：《文艺界对王实味应有的态度及反省》，《解放日报》1942 年 6 月 16 日。

② 艾青：《艾青全集》（第三卷），花山文艺出版社 1991 年版，第 277 页。

③ 赵超构：《延安一月》，上海书店 1992 年版，第 99 页。

任、华中局书记刘少奇，中央政治局委员、《解放日报》社社长博古以及边区文艺负责人周扬等参加会议并做了讲话。

对凯丰与陈云的讲话，延安作家、艺术家持深深的赞同态度。3月31日，《解放日报》刊发了舒群的忏悔文章《必须改造自己》。舒群认为，《讲话》前延安文艺界对延安现实生活的描写是不正确的，不是“没写好”就是“写孬了”。这种情况“不仅说明我们不熟悉这些人和事，而且说明我们本身存在着严重的问题，需要改造，改造我们的思想，改造我们的生活，改造我们的语言。这个改造，必须通过实际斗争才能改造得好。新文艺必须通过这个改造，才能发展得好。所以这次下乡不是平常的，是一个改造自己的过程，新文艺发展的过程。”因此，从这个意义上讲，延安作家、艺术家必须下乡改造自己。4月3日，《解放日报》又同时发表了两位知名作家的忏悔文章：周立波的《后悔与前瞻》与何其芳的《改造自己，改造艺术》。两位作家一致认为，自己乃至整个延安文艺界过去都走了一条旧的、错误的道路，这其中的根本原因在于改造自己的观念在一般知识分子心中是相当模糊的。知识分子自以为参加到革命队伍中来就成为革命队伍中的一分子，“殊不知旧我未死，心多杂念”，自己与革命队伍中的步调还有很多不一致之处。整风之后，才猛然惊醒，“才知道自己原来像那外国神话里的半人半马的怪物，一半是无产阶级，还有一半甚至一多半是小资产阶级。”[①] 对于延安这次所组织的下乡入伍运动，两位作家都表示了热烈的欢迎，认为这是一条改造作家思想、改造中国新文艺的极好途径。

这次会议以后，延安艺术界开始了统一的、大规模的下乡入伍运动。为了配合这次下乡运动，《解放日报》也做了积极的宣传工作，一方面拿出大量篇幅来报道作家下乡的情况；一方面又走访党内外作家，征求他们对文艺工作者会议的意见。组织上的政治动员加上媒体的有力宣传，使得这场下乡入伍运动一时间搞得轰轰烈烈，有声有色。在后期延安文艺界，这种有目的、有组织、有计划的下乡入伍运动一直没有间断过，虽然它们规模不一、形式各异，但在促进知识分子深入工农群众的过程中进而改造其本身固有的小资产阶级思想这个根本目的来

---

① 何其芳:《改造自己，改造艺术》,《解放日报》1943年4月3日。

说，它们又有着内在的一致性。在下乡入伍运动中，作家、艺术家完成了从生活习惯到思想观念的彻底转变。

延安作家大都来自东部沿海城市，在长期的城市生活中，形成了自己的一套生活方式与生活习惯。为了彻底与农民、士兵打成一片，作家首先必须完全抛弃自己已养成的生活习惯，只有这样，才能缩短与农民、士兵之间的感情距离，才能使自己投身于劳动人民的熔炉，消灭旧我，产生新我。在这方面，延安作家几乎没有任何保留，边区文协负责人柯仲平在对赵超构先生介绍作家下乡经验时曾说过如下的话语："在乡农家里吃馍馍，即使给苍蝇叮过了的，也不可剥皮；和乡农一起睡觉，即使生了虱子，也不可埋怨。"① 赵超构先生由此得出了这样的结论：苍蝇和虱子，是乡农的好朋友，每一个学习的人，也就得有勇气和它们成为朋友。应该说，作家在这方面所做出的种种努力既使得农民对他们有一种天然的亲近感，又使他们对农村的生活习俗与农民的思想感情有了具体的、深入的了解。在中国文学史上，作家与农民的关系也许从未有过如此程度的贴近："我到东北解放区的时候，当地正在进行土地改革。我就要求下乡去参加这场火热的斗争。在五个来月的区委工作中，我们和贫雇农的生活完全打成了一片，和中农也建立了亲密的联系。时候是冬天，是长长的农闲季节，我们所住的房间里，从早到晚，挤满了穿着靰鞡鞋的农民。他们唠闲嗑，谈工作，从斗争到家务，都无所不谈。"② 作家与农民的这种亲密关系，使得他们对农民的了解不再像以往那样停留于一个抽象的、概念的阶段，为以后的文学创作积累了丰富的、新鲜的生活经验。如果作家没有上述这种生活经历，《暴风骤雨》《太阳照在桑干河上》等长篇小说的产生几乎是不可想象的，而且与左翼作家反映农民题材的作品相比，前者的生活实感显然进一步增强。

对于延安作家来说，改变生活习惯仅仅是他们迈向工农兵阵营的第一步，要想真正地与工农大众融为一体，更为重要的则是思想观点的改造："我们还得以全心全力来改造自己呵！那不仅是要求我们穿上工农的衣服，和工农生活在一

① 赵超构：《延安一月》，上海书店 1992 年版，第 99 页。

② 周立波：《谈思想感情的变化》，《文艺报》1952 年 6 月 25 日。

起，而且还得要求我们洗涤自己的心，耐烦去掉那些倒霉的不洁的东西。那些东西不去掉，我们虽同工农睡在一床，还是要和他们做着不同的梦。”[①]改造小资产阶级思想观念，具体的就体现在他们对小资产阶级文学思想、文学观念的改造上，具体表现在对作家身份与作品功用的定位上。他们认为，自己首先是党的实际工作者，然后才能作为一名诗人、小说家或剧作家存在；艺术作品不应该是个人的专利品，而是属于人民大众，“不是属于人民的艺术便无有力量无有生气无有前途，是这种‘艺术’结束的日子来了。”[②]艺术作品的类型、数量应该根据党和人民的实际需要而定。1943 年 3 月 15 日，在延安作家即将下乡之际，《解放日报》的记者采访了一些党内外作家。刘白羽说：“要到下层去，就不能走马看花，而要长期工作，消除不甘寂寞的心情。既然长期工作，那么首先就要把工作做好，其次才是创作，而现在创作的主要方面，则是报告和通讯。”丁玲的话语更是表现了作家的这种决心和热情：“如果有作家连续写二十篇边区农村的通讯，我们要选他做文艺界的劳动英雄。”在这种观念的支配下，丁玲写作通讯、报道的热情日益高涨。在安塞难民纺织厂，她写下了《记砖窑湾骡马大会》，在文艺工作者代表大会上她写了《李卜》，在劳动英雄大会上又写了《袁广发》，而且还把以前没有写完的《三日杂记》拿来修改、续完。后来由于整装北上，预计中的《卜掌村》《张清益》没有完成，丁玲为此感到深深的遗憾。

即使在下乡入伍运动中改造了自己的种种非无产阶级思想，知识分子也很难保证自己就一定能与工农大众保持一致。因为人毕竟是感情动物，思想的发展也许会突飞猛进，情感上对过去却不能不有所留恋。对于延安作家来说，尽管他们有着十分良好的主观愿望，但是沉淀在个人情感世界中的小资产阶级杂质也许会在作品中不自觉地流露出来，出现思想与情感的矛盾之处。为了完全、彻底地改造自己，延安作家还必须对自己的情感世界动一番手术，要把自己的感情融合于大众的喜怒哀乐之中。对此，延安作家有着清醒的意识：“这不只是变更我们

---

① 严文井：《评过去四期〈草叶〉上的创作》，《草叶》1942 年第 5 期。

② 刘白羽：《读毛泽东同志〈在延安文艺座谈会上的讲话〉笔记》，《解放日报》1943 年 12 月 26 日。

的观点，而是改变我们的情感，整个地改变这个人。只有在群众斗争生活中才能丰富自己的情感，提高自己的情感，才能捐弃那些个人的感伤，幻想，看来是细致，其实是委琐的情感，才能养成更高度的热爱人类，热爱无产阶级事业，热爱劳动者的伟大的热情。根本问题应该是作家本身有一颗愿意去受苦的决心。这种苦，不是看得见，说得清的。是把这一种人格改造成那一种人格的各种磨炼。”[①]在这种长期的、耐心的斗争中，延安作家的情感世界也逐渐发生了变化，真正做到了理论与情感的一致。考察延安作家在《讲话》后的作品，不仅思想观点与工农大众保持一致，而且苦乐的情感、爱憎的标准也处在同一个水平线上，真正做到了喜大众之所喜，悲大众之所悲。作家们再也看不到过去熟悉的那些被命运拨弄的不幸者，也听不到人们嘴里发出哀叹和悲伤，同样也感觉不到生活中任何或隐或显的悲剧。严文井在驳斥江布的观点时，以富有诗意般的语言歌颂了他眼中的解放区新型农民。

> 我们只能以太阳来比拟他们的光亮，以青春来比他们的新鲜，以澎湃的海波来比他们的力量，以钢铁来比他们的意志。我们的作者应该从这样的人物身上抓取到最好的形象；诗人从他们那里找到最美丽的，最动人的诗；一切爱好光明的人都已经看见，而且将要出来证明这个事实。
>
> 在我们看来，对好人就是要说他的好，对坏蛋就是要说他的坏；打日本最英勇最坚决的就是英雄，奸细叛徒就是最丑恶的最臭的东西。这个是与非，白与黑，就要分得清清楚楚，不能含混一点，不能打一点折扣。在现在这个光明和黑暗搏斗得很剧烈很尖锐的时代，就不能有什么又好又坏，又坏又好的东西，假若一定要说有，那就是封神榜里说的那个“四不像”，是给谁骑的牲口，而不是人。[②]

经过整风学习和下乡入伍运动，延安作家头脑中的个人主义思想已经完全被

① 丁玲:《关于立场问题我见》,《谷雨》1942 年第 5 期。

② 严文井:《关于“发掘动因”》,《解放日报》1942 年 12 月 28 日。

集体主义思想所取代，文学作品的思想内容、价值取向、人物形象、语言结构也发生了内在的深刻变化，解放区文学呈现出一种迥异于五四文学的审美风貌。随着新政权逐步在全国取得胜利，集体主义文学也确定了自身在中国文坛的主宰地位，宣示着一个新的文学时代的到来。

（原载于《临沂师范学院学报》2007 年第 1 期）

写什么与怎么写

——谈前期延安文艺界论争中的一个焦点问题

张根柱

在前期延安文艺界众多的论争中，写什么与怎么写是其中的焦点问题。这一问题的波及面甚广，牵涉到文艺创作的各个领域。几乎所有重要的延安作家、批评家对这个问题都发表了自己的见解，相互之间也产生过激烈的论争。通过他们之间的论争，我们可以清楚地看到困扰着前期延安文艺发展的一些症结。

在写什么这个问题上，延安作家、批评家的意见分歧较大。围绕“1941 年美术展览会”所展开的争论生动地说明了这一问题。1941 年 8 月，边区美协在延安举办“1941 年美术展览会”，作品包括木刻、绘画、漫画、摄影、剪纸等七种，数量达数千件。木刻展品中，一部分是鲁艺木刻工作团 1941 年冬到华北后方各抗日根据地所做的木刻宣传画，以抗日建国为题材；一部分是个人木刻，形式新颖。其余作品也均与现实生活有着紧密的联系，要么是反映了援苏反德的题材，要么是描绘了边区的生产建设与人民的生活习俗。从当时艾青、力群等人的有关评论中可以看出，这次画展举办得相当成功，但是，部分批评家对这次画展表示了强烈的不满，原因就在于这些创作带有浓重的“自由化”色彩。1941 年 8 月 28 ~ 29 日，《解放日报》连载了胡蛮的评论文章《目前美术上的创作问题》。胡蛮认为，这次画展就内容来说，轻视政治命题，偏重自由创作，其错误来源是认为艺术和政治是两回事，并由此而发生了艺术第一的谬论，以致陷入了形式主义学院派观念的泥潭。为此，胡蛮对延安的作家、文艺家发出了如下的诘问：“为什么只看见有大量的类似‘风俗画’的产品，而美术家不看见不去了解也不去多多地描写人民的现实生活中所显示的政治意义，如边区的工农兵的生产生活与文化生活等等？为什么在旅行写生中不去描写那亲眼看见的蒙汉联欢和八路军受蒙古人民欢迎的一些事实？为什么不多多在严重的斗争事变中如八路军百团大胜、新四军皖南事变这样现实中去寻找题材？”胡蛮的意见代表了延安文艺界的一种批评倾向：作家、文艺家的创作必须要与亡国亡种、两党对立政治环境紧密联系在一起，必须要旗帜鲜明地表现出自己的政治立场。

对于上述的批评倾向，文艺界的不少人士表达了不同的意见。他们认为，在全民抗战的环境下，延安文艺界的创作带有一些功利色彩，这是应当的，也是可以理解的，但是当这种功利色彩被强调到失去分寸的时候，不但起不到应有的作用，而且于文艺本身的发展也有着极为不利的影响。罗烽的批评意见相当尖锐，他在《漫谈批评》一文中指出，如果批评家不深入生活、研究现实，对待艺术作品不是深思熟虑，而是采取一种浅薄、轻率的态度，下列情况便往往很容易发生：“批评家一面坐在银镜绣帘的书斋里窥照现实生活，一面运用他的特长——比较完备的意识形态，将立足于现实生活的土地的作家放逐出境。至于公允一点的呢，也不过是想把所有的作家全纳入他的政治面具的模子里，有意无意地让艺术价值化为海洋的沉淀物，而让‘政治面目’油珠般地漂浮水皮上而已。……至于让马列主义的死教条充斥于批评的篇幅中，不一定能给批评涂上进步的正确的颜色。当真理被歪曲应用的时候，反会戕害真理的。真、爱、美不能浸滴入马列义批评的每一个细胞，它仍然是僵死的物体而已。这类东西横在批评的大道上，正像把僵硬而可怕的尸首陈列于前进的艺术家的面前一样。”梅行则在《批评杂谈》一文中对延安的文艺批评家提出了进一步的要求与希望：“我以为批评家要抛掉圈子，首先应该走出自己狭小的栏栅，抛弃个人的偏爱与成见，走到更广阔的地方去，以深和广的爱去判断，欣赏，指摘或者赞扬，这也许是万分必要的。”力群、萧军等人也表达了类似的意见。

在写什么这个问题上，尽管延安文艺界的有识之士一再强调文艺创作与生活体验不可脱节的重要性，反映在实际创作中，仍然出现了一些问题。强烈的责任心与义务感使延安作家很难在民族自卫战争中保持一个清醒的头脑与一种平静的心态，部分作家更是把主题的思想性、政治性与题材的时代性、重大性当作自己文学创作的唯一目标。为了达到这种效果，作家们往往通过各种途径来达到自己的预期目的。尽管他们没有某种生活经历、某些生活体验，或对笔下的人物没有深刻的了解，但是为了表现抗日这个时代主题，作家便不惜以牺牲艺术真实为代价，凭空捏造一些惊险离奇的情节，企图以此来吸引读者的注意力，并达到反映抗战生活、塑造抗日英雄的目的。此类作品虽然表面上披着一层抗日的外衣，但在骨子里依然掩饰不住生活的贫乏与空虚。在这种情况下，不是作家占有材料，而是材料在牵着作家的鼻子走，作家根本谈不上对生活有什么独立的思考与深刻的发掘，更不要说有什么创作个性可言。由于缺乏生活实感，作品的抗战生活与抗日英雄又往往给人一种不真实的感觉。丁玲在《材料》一文中曾对这种创作现象有所描述，一个没有到过东北的作家，却在写着一个共产党员在苏联边界上夜行的故事；一个只远远地看过几眼日本俘虏的人却在创作着有关日本军队的长篇小说。既然如此，作品中出现这样的描写就不足为怪了："所以在写水的时候，会有'一涓平的水滔滔而流'，而在写下雪天会有'一会儿四周山头上的云彩便不见了，而鹅毛大的雪片纷纷地飞着'这样的描写。写夜晚会'没有云，也没有星星'。"

作家的上述创作倾向引起了延安文艺界的高度重视。围绕着碧野的小说《乌兰不浪的夜祭》所展开的批评，显示了前期延安文艺界在抵制这种创作倾向方面所做的可贵努力。这篇被编者称誉为"幽美的作风"的小说发表于《文学月报》第三卷第二、三期合刊上，作品的主题显然与民族抗战有着紧密的联系。为了凸现这个时代主题，作者碧野煞费苦心，主要采用下列两种手段来增强作品的渲染力：第一，作品发生的地点设在内蒙古，其异域情调可以满足大部分读者的好奇心理；第二，在作品的总体构思上，采用情与仇的情节结构与变相的"才子佳人"模式来增加作品的传奇色彩。除此之外，碧野还不惜以大量华丽的辞藻来对这篇作品进行文学上的修饰，"幽美的作风"的赞誉大多源于此。但是，由于没有真实的生活体验，再加上作者过于注重作品的传奇色彩，作品的表现重点不但没有放在他笔下的人物身上，而且作品中的很多细节也给人一种不真实的感觉。在这种情况下，人物形象、故事情节与生活细节在作者的头脑中如天马行空，自行其是，艺术上的种种努力都成为对生活有意无意地歪曲，所以，尽管这篇小说还穿着一件华丽的艺术外衣，但它仍然是没有灵魂、没有生命的存在。对于这种华而不实、哗众取宠的创作倾向，江华在《创作上的一种倾向》提出了严厉的批评：“主题思想是应该生长在作者个人的生活经验中，而艺术作品思想的深度，常常是决定作品的力量和生命的。这样的方向，才会引导作者和作品到高贵和美的创造。如果是缺乏作者个人特殊的艺术构想，和作品所描写的那种生活的深切的感觉，而对于主题的把握，只是从作者漠不相关的，没有嚼过的莫名其妙的地方，随手拿来的借用，或者是有意地迎合某些读者低级的好奇的趣味，而这是会引导作家到一条拙劣的‘手工’匠人的路——不幸这种‘手工’的路还常为浅薄的‘批评家’称为货真价实的艺术品。”

怎么写的问题是与写什么的问题紧密联系在一起的。由于过于强调写什么，过于强调主题的思想性、题材的时代性，不少作家也就相对忽略了作品本身的艺术品格。抗战初期，延安作家大都把自己的创作局限在某种体裁、某种格式与某种写法上，充斥于延安文坛的往往是一些报告、通讯、速写一类小型化的艺术形式，就是成篇的小说，凡是反映新题材的东西也大多数是小形式的变相或较大的补充。

某种意义上讲，作家对于一种艺术形式的寻找、选择，其实就是对已有的生活体验、认识再次进行深入思考的过程，其间也许会反反复复，需要相当长的一段时间，在此基础上产生出来的艺术作品，才有可能达到现实主义的基本要求——现实生活与表现形式的合一。由此可见，艺术创造是一个相当艰苦的过程，每一位严肃、认真的作家都应该把这视为艺术创作的基本原则之一。在紧张激烈的战争环境中，对每篇作品都要进行雕章琢句式的学究化处理固然不可取，而对艺术形式的选择采取一种赶时髦的从众态度同样也是要不得的。前期延安文坛上文学表现形式的雷同化现象表明，作家们似乎缺少一种成熟稳定的文学意识，在对文学作品的处理上常常采取了不应该有的草率态度。翻阅这一时期有关抗战题材的小说，我们就会发现，篇制短小、语言粗糙以及直线式的艺术构思大都成为它们在形式表现上的共同特征，虽然名为小说，却基本上是通讯、速写之类的扩写。由于此类体裁的艺术容量有限，再加上缺乏必要的艺术加工，所以大多数作品谈不上有多少生活的厚度、深度，更无什么血肉丰满的性格可言。人物只是表达作家某种观念的符号，没有一个发展变化的过程，好人生来就好，坏人在娘胎里就种下了坏种。其他艺术品类也大都有着类似的毛病。从这些作品中，我们似乎可以看到延安作家急功近利的心理与匆忙的写作姿态。

上述问题几乎存在于延安文艺界的各个部门。1941 年 12 月 2 日，《解放日报》刊发了王朝闻的评论文章《再艺术些》，对延安美术界存在的一些问题提出了自己的看法。王朝闻指出，不少的作者只热衷于“画什么”（抗战主题）和“在什么时期，什么地区，给谁看”诸问题，使作品可能有的力量大打折扣。作品不够好的原因也许有很多，“但作者对题材缺少深刻了解，没有探求更恰当的表现形式”才是问题的基本原因。如何进一步提高延安文艺界的创作质量，增强艺术形式本身所特有的美感，萧军、雪苇、冯牧等文艺界人士发表了自己的意见。雪苇在《略论文学的“雅”》中认为：“一般人说的文学的‘雅’的问题，就其实质说来，就是一个文学的‘美’的问题。”在革命阶级走向统治地位的时候，提高和洗练自己的文学，使其成为更高级、更艺术的文学，则是非常必要的，因此，新的革命阶级的文学，是不能拒绝“雅”“美”的。冯牧在《论文学上的朴素》一文中也对一般作家所理解的朴素提出了批评：“而他们所理解的朴素，其实就是简单，就是粗糙，就是无光彩。一切的色彩，形象，诗意，都为他们所不解，所不取。”而真正的朴素应该“就是单纯、自然和真实的概括语；就是内容和形式的完全的合致，思想和形象的完全的合致；就是当你想用作品来告诉别人一个思想，一点生活的时候，你所应当用的那和它们最相一致的艺术形式，最相一致的语言文字。”在《作家前面的“坑”》一文中，萧军则用形象化的语言向延安作家发出了警告：“这是个什么坑呢？大概绝不是‘写什么’的坑；而应该是‘怎样写’的坑。”为了跨越横在作家面前的这个坑，萧军鼓励作家应该充分发扬“真正的艺术者的精神”，要像虔诚的教徒那样，敢于登净土敢于下地狱，面对这个“坑”走下去。从上面萧军等人的表述中，我们可以看出他们对艺术的良苦用心。

值得一提的是，宽松、民主的政治环境是前期延安文艺界各种文艺问题得以顺利、健康地讨论的前提，这是与延安文艺界领导人张闻天对文艺问题的深入认识及其一贯的民主作风分不开的。延安作家、批评家在写什么与怎么写的问题上所表达的各种见解，对前期延安文艺的发展有着极为重要的影响。

（原载于《理论与创作》2004 年第 4 期）

中国现代文学的文化选择

论延安时期张闻天的文艺思想

张根柱 *

张闻天作为五四时期文坛上的知名作家、批评家与翻译家，本身就有丰厚的文学素养和很好的文学理论水平。他由文学走上革命之路后，在从事革命事业的过程中，充分认识到了文化艺术事业在革命事业中的重要性：为了革命事业必须重视文化艺术事业，团结广大的文化艺术工作者作为同盟军，组成革命统一战线。正是出于这一革命的功利目的，在 1930 年代，他才出面纠正上海“左联”在文艺战线上的关门主义倾向；在延安全面主持中央工作时，他就从革命事业的全局出发，对文艺事业积极扶持；而当他从党中央“负总责”的位置上退下来后，他更是将自己的全部心血投入自己主管的文化、宣传、教育工作中去，他对于中国共产党意识形态宣传与革命文艺事业的卓越贡献是功不可没的。

漫长的几十年过去了，因为众所周知的原因，对于他的文艺思想，人们已经知之甚少或知之不详了，那么，张闻天的文艺指导思想的本来面目到底是怎样的呢？在今天我们还有哪些需要继承和发扬的地方呢？为此，我们应该来深入探讨一下张闻天的文艺指导思想。

首先，张闻天对于党的革命文艺事业有一个整体的规划与设想，他提出了文艺的总的服务方向：中华民族新文化为抗战建国服务，在抗战建国中建立中华民族的新文化。[①]“驱逐日寇出中国，建立独立、自主、幸福的新中国”（抗战建

---

* 本文系与付道磊博士合作。

① 洛甫：《抗战以来中华民族的新文化运动与今后任务》，《中国文化》1940 年第 1 卷第 2 期。

国），这既是当时全体中国人的理想，更是当时中国激进的文化人的新中国梦想。因此，张闻天提出中华民族新文化应为抗战建国服务，并不是一个急功近利的政治口号，而是一个既不脱离当前现实又不乏政治远见，还带有某种要建立未来世界强国的恢宏气派的伟大设想，它体现了一个伟大政治家的远大的政治雄心和宽广的文化情怀。这种志在国家天下和民族文化的文化方略，就带有更多的弘扬发展民族文化的使命感和兼容并包的人文精神。

我们还知道张闻天历来对于鲁艺是非常关心的，鲁艺成立时中央就和张闻天进行磋商；在鲁艺成立一周年、两周年纪念时，他都和毛泽东一起作为党的主要领导人莅临大会指导工作。[①] 在张闻天主管党的宣传、教育工作时，他更是对鲁艺的发展倍加关注，修改鲁艺的教育方针，力求把鲁艺办成党培养专门艺术人才的堡垒。1939 ~ 1940 年，中共中央书记处由毛泽东主持日常工作，但是张闻天依然是中央书记处的书记，同时还兼任中央宣传部和中央干部教育部的部长，1940 年初，中央宣传部同中央干部教育部合并后，张闻天为部长，凯丰、李维汉为副部长。[②] 李维汉在他的领导下曾两次对鲁艺检查工作，通过检查和制定教育方针，对于鲁艺的正规化建设起到了良好的导向作用。虽然这个教育方针整风后期被否定，但是实践证明鲁艺的办学方向是正确的，成绩是值得肯定的。

张闻天对于文艺家、文艺的社会作用的看法是一贯的，他总是既注意到当前的民族解放斗争中特殊的社会现实，又兼顾了文化人的特点和文艺内部的特殊性。在中国文艺协会上，他要求作家“以文艺的方法，具体的表现”为革命事业服务，[③] 1940 年 1 月举行的盛大的陕甘宁边区文化协会第一次代表大会上，张闻天做的党关于文化政策报告中明确阐述：“中华民族的新文化必须是为抗战建国服务的文化”，“任何一个主义，一种学说，包办新文化的企图，都是有害

---

① 延安文艺丛书编委会：《延安文艺丛书 · 文艺史料卷》，湖南文艺出版社 1987 年版，第 55、76 页。

② 王健英：《中国共产党组织史资料汇编》，转引自《领导机构沿革和成员名录》，红旗出版社 1983 年版，第 331—333 页。

③ 洛甫：《洛甫讲演略词》，《红色中华 · 红中副刊》1936 年第 1 期。

的。新文化运动中，除抗日的统一战线外，应该有各种各样的广泛的文化统一战线。”[①]

张闻天在文艺总的服务方向上，已经提出了“文艺为社会主义服务”的思想。他认为：“中国的社会主义（即马列主义）历来是随着中国的新文化运动的发展而发展的。”“社会主义，是今天最能为中华民族新文化的全部要求的实现而奋斗的一种最富有革命性与科学性的学说。”“中华民族新文化运动的发展，不但不同社会主义文化的发展相冲突，而且新文化运动的发展，是同社会主义文化的发展成正比例的。”“社会主义在民族民主的革命中，不但有最彻底的、最革命的政治主张与政治纲领，而且它的思想体系，它的理论与方法，是最贯彻的与最科学的。所以不但它的政治主张与政治纲领，可以成为抗战建国的最好纲领，而且它的理论与方法也可以成为新文化运动的总的理论与方法的基础。”“但是社会主义丝毫也不想垄断新文化运动。相反的，正是它，能够深刻的了解到：建立中华民族新文化，是全中国所有文化人与知识分子的共同任务，所以它要同一切愿意为新文化的胜利而斗争的各种派别的文化人与知识分子，进行各种各样的统一战线。它要在这种统一战线中发展新文化，同时也要在这种统一战线中发展它自己。”他还说社会主义文化是在斗争中发展的，它不放弃自己的立场和批评的武器，“它不怕自由讨论，自由批评。”[②]

由此可见，张闻天并没有要求文艺简单地、狭隘地服务于当前的政治任务。张闻天所提出的文艺为“抗战建国”服务是既规定了中华民族新文化的近期目标，又含有文艺要为社会主义服务的长远目的。经过“左”的文艺政策和“文化大革命”之后，我们说文艺“二为”方针和“双百”方针的提出，在一定意义上正是向张闻天文艺思想的回归。

在为抗战建国服务上，在巩固抗日的统一战线上，张闻天的观点是与毛泽东一致的。但是，与张闻天相比，毛泽东更强调文艺（文化）为政治服务，他是以

① 洛甫：《抗战以来中华民族的新文化运动与今后任务》，《中国文化》1940 年第 1 卷第 2 期。

② 同上。

政治哲学的观点来考察文化问题的，他说："一定的文化（当作观念形态的文化）是一定社会的政治经济的反映，又给予伟大影响于一定社会的政治经济；而政治则是经济的集中表现。这是我们对文化与政治经济关系及政治与经济关系的基本观点。""至于新文化，则在观念形态上反映新政治与新经济的东西，是替新政治新经济服务的。"①

需要说明的是：当时中华民族所面临的是日本帝国主义的侵略，正值亡国灭种的关头，因此，救亡图存的思想情绪在整个思想文化界呈压倒一切之势。正如埃德加·斯诺在论陕北苏区的戏剧时所说："对中国共产党来说，戏剧已远远超出了娱乐的范畴，也不仅仅是一种唤醒社会觉悟的宣传工具，戏剧本身已经成为革命事业不可分割的一个组成部分。""无论何时，政治路线一旦有所变化，舞台戏剧就完全变了过来，适应其需要。……我在延安时，正值取消苏维埃之际，一切戏剧的武器都搬了出来，为这一改变进行解释、宣传，赢得人们的同情。反对国民党、反对蒋介石的话听不见了；任何赞成内战的观点不允许说了。一切都朝着促成统一战线的方面发展。戏剧的主要内容变成促进群众运动，反对日本侵略，唤起民众，要求民主，而没有宣传苏维埃的内容了。"②这种文艺跟着政治转的特点，是特定历史阶段中的产物，有其历史发展中合理性的一面，但是，如果一味地强调政治性的一面，在实践中片面地发挥其为政治做宣传的一面，这就会取消文艺的特殊性和其他的社会功能，无疑是不利于文艺事业的正常发展的。

其次，让我们来看张闻天对中华民族新文化的理论考察。

张闻天之所以向文化界指出中华民族新文化的总的服务方向，是因为他对中华民族新文化从理论上进行了全面的细致的考察。他的这种理论考察主要体现于他在边区文协一代会上所做的《抗战以来中华民族的新文化运动与今后任务》的文化政策报告中。在党领导革命文化运动的历史上，像他这样对中华民族新文化

---

① 毛泽东：《新民主主义的政治与新民主主义的文化》，《中国文化》1940年第1卷第1期。

② ［美］海伦·斯诺：《卓有成效的延安戏剧》，安危译，《延安文艺研究》1989年第2期。

的问题进行系统的、缜密的研究，这还是第一次。在1942年之前，这个报告也是我党历史上解决文化问题的最为系统、最为透彻的理论文献。

就是在这个文化政策报告中，张闻天从中华民族新文化（以下简称“新文化”）的内容与性质、新文化与旧文化、新文化与外国文化、新文化与三民主义、新文化与社会主义、新文化与大众化、新文化的形式七个方面，对中华民族新文化发展中的问题在理论上进行了系统的阐述。

关于新文化的内容与性质，张闻天认为它必须是：

> （一）民族的。即抗日、反帝、反抗民族压迫，主张民族独立与解放，提倡民族的自信心，正确的把握民族的实际与特点的文化。
>
> （二）民主的。即反封建、反专制、反独裁、反压迫人民自由的思想习惯与制度、主张民主自由、民主政治、民主生活与民主的作风的文化。
>
> （三）科学的。即反对武断、迷信、愚昧、无知，拥护科学真理，把真理当做自己实践的指南，提倡真能把握真理的科学与科学的思想，养成科学的生活与科学的工作方法的文化。
>
> （四）大众的。即反对拥护少数特权者，压迫剥削大多数人，愚弄欺骗大多数人，使大多数人永远陷于黑暗与痛苦的贵族的特权者的文化；而主张代表大多数人民利益的、大众的、平民的文化，主张文化为大众所有，主张文化普及于大众而又提高大众。①

我们认为通过张闻天对新文化内容与性质的排序，可以看出他对新文化的深刻理解，包含有很深的含义。这四点之中，“民族的”放在首位，是因为当前救亡图存是压倒一切的大局，同时，一个民族的文化要想屹立于世界民族之林，也必须有本民族的特点；“民主的”“科学的”放在其次，是因为封建的旧文化“在

---

① 洛甫：《抗战以来中华民族的新文化运动与今后任务》，《中国文化》1940年第1卷第2期，第4页。

全国来说，一般还占着优势。……如果我们不给以彻底的破坏与致命的打击，则它仍能长期的生存下去”，[①] 同时，这也是继续完成“五四”新文化运动未竟的事业，所以，提倡“民族的”“民主的”“科学的”文化，就是提倡反帝反封建的新民主主义的文化，就是反对专制和愚昧的封建文化。第四点，“大众的”文化，是针对以前文化为少数人所拥有这种历史事实而言的，既继承了“五四”新文化运动中提倡“国民文学”“社会文学”“平民文学”，反对“贵族的文学”“山林的文学”与“陈腐的铺张的古典文学”的优良传统，也是为了文化为大众所有、文化普及于大众而又提高大众，进行大众启蒙运动，为抗战建国进行思想上、文化上的准备。张闻天认为：上述新文化的四个要求是有机地联系着的。真正民族的，必然是民主的、科学的、大众的。为抗战建国服务，以民族的、民主的、科学的与大众的因素作为自己内容的中华民族新文化的性质，基本上是民主主义的。

还需要指出的，是张闻天第一次提出了“新民主主义文化”的概念。他在文化政策报告中指出：大革命失败后，“在苏维埃地区创造了并发展了新民主主义的新文化的雏形”；七七事变后，“在过去苏维埃区域及现在共产党占领导地位的抗日根据地，创造了并且正在创造着新民主主义文化的模范”。而“中华民族新文化的胜利，必然是彻底的民主主义文化，即新民主主义文化的胜利，社会主义文化将在其中起着先锋与指导的作用”。为此，在各文化根据地必须“彻底实施新民主主义的文化教育政策”，并“经常以新民主主义文化教育政策的实施情况及其经验教训供给全国”。[②] 这是他早于毛泽东使用的概念，与毛泽东的《新民主主义的政治与新民主主义的文化》相比，张闻天对于我党的文化理论是有着开创之功的。

张闻天将文化的民主性置于重要的位置而提出来，这就表现出张闻天对于新文化发展过程的清醒认识。这一深刻的见解只有放在历史的长河之中，我们才

---

① 洛甫：《抗战以来中华民族的新文化运动与今后任务》，《中国文化》1940 年第 1 卷第 2 期，第 6 页。

② 同上书，第 12—15 页。

能深深懂得它的弥足珍贵的内在价值。这不仅仅是"在全国说来，殖民地、半殖民地、半封建的文化，还占着优势"，[①] 也不仅仅因为国民党反动派对新文化运动的压制，还因为在新文化运动中一直存在着他所一贯批判的"左"的关门主义的倾向，还因为这时在苏联从20世纪30年代末开始出现了肃反扩大化，斯大林宣布阶级斗争随着社会主义社会的发展越来越尖锐，把生活和文学艺术中的一切冲突都看作是阶级敌人活动的结果，这就使苏联的文化发展出现了艰难的局面，[②] 同时在国内政治思想界也有某种类似的情况，这种情况不可能不引起当时在中央主管宣传、文化的张闻天的思考，所以张闻天提出这一点是有其现实意义与长远意义的。事实上，在20世纪20～30年代，美国也掀起了激进的马克思主义文学运动，表现出了一种文化专制与集权主义的倾向。[③] 看来，无产阶级文学运动在发展过程中，确实存在着严重的"左"的倾向，这几乎是一种世界性的文化现象。张闻天及时地提出"民主的"文化，这对当时的新文化运动起到了很好的导向作用，这从边区文协一代会召开以后文学的发展完全可以看得出来。

世界上任何一个民族一个国家，要发展自己民族的文化，必然离不开本民族的旧文化；也不可能自己孤立的发展，必然要吸收利用外国的先进文化。因为无产阶级文化绝不是从天上掉下来的，那么，我们要发展中华民族的新文化，应该怎么对待本民族的旧文化与外国文化呢？

关于新文化与旧文化，张闻天指出：要"批判地接收旧文化"，"新文化不是旧文化的全盘否定"，也"决不是等于号召中国青年去读古书，整理国故"。为什么要采取这种辩证的态度呢？"旧中国是一个半殖民地半封建的中国，因此它的统治的文化也是半殖民地半封建的"。这种买办性的封建主义的文化，对外是买办主义的：对外妥协投降，十足的洋奴气，不允许人民进行反对帝国主义的运

① 洛甫：《抗战以来中华民族的新文化运动与今后任务》，《中国文化》1940年第1卷第2期，第18页。

② 刘宁、程正民：《俄苏文学批评史》，北京师范大学出版社1992年版，第452页。

③ [美]沃特·萨顿：《美国现代文学批评理论》，王晋华译，北岳文艺出版社1997年版。

动；对内是封建主义的：提倡封建的旧道德、旧思想、旧制度等一切落后的东西，实行独裁专制，反对民主。这种文化是反科学的：它提倡迷信、愚昧、独裁、盲从，提倡唯心主义，反对唯物主义；它也是反大众的：提倡反对大众、远离大众、拥护少数独裁特权者利益的贵族文化，反对解放大众、接近大众的平民文化，提倡古文文言文，反对今文白话文。张闻天指出：这种文化，在全国说来，一般还占着优势。如果我们不给以彻底的破坏与致命的打击，则它仍能长期的生存下去。我们必须用全力扫除买办性的封建主义的文化。而对于旧文化中的反抗统治者、压迫者、剥削者，拥护被统治者、被压迫者、被剥削者，拥护真理与进步的民族的、民主的、科学的、大众的文化因素，这是过去我们的祖先留给我们的宝贵遗产，我们又从旧文化的仓库中发掘出来，加以接收、改造与发展的责任，所以新文化不是旧文化的全盘否定，而是旧文化的真正"发扬光大"。

关于中华民族的新文化与外国文化，张闻天指出：中国文化历来不断地影响外国文化，也受外国文化的影响。中华民族的新文化，绝不应该闭关自守；相反的，它应该充分地吸收外国文化的优良成果，而成为世界文化中优秀的一部分。那么，什么是外国文化中我们应该吸收的东西呢？这就是当外国资产阶级还是革命的时候的、启蒙运动的、为民主与科学而斗争的文化（如法国 18 世纪的唯物主义哲学，德国 19 世纪的辩证法哲学）；苏联及各国无产阶级的马列主义的社会主义的文化；各被压迫民族及一切被压迫被剥削者反帝反封建的文化；以及现代资产阶级曾赖以发展生产、制造财富的自然科学的文化和当今欧美无产阶级的新文化。他特别强调：中华民族的新文化，绝不是完全抄袭外国文化的所谓"全盘西化"，也绝不是像"中学为体，西学为用"的"中国本位文化"论者那样，只吸收外国的自然科学，来发展中国的物质文明。它在吸收外国文化的一切优良成果，不论是自然科学的、社会科学的、哲学的、文艺的。外国文化的"中国化"，不是什么"中国本位文化"，而是使外国文化中一切优良的成果，服从于中华民族抗战建国的需要，服从于建设中华民族新文化的需要。这就是鲁迅先生所说的"拿来主义"。显然，张闻天所言的外国文化并不仅限于马列主义和苏联的文化，这充分体现了一种世界的、现代的、开放的眼光，而没有那时流行的狭隘意识，他认为马克思主义中国化并不是文化上的闭关主义。①

前期延安界有两个大家比较关注、相对讨论比较多的问题：文艺大众化和文艺民族形式问题。这两个问题，也是张闻天在指导文艺运动中长期思考、关注的问题。

张闻天认为新文化的大众化问题，是和民族、民主、科学紧密相连的，这包含着两种意义：新文化必须是代表大众的利益，为大众的解放而斗争的武器。真正能为民族、民主、科学而斗争的新文化，必须是大众的新文化，而不是少数特权者、剥削者的文化；反之，大众的新文化，也必须是能为民族、民主、科学而斗争的文化（这是张闻天一再强调的）。在这个意义上的新文化的"大众化"不但不是降低新文化的水准，反而是提高新文化的水准。还有另一方面的意义，即为了使新文化成为大众能懂得并接受的文化，必须使新文化去适应大众今天的文化水平。在这一意义上的大众化，就包含有把新文化通俗化的意义。通俗化不是曲解新文化，使新文化庸俗化；而是用比较浅显的表现形式为大众所了解。这种通俗化的目的，不是为了使大众停留在今天他们的文化水平，而正是为了要提高他们的文化水平。张闻天清醒地认识到：一个文化工作者，可以同时负担大众化的双重任务，一方面积极提高新文化的水准，而同时又时时刻刻设法使自己所了解的东西通俗化，以便传达到大众中去。一个文化工作者，可以偏重于负担一方面的任务，但偏重于做通俗化工作的人，只有时时刻刻提高自己，才能真正地通俗化；而偏重于做提高工作的人，只有时时刻刻接近大众，了解大众，把握大众，向大众学习，才能真正地提高。不然通俗化会变为庸俗化，而提高变为脱离大众，这两种倾向都是应该反对的。张闻天的这种观点，对当时文化大众化中出现的将作家"化大众"的倾向，是有针对性的。张闻天还指出：新文化各部门的提高工作，要由有相当文化素养的（如在自然科学方面、社会科学方面或文艺方面）文化人担任与完成，而通俗化的工作，则要由广大的青年知识分子来负责。这种相当的分工，在现在的条件下，是不可避免的，而且也是必要的。这说明张

---

① 洛甫：《抗战以来中华民族的新文化运动与今后任务》，《中国文化》1940 年第 1 卷第 2 期。

闻天对有相当一部分文化人来做提高工作是充分肯定的，也提醒他们不要忘记了为大众服务的立场。

当时流行文艺民族形式的术语，张闻天在文化政策报告中并没有沿用这一术语，这是颇为耐人寻味的现象。但是，他的“关于中华民族新文化的形式问题”的论述，似乎正是针对这一突出的问题指出的。他认为：新文化的新内容应该有新形式，新文化的新内容正在创造中，新形式也在创造中。他肯定新文化可以而且应该利用能够表现新内容的一切中国旧文化的旧形式，但旧形式只有经过相当的改造，才能适当地表现新内容。对旧形式是批判地利用，这种利用，也是新形式的创造的发端。为了使新文化与大众结合，必须大胆利用大众所熟悉与爱好的一切民间的与地方性质的形式。同时，新文化可以而且应该利用能够表现新内容的外国形式，但外国的形式有可以利用的，也有不可以利用的。那些可以利用的，也只有经过相当的改造才能适当地表现新内容，对于外国的新形式，也是批判地利用。熟悉与尝试各种新文化的形式，不拘于一种特定的形式，吸收一切形式中优良的成分，是创造新文化的新形式所必经的过程。这在新文艺方面，尤其如此。这应该是对于当时的文艺民族形式讨论最为冷静和客观的观点。[①]

最后，张闻天推行以“人”为本的文化统一战线政策，十分关注文化团体和知识分子。这是中国共产党文艺政策的民主性精华。

张闻天异常重视知识分子和文化工作，这是与他对中华民族新文化历史及其特点、任务的清醒认识密切相关的。他分析：先进的知识分子是历次新文化运动的启蒙者与发动者，为历次革命做了思想上的准备，是新文化运动的主力军。“革命的胜利，必须有文化上的某种准备。但革命的胜利，不必一定在文化准备充分之后。相反的，文化任务的完成，一般在革命胜利之后。”[②] 因此，完成中华民族新文化的历史任务并不是单纯地通过革命的手段和行政措施能够解决的，党必须进行耐心细致的工作。综合考察来看，张闻天对于文化统一战线、文化团体内部的问题以及文化人是一贯关注，给予指导的。为此，他曾在党内党外做过一

---

① 上两节张闻天之观点详见《中国文化》第1卷第2期，第9—10页。

② 张闻天之观点详见《中国文化》第1卷第2期，第13页。

系列的工作。

张闻天在党的文化统一战线工作上的贡献，主要表现为他对文艺战线上的关门主义与宗派主义的批判，也就是纠正政治权力话语对文艺话语的独断与粗暴地干涉的倾向。张闻天对于文化统一战线及文艺战线上的关门主义倾向的批判，始于20世纪30年代初他在上海指导左翼文化运动的时期，到陕北以后，他仍然给予充分地关注。1937年11月14日，“特区文化界救亡协会”成立时，洛甫代表党中央做的《十年来文化运动的检讨及目前文化运动的任务》的长篇报告，仍然是他这一思路的继续。当时《新中华报》进行了报道。[①]张闻天在这次大会上，肯定了“左联”“社联”为革命斗争的方向及其成绩，但是他也严厉地批判他们对于“同路人”的关系不能吸取广大的革命者参加革命的阵营里，使文化战线未能扩大与坚强，这是“关门主义”的弊病。同时，他指出关门主义者门户之见太深，气量不够，今后我们应该使之避免；过去有一个很深的错误，就是文化内部有小团体，有小党派，常闹意见，弄到文化人不知何去何从？文学的内容应注重多方面的描写，作家们的眼光可放大些，总可以写出优秀的作品来，那么所谓“差不多”所谓“千篇一律”的现象也不会有了。[②]

最能体现张闻天对延安文艺运动的贡献和张闻天文艺政策的民主作风的是他在《抗战以来中华民族的新文化运动与今后任务》（1940年1月）中关于新文化运动当前的具体任务；抗日文化统一战线、其特点与工作；新文化运动的基本队伍（广大的青年知识分子）的政策；以及为进一步贯彻这一精神而为中央宣传部、中央文化工作委员会起草的《关于各抗日根据地文化人与文化团体的指示》

---

① 徐行白:《特区“文协”成立大会记——十一月十四日在“陕公”大礼堂》,《新中华报》1937年11月24日第3版。

② 1938年2月26日《救亡日报》（广州）洛基的文章及舒湮著《战斗中的陕北》一书的第十六章《洛甫的会见》，出自程中原著《张闻天与新文学运动》，江苏文艺出版社1987年版，第216—219页。

（1940 年 10 月 10 日）。[①] 另外还有：1940 年 9 月 10 日发布的张闻天为中共中央起草的《发展文化运动》的党内指示；1940 年 10 月，在张闻天指导下，中宣部做出的《关于充实和健全各级宣传部门的组织及工作的决定》；1941 年 6 月，中宣部公布的张闻天起草的《关于党的宣传鼓动工作提纲》。

概括来说，张闻天关于文化统一战线、文化团体及文化人的政策有以下几个方面的特点。

第一，张闻天所提出的抗日文化统一战线具有更大的广泛性与包容性。

张闻天认为：为使新文化更能为抗战服务，当前必须全力扩大与巩固抗日文化统一战线，这个文化统一战线是思想意识上的统一战线，具有广泛性、部门性、专业性和民主性，因此，一切文化人，只要他们赞成抗日，均应在抗日的目标下团结起来，不论他们在文化上所做的工作是否同抗日有直接的关系；欢迎任何文化人使用他的文化武器（如文学、艺术、科学等）为抗战直接服务；文化人间，除以抗日不抗日作为团结的分界线外，还可以在关于文化的各种问题上展示统一战线工作。为此必须：团结一切不愿当亡国奴的文化人与青年知识分子；坚决反对日寇、汉奸、汪派、托派的文化活动；同国内主张投降、分裂、倒退的反动文化做坚决的斗争；打破半殖民地半封建文化的障碍；提倡民族的、民主的、科学的、大众的中华民族的新文化。

可以想见，这样一个抗日文化统一战线，就会克服文化战线上的关门主义倾向和以往在文化团体中出现的“左联”“社联”的“第二党”的倾向，从而团结一切可以团结的文化力量，最大限度地发挥文化的抗战作用。

第二，张闻天对于文化团体充分注意到了其特殊性，其文艺政策符合文艺发展的内部规律。

张闻天对文化团体的关怀，是他的文化统一战线理论的具体应用与发展，这是与他对文艺内部规律及文化人特点的充分了解与清醒认识密切相关的。他认

① 《张闻天选集》中《正确处理文化人与文化团体的问题》一文的注释，人民出版社 1985 年 8 月第 1 版；或见中央宣传部、中央文委：《关于各抗日根据地文化人与文化人团体的指示》，载《延安文艺丛书·文艺理论卷》，湖南人民出版社 1984 年版。

为：文化属于意识形态的领域，各部门的文化均为意识形态的一个方面，有其共同规律；各部门的文化又有其特殊的规律，因此，对于文化团体必须兼顾这方面的特点，统一战线的组织，不应有很严密的组织生活；应保证统一战线内的文化工作者有发表、辩论、创作与生活的充分民主与自由，并给他们以足够的单独工作的时间。应该估计到文化团体同其他民众团体的不同性质，而定出它们的特殊的任务，如：介绍、研究、出版、推广各种文化作品；吸收与培养各方面的文化人才；指导大众的各方面的文化活动等，可以组建新文化运动大师鲁迅先生的研究会或研究院等。要纠正有些地方把文化团体同其他群众团体一样看待及要他们担任一般群众工作的不适当的现象。须知爱好写作、要求写作，是文化人的特点。他们的作品就是他们对革命事业的最大贡献。同时发表他们的作品，也是推广文化运动的最主要的方式。

张闻天还特别注意培养文化运动的干部，注意提高文化干部的质量。他说：要挑选对文化工作有兴趣的青年知识分子开办各种文化工作干部的学校或训练班，以培养新的文化工作干部。要从有相当威信与地位的共产党员文化人或非党的文化干部中，培养一小部分在文化运动中能够担任组织工作的干部。他们自己虽是文化人，但他们的活动应偏重于组织工作，而不是写作。没有这些文化组织工作者，文化人内部的良好团结，文化人及文化团体的效能的充分发挥，是很困难的。

第三，张闻天格外重视文化人特别是广大的青年知识分子，尤其注意纠正轻视、猜疑文化人的落后心理，培养民主、科学的工作作风。

对新文化运动的重视，主要体现在对文化人的尊重与理解上。不重视文化人，不尊重文化人的人格，而所谓的重视新文化运动就只能是一句空话。在这方面，张闻天是非常重视的，可以说张闻天在陕甘宁边区文化协会第一次代表大会报告以后，又紧接着为中央宣传部、中央文化工作委员会起草下发的《关于各抗日根据地文化人与文化人团体的指示》，就是为了从根本上解决这个问题，由此可以看出张闻天为此所做的不懈的努力。

张闻天认真地分析了文化人，尤其是青年知识分子的特点。他认为文化人存在着同群众有隔膜、看不起人与夸大自己、感情冲动、不切实际等缺点，但他们尤其是青年知识分子也有很多可贵的优点，如：有崇高的理想，不满意黑暗的现实社会；反抗压迫、专制、不平等，爱好民主、自由、平等；反对迷信、黑暗、无知、愚昧，爱好光明与真理；反对自私自利贪污腐化，要求大公无私、清白纯洁，等等。因此，我们要尊重文化人、爱护青年知识分子，争取大多数文化人和青年知识分子参加到新文化运动中来，参加到革命中来，是今天所有新文化运动者最紧要的任务。

为此，我们应该重视文化人，纠正党内一部分同志轻视、厌恶、猜疑文化人的落后心理，善于尊重共同工作的文化人的人格、事业、创作与意见。要同他们有真诚的交谊，要有大气量，要谦逊，要能求大同而存小异。应该用一切方法在精神上、物质上保障文化人写作的必要条件。党的领导机关，除一般的给予他们写作上的任务与方向外，力求避免对于他们写作上的人为的限制与干涉，我们应该保证他们写作的自由。对于文化人的作品，采取严正的、批判的、但又是宽大的立场，力戒以政治口号与偏狭的公式去非难作者，尤其不应出以讥笑怒骂的态度。对于文化人生活习惯上的过高的、苛刻的要求，是不适当的。

张闻天尤其强调：我们提倡自由研究、自由思想、自由辩论的生动、活泼、民主的作风。统一战线内部的意见上的某种不一致、意气之争、门户之见，一般是不可避免的。应经过民主的方式来解决各种争论。应该提倡自由辩论与讨论的风气。争论一时不能解决时也不要紧，不必过早做结论。对于某个文化的缺点的提出，也要经过适当的方式。①

如上所述，在延安文艺座谈会之前，张闻天对于确立党的抗日文化统一战线与有关方针、政策，起到了主要的领导作用；对文艺问题有着全面的研究、有自己独到的艺术见解，其科学的、民主的、系统的文艺思想对延安的文艺运动有着直接的推动作用。在张闻天的直接领导下，延安的文艺运动蓬勃发展，各种文

---

① 洛甫：《抗战以来中华民族的新文化运动与今后任务》（1940年1月5日在陕甘宁边区文化协会第一次代表大会上的报告大纲），《中国文化》第1卷第2期，1940年4月15日。张闻天：《关于各抗日根据地文化人与文化团体的指示》，参见《延安文艺丛书·文艺理论卷》，湖南人民出版社1984年版。

化、文艺团体纷纷建立，各种文化活动十分活跃，各种文艺理论问题的研究与论争热烈而健康，文艺创作空前繁荣，这是党领导下的新文化运动的一个空前繁荣发展的时期。这对于我们今天的文化建设仍然具有十分重要的借鉴意义。

（原载于《临沂大学学报》2016 年第 5 期）

解放区文艺奖金制度的起源、活动统计及实践导向

徐元绍

解放区文艺代表了中国现代文学大众化发展的路向，而文艺奖金制度是中国共产党推动当时解放区文艺向大众化方向发展所采取的主要措施及实践手段。文艺奖金活动的开展，不仅直接活跃了当时解放区文坛，推动了文艺的繁荣，而且也解决了文艺大众化中“普及与提高”的问题，即在普及的基础上提高，在提高中普及；更重要的是文艺奖金活动中对于以抗战救国为主题内容的确立，在服务民族解放斗争现实需要的同时，也满足了解放区人民群众的精神文化需求。

一、“征文启事”：解放区文艺奖金制度的起源

解放区文艺奖金制度的源头可以追溯到中国共产党在苏区广泛盛行的“征文启事”。重视文化宣传工作是中国共产党的历史传统，因为在当时的阶级社会中，文化工作是“具有阶级斗争的重要意义的”①，文化宣传工作，是“红军第一个重大工作”，若忽视了这个工作，就是“放弃了红军的主要任务”②。1921年中共一

① 湘鄂赣革命根据地文献资料编选组:《湘鄂赣革命根据地文献资料》(第2辑)，人民出版社1986年版，第12页。

② 《中国共产党第四军第九次代表大会决议案》，出自汪木兰、邓家琪《苏区文艺运动资料》，上海文艺出版社1985年版，第3页。

大通过的第一个决议对宣传工作明确规定“第一个宣传一切书籍、日报、标语和传单的出版工作，均应受中央执行委员会或临时中央执行委员会的监督。每个地方组织均有权出版地方通报、日报、周刊、传单和通告。不论中央或地方出版的一切出版物，其出版工作均应受党员的领导。任何出版物，无论是中央的或地方的，均不得刊登违背党的原则、政策和决议的文章”①。这是党在成立之初的文化宣传主张。中国共产党在之后的历次重大会议上都有对宣传工作的重要规定或指示，而其具体实施是通过培养“鼓动宣传人才”，成立“工人俱乐部”“文化工作部”等来领导根据地的文化和文艺工作，文艺活动随即成为中国共产党宣传工作和政治教育的重要组成部分。

第二次国内革命战争时期，国内革命形势异常严峻，面临着迫切需要宣传工作推动革命的进一步进行与现实中宣传工作难以深入的矛盾。一方面，大革命的失败，党的事业遭受严重损失，苏区急需宣传工作来发动群众，壮大力量，推动革命运动的前行；另一方面，中国共产党领导革命从城市转入农村，农村作为当时中国经济上最贫困和文化上最落后的地区，当时用来开展文化宣传工作的文艺作品极为缺乏。于是，向社会收集“描写群众英勇斗争精神，统治阶级崩坏的现实，以及扼要叙述斗争经验”的“重大的群众斗争事实”的革命故事；②编辑“带地方性与时间性，简明、通俗”的“文化教育工作的材料及革命歌谣、戏本、各种小册子”就成为当时宣传工作的重中之重。于是，向苏区的文化人征求文艺作品，并给予奖励，呼吁他们为文化宣传工作尽自己的一份力量，多多贡献文艺作品，就成为当时苏区文艺活动的重要内容。“征文启事”就应运而生，成为解放区文艺奖金制度的起源。

创刊于1931年12月11日的《红色中华》是第二次国内革命战争时期中国共产党在革命根据地创办的第一份中央机关报，亦为中国共产党中央委员会第五

---

① 中共中央文献研究室中央档案馆:《建党以来重要文献选编（1921—1949）》（第一册），中央文献出版社2011年版，第5页。

② 湘鄂赣革命根据地文献资料编选组:《湘鄂赣革命根据地文献资料》（第1辑），人民出版社1985年版，第450页。

份机关报。《红色中华》上通常刊登中央政府重要文告和主要领导人的主要讲话，使党的方针政策及时贯彻到苏区人民群众中去。积极组织指导苏区人民参加苏维埃政权建设，大力报道红军胜利消息。作为苏区思想宣传的主阵地，许多“征文启事”就公布于此。公布于《红色中华》上的“征文启事”有两种类型:《红色中华》为发布主体的“征文启事”；其他单位为发布主体,《红色中华》为发布载体的“征文启事”。两者中以后者为主。

《红色中华》为发布主体的“征文启事”，像《红色中华》第二期上公布的“投稿”启事:“凡在苏维埃旗帜下工作的同志，最好而且应该将他对于苏维埃运动一切有关系的文字，在本刊贡献出来，无论长篇短著，本报竭力欢迎。文章包括：论文、时评、工作经验、社会调查，工人运动、红军斗争、各项新闻，关于政权与群众运动、各项工作的批评、群众文艺等等。文字要用白话，通俗简明。”①

1933 年 9 月 27 日,《红色中华》又发布“征求诗稿启事”，向各地爱好文艺的同志征稿，征集“能够反映出在苏维埃政权下的广大工农群众的英勇斗争的姿态”的诗稿。②

其他单位为发布主体，在《红色中华》上公布的“征文启事”。这些发布单位有《青年实话》编辑委员会、中央教育人民委员会辖下“苏维埃文化编辑委员会”、中央艺术教育委员会、人民抗日剧社、红军总政治部、中国文艺协会、红中编委等。

1933 年 8 月 31 日,《青年实话》编辑委员会发布“征求山歌小调启事”:“请各地及红军中的同志，有自作的或老的山歌小调，无论抄写的本子或记忆的歌子，寄投《青年实话》编辑委员会。”③

1934 年 4 月 21 日，中央教育人民委员会辖下“苏维埃文化编辑委员会”于 4 月 15 日为出版《苏维埃文化》发布“苏维埃文化征稿启事”：向从事文化教育

---

① 《红色中华》社:《投稿启事》,《红色中华》1931 年 12 月 18 日。

② 《红色中华》社:《征求诗稿启事》,《红色中华》1933 年 9 月 27 日。

③ 《青年实话》编辑委员会:《征求山歌小调启事》,《红色中华》1933 年 8 月 31 日。

戏剧工作的同志们征集反映“苏区文化教育工作的实际情形和群众的文化生活，表扬模范工作以推进落后区域，给小学、夜校、俱乐部、剧社等以切实而具体的领导”的“论文、叙述和文艺”等作品。①

1936 年 3 月 13 日，中央艺术教育委员会发布“征求艺术作品的启事”：征求苏区内的对于目前的“政治任务和策略及一般的文化教育有宣传鼓动作用”的“歌曲、戏剧、活报、京调、小说、绘画”等各种艺术作品。②

1936 年 6 月 3 日，人民抗日剧社发布“征求剧本启事”：“凡是经过审查后有小部分修改尚可表演的各种剧作品一律给以酬报。（1）话剧、歌剧；（2）活报每个五角；（3）歌及土调每个两角；（4）倘有特别出色的，表演有很大成功而受着群众称许的，给以特等酬报；（5）双簧及滑稽的短小的作品与活报，大洋二角。”③

1936 年 11 月 3 日，红军总政治部为着供给红军部队的课外教育材料，为着宣扬红军的战斗史绩，决定编辑《红军》故事而发布的“《红军》故事征文启事”：向各部队机关的工作同志征文，内容为战斗的记载（游击队的或红军的），红军领袖的个人的英勇故事，与危险困难斗争（部队或个人），战斗和生活中的趣事。要求用叙述记事体，要通俗活泼，易于阅读，每篇至多不超过二千字；材料要新鲜、有教育意义。④

1937 年 1 月 21 日，红中编委为红中副刊公布“征文启事”：欢迎同志们写些“文艺的和时事论文”。⑤

中国文艺协会为全面表现苏区的生活和斗争而发布的“《苏区的一日》征文启事”：向各红军部队、苏区各党政机关中工作的同志们征求这一天（一九三七年二月一日）的战斗、群众生活、个人的见闻和感想，全地方的或一个机关的，

---

① 《苏维埃文化》编辑委员会：《苏维埃文化征稿启事》，《红色中华》1934 年 4 月 21 日。

② 中央艺术教育委员会：《征求艺术作品的启事》，《红色中华》1936 年 3 月 13 日。

③ 人民抗日剧社：《征求剧本启事》，《红色中华》1936 年 6 月 3 日。

④ 红军总政治部：《〈红军〉故事征文启事》，《红色中华》1936 年 11 月 3 日。

⑤ 红中编委：《征文启事》，《红色中华》1937 年 1 月 21 日。

或个人的……种种现实，用各种方式写出来。[①]

此外，由一些单位公布于其他载体的“征文启事”不多。像人民抗日剧社1937年3月19日公布于《新中华报》上的“征求剧本启事”：征求“剧本独幕多幕不拘，创作及翻译皆欢迎；报来剧稿，一经本社审查采用后即奉薄酬——剧本自二元起至十元止，歌舞活报的五角起至二元止”[②]。

还有，1933年11月26日工农美术社筹委会公布于《红星报》上的“征求革命美术作品启事”：为纪念广州暴动六周年纪念日，特举行第一次工农美术展览会，现征集革命的美术作品，如“图画、雕刻、相片、艺术化的墙报”等。[③]

作为苏区开展文化宣传活动的基本方式，“征文启事”是最具代表性的文艺作品征集活动。从中不难看出，一方面，这些“征文启事”体现了苏区开展文艺活动的基本情况和过程，即文艺作品征集制度的形成；另一方面，从其作用来看，这些“征文启事”承担着苏区意识形态功能，与解放区的文艺奖金制度有着内在的联系。

二、解放区文艺奖金活动的设置及统计

1937年7月7日的卢沟桥事变标志着中日战争的全面爆发，8日中共中央发出《中国共产党为日军进攻卢沟桥通电》，指出：“平津危急！华北危急！中华民族危急！只有全民族实行抗战，才是我们的出路！”“呼吁全中国同胞、政府与军队，团结起来，建筑民族统一战线的坚固长城，抵抗日寇的侵略。”中国共产党以鲜明的抗战态度及抗战活动，使得延安成为知识分子心目中向往的抗战“圣地”和中心，随即国统区的爱国知识分子大量涌入解放区。以全民族共同抗日的统一战线为中心作为艺术的指导方向，解放区的知识分子掀起了轰轰烈烈的文艺运动。作为知识分子参与文艺运动的重要方式，从苏区开始兴起的“征文启事”

---

① 中国文艺协会：《〈苏区的一日〉征文启事》，《红色中华》1937年1月21日。

② 人民抗日剧社：《征求剧本启事》，《新中华报》1937年3月19日。

③ 工农美术社筹委会：《征求革命美术作品启事》，《红星报》1933年11月26日。

逐渐过渡到民族革命战争中的“文艺奖金”，解放区的“文艺奖金制度”开始形成并走上正规化和体制化的道路。

以 1942 年 5 月的延安文艺座谈会的召开为分界线，解放区的文艺奖金活动分为前后两个阶段。前一阶段，相比而言，解放区的文艺奖金评选数量较少（有些由于种种原因只有提议或者公布了征文启事而没有具体实践活动），参与人员也主要以来自国统区的爱国知识分子为主，其基本目的是“抗战建国”。这一阶段的文艺奖金活动主要有五四中国青年节文艺奖金、鲁迅文艺奖金、部队文艺奖金及拂晓文化奖金等。

（一）五四中国青年节文艺奖金

五四中国青年节文艺奖金由陕甘宁边区文化救亡协会于 1940 年 5 月设立。1940 年延安各界纪念五四青年节筹备委员会发起五四中国青年节奖金征文，当即组织奖金委员会。到 1941 年 6 月，共收到作品 150 余篇，其中文艺类 97 篇、戏剧类 12 篇、美术类 18 篇、音乐歌剧类 20 篇、通俗科学类 8 篇、战时代用品及制药法 3 篇，涉及作者 110 名。评委会有吴玉章、丁玲、周立波、艾青、艾思奇、何其芳、周扬、徐特立、欧阳山、萧三、萧军等三十多人。经评委会评阅，入选作品共 23 篇，其中属于文艺作品（小说、诗歌、散文）的 19 篇。

（二）鲁迅文艺奖金

为繁荣边区文化，鼓励多创作能体现边区战斗生活的好作品，1940 年 7 月由中华全国文艺界抗敌协会晋察冀分会和晋察冀边区文化界抗日救国联合会设立了鲁迅文艺奖金，奖励文学、音乐、美术、戏剧等作品创作。在当时十分困难的条件下，边区筹措了奖金，制定了《给奖条例》，凡获奖作品都在《晋察冀日报》上予以公布；并且，在第一季度获奖作品评定后，对征稿和评奖工作进行了改进，重新修订了《给奖条例》，一是扩大了给奖范围，不再限于文学作品，戏剧、音乐、舞蹈、朗诵等的演出，艺用器材的创制等也纳入给奖范围；二是更加注意作品体现的现实主义精神；三是获奖作品除发给奖金外，还给予介绍和出版。在延安文艺座谈会召开之前解放区所设置的文艺奖金中，鲁迅文艺奖金影响最大，次数最多，入选作品类型多样。获奖作者中，既有解放区的普通作者，也有许多在解放区有很大影响力的知名作者。

该奖金1941年8月发布征文启事，1942年连续评选七次。其中第一、第二次鲁迅文艺奖金以“为粉碎日寇‘三次治安强化运动’而展开的‘华北军民誓约运动’”为主题，共征集作品450余件。其中，边区文联及鲁迅文艺奖金委员会公布“军民誓约运动征文”首批征集作品400余篇，包括文学作品250余篇，音乐作品60余篇，美术作品20余篇，戏剧作品50余篇。入选作品167篇，包括文学作品99篇，音乐作品40篇，美术作品8篇，戏剧作品20篇。[①] 边区文联及鲁迅文艺奖金委员会公布“军民誓约运动征文”第二批共征集作品50余篇，入选作品21篇。同时，中华全国文艺界抗敌协会晋察冀分会和晋察冀边区文化界抗日救国联合会在1942年初开展了鲁迅文艺奖金的“政治攻势文学奖”以及季度奖和年度奖评选，其中季度奖评选三次，年度奖评选一次。1942年开展的鲁迅文艺奖金，共征集作品600余篇，获奖作品84篇，其中，“政治攻势文学奖”入选作品38篇，季度奖和年度奖共入选作品46篇，其中包括第一季度入选作品13篇，第二季度入选作品12篇，第三、第四季度入选作品20篇，年奖1篇。[②]

鲁迅文艺奖金入选的文艺作品种类、题材、体裁、风格可以说多种多样，包括短篇和中篇小说、墙头小说、小故事、街头诗、传单诗、叙事诗、儿童诗、歌谣、鼓词、报告文学、童话、散文、歌曲、合唱、歌剧、话剧、传说、木刻、招贴画、连环画、布画以及建筑设计、乐器制造、画集、文艺理论文选等的优秀作品。获奖作品共计272篇。

---

① 鲁迅文艺奖金委员会:《征求剧本启事》,《晋察冀日报》1942年2月1日。

② 鲁迅文艺奖金委员会:《公布1942年一季度入选作品》,《晋察冀日报》1942年5月18日。鲁迅文艺奖金委员会:《公布1942年二季度入选作品》,《晋察冀日报》1942年8月16日。鲁迅文艺奖金委员会:《公布1942年三、四季度入选作品》,《晋察冀日报》1943年4月17日。

（三）晋察冀军区部队“创作规约”文艺奖金

按照中共中央文委和总政治部颁布的《开展部队文艺工作指示》，晋察冀军区政治部于 1941 年 6 月做出了《关于展开部队文艺工作的决定》，并规定 8 月到 10 月为部队文艺创作运动时期，同时公布《创作规约》，设立专门的针对部队作者的“创作规约”文艺奖金，各分区部队积极响应。后因秋季反“扫荡”，使征稿工作推迟了数月。军区政治部决定从 1942 年 1 月到 3 月继续进行并完成这一工作。截至 1942 年 7 月，共征集到作品 334 篇，经过慎重评定，有 50 件作品获奖。具体包括文学作品（报告、小说、诗）30 篇，音乐作品 8 首，美术作品 9 件，戏剧作品 3 部。[①] 此次评奖，从解放区军队层面充分发挥了文艺在最大限度地参与抗战救亡的民族解放运动中的作用。

（四）拂晓文化奖金

为了“提高和发扬全军上下军政干部及宣教文化工作同志在艺术文化工作的创作精神和研究兴趣”，以及“更好的配合着军事政治的斗争，使文化工作能更好地为战争服务，为群众服务，使新民主主义的文化战线能集中力量日益坚强”，新四军第 4 师政治部于 1941 年 8 月 19 日在《拂晓报》上发布了“关于拂晓文化奖金的决定”。决定设立拂晓文化奖金，并开始征文，截至 12 月底。该奖金拟计划奖励第一名 1 人，第二名 2 人，第三名 3 人，共 6 人。奖励对象为“凡关于政治理论之研究新得；关于文学创作：如戏剧、歌咏、美术、木刻、文学、诗歌等；关于专门技术：如医务、电学、财政经济工作和理论上的研究、发明等”。要求作品能够切实明确地反映现实，像敌后抗日民主政权，根据地的艰苦缔造，广大人民的生活与斗争情形，军队与敌伪顽匪的艰苦斗争等。作品须具有教育和指导性的实际意义，并最好能供部队采用，如戏剧歌咏和便于向外界的报导，以扩大政治影响和获得广大的读者。作品不限长短，不拘体裁，但力求新的民族形

---

① 晋察冀军区政治部:《公布部队首次创作运动结果》,《晋察冀日报》1942 年 7 月 22 日。

式的创造。该奖金在1942年5月2日公布，在8个多月的时间内共征集作品近100篇，入选作品中文艺作品（包括戏剧、歌曲、舞蹈、散文、河南梆子等）27篇。[①] 其中，与其他文艺奖金不同的是，为了鼓励战士们创作，拂晓文化奖金特设了“战士创作奖金”。

延安文艺座谈会召开之前解放区设立的文艺奖金虽然数量不多，却形成了解放区文艺奖金制度的基本规范。从文艺类型来看，在获奖作品中，诗歌、散文、话剧、文艺理论、小说、报告文学、戏剧、歌曲、连环画、鼓词、舞蹈、木刻等各种形式都有，但是数量最多的还是人民群众喜闻乐见、熟悉的戏剧、歌曲、连环画、舞蹈等直观性的作品。这就说明文艺奖金设置者充分注意到了解放区普通民众的文化教育水平，解决的是“文艺大众化”中的“普及”问题。从获奖作者来看，既有解放区的知名作家，也有众多普通作者的入选。对于普通作者的入围，这是在培养解放区的文艺人才，在提高他们的文化水平，这解决的其实是“文艺大众化”中的“提高”问题。

文艺座谈会召开之后，解放区文艺奖金的设置走向普遍、成熟和正规，形成了一套完整的文艺奖励机制，成为解放区延安文艺体制的重要组成部分。尤其在后期，大多数解放区在不同的文艺机构的组织下都曾经设立过文艺奖金，其中代表性的有6种：乡村文艺创作征文活动、山东解放区设立的“五月”“七月”文艺奖金、晋西解放区设立的“七七七”文艺奖金、晋东南太岳区行署设立的文化奖金、晋冀鲁豫解放区设立的“文教”作品奖金、冀鲁豫文协设立的文艺奖金。

（五）乡村文艺创作征文活动

1943年初，由边区文联、鲁迅文艺奖金委员会及北岳区文救会共同发起组织了“乡村文艺创作征文活动”，至4月底，共收到稿件696篇，其中文学作品570篇（包括一般文章67篇），音乐作品20篇，绘画作品2幅，戏剧作品104

① 新四军第4师政治部：《拂晓文化奖金第一届评定总结》，《拂晓报》1942年5月2日。

篇。已于五月中旬评定结束，入选作品共158篇。①

（六）山东解放区设立的“五月”“七月”文艺奖金

该奖金由山东文化界救亡协会于1943年5月设立，公布了两次征文，于8月进行评奖，由文协聘请分局军区宣传部，战士剧社各代表，与文协代表，实验剧团代表，合组评奖委员会主持。本次评奖共征集作品超过700篇，入选69篇。具体包括剧本及杂要29件，歌曲15件，绘画木刻16件，文艺6篇，新闻通讯3篇。②此次文艺奖金由两点值得注意：其一，在入选作品中，戏剧几乎占到获奖总数的一半，戏剧开始成为文艺形式中的重头戏；其二，集体创作开始出现，并受到文艺工作者的重视。

（七）晋西解放区设立的“七七七”文艺奖金

“七七七”文艺奖金由晋西文化界抗日救国联合会和中华全国文艺界抗敌协会晋西分会为纪念“七七”抗战七周年而设立，于1944年2月25日组成委员会，聘请林枫、吕正操、张平化、张稼夫、汪小川、周文、王修、肖扬、杜心源、亚马、樊希寨11人为评判委员，并在《抗战日报》上公布了“‘七七七’文艺奖金缘起与办法”。进一步提出内容上以“对敌斗争、减租生产、防奸自卫”为总的方向，以工农兵为主要对象，力求通俗，相应地要求文艺形式上以工农兵所熟悉的小说、报告文学、剧本（剧本包括话剧、梆子、郿鄠、秧歌及新型歌剧）、歌曲、连环图画、年画为主。

截至1944年8月，共计收到戏剧53篇，散文43篇，诗、歌曲、唱词等10件（歌曲多为团体应征，每件包括10余首不等），图画17件，共计123件。评判委员会本着政治内容、适合普及和技术好坏三个方面的标准，共入选作品29

---

① 宣敏：《乡村文艺创作征文评定结果公布》，《晋察冀日报》1943年6月24日。

② “五月”“七月”奖金评奖委员会：《“五月”“七月”奖金评奖》，《山东文化》1944年第2卷第2期。

篇。具体包括戏剧类 12 部，散文类 5 篇，图画类 6 篇，歌曲类 6 首。[①] 此次评奖值得注意的是获奖作品绝大多数都是贴近普通民众生活、为他们所喜闻乐见和熟悉的具有民族传统的艺术类别为主，像新型秧歌、郿鄠、山西梆子、道情、通俗故事、年画、木刻连环画、歌曲等。

（八）晋东南太岳区行署设立的文化奖金

太岳文化奖金发起于 1946 年 2 月，目的是“发扬写作上为民立功的模范”。太岳区行署聘请崔斗辰、李哲人、高延柳、魏克明、江横等同志组成评选委员会，以反映太岳区人民的现实生活与创造为内容，以为人民斗争指出道路为方向；以在群众思想上、工作上起推动作用，写作上力求群众化、通俗化为评选标准，在征集到的新闻、通讯、故事、戏剧、诗歌、小说、报告、快板、年画、木刻、鼓词、教材等 300 多项作品中选出受奖作品 42 种（包括文具 1 种）。此次评奖中，赵树理的《催粮差》获得了小说类甲等。[②]

（九）晋冀鲁豫解放区设立的“文教”作品奖金

该奖金由晋冀鲁豫边区政府教育厅于 1946 年 7 月为树立文教作品写作的明确方向，激发群众的创作热情而设立，专门用来奖励 1946 年年初延至本年 4 月底发表的反映本区现实生活的作品。评审委员会共收到涉及文艺、杂志、教材等各项“文教”作品 700 余项，共入选 120 项，其中文艺类 108 项。[③] 此次入选作品由两点值得注意：其一，赵树理的小说获得特等奖，这和解放区推动文艺上“赵树理方向”活动不无关系；其二，众多展示晋冀鲁豫解放区新生活、新风貌、新风尚的报告和通讯入选，也预示着中华人民共和国成立后歌颂文学的盛行。

---

① “七七七”文艺奖金委员会:《毛主席文艺方针下边区文艺的新收获——“七七七”文艺奖金获奖作品公布》,《抗战日报》1944 年 9 月 18 日。

② 太岳行署:《太岳行署颁发 1946 年文化奖金》,《太岳版新华日报》1947 年 3 月 1 日。

③ 晋冀鲁豫边区政府教育厅:《第一次文教作品奖金通告》,《人民日报》1947 年 8 月 20 日。

（十）冀鲁豫文协设立的文艺奖金

为了加强群众性的文艺工作，反映战争、生产、支前等伟大的现实，使文艺作品能够适应形势及任务需要，冀鲁豫文协于 1948 年 11 月设立了奖励群众文艺作品的文艺奖金。因战争影响，该奖金仅在 1949 年 3 月评选一次。从发出征文启事，共征集到剧本、说唱、报告、通讯数十篇。最后入选作品共 10 种，包括剧本 4 种，说唱 5 种，报告 1 种。[①] 本次文艺奖金最大的特点，就是说唱成为入选作品的主要艺术形式，这也是战争宣传的需要所致。

延安文艺座谈会之后文艺奖金的设置，目的性更强，征文启事要求更具体，入选作品数量更多，文艺作品的形式更接近普通民众的生活；同时，意识形态性更强，政治目标更明确，都更好地实践了毛泽东在延安文艺座谈会上所提出的文艺为工农兵服务，为政治服务的方向，也真正实现了解放区文艺的大众化和民族化的目标。

三、大众文艺思潮的形成：文艺奖金制度践行的最终导向

从组织者来看，延安文艺座谈会召开之前设置的具有代表性的四种文艺奖金中，五四中国青年节文艺奖金和鲁迅文艺奖金的组织者分别是陕甘宁边区文化救亡协会、中华全国文艺界抗敌协会晋察冀分会和晋察冀边区文化界抗日救国联合会，属于文艺组织，而“创作规约”文艺奖金和拂晓文化奖金的组织者分别是晋察冀军区政治部、新四军第 4 师政治部，属于军队组织。延安文艺座谈会之后设置的具有代表性的六种文艺奖金中，组织者属于文艺团体的文艺奖金分别是乡村文艺创作征文活动、“五月”“七月”文艺奖金、“七七七”文艺奖金、冀鲁豫文协文艺奖金；组织者属于军队组织的没有。而太岳文化奖金的组织者是太岳区行署、晋冀鲁豫“文教”作品奖金的组织者是晋冀鲁豫边区政府教育厅，他们都属于政府组织。

---

① 冀鲁豫文协:《冀鲁豫文协奖励群众文艺作品》,《平原》1949 年第 9 期。

表 1　延安文艺奖金活动的组织者

评选时间	文艺奖金名称	组织者
1941 年 6 月	五四中国青年节文艺奖金	陕甘宁边区文化救亡协会
1942 年	鲁迅文艺奖金	文协晋察冀分会、晋察冀文化界抗日救国联合会
1942 年 7 月	“创作规约”文艺奖金	晋察冀军区政治部
1942 年 5 月	拂晓文化奖金	新四军第 4 师政治部
1943 年 4 月	乡村文艺创作征文活动	边区文联、鲁迅文艺奖金委员会及北岳区文救会
1943 年 8 月	“五月”“七月”文艺奖金	山东文化界救亡协会
1944 年 8 月	“七七七”文艺奖金	晋西文化界抗日救国联合会和全国文协晋西分会
1946 年 2 月	太岳文化奖金	太岳区行署
1946 年 7 月	晋冀鲁豫“文教”作品奖金	晋冀鲁豫边区政府教育厅
1949 年 3 月	冀鲁豫文协文艺奖金	冀鲁豫文协

从中可以看出，延安文艺座谈会之前，文艺奖金设置的组织者以文艺组织和军队组织为主，这和当时文艺奖金设立的“抗战建国”的目标是一致的；而在延安文艺座谈会之后，文艺奖金设置的组织者以文艺组织和政府组织为主，军队开始淡出，并且政府组织作为文艺奖金的主导者开始突出，逐渐体现出了文艺奖金的政府性。

从文艺的主题内容来看，解放区设置的文艺奖金主要分为四大类：第一类，为了纪念某一重大历史事件，宣传发动群众的爱国热情，使其投入伟大的民族解放斗争中，像五四中国青年节文艺奖金和“七七七”文艺奖金；第二类，为了配合某一政治任务而设置，像以鲁迅文艺奖金中的为粉碎日寇“三次治安强化运动”而展开的“华北军民誓约运动”文艺奖和政治攻势文学奖；第三类，为了提高军队士气，做好军队的思想政治工作而设置的文艺奖金，像晋察冀军区政治部组织的“创作规约”文艺奖金、新四军第 4 师政治部组织的拂晓文化奖金；第四类，由政府机关或者文艺组织为放手发动群众、壮大人民力量而设置的文艺奖金，像乡村文艺创作征文活动、冀鲁豫文协文艺奖金、“五月”“七月”文艺奖金、太岳文化奖金。不难看出，解放区所设置的文艺奖金，都是为抗战建国这一政治任务服务的，具有鲜明的意识形态性。

从文艺表现形式上来看，具有群众性和直观性的作品在获奖作品中的数量在逐渐提高，在解放区后期占到了绝大多数。延安文艺座谈会之前具有代表性的四种文艺奖金中，文艺作品在获奖作品中占有非常大的比重，五四中国青年节文艺奖金中戏剧、美术、音乐歌剧、通俗科学类53篇（总数150篇），占总数的35%；晋察冀军区部队“创作规约”文艺奖金中音乐、美术、戏剧作品20篇（总数50篇），占总数的40%；拂晓文化奖金中，戏剧、歌曲、舞蹈等作品占到22篇（文艺类获奖27篇），占获奖作品中文艺类总数的81%。当时在解放区影响最广的鲁迅文艺奖金中，以“为粉碎日寇‘三次治安强化运动’而展开的‘华北军民誓约运动’”为主题的两次文艺评奖中，音乐、美术、戏剧、招贴画、木刻等作品共87件（总数188篇），占总数的46%；在1942年初开展的鲁迅文艺奖金的“政治攻势文学奖”以及季度奖和年度奖评选中，音乐、戏剧、美术作品共56篇（总数84篇），占总数的67%。

延安文艺座谈会之后具有代表性的文艺奖金中，文艺作品在获奖作品中占有绝大多数，品种也更丰富。山东解放区设立的“五月”“七月”文艺奖金中，剧本、杂耍、歌曲、绘画、木刻60篇（总数69篇），占获奖总数的87%；晋西解放区设立的“七七七”文艺奖金，戏剧、图画、歌曲24篇（总数29篇），占总数的83%，更值得注意的是此次评奖中的获奖作品绝大多数都是贴近普通民众生活、为他们所喜闻乐见和熟悉的具有民族传统的艺术类别，像新型秧歌、郿鄠、山西梆子、道情、通俗故事、年画、木刻连环画、歌曲等；晋东南太岳区行署设立的文化奖金中，新闻、通讯、故事、戏剧、报告、快板、年画、木刻、鼓词29篇（总数41篇），占总数的71%；冀鲁豫文协文艺奖金中，剧本、说唱9种，占总数的90%。从上面的分析数据中不难看出，获奖中文艺作品最大的特点是贴近普通大众生活，具有明显的群众性；同时，戏剧（包括新型秧歌、郿鄠、山西梆子、道情等地方戏剧）、美术和音乐类文艺作品形式具有直观性的特点。

从评选标准上来看，解放区所设置的文艺奖金具有政治功利性和通俗性的特点。解放区设置的文艺奖金，其目的是“抗战建国”的需要，其本身就具有政治功利性，像《毛主席文艺方针下边区文艺的新收获——“七七七”文艺奖金获奖作品公布》一文中更是明确指出，“政治内容，即是否正确反映当前晋绥边区的三大任务和实际生活”即为此次评奖的评选标准之一。而戏剧、音乐、木刻、绘画、通俗故事等具有直观性的艺术形式更是贴近普通民众的生活，更具有通俗性，而在解放区后期的几次文艺奖金中，更是直接把通俗性作为文艺作品的评选标准列入征文或者通告中，像冀鲁豫文协文艺奖金等。

总之，解放区文艺奖金活动中，活动组织者的逐渐政府性、文艺主题内容上的意识形态性、文艺表现形式的群众性和直观性、文艺评选标准上的政治功利性和通俗性，直接形成了 1940 年代解放区的大众文艺思潮，这种大众文艺思潮成为解放区文艺奖金制度践行的最终导向。

（原载于《临沂大学学报》2018 年第 3 期）

文艺大众化在解放区的践行探析

徐元绍

一

文艺大众化运动贯穿于整个中国现代文学30年，经历了一个曲折的过程：由“平民文学”的提倡到文艺大众化理论建设、再到形成初潮并有所建树，尤其是解放区。

新文化运动中，文化精英们站在文化的制高点上，从理论层面倡导白话，提倡平民文学。胡适改良文学的“八事”主张，提出“不避俗字俗语”，用民众的语言创造新文学；陈独秀文学革命的“三大主义”，倡导“建设平易的抒情的国民文学”；周作人在提出“人的文学”之后，再次提出了“平民文学”的主张。他们都试图让文学走入民间，倡导“文艺大众化”。但反响寥寥，远未进入实际操作层面，这与当时文化精英启蒙者（知识分子）假定和实际启蒙对象的错位不无关系。当时文化精英启蒙的假定对象为全体国民（当然也包括工人、农民、小资产阶级知识分子等），像鲁迅等人的启蒙作品中以农民和小资产阶级知识分子为表现和批判对象，即启蒙的对象；然而由于农民不识字，文化水平低，这就造成了新文学与农民的隔膜与疏离，而实际的启蒙对象还是小资产阶级知识分子本身，与农民还隔着一层。

进入1930年代，随着文学革命到革命文学，左翼作家从政治革命的立场出发，出于宣传和发动民众的需要，分别于1930年、1932年和1934年就“文艺大众化”的形式、内容和语言进行过三次大规模的讨论。主张利用和发展旧形式以契合各种程度读者（大众）的审美要求，用现代人的“大众语”来描写工农大众正在进行的反帝反封建的革命斗争。理论探索虽轰轰烈烈，却最终只停留在“抽象的理论幻想”层面，“许多动听的话，不过文人的聊以自慰罢了”[①]；在创作实践方面，可以说几无建树。

抗战前期文艺大众化形成初潮。随着历史环境的骤变，知识分子精英文化意识面临着新的选择，处于边缘地位的大众文化成为他们真心融入的对象，在极短的时间内以多种艺术形式掀起了文艺大众化的初潮。在国统区，“文协”提出“文章下乡，文章入伍”的口号，力倡作家写通俗文艺，一时间，戏剧、报告文学和通俗易懂的诗歌等艺术形式空前繁荣。在解放区，延安“文协”初期对于文艺大众化的探索主要有两种形式：“新瓶装新酒”和“旧瓶装新酒”。前者就是要利用现代文学以来的新的文学样式来表现新内容，像话剧、诗歌、杂文等；后者主要是充分挖掘传统的民间艺术形式来表现新内容，像秧歌剧、秦腔、郿鄠等。相比而言，“旧瓶装新酒”效果要更好一些。[②]1938 年，毛泽东提出了“民族的形式，国际主义的内容”及“中国老百姓所喜闻乐见的中国作风及中国气派”等主张，在民族解放斗争的基础上初步确立了文艺大众化的主张。1939 年初延安文化界兴起的关于“民族形式”问题大讨论成为延安文艺大众化运动的先声。陈伯达进一步指出：“民族形式的问题，也就是‘新鲜活泼的，为中国老百姓所喜闻乐见的中国作风与中国气派的问题’。”[③]1940 年 1 月张闻天提出了在批判的基础上充分利用旧形式建立以“民族、民主、科学、大众”为内容的中华民族新文化[④]。同月，毛泽东指出，“中国文化应有自己的形式，这就是民族形式。民族的

① 鲁迅：《文艺的大众化》，出自《鲁迅全集》（第七卷），人民文学出版社 2005 年版，第 368 页。

② 张根柱：《在文学大众化的道路上执着探索——延安“文协”初期的文学大众化实践论析》，《临沂大学学报》2015 年第 3 期。

③ 陈伯达：《关于文艺的民族形式问题杂记》，出自徐乃翔《文学的“民族形式”讨论资料》，广西人民出版社 1986 年版，第 7 页。

④ 张闻天：《抗战以来中华民族的新文化运动与今后任务》，出自《张闻天文集》（第三卷），中共党史出版社 1994 年版，第 38—39 页。

形式，新民主主义的内容——这就是我们今天的新文化”[①]。尤其是在 1942 年 5 月毛泽东在延安文艺座谈会上的讲话，正式确立了文艺为政治服务、为工农兵服务的方向。而解放区文艺为工农兵服务的根本途径就是知识分子的思想改造和普及与提高相结合。在这一方向的指引下，解放区的文艺大众化蓬勃发展，取得了巨大成绩。乡村文艺主流化成为文艺大众化在解放区得以最终确立的标志。

解放区的“文艺大众化”以 1942 年的整风运动为界，经历了一个曲折深入的过程。而要研究文艺大众化在解放区的发展情况，可以说，作为中共中央及西北局的机关报，亦为当时延安新潮文艺探索的主要阵地的《解放日报·文艺》，是最好的突破口。首先，延安虽然先后创办过十多种报刊，但存在时间都很短，到 1942 年底，《解放日报·文艺》几乎成了作家发表作品的唯一阵地；再加上其作为党报副刊的权威性，对延安文坛乃至整个解放区的影响深远。其次，《解放日报·文艺》是当时全国报纸中“发表文艺作品最多、规模最大、持续时间最长的文艺阵地”[②]，它不仅是“延安文艺政策的晴雨表”和“文艺转折的历史见证”，也是各种文艺矛盾冲突集中释放的空间[③]。

二

文艺大众化在解放区得以深入开展，并取得了巨大实效。其中最根本的原因就是党领导的抗日民主政权的政治保障。对于这一点周扬有着清醒的认识，“我们的文艺运动如果没有和新民主主义政权，和人民的军队，和工农大众密切而且直接地联系，艺术服务政治，就是一句空话。”[④]

---

① 毛泽东：《毛泽东选集》（第二卷），人民出版社 1991 年版，第 707、692 页。

② 王敬：《延安〈解放日报〉史》，新华出版社 1998 年版，第 312 页。

③ 韩晓芹：《读者的分化与延安文学的转型——延安〈解放日报〉副刊的文学生产与传播》，《东北师范大学学报》（哲社版）2008 年第 4 期。

④ 周扬：《王实味的文艺观与我们的文艺观》，出自《周扬文集》（第一卷），人民文学出版社 1984 年版，第 391 页。

中国共产党为了实现把日本帝国主义赶出中国，实现民族独立，必然在解放区内对作为意识形态表现的文艺提出自己的要求，使之担负起实现政治目标的工具作用。要实现这一政治目标，必须放手发动广大的人民群众加入民族解放的队伍中来，而占广大劳动人民绝大多数的农民更是力争的主要对象。中国农民大都不识字，文化水平低的客观实际更是要求文艺担负其宣传并组织他们的作用，因此文艺大众化在解放区就势在必行。而文艺大众化运动在解放区的进展，政党政治的作用主要体现在文艺政策的制定及文艺社团的组织上。

首先，党和政府制定了一系列关于大众文艺问题的决议、指示和社论，这些都为文艺大众化发展提供了政策支持。这些决议、指示和社论有些见于专门性文艺文件，有些散见于宣传教育类文件中。

（1）《中央为转变目前宣传工作给各级党部的信》（1936 年 1 月 27 日）

（2）《中央关于宣传教育工作的指示》（1939 年 5 月 17 日）

（3）《中央关于开展抗日民主地区的国民教育的指示》（1940 年 3 月 18 日）

（4）《中央关于发展文化运动的指示》（1940 年 9 月 10 日）

（5）《中央宣传部、中央文化工作委员会关于各抗日根据地文化人与文化人团体的指示》（1940 年 10 月 10 日）

（6）《中央宣传部关于充实和健全各级宣传部的组织及工作的决定》（1940 年 10 月 14 日）

（7）《总政治部、中央文委关于部队文艺工作的指示》（1941 年 1 月 18 日）

（8）《中央宣传部关于党的宣传鼓动工作提纲》（1941 年 6 月 20 日）

（9）《中央宣传部关于各抗日根据地报纸、杂志的指示》（1941 年 7 月 4 日）

（10）《毛泽东在延安文艺座谈会上的讲话》（1942 年 5 月）

（11）《关于发展群众艺术的决议》（1944 年 11 月 16 日）

（12）《关于群众文艺》（1946 年 4 月 1 日）

这一时期曾先后作为党报的《新中华报》和《解放日报》也刊发过一些有关文艺问题的社论，以引导文艺的发展方向。

（1）《庆祝边区文协代表大会开幕》（1940 年 1 月 10 日《新中华报》社论）

（2）《边区文协代表大会的成就》（1940 年 1 月 17 日《新中华报》社论）

（3）《欢迎科学艺术人才》（1941 年 6 月 10 日《解放日报》社论）

（4）《努力展开文艺运动》（1941 年 8 月 3 日《解放日报》社论）

（5）《把文化工作推进一步》（1942 年 3 月 25 日《解放日报》社论）

（6）《从春节宣传看文艺的新方向》（1943 年 4 月 25 日《解放日报》社论）

（7）《中国新文艺运动中一个有历史意义的文献》（1946 年 6 月 6 日《解放日报》社论）

党和政府制定的关于大众文艺问题的决议、指示和社论，不仅为文艺大众化进入实际操作层面提供了政策保障；同时在这些政策的影响下，也发起、组织并引导了一些文艺讨论，像 1939 年初，延安宣传部组织发起以创造“老百姓所喜闻乐见的中国作风和中国气派”为核心的文艺“民族形式”问题讨论。

其次，组织成立文艺社团，使之成为整个解放区文艺大众化深入开展的载体。这些文艺社团，根据其性质和作用的不同，可以分为以下几类。

第一类主要是起统一组织和领导作用的文艺协会。它们统一或领导当时整个延安解放区或某一领域的文艺工作。它们不是进行具体的文艺创作活动，而是以组织的形式承载着整个解放区的文艺工作。

（1）中国文艺协会（1936 年 11 月 22 日）

（2）陕甘宁边区文化界救亡协会（1937 年 11 月 14 日）

（3）陕甘宁边区音乐界救亡协会（1938 年 1 月 9 日）

（4）陕甘宁边区文艺界抗战联合会（1938 年 9 月 11 日）

（5）陕甘宁边区美术工作者协会（1939 年 2 月 7 日）

（6）中华戏剧界抗敌协会边区分会（1939 年 2 月 10 日）

（7）中华全国文艺界抗敌协会延安分会（1939 年 5 月 14 日）

（8）陕甘宁边区文化协会（1942 年 2 月）

第二类主要是具体开展文艺创作或者表演的文艺社团。这些社团既包括文艺工作者自由结社成立的文艺社团，也包括各类起着统一组织和领导作用的文艺协会所开展的具体文艺活动的文艺工作团体或具有研究性质的群众性学术组织。可以说，这一类文艺社团是解放区文艺大众化实施的客观载体及具体承载者。

当时成立的文学社团有战歌社、抗战文艺工作团、边区诗歌总会、文艺小组、鲁艺文艺工作团、大众化问题研究会、文艺月会、鲁迅研究会、中央军委直属政治部文艺室、中央研究院文艺研究室、延安作家俱乐部、延安诗会、小说研究会等；戏剧社团有工农剧社、人民抗日剧社、鲁迅剧社、青年剧团、抗战剧团、西北战地服务团、陕甘宁边区民众剧团、鲁艺实验剧团、抗大文工团、鲁艺平剧团、西北文艺工作团、延安少年剧团、延安业余剧团、青年艺术剧院、延安平剧研究院、联政宣传队、鲁艺工作团、中央党校文艺工作研究室、延安西北儿童剧团等；音乐社团有中国民间音乐研究会、延安文化俱乐部、延安青年大合唱团、鲁艺音乐工作团、延安合唱团、延安作曲者协会、延安乐队、延安星期音乐社、延安业余国乐社、说书组等；美术社团有鲁艺木刻工作团、鲁艺漫画研究会、鲁艺美术工场、大众美术研究会、延安工艺美术社等；电影社团有陕甘宁边区抗敌电影社、八路军总政治部电影团、延安电影制片厂、西北电影工学队等。

第三类主要是党和政府成立的艺术教育组织及出版的各类文艺刊物。作为党的艺术教育机构，它们在承载着解放区文艺大众化的任务外，还担负着培养文艺人才，组建各种开展实际工作的文艺团体和创办刊物的责任。

（1）鲁迅艺术文学院（1938 年 4 月 10 日）

（2）部队艺术学校（1941 年 4 月 10 日）

（3）延安星期音乐学校（1941 年 5 月 25 日）

（4）星期文艺学园（1941 年 6 月 1 日）

（5）陕甘宁边区艺术干部学校（1942 年 5 月 1 日）

当时出版的文艺刊物有:《鲁艺校刊》《前线画报》《文艺突击》《艺术工作》《戏剧工作》《文艺战线》《中国文化》《大众文艺》《大众习作》《文艺月报》《中国文艺》《陕北文化》《文艺生活》《草叶》《诗刊》《谷雨》《部队文艺》《民族音乐》《青苗》《工农写作》《延安文艺》《群众文艺》等；当时还有一些报纸副刊，也刊载文艺类文章，也具有文艺刊物的性质，像《红中副刊》《新中华报副刊》《解放日报文艺副刊》《中国青年》《解放周刊》《八路军军政杂志》《中国妇女》《中国工人》《共产党人》《边区群众报副刊》等。

三

自新文化运动以来，面对文艺向民众的宣传及其接受问题，知识分子在启蒙思想的指导下，站在精英化立场上，采取的是一种自上而下的“化大众”的态度。1942 年 5 月延安文艺座谈会召开和毛泽东的讲话解决了向工农兵学习的问题后才由知识分子精英意识的“化大众”转化为“大众化”。

在《解放日报·文艺》全面改版之前，即“副刊性文字”阶段（1941 年 5 月 16 日至 9 月 15 日）和“八大专栏之文艺栏”阶段（1941 年 9 月 16 日至 1942 年 3 月 31 日），是“拟大报”式的精英化时期，由具有现代批判意识、持知识分子精英启蒙意识的丁玲任主编，撰稿人大都是为追求光明，从全国各地，不乏从国统区来到延安的知识分子，像丁玲、周扬、萧军、何其芳、周立波、艾青、高长虹、刘白羽、舒群、罗烽、欧阳山、王实味、沙汀、陈学昭、陈企霞等一大批重要人物。他们秉承新文化运动以来的启蒙精神，继承鲁迅先生的批判现实、改造国民性的思想，再加上延安当时较为宽松的文化环境的影响，继续以“化大众”的态度去进行杂文创作，批判延安社会中不合理的“阴暗面”，以促进革命事业的发展。1941 年 10 月由丁玲的《我们需要杂文》引发了一个“杂文风暴”，重在揭露延安生活中所谓的“阴暗面”，引起了思想的混乱，成为延安文艺整风的导火索。从总体上来说，《解放日报·文艺》改版以前，延安文艺空前活跃，形成了一个多元的文化空间和知识分子众声喧哗的“公共领域”。

《解放日报·文艺》全面改版后，即“综合性副刊”阶段（1942 年 4 月 1 日至 1946 年 11 月 19 日）和“星期日增刊”（1946 年 11 月 20 日至 1947 年 3 月 27 日）阶段，是“大众化”倾向的党报时期，先后由舒群、艾思奇、刘祖春担任主编或副刊部主任，逐渐从“不完全的”党报副刊变为“完全的”党报副刊，成为“党的喉舌”和“中华民族解放战争的号角”。[①]

---

① 韩晓芹：《读者的分化与延安文学的转型——延安〈解放日报〉副刊的文学生产与传播》，《东北师范大学学报》（哲社版）2008 年第 4 期。

由“化大众”到“大众化”，既有读者层面的因素，也有延安主流意识形态的政治干预因素，是多方面的因素综合交织而形成的结果。正如萧军在《对于当前文艺诸问题的我见》中曾特别指出的，决定作家作品的读者层的角度宽或者窄的是以作品本身社会价值和艺术价值以及读者文化水平为条件的。而以延安为中心的解放区由于地处西北内陆，远离政治文化中心，受新文化的冲击几乎可以忽略不计，农民及工农出身的战士及老干部几乎不认字。由此，当地群众所喜闻乐见的信天游、秧歌、说书等民间文艺形式就成为他们理解和接受知识的主要来源。由于民众精神文化生活的贫乏，他们的艺术欣赏以娱乐为主，喜欢热闹喜庆，嗜好传统的、曲折离奇的、描写生动真实的故事，像秧歌舞、评书等。

而来自“国统区”的作家们显然没有意识到这一点，他们仍以之前接受了新式教育，具有较高文化水平的革命青年、小资产阶级知识分子为假想读者层，秉承五四文化传统的启蒙意识，继承鲁迅先生的批判思维和改造国民性的传统进行杂文创作。他们实际上是迎合了具有独立批判意识的专业读者的审美趣味，而不符合当时以延安为中心的解放区实际以工农为主的文化水平程度低的读者的审美趣味。或者可以这么说，作家想象中的读者与现实中的读者之间的错位是解放区文艺大众化由“化大众”转为“大众化”的重要因素。

而另一重要因素就是延安主流意识形态的政治干预。抗战爆发后，工农兵成为抗战的主导力量，“到大众里去”应“群众化”成为一种必要，因为要争取抗战的胜利，动员全国民众参加抗战是非常重要的一环。由此毛泽东于 1942 年 5 月在延安文艺座谈会上的讲话中明确指出，我们的文艺主要是以工农兵为对象，为工农兵服务的，这是我们文艺的方向。这就决定了我们的文艺应该“大众化”。

认清了解放区的文艺大众化应该由“化大众”到“大众化”的客观现实后，那么进入具体实践操作层面，具有真正农民情感、能够创作出为大众所喜闻乐见的文艺作品的知识分子才是当务之急；否则，一切免谈。这样的知识分子全部从农民中培养肯定是不现实的，那么把来自“国统区”的延安知识分子转化过来就显得尤为重要。党和政府通过政党命令对知识分子进行思想改造和身份转换，使之成为文艺大众化向广大农民实践的中间载体。可以说，文艺大众化在解放区得以深入的关键是知识分子的大众化。

在文艺大众化思潮的发展过程中，知识分子在其中起着关键性的引导作用。在解放区的“大众化”时代，通过政权力量，有组织、有纪律地推动知识分子作家迅速改变阶级立场，无条件地投身到乡村文艺的现代建构中。正像毛泽东在《讲话》中所要求的，文艺创作必须向服务大众（主要是农民）全面转移，大批作家、艺术家经过有组织地运作，“下乡”“入伍”。不仅要在与农民的共同生活中接受思想改造，而且要在农民“喜闻乐见”的乡村文艺中寻找结合点，从思想感情到艺术实践全面融入他们，大众化就是“我们的文艺工作者的思想感情和工农兵大众的思想感情打成一片”。

这种变化在《解放日报·文艺》改版前后也有明显的反映。据笔者统计，在改版之前，即从 1941 年 5 月 16 日到 1942 年 3 月 31 日约十个半月的时间，《解放日报·文艺》共发表各类作品约 292 篇（在不同日期报纸分开连载的作品分开算），总发稿量达 100 多万字，规模之大前所未有。其题材和体裁分布情况见表 1、表 2。

表 1 《解放日报·文艺》改版前刊文题材统计

题材	世界反法西斯	苏联卫国战争	中国抗日战争	革命	我军指战员	农民
篇数（篇）	30	15	17	22	19	17
题材	知识分子	歌颂 / 暴露	国统区腐败	文艺	其他	合计
篇数（篇）	27	9 / 14	18	72	32	292

表 2 《解放日报·文艺》改版前刊文体裁统计

体裁	理论批评	诗歌	杂文	小说	散文	报告文学	其他	合计
篇数（篇）	75	40	29	74	17	15	42	292

《解放日报·文艺》改版后，即从 1942 年 4 月 1 日到 1947 年 3 月 27 日，共计近 5 年的时间。由于时间过长，笔者节选了 1943 年 1 月至 1944 年 6 月共计 18 个月的文艺篇目，其题材和体裁分布情况见表 3、表 4。

表 3 《解放日报·文艺》改版后 1943 年 1 月至 1944 年 6 月刊文题材统计

题材	世界反法西斯	苏联卫国战争	中国抗日战争	革命	我军指战员	农民
篇数（篇）	12	28	70	39	96	129
题材	工人	知识分子	政府官员	国统区腐败	文艺	其他
篇数（篇）	6	15	6	14	168	120

表 4 《解放日报·文艺》改版后 1943 年 1 月至 1944 年 6 月刊文体裁统计

体裁	文学理论批评	诗歌	杂文（感）	小说	散文	报告文学	特写
篇数（篇）	75	55	29	74	14	66	118
体裁	通讯	故事	木刻	歌曲	戏剧	美术	其他
篇数（篇）	83	35	22	27	24	11	70

从题材上来看，改版前，表 1 中知识分子题材多于工农兵题材，且农民或者工农干部又往往“衣服是工农兵的，面目是小资产阶级知识分子的”，不仅不是“高、大、全”式的革命英雄，而且还有相当一部分处于待启蒙、待改造的地位。从体裁上来看，表 2 中主要以文学理论批评、小说、新诗、杂文、散文等纯艺术形式为主，共 235 篇，占 80.5%；最为读者所欢迎的反映前方的速写、报告文学，只有 15 篇，占 5.1%；群众性最强的戏剧作品则一篇也没有。这些都说明了改版之前，继承五四文学启蒙传统的延安知识分子由于不熟悉农民生活，表现农民生活的作品少得可怜，直接导致了其作品在农民中的反响寥寥。如果不能做到知识分子的大众化，那么文艺大众化就会流于形式，只有真正做到知识分子大众化，才能确保文艺大众化在解放区深入持续地进行。

而改版后的 1943 年 1 月到 1944 年的 6 月，表 3 中真正知识分子题材的作品 15 篇，占 2.1%，远远低于同期农民题材的作品 129 篇，占 18.3%；而同期代表工农兵的工人、农民和我军指战员题材的作品 231 篇，上升为 32.9%。这充分说明了在解放区，尤其是毛泽东的《讲话》之后，知识分子在文艺大众化过程中向工农兵意识靠拢的努力，同时也表明了知识分子大众化的实绩。

四

左翼时期，文化精英对大众诉求的基础还停留在阶级——大众的认识阶段。当时的中国共产党还是作为共产国际的一个支部而存在，所以普罗大众文艺是以无产阶级和国际主义为指导思想，这就决定了当时的大众停留在世界无产阶级的劳工大众层面。冯乃超把大众规定为“有意识的工人以至小市民”，而王独清则规定为“新兴阶级的大众”。两者对大众的理解都仅仅包含工人、小市民这样的新兴阶级，而不包括占人口绝大多数的农民，也不包括知识分子。这说明，当时对大众的认识是从阶级的层面来定义的，是抽象、模糊不清的，具有明显的局限性。试想，连文艺大众化的大众对象都认识不清，还奢谈什么创作实践。

而在民族矛盾上升为主要矛盾、阶级矛盾退居次要地位的1940年代，抗日救亡成为当时主题。共产党对大众的认识突破了阶级的局限，上升到民族层面。毛泽东认识到:“所谓中国革命实质上是农民革命，……大众文化，实质上就是提高农民文化。”[①] 大众的重心和主体相应地发生了变化，从过去以工人阶级为主，变成了以占全国人口绝大多数的农民为主。“占全人口90%以上的工人、农民、兵士和城市小资产阶级”就是“中华民族的最大部分，就是最广大的人民大众”[②]。大众范围的扩大和对象的明确，使得解放区文艺大众化运动获得了更多阶层的支持，尤其是知识分子的支持。在民族主义和爱国主义的旗帜下，解放区的文艺大众化获得了更多的情感和道义认同，这些都为知识分子的大众化提供了可能。这样，延安解放区的文艺大众化找到了统一的方向和目标，那就是文艺为工农兵服务的方向，尤其是农民；目标就是努力确立以农民为主体的乡村文艺的主导地位。

这一方向和目标在延安文艺座谈会之后得以强化，文学艺术作为意识形态工具，被严格地纳入政治框架内，无条件地为民族救亡、党的利益这一至高主题

---

① 毛泽东:《毛泽东选集》(第二卷)，人民出版社1991年版，第707、692页。

② 同上书，第855—856页。

服务，为革命的主力工农兵服务。而要做到这一点，那就必须回归到乡村文艺俗套，以适应农民及农民士兵“喜闻乐见”的需要。知识分子正努力地与农民打成一片，“认真学习群众的语言”，学习群众所熟悉的打竹板、扭秧歌、说村言俚语、唱小调民谣等艺术形式，在农民“喜闻乐见”的乡村文艺中寻找结合点，从思想感情到艺术实践全面融入以乡村文艺为主流的现代建构中。

这种努力鲜明地体现在《解放日报·文艺》中。改版前，具体以农民为表现对象的文艺篇目仅 17 篇，占 5.8%，改版后上升为 129 篇，占 18.3%；改版前农民不熟悉、不感兴趣的以理论批评、小说、新诗、杂文、散文等纯艺术形式的作品 235 篇，占 80.5%，下降到改版后的 247 篇，占 35.1%；为读者所欢迎的反映前方的速写、报告文学由改版前的 15 篇，占 5.1%，上升为改版后的 267 篇，占 38.0%；而最为农民所熟悉和“喜闻乐见”的以故事、歌曲、戏剧、美术、木刻等为代表的民间艺术形式由改版前的几乎没有，上升为改版后的 119 篇，占 17.0%；改版后农民所欢迎和“喜闻乐见”的速写、报告文学、故事、歌曲、戏剧、美术、木刻共 386 篇，占 54.9%。这都充分说明：乡村文艺在以延安为中心的解放区文坛中，已取得了绝对优势，成为解放区文艺的主力和主流意识文艺的代表，乡村文艺也随之由边缘跨入主流。

文坛上，赵树理的创作被当作毛泽东《讲话》后文艺界的重大收获，当作毛泽东文艺思想在创作上实践的一个胜利。赵树理被指定为解放区众作家效法的“方向”。之后，马烽、西戎、孔厥、袁静、孙谦、康濯、李季、阮章竞等本土小说家与诗人成了文坛的主力和代表，他们用大众认可的乡村艺术形式创作的“通俗故事”，如《小二黑结婚》《李有才板话》，章回体传奇如《吕梁英雄传》《新儿女英雄传》，民歌体长诗如《王贵与李香香》《漳河水》，秧歌剧如《夫妻识字》《兄妹开荒》等被主流意识形态认定为这一时期文学创作的主要艺术成就。乡村文艺的主流化，成为文艺大众化在解放区得以最终确立的标志。

（原载于《临沂大学学报》2015 年第 4 期）

与“母性与革命性”相伴生

——试析山东现代文学史上女性形象塑造的意识特点

刘 香

在山东现代文学史上，女性形象系列是一个不可忽略的群体。纵观这一系列，我发现与“母性与革命性”相伴生的特点是她们身上最明显的意识特点。受齐鲁文化的熏染，山东现代作家表达女性意识及女性形象时，一方面更多致力于表现她们身上的母性内涵和品质；另一方面也是山东现代作家与其他地域作家明显不同之处，他们塑造的女性形象系列，身上和身后都拖着革命的影子，似乎这些女人出现的目的，或者说女人活着的目的只有一个：那就是革命需要！

一

文学在社会发展的过程中起着精神旗帜的作用。文学作家在塑造形象个体时考虑的是文本与社会的需要，而山东现代文学作家们的创作活动尤其注重后者。在山东现代文学发端的“五四”时期，作家们关注的是宏观的社会问题，比如人们生活疾苦，社会、国家、民族的命运问题，青年人对社会、对国家、民族的责任与义务，人类的命运问题等一系列问题，当然他们也会去关注婚姻制度、家庭制度等问题。然而，在“五四”这样一个性别意识空前觉醒的时期，当很多“大家们”如郁达夫等在不遗余力地致力于探索中国女性命运，在为争得妇女解放、男女平等与爱情自由而激情呐喊时，当王统照在为“爱与美”的理想小说写作而孜孜不倦时，当傅斯年在为“新潮”的新思想而摇旗助威时，当臧克家在为揭露黑暗现实而伤感忧患时，山东作家们却有意无意地忽略了一个话题——女性作为女人存在的意义和价值。在他们的著作中，女人、女性形象主题几乎从来没有独立表达过，进入文学作品的只不过是对她们的一点同情而已。

王统照从1918年起发表的短篇小说《纪念》《真爱》《她为什么死》等，都多少涉及妇女问题和婚姻爱情问题。其中小说《湖畔儿语》，从一个孩子的视角表现过对妇女悲惨命运的关注，但他把同情的泪更多地洒给了可怜的孩子，表达更多的是对社会现实的强烈不满。他的长篇小说《一叶》（1922），虽然刻画了美丽善良的女子，但主要叙述青年学生天根的命运，表现当时青年人的苦闷、彷徨、追求。而他的长篇著作《黄昏》，也只是描述有作为的青年在恶劣的环境和虚伪的礼教压迫下如何走向悲惨的境地。他的代表作《山雨》（1933）虽转向了塑造农民形象，但这些在山东现代文学史上有影响的作品，几乎没有留下在文学史上有一定意义的女性形象。

杨振声可以说是现代中篇小说的重要奠基者。作为山东现代作家的典型代表，他好像一直在致力于关心女性命运。其中篇小说《玉君》的主人公周玉君是一位女知识青年，她拒绝听从父命嫁给军阀的儿子，而是将感情交给了自己心仪的人，最后却在种种压力下蹈海殉情。其实这个故事还是重在揭露家族制度和包办婚姻制度的弊害，虽然也关心女性的命运，但并没有上升到对人性和对女性关注的高度，最多是一种人道主义的关怀。

至此我们不难发现，其实王统照和杨振声旨在关注那些被封建道德伦理压制束缚、理想的爱情婚姻得不到实现的悲剧女性的形象，他们更多地反映她们命运的不幸和抗争的艰难。写到这里，我们不该忘记山东现代文学史上一位优秀的女作家沉樱。她作品里的主人公多是些受到“五四”新思潮影响、在个性解放和婚姻自由旗帜下争取爱和婚姻自由的新女性。作者用细腻的笔触刻画了知识女性们的爱情、婚姻和家庭生活，同时也剖析了她们的情绪和朦胧的女性意识。这可以说是山东现代文学史上真正注意到女性命运和女性意识的本土作家，虽然还不是很成熟老练，但毕竟还不至于在此问题上出现空白。《妩君》中年轻的妩君为了爱情自由，毅然冲破家庭和爱人相约出奔。而当她在约定地点等候恋人的时候，那个男子却没有来赴约。她失望和痛苦的心理情绪被作者渲染得异常凄凉，最后她不得不以死来表达对社会的反抗和对背信弃义者的惩罚。通过争取婚姻自由这种“个性解放”的方式能达到这个目的吗？沉樱的沉思是那个时代的沉思。可以说沉樱的出现给山东现代文学女性形象的塑造注入了新鲜的活力。但是不可否认的是她也没能够对女性的命运做出理性的思考，没能够把妇女真正从精神上解放出来，因为个性解放不仅仅是爱情、婚姻、家庭的自由和解放，而更重要的是思想意识和女性意识的解放。

总之，山东“五四”时期的现代作家，他们要么不去塑造女性形象，要么也只是轻描淡写，草草而过。个别像杨振声和沉樱这样的作家也仅仅看到了社会对女性的压迫以及女性对自身命运的反抗，而没有真正从人的觉醒、性别意识觉醒的意义上去把握和塑造女性形象，表现女性的性别意识和特征。事实上男欢女爱的描写是不可能出现在山东作家们的笔下的，浓重深厚的道德伦理意识深深地束缚着一代又一代的山东作家们，他们自身的解放尚需要相当长的时间。

女性的解放首先应该是性的解放和思想意识的解放，应该去唤醒女性对自身命运的深度思索。五四时期高扬思想解放大旗的先驱们，他们在热情张扬女性解放，追求个性解放，探讨女性命运的时候，其实并没有真正完成女性解放的历史命题。这个话题随着民族救亡运动高潮的来临而主动让位，直到“救亡成为压倒一切的主题”，虽然这是时代的选择，也是无可奈何的选择。女性解放的话题被重提一直到了新时期。山东现代作家们在没有充分认识和把握女性形象意识的情况下，就匆匆迈入了国家救亡、民族救亡的行列。

二

山东不仅在抗日战争而且在解放战争中，都是牢固的革命根据地。正是这种坚实的根据地文化特质为作家们的创作准备了丰厚的土壤。但是通读山东作家们这段时期的作品，笔者发现山东作家们对女性命运的关注已经换了性质。在1942年毛泽东《讲话》的指导前提下，大部分作家的写作目的和方向已经转向工农兵。减租减息、人们翻身做主、抗战、反扫荡等命题成为本时期山东作家们最关心的话题。女性问题已经被妇女问题所取代，妇女翻身解放做了“生活”的主人。走出家庭参加社会劳动，个别妇女参加革命，做了参议员，识字班、秧歌队队员等，这些身份角色都成为妇女解放的标志。能否做草鞋、送煎饼拥军，能否主动送儿子、送丈夫参军上前线，成为本时期衡量妇女革命觉悟的一个重要标尺。《胶东大众》第33期有郭浩的一篇《大反攻后的胶东妇女》，这篇文章就清晰地告诉我们，当时社会对女性的要求和评价是什么：

漫长的八年战争中，胶东妇女和胶东人民同样受了严峻的考验和锻炼。她们为了祖国的解放，为了人类的自由，为了胶东800万同胞的幸福，热情的捐输了自己的一切，这种热情的捐输就是她们今天翻身的注解。……为了胶东人民军队能迅速发展和壮大起来，胶东妇女曾做了无上光荣的贡献。据胶东妇联1945年不完整的统计，妇女动员男子参军的1377人；要送丈夫参军的601人；母亲送儿子参军的649人。妇女不但寄予人民军队以无限的关怀与爱护，同时为了争取祖国的胜利，她们也投入了实际战斗……这些光荣的劳绩，给前进中的现代妇女指出一条光明的路。

在时代大潮面前，女性形象是作为母亲出现的，母性的内涵和意义得到最大限度的张扬和发挥。母亲般的、高尚的“爱”完全替代了缠绵柔美的爱情的“爱”。在此女性和母亲已经等同。那么这种现象出现的原因是什么呢？革命！一都是因为革命的出现，革命的人们为了革命可以献出宝贵的生命，革命是为了救国，革命是为了给妇女一个更好的明天，“给现代妇女指出一条光明的路”。因此，妇女就更应该为此而做出巨大的牺牲和贡献。事实上，山东作家们此时表现女性的作品自始至终都在围绕着这个话题做文章。陈希天的《小董和小董嫂》，通过一对恩爱夫妻的思想变化，刻画了参军浪潮中的一个浪花。小董决心参军杀敌，但小董嫂舍不得，在大伙的教育启发下小董嫂终于做出了支持丈夫参军的决定。其中刻画温柔少妇的细腻情感的细节，在参军运动的作品中是不多见的。女作家伟强的《尼姑庵的春天》，塑造的是一群受苦受难的女性群体，在妇救会会长李大嫂的教育领导下，成长为革命新人的故事。牛玉华的《新夫妇》作为一篇不可多得的描写中华人民共和国成立后翻身农民爱情生活的作品，主要讲述了童养媳姜培兰接受了抗日、妇女解放道理的浇灌，终于离婚做了自己的主人，后来又和民兵英雄结婚过上了幸福的生活。一个翻身的女人，和一个民兵英雄自由恋爱结为夫妻，这在过去是不可能有的事，没有共产党的领导就没有姜培兰的幸福。说到底，女性的命运与革命有着息息相关的关系。

可见，作家们在塑造女性形象时，不自觉地将母性作为女性的首要品质，而女性意识是与革命意识紧密相连的。如果没有革命，也许就没有女性意识的被发现，就更谈不上女性解放的问题。在革命的紧急情况下，在生死的战场上，更来不及去探讨女性意识的觉醒程度，也就不可能去引导和教育女性对自身命运的发展做出深思。然而将女性的母性内涵与革命意识发展到更加夸张的程度是到了“十七年”时期。

伴随着中华人民共和国的成立，山东文坛呈现前所未有的繁荣局面。“十七年”的山东文学是充满着英雄气氛和基调的文学。女性形象的塑造也达到一种从未有过的繁荣局面。但是，女性意识却并没有因为文学的繁荣而得到充分的张扬。女性们在对自我性别意识的认识上，较之以前并没有明显的进步。在英雄主义高扬的时代，英雄的女性形象才是最理性和最理想的形象。尤为明显的是冯德英和萧平，他们对革命女性形象系列的描绘，尽管千差万别，但大多都具有贤妻良母的品格，她们忘我牺牲、一心为人民解放事业而献身的精神是作家们讴歌的重点。而且，在这些女性作为母性的柔情与深爱中，透出的是巾帼英雄般的阳刚之气。尤其是青年一代的英雄女性，大都在温柔敦厚中透出侠气，透出男性般的豪爽、刚毅和泼辣品格。曲波的《桥隆飙》中的女英雄桥隆花就是一位豪爽勇敢的侠义英雄，南征北战中，如果不说谁能知道她还是一位青春美少女，在这里性别意识完全忽略，只剩下了革命事业。冯德英的创作深刻地挖掘出了中国革命女性的崇高品德和伟大人格，特别突出地展示了她们作为母亲、妻子默默奉献勇于牺牲的精神，这一属于中国劳动妇女所特有的美德，长久地激动着作家，无论是从平凡的点滴小事还是到紧要关头的英勇牺牲无私奉献精神，都是人格力量和道德品质的展现。她们不仅在后方自觉地担负起沉重的家务和生产劳动重担，不声不响地为革命站岗放哨，照料伤病员，自己饿着肚子节省粮食，甚至从婴幼儿的嘴里挤出一碗米、一瓢面献给革命同志，冒着生命危险传送党的文件情报。而且这些革命女性既能在这些默默无闻的工作中贡献她们的力量，也能在生与死的考验面前英勇顽强，慷慨无私，大义凛然，这些女性已经成为“铁女人”。尤其是《苦菜花》中那个认丈夫的情节，久久使人难以忘怀，甚至成了“十七年”小说中的经典情节之一。当这些女性为了保护革命干部而舍弃与自己相依为命的丈夫时，内心激起的波涛该是多么的汹涌澎湃！

萧平《三月雪》中的女共产党员，将爱深深地埋在心中，为了革命的成功将个人的一切全都置之脑后，更不要说什么儿女情长，有儿女情长也是为了干革命才走到一起来，“同志”是那个年代夫妻之间最普通、最常见、最约定俗成的称谓。王愿坚《党费》中的母亲和妻子黄新，在敌人面前，毅然放弃了做母亲和妻子的幸福机会。当爱情、亲情与革命发生冲突的时候，爱情、亲情理所当然地要让位于革命。

“十七年”里还有一种女性形象类型，即苦女翻身的类型。燕志隽发表于1949年《大众日报》的《苦女翻身记》就是典型的作品。小说生动刻画了一个由社会最底层受压迫的苦女，如何成长为党的妇救会员的过程。其实王安友1950年的《李二嫂改嫁》中的李二嫂也是翻身女性的形象类型。因为争取婚姻解放是对妇女翻身解放认识的更深入表现。但是女性为什么能够翻身，这些翻了身的女性们追求爱情和婚姻的标准是什么，这一系列问题的根源还是离不开革命的意义。

在“十七年”里，将母性意识与革命意识结合得最好的可能要数山东独有的“红嫂”形象群体了。“红嫂”们忘记了男女授受不亲的古训，记起的只是母亲般的柔情，在没有水的情况下，毅然用乳汁救活伤员的故事，在那个革命的年代像甘泉一样温暖着所有人的心。所以，《红嫂》是当年最畅销、最得到读者认可的。“红嫂”现象已经成为当时乃至今天的一种文化现象。

爱情本是文学表现人性的重要内容，爱情的完美程度是社会与人性完善程度的重要标志。爱情是人性解放的必要前提，爱情是人格尊严的基本载体，爱情还是人生理想的重要目标。涉及性别问题，不可能脱离情感问题。在女性解放的现实道路中，爱情无疑扮演了极为重要的启蒙角色。事实上，跻身中国文学史册的动人女性，几乎都是追求爱情、忠于爱情、献身爱情的多情女子。但“十七年”

山东文学中，由于革命的需要，由于英雄的旋律，作家们在塑造女性形象系列时，缺乏了对女性爱情的合理关注。女性形象的塑造本应该充分展示女人作为女人的性别特征及性别意识，但在“十七年”的山东文学创作中，作家们为我们塑造了一系列区别于古典的、现代的女性形象。她们站在时代的潮头之上，呼风唤雨，淋漓尽致的展现女人的“雄姿”。在“十七年”山东作家们的笔下，“女人”对于“男人”的性别意义似乎微乎其微，甚至很多作品根本就缺少“女人”。即使在有女人的作品中往往也是爱情的缺席，或是革命化和社会化的“观念爱情”，《林海雪原》中少剑波和小白鸽的爱情就是典型。真正的人性本源之爱被完全“忘记”。爱情和婚姻都服从于理想和革命事业的伟大目标。作家们对女性的书写是从社会的良知和革命的美德等方面来强调的。这些女性作为母性的伟大和坚忍被不遗余力地刻画出来，而作为女性本源的女性意识几乎处于失语状态。

“十七年”山东文学的女性形象塑造，从表面上看，她们已从传统文化的束缚中挣脱出来，表现出强烈的参与意识。实质上，她们仍没走出男权文化的樊篱，在男性目光的观照之下，在革命的需要下，她们成为泯灭了女性意识的“铁女人”，她们其实不约而同地成为作家们适应时代的某种表意策略。在女性主义文学已成浩然之势的今天，回头去反观“历史”，仍具有借鉴意义。作为一个特定的文学时代，“十七年”给我们留下了许多值得回味、研究的话题。女性形象塑造显示出那个时代文学本性的丧失或者说迷失，也是一个切实让人痛心的话题。

（原载于《临沂师范学院学报》2005 年第 1 期）

山东“十七年”英雄主题小说中“英雄形象”的原型剖析

刘　香

通读“十七年”的山东小说，在我们的心中会出现这样的疑问：“十七年”的山东小说里的英雄人物身上到底沉淀着怎样的历史、文化内容？为什么山东作家们会那么一往情深地关注这些英雄呢？依据原型批评理论我们发现：原来这一系列英雄形象身上沉淀着悠远厚重的历史、文化内容，他们的根栽植在《水浒传》等小说中。下面我们来具体追溯一下这种历史的传统。

一、忠臣原型

贯穿于《水浒传》全书的忠义思想，是通过塑造一系列的人物形象来表现的，比如宋江、林冲、鲁智深等。作者揭示出：只要有合适的环境，他们思想深层里的忠义思想便会冲破重重阻力发芽、开花、结果，这种坚决性就像当初逼他们走上绝境的各种因素一样不可抗拒。在这些人物形象中，又以宋江这个人物形象所表现的忠义思想最为突出、最为集中。宋江是忠义思想的化身，是《水浒传》的忠义思想的代表。忠义思想是中国几千年来封建社会中渗透到社会各方面的一种思想和道德观念，它有时还表现为一种牢固的政治原则和社会理想。实际上，忠义思想是儒士自宋元以来在更广泛的社会阶层中大众化、普及化的结果。到“十七年”，这种“忠义思想”被赋予了新的时代意义，即忠于中国共产党的领导和忠于人民，这是传统思想文化发展的必然结果。荣格说：“伟大的作品的材料都无不在集体无意识中汲取，然后通过形式融合个人尤其是种族的经验而创造出作品。”[①] 从这个意义上考察山东“十七年”的小说创作，可以发现，山东作家们无疑是吸收了《水浒传》等小说和传统文化的精神，融合了齐鲁文化传统下的独特的心灵历程和自己独特的情感体验才创作出英雄主题的小说。这种“原型”或“原始意象”经过1930年代的杨振声、王统照等山东小说作家们的锤炼，至“十七年”达到一个新的高度。《林海雪原》里的少剑波，简直就是一个完美的英雄。

这是一个年轻英俊、机智冷静且富有战斗经验和高超的指挥才能的将领，他几乎是中国共产党当时思想观念的化身，甚至不是一个人，而是全知全能的神的化身。可以说少剑波就是一个典型的梁山好汉式英雄；而且，在他身上也有明显的“忠”的观念。这种人为拔高英雄的手法直接削弱了人物的艺术生命力，作为党的代言人的形象因其缺乏生动性而使读者接受起来缺乏兴趣。因此少剑波这个英雄形象因为忠义思想原型的冷静植入而丧失了民间文化中隐形结构的支撑，也就失去了更多的观众（接受者）。《铁道游击队》中的政委李正同样是这类英雄，因此，他的被接受的命运与少剑波几乎是大同小异。

与这类“忠”的观念十分突出的人物形成对照，是杨子荣等一大批带有“草莽气”的人物，之所以这些英雄留给我们的印象深刻，一方面是因为作家塑造的这些典型确实栩栩如生，在一定程度上满足了读者们的阅读期待心理；另一方面这些英雄都可以从传统英雄故事中找到对应的原型，找到已经在作家和读者心目中扎了根的那种英雄义气，可以说这些传统文化的精髓已经渗透进作家与读者的精神气质里，甚至成为其人格构成的一部分，也是不可忽视的一方面。因此，作家与读者内心深处都会普遍地去认同和接受这样的叙事方式。时代在改变，但是传统文化的影响力量并不会改变，它在变化了的时代获得了新的形式。这正像E·希尔斯所说：“人类社会保存了许多他们所继承的东西，这不是因为人们热爱这些东西，而是因为他们认识到，没有这些东西他们就不可能生存下去。……过

---

① 胡经之、张首映:《西方二十世纪文论史》，中国社会科学出版社1988年版，第98页。

去传下来的东西给他们提供了家园，然而它却很少是一个他们完全感到自由自在的家园，他们试图将它改造得合乎自己的愿望；有时便抛弃或置换了某些继承的家产。”①

二、良将原型

杨子荣可以说在《林海雪原》中是一个近于完美的英雄形象。作品主要刻画了他作为侦察员的缜密、仔细。这个形象使人更多地想到的是水浒英雄林冲这个原型人物。

在《水浒传》中，林冲本是一个“良将”，似乎是最不可能造反的，但就是这样一个人后来却反得非常彻底，终于成就了一个气魄宏大的英雄。林冲丢掉幻想后激发出的反抗精神，其中回荡着一股悲壮的英雄气。我们说原型是不断被重复与继承的，山东“十七年”的小说作家们也在不断重复、继承与发展着原型。

再回头看杨子荣，这个有经验的侦察能手，从小受过苦，没念过一本书，却“绝顶聪明，能讲古道今，《三国》《水浒》《岳飞传》，讲起来滔滔不绝，句句不漏，来龙去脉，交代得非常清楚，真是一个天才的评弹演员。”②（由此处也可看出作家曲波对《三国》《水浒》的热爱与熟悉的程度）杨子荣本是雇工出身，由于家破人亡，不得已走上了“反抗”的道路，成了抗日老战士，当上了团的侦察排长。曲波从各个方面塑造了一个血肉丰满的英雄形象：最有特色的是杨子荣会说黑话，善与土匪打交道，当读到座山雕等人查问杨子荣身份的对话时，几乎所有人都被深深吸引、折服，跟着他的一言一行或喜或悲，心惊胆战，尤其是“舌战小炉匠”，让多少人提心吊胆。这些精彩的故事片段都使杨子荣的英雄形象越来越清晰突出。杨子荣拥有良将和侠客的双重身份，这又使我们陷入深思。杨子荣作为一个革命的现代英雄形象，在那个特殊年代里，他除了部分地拥有草莽英雄之气外，必须拥有的还有对党的忠诚与热情，对人民的高度无私和奉献精神。

---

① ［美］E. 希尔斯：《论传统》，付铿、吕乐译，上海人民出版社 1991 年版，第 285 页。

② 曲波：《林海雪原》，人民文学出版社 1984 年版，第 59 页。

而正是他的“部分”草莽英雄气为普通的读者们爱不释手，乃至于模仿。尤其是他说的黑话和行话至今仍为不少人津津乐道。由此更容易看出“十七年”山东英雄主题小说对主流文化和民间性的态度，以及主流话语与民间话语之间的复杂互动关系，这也正是本文试图去解决的问题之一，下文还将详细论述。

杨子荣作为最有吸引力的艺术形象，我们找到林冲作为其英雄原型，但毕竟时代变了，两者的差异也是很明显的。此外曲波还会让他笔下的英雄形象拥有传统英雄人物的某一个特点、某一项技能。比如孙达得行走速度的原型借鉴便是水浒英雄神行太保戴宗的行走速度，如此者甚多，不再一一列举。

三、好汉原型

读曲波的作品，最让人难忘的还有一个英雄形象，就是小说《桥隆飙》的主人公桥隆飙。这是一个典型的草莽英雄，他的暴躁、勇敢、粗野、正义心使他称得上是一位可爱的英雄好汉。他无文化，却豪爽、率直、义气、纯真、朴实。当他在枪林弹雨中游刃有余地呼喊杀冲的时候，读者的脑海中会一次次浮现出“梁山第一好汉”李逵挥舞双斧拼杀的形象和“杀人放火的活佛”鲁智深的形象。这两个最可爱、最受欢迎的人物，他们的纯朴无私、豪爽威猛的性格、疾恶如仇、崇尚正义、向往社会公道的斗争精神不正是桥隆飙这个英雄形象的原型吗！

桥隆飙这个李逵般的“好汉式”英雄，其言行同样显现出草莽英雄的江湖义气。做事不考虑后果，图的是“杀去东京，夺了鸟位”的痛快，因此不免做错事，但是一旦当他认识到自己错了时，会真诚地承认错误，忏悔自己的所作所为，并希望得到惩罚。而鲁智深也是个极有个性的“好汉式”英雄。金圣叹赞扬他说：“鲁达为人处，一片热血，直喷出来，令人读之，深愧虚生世上，不曾为人出力。”[①] 鲁智深被“逼上梁山”之前，由于打抱不平，被逼当了和尚，但他依旧是喝酒吃肉杀“恶人”的江湖好汉、草莽英雄。只不过小说中他比李逵多了点

---

① 佘大平：《草莽英雄的悲壮人生》，云南人民出版社 1999 年版，第 237 页。

清醒，也多了些痛苦。但这些是抵不过江湖义气的，最终他还是随了宋江受了招安。至山东作家杨振声的小说《抛锚》里的江湖好汉穆三可以看成是这一好汉原型的过渡。事实上这种过渡在王统照写于20世纪20年代的《搅天风雪梦牢骚》《司令》等篇章中已较明显，于五这一类飙勇刚直、心中沸腾着鲁智深、李逵式的一腔热血的地道山东农民形象，已经颇为清晰，只是血肉不够丰满而已。而至《山雨》中徐利形象的塑造，对“好汉式”原型的继承就明显得多了。徐利是一个血气方刚、骁勇刚烈的热血男儿，他血管里流淌的，大概就是李逵、三阮的血液。从言谈举止，都反映出北方农民富有反抗斗争精神的“集体无意识”，显示出一种令人钦敬的阳刚之气。这种性格使他少有传统农民的保守，对于大家视为命根的土地，他认为“无非烧光了完事”，他的信念是“只要留得身子在，怕什么？”这位豪爽刚直的青年人，由于没有得到新的人生观念的指引，终于没有走出李逵们官逼民反、铤而走险的旧路。只有到了桥隆飙，对传统“好汉式”原型的继承才达到一个新的高度。飙字军后来在我军争取下，发展成了一支强有力的战斗力量。但是，故事情节的发展已经远没有前半部分江湖生涯的豪侠义气来得有吸引力了。可见对于英雄形象的理性改造显然是由于失去了传统的支撑，部分地失去了生命力。

四、其他人物

当然“十七年”山东作家塑造的英雄形象不仅仅是水浒式的英雄们，更多的是经历了改造后的新时代的革命英雄形象。有人情美和人性美的英雄才是新时代作家笔下真正的英雄，为人所景仰和敬佩的英雄形象无不弥漫着崇高优美的人性和人情。“十七年”的山东小说作品中，人性美和人情美是通过革命的人道主义体现出来的，它不是本源意义上完美的人性，它沾染了较多的阶级性、政治性和革命性，这些与齐鲁文化的传统精神紧密结合时，就闪现出特殊的美学光辉。这种崇高的无产阶级人情美是特殊年代、特殊环境里的产物。

《黎明的河边》是峻青的代表作，这里作者精心刻画了一组英雄群像。小陈个子矮小，感情内向，乍一看没有什么特殊的地方；但是，在他的骨子里却渗透着胶东人民那种强悍、豪爽、热情、正直、坚韧的英雄气质。当“我”和老杨得知陈老五的毒计是让陈大爷诱惑革命同志，借以赎回自己被关押的老婆孩子时，情绪顿时紧张起来。这个紧张场合，为揭示小陈的光辉品格，构成了一个非常富有典型性的环境。在这里，小陈在处理至亲之爱和同志之爱的关系时做出的崇高行动，意在揭示他身上那种特有的道德闪光，这种“先天下之忧而忧”的传统美德不禁让读者心灵震动。小英雄的这种革命的人情美着实让现代人感慨万千。

在此意义上，另一位山东作家冯德英是更典型的代表。他善于塑造女性形象。他的创作深刻地挖掘出中国革命女性的崇高品德和伟大人格，特别突出地展示了他们作为母亲、妻子默默奉献牺牲的精神，这一属于中国劳动妇女所特有的美德，长久地感动着作家，无论是从点滴平凡的小事还是到紧要关头的英勇牺牲精神，都是人格力量和道德品质的展现。她们不仅在后方自觉地担负起沉重的家务和生产劳动重担，不声不响地为革命站岗放哨，照料伤病员，自己饿着肚子节省粮食，甚至从婴幼儿的嘴里挤出一碗米、一瓢面献给革命同志，担着生命危险传送党的文件情报。而且这些革命女性既能在这些默默无闻的工作中贡献她们的力量，也能在生与死的考验面前英勇顽强，慷慨无私，大义凛然。母亲为支持他们的儿女、丈夫，身陷囹圄，却在严刑拷打和残酷折磨面前不屈不挠；母亲、花子和二嫂为了革命的整体利益，忍受着巨大的内心创伤献出了自己的至亲；赵星梅、兰子甚至献出了自己的宝贵生命（《苦菜花》）。尤其是作品中那个认丈夫的情节久久使人难以忘怀，甚至成了“十七年”小说中的代表性情节之一。当这些女性为了保护革命干部而舍弃与自己相依为命的丈夫时，内心激起的波浪该是多么汹涌澎湃啊！她们的这些壮举，足以使齐鲁文化的先驱为之骄傲，更足以构成中国人民可歌可泣的斗争事业的一个重要组成部分。这些齐鲁文化传统养育出的优秀的中华儿女，正是他们以鲜血和生命，以伟大的人性和崇高的品格撑起了新中国永远不败的天空。在这里似乎已经分不清这些英雄形象的原型是忠臣还是良将，抑或是好汉了，也许连作者本人也不清楚到底是良将身份还是侠客精神在吸引读者了。

王愿坚的作品洋溢着激越的诗情，散发着浓郁的芳香，“向着人的心灵掘进”，表现了革命者无与伦比的无产阶级的人情美和人性美。他善于将他们放在特定的社会环境里，一定的历史条件下，通过夫妻、父子、母女、战友和上下级等各种关系，反复描绘他们伟大的爱，抒发他们无私的阶级情。

黄新为了革命事业献出了年轻的生命，也割舍下了自己未尽的妻子和母亲的义务（《党费》）。郝吉标在万分紧急的情势下不得不牺牲唯一心爱的儿子，尽管他“不由得浑身都颤颤起来”，但他清楚地知道：“孩子要紧，革命的事更要紧！”就在父子诀别的一刹那，主人公眼看着痛失爱子而万分悲痛，但又要自觉服从党的事业的需要，所以这种高度自我克制的复杂心理和强烈感情，淋漓尽致地展现在读者眼前，从而使坚定的党性和纯美的人性得到了高度结合，互相辉映，从而产生了攫获人心的艺术力量（《粮食的故事》）。不难看出，在山东作家们笔下，在渲染崇高的人性和人情时，渗透的是为民请命、仗义执言、义无反顾的豪侠之气，简言之也就是侠客般的“义气”“骨气”。敢于碰硬、宁折不弯，越是艰难困苦的情况，越能激起人们的大公无私、朴质豪爽、侠义刚正、坚韧沉稳的秉性。

可以说，浓厚的民间意识和传统文化的精神是“十七年”小说作品具有如此感人至深的价值和意义的根本所在。在“十七年”这段特殊时期里，尽管主流权力话语和革命话语给民间话语以一定的压力和影响，然而如果民间话语去自觉主动地认同和强调主流话语并向其靠拢的话，不仅不会被其淹没，相反，会在民间话语的支撑下更好、更恰当地阐释主流权力话语，并在其引导下茁壮成长，成为一朵奇葩。山东“十七年”英雄主义主题的小说创作情况正是如此。

（原载于《山东社会科学》2004 年第 7 期）

论胡秋原的文艺自由观

徐元绍

在1930年代初的文艺自由论辩中，自称为“自由人”的胡秋原倡导文艺自由，提出了“自由的文学”“文学的自由”“自由的智识阶级”等文学范畴，形成了较为完整的文艺自由观。胡秋原的文艺自由观强调文学的独立性，反对党派政治“干涉文艺”，与当时左翼文学的理论原则大相径庭，显现了独特的文艺探索路向与价值选择。

一、理论基石及其来源

胡秋原的文艺自由观是建立在马克思主义反映论基础上的文艺真实论，主要表现为从社会学的角度来看待文艺，尤其关注文艺与生活的关系。他在接受“文艺是生活的反映”这一马克思主义反映论基本原则的同时并有所发挥。他的“艺术是生活之表现、认识与批评”这一观点是综合了普列汉诺夫“艺术是人生之反映与再现”与沃隆斯基“艺术是生活之认识”的理论发挥而得出的。同时指出，“要明白艺术如何反映生活，必须理解生活之结构”①，其中，阶级斗争是文明社会中生活机构的最重要发条之一。而“在文明社会，直接影响于艺术者，不是社会经济，而是社会—阶级心理”②。不难看出，他认为文艺在反映生活时，不是机械、

① 胡秋原：《关于文艺之阶级性》，《读书月刊》第3卷第5期。

② 同上。

直接的，必须经过“阶级心理”“社会心理”等反映论中介范畴来理解这一命题，从而避免了机械地理解文艺与生活的关系，这比左翼主流派机械地将文艺与生活的关系理解为文艺与政治、文艺与阶级的关系的认识要深入得多。

其文艺自由论的重心不在反映论原理本身而在由此出发而得出的艺术真实论。“文学之所以为文学，就因为它是真而且美地描写生活”①，文学对生活要有真实理解且要反映生活的原貌，按照本真生活去描写，抒发真情实感。因此，“艺术之价值，则视其所含蓄的思想感情之高下而定”②。面对当时左翼文坛根据创作大纲而非生活实感进行创作的倾向，他指出，“不去深入事象之本质；不去广摄社会之全景；不去捕捉大众之心理；不将（在）大众生活中，不在自己的体验中，丰富自己作品之生命；不以健全的意识，敏锐之才能，去认识现代生活中之一切复杂事象；不去努力将大众的行动和所思所感的，透入自己的意识，用生动的具体的形象描写出来，总而言之，不以唯物辩证法去观察描写一切，……徒然讲什么抽象的漠然的‘力的文艺’，结果不会出乎（现）无力的无生命的无机作品的。”③胡秋原的文艺自由观主要有三个来源。首先，其文艺理论主要师承普列汉诺夫。普氏话语在胡秋原的文章中随处可见，这也是由于他承认普列汉诺夫在马克思主义文论中的正统地位有关。对于两者的关系，他引用过伊里支的遗言来证明，即“不真正理解普列汉诺夫，算不得一个真正马克思主义者”。他最早于1927年接触到《苏俄文艺论战》一书，由于在该书附录中提到普氏是第一个以唯物史观解释文艺的人，因而他对之产生了极浓的兴趣。后来，尤其是在日本期间，他阅读了大量的普氏著作并进行了深入的研究。其次，他涉猎过德国早期社会民主党人梅林、湜姆美尔、霍善斯坦因等，接受了德国社会民主党内部1910～1912年文艺论争中的部分观点。再次，他还受到苏俄一些文艺理论家沃隆斯基、托洛茨基等人的影响较深。他接触到的有关苏俄文艺理论家和德国文艺

---

① 胡秋原：《革命文学问题》，《北新》第2卷第12期，第98页。

② 胡秋原：《阿狗文艺论》，《文化评论》1931年创刊号。

③ 胡秋原：《钱杏邨理论之清算与民族文学理论之批评》，《读书杂志》1932年第1期，第24页。

理论家的著作大多是日译本，因而，就其准确性来说，就大打折扣了。

二、理论核心

胡秋原的文艺自由观的核心主要有两个方面，即“自由的文学”和“文学的自由”。所谓“自由的文学”，是相对于左翼文学和民族主义文学而言的，强调文学的特殊性和独立性，可以自由发展且不受党派和政治干涉，真实的表现生活和反映生活，抒发作家真情实感，以“完成对人生的永久的任务”的非功利的文学。与之相反，后两者都是功利文学，片面夸大文学的武器作用，是党派文学和受政治控制的“留声机”，忽略了文学的特殊性和独立性。

要想保持住“自由的文学”，必须要求“文学的自由”，这主要是指文学创作的自由。因而他明确表示“文学与艺术，至死也是自由的，民主的”，如果“将艺术堕落到一种政治的留声机，那是艺术的叛徒”[①]，这主要是从维护创作自由的角度而言的。而当时，左翼文坛以文学为武器，为革命摇旗呐喊助威，同国民党斗争，他们以所谓的创作大纲进行创作，提出“文学武器论”，倡导革命文学。民族主义文学的提倡者“御用文人”们为与革命文学相抗衡，把党派偏见带入文坛，宣称“文艺的最高意义，就是民族主义”，其作品实际上是“干干脆脆地鼓吹‘屠杀’！用机关炮，大炮，飞机，毒气弹，屠杀遍中国的不肯忍受帝国主义及国民党层层宰割的工农群众！屠杀普罗文学作家！”[②]从某种意义上说，它们都属于功利文学，都从自己的党派原则出发，基于当时的政治文化形势的理解而采取的某种文学策略，明显地将文艺政治化，在不同的程度上代表了不同的“政治利益”。面对此情况，胡秋原深感文学的不自由，因而强烈反对政治和党派对文学的干涉。但是他的文学创作自由论并不偏激，而是辩证的。他认为文艺与政治意识可以结合，“但是：①那种政治主张，应该是高尚的，合乎时代最大多数民众之需要的；如朴列汗诺夫所说，‘艺术之任务者，其描写使社会人起兴味，

---

① 胡秋原:《阿狗文艺论》,《文化评论》1931年创刊号。

② 茅盾:《“民族主义文艺”的现形》,《文学导报》第1卷第4期。

使社会人昂奋的一切东西’。②那种政治主张不可主观地过剩，破坏了艺术之形式；因为艺术不是宣传，描写不是议论。不然，都是使人厌烦的。”[①] 因而，他强烈呼吁“勿侵略文艺”，反对政治和党派势力干涉文艺，以保持文艺的独立性。由此，他才死抱住文学不放，斤斤乎计较艺术之价值，因为只有这样才不会从政治立场出发去进行文学创作，才不会陷入“奉天承运，皇帝诏曰”式的公式主义文学中。为此，他反对某种文化把持文坛，提倡“文化与艺术之发展，全靠各种意识互相竞争，才有万华缭乱之趣”[②]，也就是倡导文学创作自由。

在国民党极力摧残革命文艺，民族主义文学派高唱用“中心意识”来独裁文坛的时候，“自由人”胡秋原的文艺自由论，强调艺术自由，艺术民主，不失为一种反抗和斗争，具有其积极意义。

三、理论的内容

胡秋原将文艺自由观与五四启蒙精神相联系，以“完成五四之遗业，以新的科学的方法，彻底清算，再批判封建意识形态之残骸和变种”为今后文化运动之任务[③]，同时强调“自由的智识阶级”的存在是其理论存在的阶级基础。其理论内容涉及文学的阶级性、党派性、工具性及文学与政治、文学与生活的关系等多个方面，然而由于其文艺自由观是在论战中形成的，因而其观点不可避免地带有很大的论战性，与科学的文学理论相比也有一定的差别。下面择其重点而述之。

（1）对左翼文学的文学阶级性进行了新的阐释，抛弃其绝对主义的倾向，给予相对主义的较科学的阐释。先是明确承认文艺有阶级性，“艺术家不是超人，他是社会阶级之子，他生长熏陶于其阶级意识形态之中，将他的阶级之思想、情绪、趣味、欲求带进于其艺术之中是必然的事实”，并较客观地认识到“阶级影

---

① 胡秋原：《勿侵略文艺》，《文化评论》1932 年第 4 期。

② 胡秋原：《阿狗文艺论》，《文化评论》1931 年创刊号。

③ 胡秋原：《真理之檄》，《文化评论》1931 年创刊号。

响在文艺上不仅表现于阶级斗争中，同时也表现于阶级同化中”。[①]他把阶级性作为文学之属性，利用社会阶级心理的中介去理解社会与文艺的关系，比起左翼作家要深入得多。毋庸讳言，胡秋原对文学阶级性的阐释，部分地消解了左翼作家对文学阶级性的片面认识，这对于全面把握文学的本质也有其重要意义。

（2）对于左翼的文学武器论，胡秋原表示：“一切的艺术都是宣传，这前提似不无可疑之处”[②]，并始终坚持认为，“艺术只有一个目的，那就是生活的表现，认识与批评。伟大的艺术，尽了表现批评之能事，那就是为了艺术，同时也为了人生”[③]，艺术只是阶级斗争的“精神上的武器”。这里，他只是把文学的作用限制在精神领域，反对左翼的片面夸大文学的社会作用，他说，“以为文艺可以改造世界，这是‘半部《论语》治天下’的见解，是以为口中念念有词就能置人于死地的原始巫术者”[④]。鲁迅说得好：“一首诗吓不倒孙传芳，一炮就把孙传芳轰走了。自然也有人以为文学于革命是有伟力的，但我个人总觉得怀疑。”[⑤]而左翼作家们不仅把文艺当作革命斗争的武器，且以此来改造世界，其与科学的文学理论的差别也显而易见。

（3）对于文学的党派性问题，胡秋原针对左翼作家据列宁的“不属于党的文学家滚开罢”的口号，指出，除无产阶级和资产阶级外，还存在像作者一样的独立的“自由的智识阶级”，并指出这种非此即彼的观点的非科学性。

（4）在文学与政治关系的问题上，瞿秋白认为，“文艺也永远是，到处是政治的留声机”[⑥]，这也是大多数左翼作家在此问题上所持的观点。而胡秋原在批评民族主义文艺时明确表示“将文艺与政治混为一物，已经表示他们没有谈文艺的

---

① 胡秋原：《关于文艺之阶级性》，《读书月刊》第3卷第5期。

② 胡秋原：《革命文学问题》，《北新》第2卷第12期，第95页。

③ 胡秋原：《阿狗文艺论》，《文化评论》1931年创刊号。

④ 胡秋原：《浪费的论争》，《现代》1932年第2卷第2期，第299页。

⑤ 鲁迅：《革命时代的文学》，出自《鲁迅全集》（第3卷），人民文学出版社1981年版，第423页。

⑥ 易嘉：《文艺的自由和文艺家的不自由》，《现代杂志》1932年第1卷第6期，第789页。

资格"[①]，然而他"不否认文艺与政治意识之结合，但政治主张不可主观地破坏了艺术形式"[②]，同时反对"将艺术堕落到一种政治的留声机"，认为"那是艺术的叛徒"。早在革命文学论争时，麦克昂（郭沫若）就提倡"当一个留声机——这是文艺青年的最好信条"[③]，却遭到李初梨的反对。李初梨以为"当一个留声机，是文艺青年最宜切戒的态度，因为无论你接近那种声音你终归不是那种声音"[④]。而鲁迅在批判钱杏邨的标语口号文学时也批评道："一讲无产阶级文学，便不免归结到斗争文学，一讲斗争，便只能说是最高的政治斗争的一翼。"[⑤]也就是说他们认为只要作品是为无产阶级文学服务的，是提倡革命文学的，那么不管你运用的材料是否正确，你的底气就会十足，因为你取得了文学上的话语霸权。

四、在同时代自由文艺思想发展中所处的位置及其探索方向

在1930年代，胡秋原所宣扬的文艺自由观上承"现代评论派"和以梁实秋为代表的"新月派"所主张的"人性论"，下启林语堂、周作人所倡导的"闲适""幽默"的性灵文学和京派作家所追求人性的永久价值的文学，共同汇聚成一股远离政治的自由主义文学思潮。这股思潮是对革命文学的一种反叛，同时，是对我国古代老庄追求精神自由的回顾，也是对西方自由观的呼应，这是一种关注文学的自身特质，关注文学的审美特性的本真的回归文学自身的文艺思潮。

胡秋原的文艺自由观与同时代的自由主义文艺观相比有其自身的特点。他并非主张绝对的文艺自由。与梁实秋以"人性论"来对抗革命文学的阶级论，否定无产阶级的文学不同，胡秋原并未否定过普罗文学的存在，反而承认其存在的合理性并对其表示同情，并把阶级性作为文学的属性，同时不否认文学与政治意

---

① 胡秋原：《阿狗文艺论》，《文化评论》1931年创刊号。

② 胡秋原：《勿侵略文艺》，《文化评论》1932年第4期。

③ 麦克昂（郭沫若）：《英雄树》，《创造月刊》1928年第1卷第8期，第3页。

④ 李初梨：《怎样地建设革命文学》，《文化批判》1928年第2期。

⑤ 徐匀、鲁迅：《通信》，《语丝周刊》1928年第4卷第34期，第43—44页。

识之结合，但政治主张不可主观地破坏艺术形式，除此之外文学还应有美学的要求和文学自身的特点。而林语堂、周作人的“性灵文学”则是“强调人的‘性灵’——自然本性的自然流露”，这与胡秋原的马克思主义文艺论的唯物主义立场格格不入。

胡秋原从马克思主义的角度来探求文艺发展的方向，这是因为胡秋原接受并研究过马克思主义文艺理论，译介过苏俄马克思主义文论家的著作，自称“马克思主义文艺理论的拥护者”“马克思主义的信徒”，他试图把马克思主义与自由主义结合起来，这可以说是胡秋原的文艺观与其同时代的自由主义文艺思潮的最明显的不同点，也是其最突出的本质特点。而“现代评论派”和“新月派”则是借助西方的自由主义思想资源，真诚地捍卫自由主义的文学原则。与他们不同的是林语堂、周作人等则把眼光转入中国的传统文化，他们更多的是吸取了道家的老庄思想，重视审美，张扬个性，主张“性灵”，倡导“幽默”，鼓吹“闲适”。总之，这可以说是这一时期自由主义文艺思潮探索文艺方向的三条道路。

（原载于《聊城大学学报》2005年第3期）

盟主的气度，历史的高度

——“文艺自由论辩”中鲁迅对胡秋原保持缄默态度原因之探析

徐元绍

1930年代初，胡秋原、苏汶在撰文批判民族主义文艺，宣传其自由主义文艺观的同时，由于流露出对左翼文坛的不满，从而引发了左翼文坛与之论争。此次论争规模巨大，参与人数众多，历时数年之久。左翼文坛把胡秋原视为比民族主义文学“更前锋”的敌人、“文学领域内的社会法西斯蒂”“统治阶级的走狗”，指责他借清算钱杏邨理论之际，“公开地向普罗文学进攻”。而作为左翼盟主的鲁迅却一反常态，在这次论争中保持了低调的态势，只是在论争进行了10个月后写了《论“第三种人”》《又论“第三种人”》，且都是针对苏汶，根本没有涉及胡秋原。其原因何在呢？这是一个值得我们深究的问题。

在“左联”成立后的几次重大文艺论争中，鲁迅都极为关注且积极参与。在批判新月派文艺理论家梁实秋时，他先后写过《文学和出汗》和《“硬译”与文学的阶级性》；在批判民族主义文学时，写过《“民族主义文学”的任务和命运》，并且指出“民族主义文学”是帝国主义的宠犬，是“用一切手段，来压迫无产阶级”，是左翼文学的死敌。可是在《论“第三种人”》中只是模糊地用“在马克思主义里发现了文艺自由论”，算是来影射胡秋原，因为胡秋原的文章中曾提及过“文学与艺术，至死也是自由的，民主的”。这是否是鲁迅为了与左翼诸君取得言论上的一致，而故意做的一种含混的暗示呢，颇令人费解。

一、鲁迅对文学“同路人”的态度

文学“同路人”的称谓最初出现于1920年代的苏联。在1920年代中期传入中国，并广泛流行于1930年代的左翼文坛。这一概念最早见于托洛茨基1923年出版的《文学与革命》一书，并在其第二章“革命的文学‘同路人’”中指出“他们都具有共同的特点，这一特点将他们与共产主义严格区分开来，并使他们随时有与共产主义相对立的危险。他们没有从整体上把握革命，对革命的共产主义目标也感到陌生。他们程度不同地倾向于越过工人的脑袋满怀希望地望着农夫。他们不是无产阶级革命的艺术家，而是无产阶级革命的艺术同路人。”[①] 同时托洛茨基也指出了文学“同路人”的创作实际，“他们在或因唱老调子或因保持沉默而失去作用的资产阶级艺术与暂时还没有的新艺术之间，出现了一种过度的艺术，它与革命有着或多或少的有机联系，但同时又不是革命的艺术”[②]。总之，苏联文学“同路人”在同情无产阶级革命的同时又提倡超越政治，倡导“为艺术而艺术”；接受革命，然而又很不彻底。

在当时被定性为中国文学“同路人”的胡秋原亦申明：“对于真正的革命思想家，我从来就尊敬，对于整个普罗文学运动，也只有无限同情。”[③] 这表明他尊敬革命思想家，同情无产阶级革命。同时亦认为“文学与艺术，至死也是自由的，民主的”，提倡超阶级的艺术自由论；又说“将艺术堕落到一种政治的留声机，那是艺术的叛徒”[④]，倡导文艺要超越政治，政治不可强奸文学，不可干涉文艺，提出“勿侵略文艺”。他自我标榜为“自由人”，属于“自由的智识阶级，站在客观的立场没有党见地爱护真理，说明一切批评一切”[⑤]。这些都表明他爱护革命真理，但又站在革命之外，带有小资产阶级的情绪和幻想，与苏联文学“同路

---

① ［苏联］托洛茨基:《文学与革命》，外国文学出版社1992年版，第42页。

② 同上书，第41页。

③ 胡秋原:《浪费的论争》,《现代杂志》1932年第2卷第2期。

④ 胡秋原:《阿狗文艺论》,《文化评论》1931年创刊号。

⑤ 胡秋原:《真理之檄》,《文化评论》1931年创刊号。

人”的情况相近。

论争中，左翼的“权威”批评家们却指友为敌。瞿秋白斥责胡秋原“用‘大家不准侵略文艺’的假面具，来实行攻击无产阶级的阶级文艺”，“无意中做了伪善的资产阶级的艺术至上派的‘留声机’”①；周扬则指责胡秋原“以口头上拥护马克思主义甚至蓝宁主义，来曲解，强奸，阉割马克思蓝宁主义，以口头上同情中国普罗革命文学，来巧妙地破坏中国普罗革命文学”②，“破坏普罗文学的能动性、革命性，从根本上否认普罗文学的存在，在意识形态领域的文学上解除普罗列塔利亚特的武装”③；冯雪峰更是批驳胡秋原“借清算钱杏邨的错误为名行进攻整个普罗革命文学运动的阴谋”，并且“告诫编者注意胡秋原的狡猾，要在一切人面前暴露他的狡猾”④。他们把作为文学“同路人”代表的胡秋原看作“敌人”，以宗派主义、小团体主义的情绪去批判他。这既孤立了自己，犯了“左”倾关门主义错误，同时也助长了民族主义文学进攻左翼文学的嚣张气焰。

鲁迅与之不同，他接触过托洛茨基的《文学与革命》（日译本），并翻译过该书的第三章《亚·勃洛克》。另外，还大量翻译和译介苏联文学“同路人”的作家作品及苏联文坛“同路人”问题的争论，这些对他全面正确地认识“同路人”问题受益匪浅。他从中国革命和中国文学的具体实际思考革命文学的发展，从而对“同路人”问题取得了较为客观的认识和把握。当胡秋原、苏汶诘问左翼文坛是否要“同路人”时，鲁迅明确回答，“左翼作家并不是从天上掉下来的神兵，或国外杀进来的仇敌，他不但要那同走几步的‘同路人’，还要招诱那些站在路旁看看的看客也来同走呢”。可见，他对“同路人”既有分析，也有判断。认为“同路人”是比较混杂的一群，“有的能和革命前进，共鸣；有的也能乘机将革命中伤，软化，曲解”。⑤

---

① 易嘉（瞿秋白）:《文艺的自由和文学家的不自由》,《现代》1932 年第 6 期。

② 绮影（周扬）:《自由人文艺理论检讨》,《文学月报》1932 年第 5、6 号合刊。

③ 同上。

④ 洛扬（冯雪峰）:《“阿狗文艺”论者的丑脸谱》,《文艺新闻》1932 年第 7 卷第 58 期。

⑤ 鲁迅:《论“第三种人”》,《现代杂志》1932 年第 2 卷第 1 期。

和左翼的“权威”批评家们相比，鲁迅站在历史的高度对文学“同路人”问题的认识更为客观，更为切合实际情况。也正是因为鲁迅对文学“同路人”问题的清醒认识和客观把握，决定了他不会和其他左翼人士一样，盲目地、错误地去批判胡秋原。这也从中体现了鲁迅先生认识问题的深刻性，不盲目附从，而是特立独行，始终保持着自己清醒的状态。

二、对真理的执着守护

左翼文艺批评家把以“马克思主义之拥护”为名义对钱杏邨进行批判的胡秋原视为比民族主义文学“更前锋”的敌人、“文学领域内的社会法西斯蒂”“统治阶级的走狗”，指责他借清算钱杏邨理论之际，“公开地向普罗文学进攻”，是从根本上“否认普罗文学的存在，在意识形态领域的文学上解除普罗列塔利亚特的武装”[①]。与此同时，胡秋原由于批判民族主义文艺是法西斯蒂的文学，是特权者文化上的“前锋”，是最丑陋的警犬。它巡逻思想上的异端，摧残思想的自由，阻碍文艺之自由的创造，因此受到国民党民族主义文艺阵营的攻击。胡秋原虽腹背受敌，但却依然我行我素，执着地倡导着自己的文艺理念。

在“文艺自由论辩”中，胡秋原倡导文艺自由，提出了“自由的文学”“文学的自由”“自由的智识阶级”等文学范畴，形成了较为完整的文艺自由观。其文艺自由观强调文学的独立性与自主性，反对党派政治侵略文艺；强调文学的审美性与审美价值，反对文学的阶级化与政治化；提倡文艺真实论，反对政治意识干涉文艺；倡导文艺多样化，反对中心意识论。与当时左翼文学的理论原则大相径庭，显现出独特的文艺探索路向与价值选择。胡秋原的文艺观虽然有其超阶级的一面，但是也一针见血地直指当时文坛上的一些不利于文艺发展的现象，如公式化、忽视文艺的艺术性倾向，片面夸大文艺的政治性和宣传作用等。

鲁迅正是看到了胡秋原文艺自由论的诸多闪光点，出于对真理的执着守护，

---

① 绮影（周扬）:《自由人文艺理论检讨》,《文学月报》1932 年第 5、6 号合刊。

非但没有正式著文批判胡秋原，反而对左翼部分理论家的谩骂、人身攻击等现象严加批评。他和胡秋原一样，主张持宽容、真实的标准，为纠正当时文艺批评领域的不正之风，维护文艺的健康发展而努力。

在清算钱杏邨之时，胡秋原就客观地批评钱杏邨对茅盾、鲁迅、叶绍钧等一味攻击，同时真实客观地评价茅盾和鲁迅。他强调："鲁迅辛辣地讽刺了攻击中国残余的封建势力，深刻地表现了没落封建社会人士的病态与悲哀，然而，他还是出身于封建社会环境的人，他有中国封建社会智识分子最好的坚强与洁癖，他有深刻的人道主义的精神，他虽然狭，然而深，在这一点上，他接近了俄国文学，也接近了革命。"[①] 他对鲁迅的评价，远比左翼的某些人士要中肯得多。

令鲁迅尴尬的是，自己当年被太阳社和创造社围攻的情景与"文艺自由论辩"中胡秋原的处境非常相似。当年，鲁迅批评"口号标语文学"，左翼批评家称之为"中国的布尔乔亚的作家"，对"普罗列塔里亚文坛的恶意嘲笑"，且冠之以"布尔乔亚汜的看家狗""二重性的反革命人物"和"不得志的法西斯蒂"之名。现在，胡秋原被指责为"破坏中国普罗革命文学"，"破坏普罗文学的能动性，革命性，从根本上否认普罗文学的存在，在意识形态领域的文学上解除普罗列塔利亚特的武装"。

胡秋原的这些罪名并不属实。他在批钱杏邨时，并未彻底否定他，而是肯定他"在中国新文艺批评之初期建设上不能不说也尽了相当的功绩"，他的"这些幼稚，也许是到成长之必经阶段"[②]，这怎能算是进攻普罗文学呢？胡秋原在批民族主义文学时，仅仅提及"普罗文学之盛极而衰"，就被指责为"以反对民族主义文学为名，行反普罗革命文学之实"。胡秋原错就错在不该在批判民族主义文学时，夹带批评普罗革命文学，这使左翼批评家们受不了，似乎左右开弓的理论批判最为革命文艺家所恼火。

再看一下鲁迅的《"硬译"与文学的阶级性》一文，鲁迅在批新月派梁实秋

---

① 胡秋原：《钱杏邨理论之清算与民族文学理论之批评——马克思主义文艺理论之拥护》，《读书杂志》1932 年第 2 卷第 1 期。

② 同上。

的同时，也批判了革命作家成仿吾、钱杏邨。在批判以“无产阶级文学批评家自居的人”时，以嘲笑的口吻点名批判郑伯奇和蒋光慈，该文也是对新月派和太阳社做了左右开弓式的批评。要不是党中央干预，鲁迅还不知要受到什么样的不公正待遇。鲁迅曾经说过：“倘要论文，最好是顾及全篇。”照此看来，胡秋原主要是批判民族主义文学，矛头是指向法西斯民族主义文艺，虽在字里行间透出对左翼文坛的不同意见。这和鲁迅一样，主要矛头指向新月派，但同时指出了革命作家身上存在的类似的问题。当时的陈望道认识到，我们不应把胡秋原等“对于理论或理论家的不满，把理论家向来不切实际不尽职的地方暗暗躲避了不批判”，我们“不要再想仍用警棍主义加棍子主义取胜了”。[①] 这可谓说出了鲁迅想说的话，鲁迅也以实际行动认同了这一点。当“芸生”发表了讽刺胡秋原的诗作《汉奸的供状》，其中“有辱骂，有恐吓，还有无聊的攻击”。鲁迅立即写了一篇《辱骂和恐吓决不是战斗》，严厉批评了其错误，斥责其为“上海流氓的行为”“阿Q式的战法”和“卑劣行为”，这是他对此最好的答复。

三、对普氏理论的共同见识

在马克思主义文艺理论方面，胡秋原师承普列汉诺夫。普氏话语在胡氏文章中随处可见，这亦为其承认普氏在马克思主义文论中的正统地位有关。他引用过伊里支的遗言来证明两者之间的关系，“不真正理解普列汉诺夫，算不得一个真正马克思主义者”。胡秋原的文艺自由观是建立在马克思主义反映论基础上的文艺真实论，主要表现为从社会学的角度来看待文艺，尤其关注文艺与生活的关系。由于受普列汉诺夫文艺反映社会生活“中介理论”的影响，胡秋原认为文艺在反映生活时，不是机械的、直接的，必须经过“阶级心理”“社会心理”等反映论中介范畴来理解这一命题，从而避免了机械地理解文艺与生活的关系，这比左翼主流派机械地将文艺与生活的关系理解为文艺与政治、文艺与阶级的关系的

① 陈雪帆（陈望道）：《关于理论家的任务速写》，《现代》1932年第2卷第1期。

认识要深入得多。

而作为左翼代表的冯雪峰在《“阿狗文艺”论者的丑脸谱》中指责“蒲力汗诺夫的艺术理论中渗进了他的门雪维克的观念论的要素。蒲氏的客观评论是不完全正确的，是含了机械论的唯物论的要素的，蒲氏对阶级斗争的认识是机会主义的，因此他对于艺术文学的阶级性的理解是机械论的，是取了机会主义态度的”，更是指责胡秋原是“蒲力汗诺夫的最坏的歪曲者，最恶劣的引用者，把蒲氏‘戏画化’了”。[①] 瞿秋白则认为普列汉诺夫的艺术理论中“已经包含着客观主义和轻视阶级性的成分，也包含着艺术消极论的萌芽”，并指责胡秋原把“普列汉诺夫的孟塞维克主义发展到最大限度——变成了资产阶级的虚伪的客观主义”。[②]

对普氏，同为左翼阵营的鲁迅与胡秋原有共识。鲁迅称赞普氏是“用马克思主义的锄锹，掘通了文艺领域的第一个”。他不仅翻译过普氏的《艺术论》，而且还在译本序中称普氏“给马克思主义艺术理论放下了基础”“不愧称为建立马克思主义艺术理论社会学底美学底古典的文献”。即使普氏在苏联受到非难，左翼的绝大多数人士都与其划清了界限，且批判其孟什维克思想成分时，鲁迅也没有改变初衷。他清楚地知道列宁称赞普列汉诺夫的书是“国际的一切马克思主义的文献中最为杰出之作”的道理。也正是因为鲁迅看到了普氏理论的诸多闪光点，故此，他既没有随同左翼盲目批判普氏，也没有批判作为普氏弟子的胡秋原。在宗派主义、小团体主义充斥当时文学论坛的环境下，鲁迅的这一特立独行，也体现了其巨大的人格魅力。

四、文论问题上的诸多共鸣

鲁迅没有著文批判胡秋原的重要原因之一，是在文论问题上的诸多共鸣。首先，在文学与政治关系的问题上，“文艺到处是，也永远是政治的留声机”（瞿秋白）的观点，在当时的左翼阵营颇为流行。而胡秋原“不否认文艺与政治意识之

---

① 洛扬（冯雪峰）：《“阿狗文艺”论者的丑脸谱》，《文艺新闻》1932 年第 7 卷第 58 期。

② 易嘉（瞿秋白）：《文艺的自由和文学家的不自由》，《现代》1932 年第 6 期。

结合，但政治主张不可主观地破坏了艺术形式"[1]，同时反对"将艺术堕落到一种政治的留声机"，认为"那是艺术的叛徒"。革命文学论争时，麦克昂（郭沫若）提倡"当一个留声机——这是文艺青年的最好信条"的观点[2]，就遭到李初梨的反对。李初梨以为"当一个留声机，是文艺青年最宜切戒的态度，因为无论你接近那种声音你终归不是那种声音"[3]。鲁迅虽未表态，但后来在批判钱杏邨的标语口号文学时批评道，"一讲无产阶级文学，便不免归结到斗争文学，一讲斗争，便只能说是最高的政治斗争的一翼"[4]，表明他不同意文艺是政治留声机的观点。他始终坚信文学的阶级性，但更强调文学的特殊性。他明确表示："好的文艺作品，向来多是不受别人命令，不顾利害，自然而然地从心中流露的东西。如果先挂起一个题目，做起文章来，那何异于八股？"八股尚且批判，何况要文艺做政治"留声机"乎？鲁迅也认同文艺创作自由，政治和党派势力不应过多干涉文艺。这与胡秋原强调"文学与艺术，至死也是自由的，民主的"是有其相通之处的。

其次，反对片面夸大文艺的社会作用。左翼作家们把文艺当作革命斗争的武器，且以此来改造世界，片面夸大文艺的社会作用。与之不同的是，胡秋原"以为文艺可以改造世界，这是'半部《论语》治天下'的见解，是以为口中念念有词就能置人于死地的原始巫术者"。而鲁迅也承认："一首诗吓不倒孙传芳，一炮就把孙传芳轰走了。自然也有人以为文学于革命是有伟力的，但我个人总觉得怀疑。"[5] 两人都主张要客观地认识文艺宣传的社会功能，反对片面夸大其作用。

最后，反对左翼唯我独尊的态度。胡秋原在《浪费的论争》一文中强调："我绝不反对普罗文学的存在及特权的，只要做得好；而且知道虽然还年轻，也是不可避免的；不过正因为如此，就不必那么趾高气扬，仿佛上天下地，唯我独

---

① 胡秋原：《勿侵略文艺》，《文化评论》1932 年第 4 期。

② 麦克昂（郭沫若）：《英雄树》，《创造月刊》1928 年第 1 期。

③ 李初梨：《怎样地建设革命文学》，《文化批判》1928 年第 2 期。

④ 徐匀、鲁迅：《通信》，《语丝》1928 年第 4 卷第 34 期。

⑤ 鲁迅：《革命时代的文学》，出自《鲁迅全集》（第 3 卷），人民文学出版社 1981 年版，第 423 页。

尊了。”鲁迅也指责提倡无产阶级文学革命的人“像演戏似的指着自己的鼻子道‘唯我是无产阶级！’”对左翼作家指友为敌，排斥文学“同路人”的做法，则指责他们犯有宗派主义、小团体主义以及“左”倾关门主义的错误。

综上所述，在1930年代初的这次重大的“文艺自由论辩”中，鲁迅对胡秋原保持了缄默态度，没有正式著文批判。从鲁迅对文学“同路人”的态度，对真理的执着守护以及两人对普氏理论的共同见识和文论问题上的诸多共鸣等几个方面，我们能够做出一些推测。从这些推测中，我们在重新正确认识和评价“自由人”胡秋原的文艺观，从而对胡秋原在现代文学史上的历史价值与地位有一个客观定位的同时，或许可以更多地了解鲁迅当时的心态，深入认识其文艺观，从中亦可感受到鲁迅先生的人格魅力。鲁迅在文艺批评领域所表现出来的非凡的气度和历史的高度，对于当下的文艺批评界，也仍有重大的现实意义。

（原载于《山东教育学院学报》2007年第4期）

青岛四年对梁实秋的意义

刘　香

梁实秋是中国现代文学史上的一个独特存在。他师承欧文·白璧德新人文主义文学思想，追求自由平等、理性常态的人性化文学理论。但在 1930 年代初这显然是一种超越于时代的理论主张，不可能为救亡图存的时代思潮所认可。因此苦闷中的梁实秋坚决离开政治文化中心上海，选择去国立青岛大学任教，从学理上讲它代表了作家深层的思想倾向和文化取向，甚至在某种意义上还代表了 1930 年代中国一部分自由主义知识分子的文化选择趋向。但本文主要侧重探讨青岛四年对梁实秋的人生和学术生命有着怎样重要的意义和影响。

一

1930 年的青岛成为梁实秋走出上海自由论争尴尬处境的庇护所。从 1927 年开始，上海就成为新月派知识分子们的栖息地，他们不甘心依附北洋军阀而没落，更不想和风起云涌的革命大潮为伍，所以上海就成为他们观察中国政治风云变化的最佳选择地。他们在此谈论中国的现状和出路等政治问题，就是想在那种激烈斗争的形势下形成一股维护自己的力量，能够提出并实现自己的政治主张和文学主张。于是打着“人权”“自由”旗帜的《新月》月刊就成为他们的思想阵地。虽然梁实秋多次否认与新月派的关系，但就是这位年轻人责无旁贷地成为新月派的理论家。

梁实秋的理论主张与中国社会以及中国文学的发展趋向是不和谐的。他打着“争自由”的旗帜，反对国民党的思想专制，认为思想无法统一，也不需要统一。反对“三民主义文学”的主张，呼吁文学的“自由发展”，当然他不会受到国民党当局的喜欢。“梁氏秉承新人文主义，认为文学的大道在理性的节制与人性的常态，一位作家如果不能全面观察人生，即失之于偏激，亦即浪漫。也因此，他认为革命文学与普罗文学都以偏概全，昧于常态，终于和左翼作家短兵相接，卷入了有名的鲁梁论战。”[①] 他攻击中国左翼思想是抄袭俄国的文艺政策：“俄国共产党颁布的文艺政策，里面并没有什么理论的根据，只是几种卑下的心理之显明的表现而已：一种是暴虐，以政治的手段来剥夺作者的思想自由；一种是愚蠢，以政治的手段来求文艺的清一色。”[②] 这样的论断和主张直接将梁实秋推到左翼力量的敌对方。而 1930 年代的左翼文学运动几乎成为当时唯一的文学运动（鲁迅语），那么坚持“自由主义”的梁实秋在此以“保守”对激进，坚持用自由主义作为捍卫文学的“武器”，在阶级斗争激烈的时代，可以想象梁实秋声音的微弱无力，当然梁氏的失意也是从他选择自由主义的那一刻起就注定了的。我们知道，1930 年代的左翼力量是在履行救国救民的历史使命，那么如果顽固地抓住左翼思潮的不成熟和不合理之处，并从文学的本性出发去讨论文学发展趋势的话，就很可能不会有喜剧的命运。

梁实秋曾抱怨他在新月派里是孤军奋战，他的思想也不能代表新月派的思想。“我是独力作战，新月的朋友并没有一个人挺身出来支持我，《新月》杂志上除了我写的文字之外没有一篇文字接触到普罗文学。”[③] 他在《新月》月刊上发表了 40 余篇理论文章，又在新月书店出版了好几本文艺批评论著，可以说已形成了自己比较系统的文艺观。当时左翼作家批判新月派的文艺理论，也主要就是针对梁实秋一个人的。在他们看来，梁实秋崇尚的自由主义是很不现实的东西，于社会进步是无益的，是与建立现代国家的当前要求相矛盾的。这也正暴露了中国

① 余光中：《金灿灿的秋收（代序）》，出自徐静波《梁实秋批评文集》，珠海出版社 1998 年版，第 4 页。

② 梁实秋：《所谓“文艺政策者”》，出自《偏见集》，上海书店 1988 年版，第 74 页。

③ 梁实秋：《忆〈新月〉》，出自《梁实秋自传》，江苏文艺出版社 1996 年版，第 144 页。

自由主义思潮与生俱来的弱点，自由主义思潮与建立现代国家应该是同步进行的，而在中国尤其是“五四”以后，自由主义的发展要求与建立现代国家却是错位的，这也是最终导致中国自由主义失败的根本原因之一。

但梁实秋却想在20世纪20～30年代的中国将自由主义思想移植到中国来，企望树立像西方那样科学理性的精神，培养中国知识分子自由独立的人格精神，建立平等、民主的社会基础，以实现自由主义文学在中国的现代化建构。可想而知，在1930年代初这些主张与左翼等力量出现斗争与矛盾是不可避免的。梁实秋其处境之尴尬、思想之痛苦是可以想见的，他不得不面临着艰难的选择。在阶级矛盾和民族矛盾空前激化的1930年代，大到国家社会，小到个体有谁会去在乎个性的自由和文学的自由？五四新文化、新文学运动正是伴随着强烈的民族危机意识而发生的。既要维护民族生存以图祖国自强，又要促进文学解放以实现文学的现代化要求，对自由主义知识分子梁实秋而言，实在是强人所难。当文学的现代化建构还处于设想阶段来不及实施的时候，很容易被社会革命和民族救亡的风暴所淹没，或者说现代性的实现过程只能以“反现代性”的方式来进行。西方文化民主、平等精神的教育，培养了梁实秋对独立人格的追求，把个性自由、个性解放、个人尊严视为基本的人权加以捍卫，使他不依附于任何政治势力，坚持独立的价值判断和理想追求，独立地表达自己的政治主张和文学主张，凭着自己的良知和社会责任感对社会现实进行批判，顽强地维护着文学的独立与尊严。

梁实秋对中国自由主义文学现代化建构的努力，实际上成了个人化的呐喊。他说：“文学家永远不失掉他的独立。在革命期中的文学家作品，往往隐示着民间的苦痛，讽刺着时代的虚伪，这并不是文学家衔着民众的谕旨，也不是文学家自动的要完成他对于民众的使命。文学家不接受任谁的命令除了他自己的内心的命令；文学家没有任何使命，除了他自己内心对于真善美的要求使命。故此在革命期中，如在常态期中一样，文学家不仅仅是群众的一员，他还是天才，他还是领袖者，他还是不失掉他的个性。”[①] 他还说：“好的作品永远是少数人的专利品，

① 梁实秋：《文学与革命》，出自《偏见集》，上海书店1988年版，第8页。

大多数永远是蠢的，永远是与文学无缘的。”[①] 这种充满贵族色彩的自由思想，显然地将自己摆到与无产阶级对立面的位置上去，那么遭受国民党压制与无产阶级革命的双重夹击也就在所难免了。他反对文学成为政治的工具，认为无产阶级文学“错误在把文学当作阶级争斗的工具而否认其本身的价值”[②]。在当时风云际会的时代背景下，梁实秋的这种文学观，是不会被社会接受和容忍的。梁实秋及其文学思想不可避免地被历史推到了尴尬的位置。

梁实秋对其文学自由和文学理想的执着坚守引发了他无尽的痛苦。心力交瘁的梁实秋已经不能继续承受来自各方面的压力，必须尽快做出新的选择，离开上海这个令他痛苦不堪的尴尬之地。此时，国立青岛大学杨振声校长的聘请恰好给了他一个很好的台阶，清静的海滨小城成为他躲避“自由”之苦的临时庇护所。梁实秋带着一身的疲惫和失落，也带着对新生活的希望和憧憬开始了国立青岛大学时期的生活。换句话说，是 1930 年代初的青岛使梁实秋那颗热热闹闹追求自由主义的心灵暂时找到了栖息的精神家园。甚至可以说，梁实秋轰轰烈烈的自由主义主张在这座不起眼的海滨小城得到了一个喘息和沉淀的机会。在此，梁实秋不仅可以暂时忘却处于中心时的焦灼与无奈，更重要的是，青岛还让他能够静下心去梳理自己的所作所为、所思所想，从而为以后的去向重新做一番设计。由此我们说，青岛对于梁实秋一生的思想发展进程都有着不寻常的意义。

二

如果说梁实秋选择国立青岛大学的举动有被动逃避的意味，那么他在青岛大学这四年里所进行的教学、翻译及其一系列的学术活动，则具有重新进行自我设计的主动意义。这段看似平静的生活，不仅历练了梁实秋的性格，更重要的是为其以后的思想主张和文学发展去向做了充分准备。这可以说是梁实秋在青岛四年

---

① 梁实秋:《文学是有阶级性的吗？》，出自《偏见集》，上海书店 1988 年版，第 24—25 页。

② 同上书，第 22 页。

的最大收获。

青岛这座远离政治文化中心的城市，一开始就以其宜人景色和人文魅力深深吸引了梁实秋。这座新兴的工商业城市，刚刚摆脱德国人的殖民统治，是处于民国政治和文化边缘的“荒岛”。正由于它地理位置的特殊性，又处于北京上海两个文化中心之间，再加上优美的自然环境和气候条件，因而它为1930年代初一批自由主义知识分子所青睐。宁静的文化氛围，再加上国立青岛大学是一座正处于筹建和上升期的大学，人事关系比较简单，校长开明，高朋满堂，对梁实秋更具有吸引力。于是，他潜心读起了书，做起了研究工作，思想与创作表现出明显的名士风范。这是他名士生活的第一次尝试。

然而，这时期的梁实秋真的甘心情愿地做起了名士梦了吗？事实并非如此。这段时期梁实秋的思想是处于一种酝酿和沉淀状态，暂时的躲避自由意味着更大程度和更大范围的爆发，一旦环境条件许可，这种沉潜积累的力量便会以更大的能量释放出来。

幸福平静的生活，得心应手的工作使得他暂时忘记了文学论争的烦闷，沪上生活的喧嚣与不愉快也可以暂时抛诸脑后。梁实秋此刻的心表面上已变得越来越沉静了。这段时间，梁实秋一再地表现出对时局的淡漠和无所谓，但他内心的狂澜是掩饰不了的。国立青岛大学的学生曾问到梁实秋与鲁迅笔战的事，他笑了笑，写下了“鲁迅与牛”四个大字。他把自己比喻为牛，这是十分恰当的。对纯文学和自由主义文学的执着精神就是“牛”的精神，也是一种默默耕耘、倔强执着、甘于奉献的精神。透过这件事可以看出梁实秋的心和热情并没有完全熄灭，他只不过暂时选择了沉默的方式而已。他的坚守、倔强，他对文学自由的主张只是暂时沉寂到了内心深处而已。梁实秋表面的心如止水并不能完全取代他内心澎湃的情感波澜。

当时在国立青岛大学还发生了一件事，或许会帮助我们了解当时梁实秋真实的内心世界。学校闹学潮时，有学生在黑板上画了一只乌龟和一只兔子，并写道：“闻一多和梁实秋。”闻一多严肃地问梁实秋：“哪一个是我？”梁实秋的回答是，“任你选择。”[①] 这里表现出的虽是一种傲然独立、一切无谓的君子风度，却反映出梁实秋对过去峥嵘岁月的嘲弄，同时也透露出此时他的洒脱只是装出来的。其实在他的内心，依然关注着自由主义，那份执着与不懈追求是无法用言语表达的。

在青岛的这几年，梁实秋尽职地做着一名教师。他在外文系开设了《英文》《欧洲文学史》《莎士比亚》《英国文学史》等课程，还有其他系的公共基础课《英语》。他上课的时候很有特点，始终温和有礼，颇具谦谦君子之风，再加上他的智慧与谐趣往往令课堂气氛在轻松中洋溢着浓烈的自由情绪。从教书生活中，他获得了学生的尊敬和爱戴。1934 年春，胡适来信邀他去北京大学任教时，学生们听说以后曾联名上书，挽留梁实秋，并致函北大校长：“敝系经梁实秋先生主持开办，同学夙受陶冶，爱戴正殷……群情迫遑。北平素为文化区域，人才较多，至希鉴谅，另行延聘，以慰渴望。”同时更重要的是，教书带给了梁实秋稳定的高收入和安稳的生活，正是在这种安稳的生活现状里，梁实秋的心似乎完全沉入了平凡的喜悦之中，像青岛的海一样变得广阔无边起来。1932 年，国立青岛大学改名为国立山东大学。杨振声、闻一多等好友都相继离去，只有梁实秋留下来继续任教。依当时的情景来看，梁实秋是打算在青岛长住的。不然的话，他也不可能在青岛死心塌地地铺开 40 册《莎士比亚》全集的翻译工作。历经 37 年的漫漫长路，到 1967 年翻译结束时，梁实秋也成为中国文学史上个人独立完成全部莎翁巨著翻译的第一人。因此国立青岛 / 山东大学对梁实秋来说有特殊的纪念意义，青岛是成就他闻名世界的翻译家美名的滥觞之地。

时任国立青岛大学外文系主任的梁实秋还兼任学校图书馆馆长。他一上任就主持成立了国立青岛大学图书委员会，闻一多、赵太侔等均是委员。他亲自到上海为图书馆选购图书，并在当时出版的每周四开四版的大学周报上增出四开两版的《图书馆增刊》，内容包括：馆藏新书目录和介绍；借书制度；图书馆学、目录学文章；图书评介等。作为图书馆专业周刊，不仅在大学罕见，在社会上也是

① 臧克家：《悲愤满怀苦吟诗》，《新文学史料》1980 年第 3 期。

唯一的。由于翻译莎士比亚著作，图书馆收藏的莎翁著作也最多，中文的、外文的各种版本都有，且有许多珍藏本入藏，该图书馆也因此名扬全国。

同样是执着和严谨成就了梁实秋这位中国文学史上著名的翻译家。除了广泛搜集资料外，在版本选择上他本着“以存其真”的原则，因为“我选择的标准是不注意其注解部分是否丰富，因为我要参考一切可能到手的编书，所以哪一本注解较多对我不发生影响，我要注意的乃是莎士比亚的原文”，“我翻译莎士比亚，旨在引起读者对原文的兴趣”。[①]“既缺图书，又无稿费可言，以一人之力，在不长时间里完此译事，是由于什么动力？我想，首要的是天才的驱使。……译莎对他肯定是乐趣也是动力，境遇不佳而境界极高。”[②]此外，在青岛时期，梁实秋除了着手翻译莎士比亚以外，还抽空翻译了《西塞罗文录》以及英国作家乔治·爱略特（梁氏的译名是伊利奥特）的名著《织工马南传》，由上海商务印书馆于1932年1月出版发行。《新月》月刊对梁译《织工马南传》的评语是“译笔忠实流畅，一无硬译的痕迹”。我们这里不去评价梁实秋翻译活动的历史成就，只要理性地思考一下为什么此刻的梁实秋能够去做这样一件艰苦乏味的工作呢？除了自己专业特长以外，离开中心上海来到边缘青岛的失落应是更容易说得通的理由。既然追求自由的梦想遭到了挫折，当前最明智的选择是暂时过起较为隐逸的所谓名士生活。翻译莎士比亚全集这种纯文学领域的活动是触及不到某些人的敏感神经的，这既是无奈又不失为一种合时宜的选择，此时的梁实秋似乎比以前“聪明”了许多。这在一定程度上也代表了当时中国一部分文化自由主义知识分子的无奈选择，当他们通过舆论干预政治遭到失败的时候，他们面临着两种选择，要么心甘情愿被政治同化，完全走上政治立场，成为左翼或国民党的代言人（这类例证很多）；要么就是选择归隐、沉潜，完全沉入学术自由主义的立场，用学术研究来填补内心的空白和精神的痛苦。此时梁实秋的选择情形就属于后者。当然，“在现代中国文坛，自由主义作家并非是完整全面坚持和宣传自由主义的所有原则的宣传家，也并非视文学为宣传自由主义的全部教义的工具。自

---

① 柯飞:《梁实秋谈翻译莎士比亚》,《外语教学与研究》1988年第1期。

② 许国璋:《〈梁实秋谈翻译莎士比亚〉按》,《外语教学与研究》1988年第1期。

由主义作家往往不把文学当‘宣传’工具，他们强调的是自由主义的文化、文学活动。有的作家对自由主义政治有强烈向往，更多的是对自由主义的精髓——个人自由的追求，而且还体现着文学自由的精神，包括自由创造文学艺术、充分发挥创作个性的态度、独立的写作立场等等。”① 四年青岛生活，不仅使梁实秋的精神得到了放松和陶冶，最重要的是经过这段时间的沉潜，梁实秋的思想变得日益成熟。

三

在青岛生活了四年之后，梁实秋再一次做出了新的抉择：从边缘青岛再次回到文化中心北京去守护自由。很显然这个选择的前途异常艰难，但其文化意义是重大的。正是因为有了青岛这段生活的历练，梁实秋才能够从当初那个狂热固执追求自由的卫士成长为能够重新冷静面对残酷现实的勇士。梁实秋这个选择是经过深思熟虑、心甘情愿、义无反顾的，因为经过了四年的锤炼和沉淀，他那颗追求自由的心更加成熟和坚定了。

尽管1934年的青岛，风光依然迷人，学术环境依然安静，却再也不能够继续挽留住梁实秋。尽管他在青岛幽静的环境里尝试着名士生活，埋头于与世无争的翻译工作，但他那颗沉寂了四年的心终于再也不甘心平淡下去。20世纪中国现代文学史上的知识分子大都面临着不停的选择，1934年的梁实秋也未能例外。对文学自由的理想坚守的热情一直在他内心激荡着，因此他必须回到政治和文化的中心才能够切实实现追求自由平等的梦想。1934年，梁实秋又回到了母校水木清华，从边缘再次回归了中心。梁实秋在国立青岛大学期间，就为天津的《益世报》编辑《文艺周刊》，每期编好后，邮寄天津。也就是说在青岛的时候，他并没有完全放弃自己的梦想，他埋首翻译的时候并没有忘记外界的喧嚣。所以回到中心之后，立刻开展了一系列的活动，比如1935年编辑《自由评论》等，直

---

① 刘川鄂：《中国自由主义思潮与自由主义文学》，《中国现代文学研究丛刊》1998年第3期。

到 1937 年提出著名的“与抗战无关论”，使他再一次成为风口浪尖上的不合时宜的风流人物。

尽管是因为恩师胡适的热情相邀，再加上其父希望看到儿子在身边的愿望使然，或者还因为此时国立山东大学的学术环境已经不再单纯，这一切的一切都可以成为梁实秋离开青岛的原因，但笔者认为影响梁实秋做出最后选择的原因，依然是沉淀在他内心深处的对文学自由的坚守。否则的话，便无法解释他再次放弃平静安逸的生活，重新投入文学和政治论争的举动。可以说只有内心对于文学理想的执着与坚守才能够让他敢于和勇于冒险，不甘于沉默，无论将重新面对怎样的艰难，他都不会放弃对自由理想的追求。一直以来，中国的自由主义只是救国的手段，中国引进自由主义并不是为了解放个人，而只是为了达到建立现代国家的目的，在中国自由主义者的内心深处都难免有民族主义情绪，梁实秋也不例外。他一直在追求着自己文学自由的梦想，却又不能像沈从文等人那样完全沉入学术自由主义的境界，其内心是不甘于平静的，一直激荡在心头的矛盾与痛苦，燃烧着他，驱赶着他必须重新回到中心，回到社会斗争的历史大舞台上，这才能实现自己的抱负和梦想。梁实秋的这个选择，在一定程度上也代表了 1930 年代中国一部分自由主义知识分子真实的内心矛盾与痛苦。

重新回归中心，是梁实秋的必然选择。从这个意义上说，青岛四年只是梁实秋作为自由主义知识分子的休整时期。但也正因为经历过这样一段时间的休整，才使梁实秋能够重新认清现实和面对现实，重新踏上追求自由的漫漫征程。梁实秋在青岛四年的前后变化，恰恰代表了中国自由主义知识分子的内心真实——想超脱终又不甘心的精神矛盾。现代中国的自由知识分子常常标榜出世，其实，要么是一种以退为进的策略，要么像梁实秋那样是重新入世的积累和准备。

（原载于《山东师范大学学报》2005 年第 2 期）

中国“维特热”与1920年代文化市场

刘　香

一

郭沫若翻译的歌德小说《少年维特之烦恼》（以下简称《维特》），1922年4月由上海泰东图书局初版。这是歌德的重要著作在我国的第一个全译本。此书出版之后立即风靡读书界，掀起了一场旷日持久的“维特热”。继郭译《维特》之后，其他人也纷纷翻译《维特》，相继出版了多种译本，但仍以郭译本流传最广，最受欢迎。据不完全统计，1922～1932年10年间，郭译《维特》由不同出版社重印50次以上。以一部外国文学作品在我国流传之广、影响之大和重印重译次数之多论，《维特》是无与伦比的。

中国的“维特热”是中国文化市场初创时期的一个奇迹。研究郭沫若怎样翻译《维特》与郭译本如何契合了读者的阅读期待和接受心理，有利于我们深入地认识1920年代中国文化市场及其发展规律。

文化市场除了要遵循一般市场的价值规律以外，还必然有它的特殊性，这种特殊性主要表现在两个方面：一方面，经营者所经营的是对象化的精神产品，商品的质量取决于商品的思想内容和艺术成就；另一方面，消费者购买文化商品或参与文化活动的目的，不是为了物质生活和生产的需要，而是为了满足精神享受的需要。如此看来，找到的买方和卖方的最佳契合点越多，文化市场就越繁荣。中国1920年代的文化市场尚不成熟，仅处于雏形阶段。但是1920年代的郭沫若却以其独特敏锐的眼光，热情洋溢的活力，细腻温润的感悟力，真诚坦率的人格，辛勤艰苦的劳动为文化市场的发展做出了独特的贡献。

文学作为一种特殊的商品，它也是由生产、流通和消费三个要素构成的。就生产而言，它的主体是作家的创作；就流通而言，它的主体是出版商的经营操作；就消费而言，它的主体是读者的阅读。正如一切商品的命运最终取决于消费一样，文学能否发展、能否盛行，取决于读者的阅读需求。“广大的读者，他们虽然不能把自己的意志强加给作家，但正是在他们中间，作家的作品通过阅读”而得以“流传出来”。[①] 因此，任何一个作家都不能真正无视读者的存在，对于翻译家更是如此，翻译的作品只有迎合了读者的阅读心理，引起了读者的阅读兴趣，才能在市场上寻找到卖点，从而打开销路，进而实现商品的实用价值。总之一句话，读者才是文化市场真正的上帝。读者的阅读兴趣受内因和外因等多种因素的共同影响，并且直接决定文化市场的兴衰成败。

二

社会文化心理主要是受时代背景、社会发展、思潮运动的共同作用而形成的一种趋势化的方向或者模式，“是含有历史的普遍性的那些特征”[②]。它是左右人们的审美观念、思维方式、阅读兴趣等的主要因素之一。每个时代有每个时代不同的文化心理和文化意识。读者的阅读需求是直接受其制约的。“因为，尽管我们对许多问题漠不关心，但是一个老的，也是永恒的问题是否仍然，或者再一次摆在我们面前，归根到底总是由当前条件下产生的兴趣来决定的。”[③] 而 1920 年代，对中国来说是一段极特殊的岁月，经历了震惊世界的五四运动的高潮期和落

---

① 罗贝尔·埃斯卡尔皮:《文学社会学》，符锦勇译，上海译文出版社 1988 年版，第 132 页。

② 沃迪卡:《文学作品的反响史》，出自刘小枫选编《接受美学译文集》，生活·读书·新知三联书店 1989 年版，第 227 页。

③ 姚斯:《提出挑战的文学史》，出自刘小枫选编《接受美学译文集》，生活·读书·新知三联书店 1989 年版，第 235 页。

潮期。潮涨潮落，辗转反复，轰轰烈烈，奔涌激荡，命运在正常和无常的交替变化中艰难行进着。谁能扼住它的咽喉，谁就是它的宠儿。

郭沫若无疑是这个时代的宠儿，与现代新诗奠基之作《女神》一样，他翻译的《维特》同样赢得了读者的青睐，获得了成功。中国的文化市场也形成了一股规模空前的"维特热"。郭沫若为什么选择歌德的作品作为自己翻译的对象呢？主要是《维特》正好契合了当时条件下中国人的社会文化心理，从而寻找到最佳的卖点，为"维特热"的形成找到了普遍性的支持。歌德当年在分析《维特》之所以引起巨大震动时所说："这主要是因为它恰在适当的时候出版，正如只需一点的火药线来爆炸一个埋藏着猛烈的炸药的地雷坑那样，当时的青年界已埋藏有厌世观的炸药，故这本小册子在读者大众前所引起的爆炸更为猛烈。而各个青年既已有着满怀的过奢的要求，不能满足的热情和虚拟的苦恼，一触即发，故这小说所引起的激动更大。"①

《维特》出版于1774年，欧洲正处在从封建制度向资本主义制度过渡的转折时期。经过文艺复兴、宗教改革和启蒙运动，新兴市民阶级已经觉醒，青年一代更是感情激荡，强烈渴望打破等级界限，建立符合自然的社会秩序和平等的人与人的关系。他们提出"个性解放"和"感情自由"等口号以反对封建思想束缚。而面对着黑暗腐朽的社会现实，心怀无从实现的理想，年青软弱的资产阶级中普遍滋生出悲观失望、愤懑伤感的情绪，一时间伤感多愁竟成为一种时髦。在这种氛围下产生的《维特》，不只述说出了年青的资产阶级们的理想，揭示了它与社会现实的矛盾，并让多愁善感、愤世嫉俗的主人公为这理想的破灭而悲伤哭泣，愤而自杀，以示抗议。这让当时的青年一代在《维特》中照见了自己的影子，并狂热地爱起它来。

此番情景与当时中国五四时代的现实是极其相似的。两千多年的封建思想牢牢束缚着人的头脑，但是五四运动的时代精神又明确反抗现存社会，召唤着诱人的民主、科学和光明，于是每个人的心中都经历着一场空前的震荡。"维特"这

---

① 歌德：《歌德自传》，人民文学出版社1983年版，第625—626页。

一形象代表了当时社会觉醒的青年一代，迫切要求从封建桎梏下解放出来，还原自我，回归自然。而且这部作品显现出了狂飙突进运动的精神，如对自然的热情描绘和歌颂，对纯朴的农民和天真的儿童的激切赞美，对个人聪明才智的颂扬，对周围鄙陋环境的唾弃等。郭译本《维特》通篇洋溢着汪洋恣肆的主观抒情气氛，带有浓厚的伤感色彩和情绪。郭沫若作为一个至情至性的人，他将著者和主人公的思想感情都传达得淋漓尽致。虽然译者在《序引》里强调的是“性苦闷”，却比当时文化市场上畅销的鸳鸯蝴蝶派风花雪月的故事，要清新自然纯朴得多。这正好吻合了当时的时代气息和一部分读者的心境，从而引起了读者强烈的阅读兴趣。因此郭沫若翻译的歌德的《维特》在当时的中国产生空前影响并不是偶然的，正好适应和引导了人们的思想走向。

文学既是民族的，又是世界的。相似的时代背景，相近的社会状况影响下形成的相通的接受心理，使得郭沫若翻译的《维特》在中国也是风靡读者群，在当时的文化市场上纵横驰骋。这除了归功于郭沫若翻译本身所起的作用外，还与他选择了与时代和自己的思想相契合的作家作品，选择了能引起读者共鸣并得到启示的作品是分不开的。“而其中犹以‘狂飙突进’的德国文学精神特别契合了这群弱国子民郁积的多重愤怒和内蕴的浪漫气质。”[①] 小说主人公狂热地追求个性解放的性格，格外赢得读者的同情。当年泰东图书局门前曾无数次排满了等候买书的读者，书的销售量空前高涨。那时许多青少年读者都从读《维特》而对郭沫若留下了深刻的印象。因此，不仅郭译本《维特》影响甚至教育启发了大批读者，而且更重要的是“维特热”留给我们的启示，即翻译文学作品要想引起读者的阅读兴趣，在文化市场上寻找到卖点，首先必须契合当前条件下社会阅读群体的文化心理。只有如此，作为特殊商品的文学作品才能在文化市场上最大限度地实现其使用价值，从而推动文学乃至相应思潮和运动的发展。郭译本《维特》“狂飙突进”的文学精神及其内蕴的“维特”的人格魅力激起了有如此文化心理准备的一代中国青年读者们强烈的阅读兴趣，从而形成了经久不息的“维特热”，既激

① 魏建:《创造与选择》，百花文艺出版社 1995 年版，第 127 页。

活了 1920 年代的文化市场，又为 1920 年代的文学启蒙运动起了巨大的推波助澜作用，其意义是不容低估的。

三

读者在文化市场上的消费，一定要获得精神享受即满足他们一定的精神需求，亦即读者力图通过阅读接受文学作品而得以精神愉悦、心灵畅快并从而使精神自由、轻松和获得心理平衡、协调。这就要求翻译者一定要有敏锐的眼光，选择的翻译作品一定要能使读者从中找到心理安慰，得到精神愉悦，作为创造社主将的郭沫若无疑是一个敏锐的翻译家。郭译本《维特》正满足了读者们这样的心理要求。译者对主人公的恋爱、相思心理的把握和分析都异常细腻和准确，把一个恋爱中的少年的苦闷、彷徨、忧郁写得令人心碎。因此《维特》得到了广大读者的认同。当时的人们只要去读一读《维特》，他的精神和心理都会得到莫大的安慰和补偿。当时的青年读者能够如饥似渴地读着《维特》，能够感同身受着他的悲戚命运，甚至让他们由维特想起自己许多相似的心事和往事。所有这一切的实现还在于郭沫若能够准确及时地将《维特》译介到中国来，否则的话，一切都无从谈起。有读者发表的信中说："我仿佛觉得维特就站在我的面前，从他忧愁的面容里，我看出了他的苦闷和烦恼，从他的思想流露，我看出了他对人类至洁至纯的感情的憧憬和向往……"

阅读小说，"本来人们只注意情节题材"①。这本小说，以一个现实的题材，倾诉了久埋在一代青年人心底的苦闷和窒息的感情，因而格外受到青年读者的青睐。而五四时代的"一个重大而且急迫的社会和道德问题"，正如宗白华在《三叶集》序中讲的"婚姻问题"即"自由恋爱问题"，反对包办婚姻，已成为当时一代青年追求个性解放，反抗封建束缚的重要内容。正因此，《维特》这部以主人公的不幸恋爱遭遇为情节主线的小说引起了他们极大的阅读兴趣，并给了他们

① 歌德:《歌德自传（下）》，人民文学出版社 1983 年版，第 625—626 页。

心理上的安慰和补偿。据说，当时有不少的青年，在读了《维特》之后，为了反抗包办婚姻，也选择了自杀。当然我们并不希望看到这样的安慰与补偿，正像歌德在 1775 年再版《维特》时的题诗：

> 可爱的读者哟，你哭他，你爱他，
> 请从非毁之前救起他的声名，
> 你看呀，他出穴的精灵正在向你耳语：
> 请做个堂堂的男子罢，不要步我后尘。
> （郭译）

我们只是可以用这些事例来证明《维特》在当时是多么地深入人心，在读者心目中起到多么不可取代的补偿和平衡作用。

茅盾也把早出版 10 年的郭译本《维特》巧妙地写进了长篇小说《子夜》里，可见《维特》当时影响之深之广。小说是为了刻画吴少奶奶林佩瑶与丈夫吴荪甫貌合神离、同床异梦的婚姻关系而写到《维特》的。吴少奶奶从前的恋人雷鸣借到吴公馆吊唁单独来到她的房间，交给她一本破旧的书《少年维特之烦恼》，在揭开的书页上有一朵枯萎的白玫瑰！这正是 5 年前，学生时代的林佩瑶送给雷鸣的定情物。在此我们不仅可以看出流行于我国 1920 年代青年男女中的“维特热”热到何种程度，而且还可以使读者了解到女主人公的过去和现在，了解她与吴荪甫是怎样一种婚姻关系。林佩瑶的妹妹林佩珊如果遵照姐夫的意志嫁给了她不爱的杜学诗而不能嫁给她爱的范博文，那就将“结婚的是这一个，心里想的又是别一个，——啊，啊，这是多么讨厌的事呀！”林佩珊的话道出了中国的“绿蒂”们的苦衷，吴少奶奶从她反复读的《维特》中领略到的也是同一个意思，只不过原书中表达的方式要含蓄委婉得多，富有诗意得多。《维特》在小说中反复出现，丰富了小说的意蕴和情致，可谓妙笔生花。吴少奶奶的悲剧和绿蒂的悲剧是何等相似，所以她对这本书怀着深深的感情，伤感悲戚的心也许只能从这本书中得到些许的安慰吧！

可见，翻译文学作品除了要契合接受群的社会文化心理，能够使读者从中得到心理安慰和补偿也是至关重要的。郭译本《维特》无论在情节发展还是人物行动方面都能想读者之所想，讲读者之想讲，行读者之愿行。因而读者内隐的心理意识在读《维特》的过程中得到了发泄的绝好机会，其精神需求也得到安慰和满足。这样一本如此契合读者阅读心理的译书，怎可能从读者的眼底逃过呢？因此，“维特热”现象的形成也是在所难免的。

四

当读者阅读一部文学作品时，他会从封面文字及装帧设计、内容简介等方面得到一定的信息，并根据自己以往的阅读经验，生活经历等设想作品和人物情节，也就是说此时读者已经在心里产生了某种阅读期待，希望通过阅读或学到知识，或获得心理安慰，或从中得到娱乐。西方解释哲学曾说：“只有当读者将他的体验、理解，他的生活积累他的整个心灵世界，一起投入作品中去，作品才获得生命。”即作品只有受到读者发自内心的真切欣赏和欢迎时，才能获得生命。而郭译本《维特》正是这样一部满足了读者期待心理的作品。一是作品本身内容的充实性，也就是说《维特》所传达的信息能充分满足阅读者的心理需要。二是作品内容的可读性，也就是说《维特》让读者阅读起来兴趣盎然不易疲倦。《维特》本身充满浓郁的诗意，是一首优雅凄婉的叙事诗，是一本“散文诗集”。而郭沫若的神奇译笔也让读者领略到了原著那神奇美妙的诗意。作为诗人的郭沫若惯用排比句和双声叠韵词，通篇用意识流化的抒情笔调，语言华美忧伤又不失风趣幽默，令人读来心旷神怡。郭沫若一贯主张“风韵译”，而且他在翻译和介绍外国作家作品的同时，提出自己的评价以帮助读者来理解。在《维特》的书前就冠有长达 13 页的译者“序引”，书后附十几页详细注释，所以一问世即风靡了读书界。一代处于反封建斗争中的中国青年，欣喜地从《维特》中找到了知音，不少包办婚姻的受害者与书中主人公同病相怜，被他的故事感动得涕泪交流；一对对热恋中的情侣，则以《维特》互赠互勉，表示爱情的忠贞。一时间“青年男子谁个不善钟情，妙龄女人谁个不善怀春……”的诗句便在广大青年口中传唱开来，汇成一片反对封建礼教的示威和抗议之声。《维特》是书信体小说，第一人称的运用易于表白心声和感受，宣泄情感和抱负，更便于心理刻画和抒情，近百封长信巧妙地构成了一个整体，前后加上“编者”的引言和按语，中间穿插着注释，把一些平淡无奇的事情讲得真切感人，娓娓动听。在郭译本问世引起“维特热”之后，我国便涌现出了一大批西洋式的书信体小说。郭沫若在1926年写成了《落叶》和《喀尔美萝姑娘》，著名女作家黄庐隐的《一封信》(1924)和《或人的悲哀》(1924)，王以仁的《流浪》(1924)，冰心的《遗书》(1923)，蒋光慈的《少年漂泊者》(1926)和《一封未寄的信》(1926)，等等，都是当时继《维特》之后比较著名的书信体小说。这些作品都直接或间接地在一定程度上受到了《维特》的影响，尤其是黄庐隐的《或人的悲哀》，从名称到体裁，从内容到情调都无异于中国的《维特》，只不过有明显的现代中国特色，而且内容也缩减了许多。我们来看一下它的英译名“The Sorrows of a Certain Youth”，意即某一个青年的烦恼，这与《少年维特之烦恼》及其英译名“The Sorrows of Young Werther”何其相像。

一部文学作品不仅在广大读者中引起共鸣，而且还深刻影响到当时进行创作的大批精英知识分子，那么此作品一定是一部雅俗共赏的好作品。郭译本《维特》的译笔是充满浓郁浪漫激情和浓厚诗情画意的，这便为其流行奠定了良好的基础。特别是其翻译技巧也是值得后来的翻译者仔细研究的。另外，原版本新颖独特的文体形式，给读者带来的是新鲜感和惊喜，因而好多创作者都争相借鉴和模仿。

但后来郭沫若倾力翻译的歌德的诗剧《浮士德》就没有在市场上产生如此大的影响，更没有赢得市场。可见，在文化市场上，作品要赢得读者，还要考虑到读者的文化层次、欣赏水平、心理感受等。如果离读者的期待视野太遥远的话，会失去大部分的读者。只有恰如其分地满足读者的期待心理，才能在文化市场上打开销路，赢得市场。如此看来，郭译本《维特》另一个不可泯灭的功绩就是他将属于少数精英知识分子和诗人们的歌德，带回民间，使其成为中国广大读者特别是青年一代的歌德了。仅此一项郭沫若也是了不起的！

五

其实“某某热”追根溯源还是一种流行或者叫时尚。之所以出现“某某热”，是因为大家都去关注它，作为“商品热”，是指消费者都去购买它，使用它，作为“文学商品热”，不仅仅指读者的购买行为，还蕴含着另一层深意，即读者的鉴赏批评行为。照常规在文化市场上要想在读者中掀起一股热潮，使文学作品确实能够愉悦读者，除了要求思想和艺术成就出类拔萃之外，还有赖于出版商或者出版机构等的广告策划以及大力宣传等，现在时髦说法叫作“大众媒体炒作”。1920 年代中国文化市场的“炒作”虽没有当今这么沸沸扬扬、如火如荼，但无论如何也不能忽视这种做法的存在。

郭译本《维特》，初版时被列为“世界名家小说第二种”（第一种为郭沫若、钱君胥合译的《茵梦湖》，出版时受到青年读者的热烈欢迎，行销逾万册），这在 1920 年代的中国文化市场上也算先进的传媒炒作了。如果放在当今媒体，也许会这样炒作：“讲述一个荡气回肠的爱情故事”或者是“讲述一个伤感动人的单相思而致殉情的爱情故事”等。不知当时的广告策划者有没有如此的设想，如果有并付诸实施的话，《维特》可能会有更大的发行量，会有更多狂热的读者去购买这本小书。

这里就涉及读者的时尚心理和猎奇心理的问题。赶时髦是每个人内心深处的一种本能的渴望，有时候你不去赶时髦，可能是因为经济、观念等多方面的原因限制了你的行为。一旦你有机会有基础，一般人都想赶一下时髦，这是接受群体无法逃避的经常性或习惯性的心理倾向。当时许多青年读者在维特身上找到了认同，《维特》几乎成了他们每天的精神食粮。于是，青衣黄裤的翩翩少年维特的装束便风行一时。但谁能否认在当时没有人是为去赶时髦而穿青衣黄裤呢？或者是为赶时髦而去买上一本《维特》呢？怀揣一本《维特》做伤感状成为一种时尚。此情景类似于当今炒得相当厉害的一些书，有些人购买它们未必用心去读，只是为了追赶时髦而已。

有炒作者就有猎奇者。这叫周瑜打黄盖—— 一个愿打一个愿挨，两者是一种必然的关系。这种比较普遍的读者阅读心理和猎奇心理往往能够引导接受群的接受兴趣和审美趣味。究竟是一本什么样的书迷住了那么多的读者，形成“维特热”呢？于是更多的读者抱着这样的猎奇心理去购买，于是，书的发行量又大增。郭译本《维特》的出版发行正符合了读者的这两种心理意念，因此极容易在市场上找到卖点。

对文化市场而言，经济利益是出版商和出版机构首先考虑的。要在市场中求得生存和发展，在他们的意识中，文学作品的生产只是一种商品的生产，借助这种商品实现他们盈利的目的，就足够了。创造社与泰东图书局的合作是建立在经理赵南公获得巨大的经济利益的基础上的。他们之所以答应出版创造社的文学作品，是因为有利可图。尤其当时受着较大的商务印书馆等大的书社的压力，要想谋求发展，必须大胆求新。事实证明，赵南公确实是个有敏锐眼光的精明的出版商，他“吃透”了读者的阅读心理。其出版行为适应了市场经济的运行规律，使《维特》一度成为供不应求的商品，如此一来，得不到书的读者会在猎奇心理的驱使下越发想获得该书，“维特热”便不断地被掀至高潮。郭译本《维特》的出版以其新颖独特的特点也确实为赵南公带来了巨大的经济效益，从而一而再、再而三地重版，泰东图书局也声名远播。1920 年代的文化市场更是伴随着“维特热”在一步步走向健全与成熟。

郭沫若犹如中国翻译界一颗璀璨的明星，在现代文学史上永远闪耀着灼人的光芒。郭译《维特》深深迎合了 1920 年代文化市场上的读者阅读的各种文化心理，从而形成前所未有的“维特热”，也使 1920 年代文化市场出现了空前兴盛和繁荣的景象。除此之外，郭沫若将德国最著名的作家与诗人真正介绍给了中国，这在我国文学界、翻译界都有着“史”的意义。在 20 世纪 20 ~ 30 年代，我国文学界最受欢迎和推崇的外国作家不是莎士比亚，不是巴尔扎克，也不是托尔斯泰，而是歌德。这与郭沫若的贡献是分不开的，他也被称为“中国的歌德”。其实，《少年维特之烦恼》中“少年”一词的原德文是 Jung，英文是 Young，是“青年”的意思，而后来的译者都几乎约定俗成地译成“少年”，这足见郭译本《维特》的影响之深远。

（原载于《郭沫若学刊》2001 年第 3 期）

中国现代作家作品论

论萧军延安时期的创作对鲁迅文艺思想的继承

张根柱

萧军对鲁迅文艺思想的继承主要表现在以下两个方面：坚持鲁迅所倡导的启蒙主义文学精神，利用杂文形式抨击延安存在的各种落后现象，努力使延安文学朝着“人的文学”的方向迈进；不畏权威，始终不渝地维护文艺自身的独立性，反对种种非文学因素对文艺的干扰。

鲁迅先生逝世后，由于他与中国共产党的特殊关系，其影响在延安与日俱增。除了一年一度隆重的鲁迅纪念日之外，人们还在其他一些场合经常谈到这位文化巨人，但延安对鲁迅的阐释大多着眼于政治角度，而且侧重挖掘鲁迅身上的光明之处，神化、圣化鲁迅的倾向已开始萌芽。作为鲁迅的弟子，萧军自然对自己的先生满怀崇敬之情，但他认为，客观、公正地评价鲁迅，仍然是鲁迅研究的基点：“总之，我们要使先生真正的人格、精神以及他的事业，得到他应该得到的地位和评价。存心歪曲，或无意糊涂，这固然不能饶恕，就是为了一时便利自己企图，无原则的夸张，这也是先生精神从来所不容许的。”[①] 因此，每一位鲁迅研究者都应该以最诚敬恳挚的态度、最科学的方法和“最韧性的意志”，来从事这项庄严的工作。只有这样，才能显示出鲁迅先生的真价值。也正因为持有这种客观、公正的态度与科学的方法，与其他人相比，萧军对鲁迅先生的理解更为准确、到位，他所看重的是鲁迅之于中国文化的意义，这在某种程度上具有还原鲁迅的意味：“鲁迅先生留给我们的产业是他的二十部全集；留给我们的理想

---

① 萧军：《鲁迅研究会成立经过》，《鲁迅研究丛刊》1941 年第 1 期。

是怎样把自己的民族从奴隶和奴才的地位提到一个真正‘人’的地位；把人类从半虫豸的地位提到人的地位。……留给我们的事业，就是：中国新文化的开展和提高。”[①] 在《鲁迅研究会成立经过》一文中，萧军更是把鲁迅先生比作中国社会的镜子和一具带有紫外线的太阳灯，认为鲁迅不仅照出了藏在中国社会每一个龌龊的角落、每一条不被人注意的卑俗的缝际里面所潜藏的恶菌，而且也照出中国社会光明的前路，照出了新生的能担当起改变中国命运的苗芽，所以，鲁迅是每一个不愿做奴隶的中国人的鲁迅。对鲁迅的研究、学习，最主要的是继承他的事业，完成他未竟的理想。“……不然，无论说得如何‘正统’，如何‘堂皇灿烂’，如何‘谦卑可喜’……那全是骗子的诺言，只有他们——这些骗子——才是一个伟大的人的真正侮辱者！”[②]

抨击国民劣根性是鲁迅文艺思想的一个重要方面，小说《阿Q正传》是这方面的优秀之作。作为集种种国民劣根性于一身的阿Q，经过鲁迅高度的概括与抽象，已成为沉滞、落后的民族文化的象征。正因为如此，阿Q形象也深遭某些“革命”“爱国”人士的憎恨。早在20世纪20年代末，钱杏邨就已宣布了阿Q的死亡，在延安，也有不少的人持这种观点。萧军对此发问道：“阿Q的时代究竟过去了吗？阿Q底可憎恶和可爱，以至于应该‘嗤之以鼻’或同情，以至于应该‘嚓’了地的理由在哪里呢？阿Q的子孙怎样了？”[③] 带着这些问题，萧军考察了中国长达几千年的历史，上至夏桀殷纣下至宋江直到近代的洪秀全，他都看到了阿Q的鬼魂在死死地缠绕着这些人。从萧军对洪秀全及其所创建的太平天国的议论与讽刺上，我们可以看出萧军思想中深刻的一面：“‘太平天国’原来共信的‘主义’就是一个幻影，幻影是只能利用于一时，却不能维系于永久。等到大家全明白了，而且实际碰了钉子，就要各走各的路，各信其所信。所以说宗教不能代替科学，幻影终归不能战胜真理。”[④] 至于普通人身上的阿Q相，远比这

① 萧军：《〈鲁迅研究丛刊〉前记》，《解放日报》1941年10月14日。

② 同上。

③ 萧军：《两本书底“前记”》，《解放日报》1941年10月13、14日。

④ 萧军：《“一知半解”史说》，《晋察冀日报》1946年9月8日。

些人为甚。因此，萧军认为，人类身上所固有的愚昧与落后、偏见和自私、无能和无用、卑下与丑恶、兽性的凶残与奴性的堕落等种种弱点，或许将永远伴随着人类生存的每一天。每一个生活在现在的中国人，其思想中都不可避免地含有这种文化积垢。否认自己身上存在着这样或那样的阿Q相，要么是一种不切实际的良好愿望，要么是一种不能、不敢正视自己的孱头想法：“中国人是在中国的历史社会长大的，想要把自己弄得完全不像中国人，这不可能——至少在现在——人也全是由虫豸过渡到‘人’底阶段的旅客，所以说，毫不带虫豸性的人那也是没有的。只要这造成阿Q的条件一天不干净，阿Q恐怕也就要捣乱一天，大家就不容易得到真正的安宁。”[①] 萧军认为，有虫豸性与阿Q相并不可怕，可怕的是人不但不敢正视自己身上的虫豸性与阿Q相，反而想尽种种办法极力地把它们掩藏起来。把人类自身所存在的种种虫豸性与阿Q相以文学形式展示出来，警醒、鼓励人类向自身的这些弱点做韧性的战斗，以求得人类自身日趋高尚与完美，这是一切中外伟大作家的共同之处，也是阿Q式的文学形象不朽的根本原因之所在：“因为它们不独概括了那个时代的人底弱点，人底善良，也指出了将来人底弱点和善良。……以至于它们——弱点和善良——底应该没落或昂扬的前路。”[②]

正是因为封建思想的顽固性、蔓衍性，所以萧军特别看重鲁迅杂文在延安、在中国的战斗作用。在中国共产党的领导下，抗战初期的延安的确显示出一种蓬勃向上的喜人气象，这也使不少人忽视了它本身所存在的一些缺点，常常提出如下的疑问：“我们现在还需要杂文吗？”“杂文时代过去了吗？”对于这些疑问，萧军给予了明确的回答：“我底回答，对于前者是肯定的，后者是否定的。我们不独需要杂文，而且很迫切。那可羞耻的‘时代’不独没过去，而且还在猖狂。”[③] 因此，在中国，在延安，杂文不但没有过时，反而迫切需要，而鲁迅先生则是杂文文体的集大成者。在萧军看来，杂文这种文体在鲁迅先生手里成为一把刺向种种“虫豸性”与“阿Q相”的利器，它不但走出了消极的个人感情散步的

① 萧军：《两本书底“前记”》，《解放日报》1941年10月13、14日。

② 同上。

③ 萧军：《杂文废不得说》，《谷雨》1942年5月15日。

狭小花园，而且在中国变动得最激烈的世纪里，积极地担负起对整个社会黑暗面近乎全面战斗的任务。杂文这种文体已经和鲁迅的名字血肉般地融为一体。在萧军看来，鲁迅杂文的精髓就是它的现实主义精神："所谓'现实主义'，它既不脱离现实，也不拘泥于现实；不独反映了现实，更可贵的，还是在它有指导现实的本领和作用现实的力量。"① 每一个学习鲁迅的人，都应该是这种现实主义精神的实践者。在这方面，萧军是做到了言行合一的，这特别鲜明地表现在他利用杂文形式，对延安儿童（少年）与妇女问题的关心与参与上。

延安保育院培养、教育了众多的延安子弟，解决了前方将士与后方工作人员的后顾之忧，为延安的建设做出了很大贡献，但其中也存在着一些不合理的现象与一些本不应该发生的问题。其一，在某些儿童营养品的分配上存在着一些不公的现象。当时的延安牛奶极少，除供应高级干部之外，只有幼儿园才见得到，而幼儿园的牛奶则只给高级干部的子女喝。《轻骑队》的第一任主编萧平曾写过一篇题为《龙生龙，凤生凤》的文章，对这种不合理的现象提出批评。其二，部分保育员对孩子们缺乏应有的责任感与最起码的爱心，致使一些儿童因护理不周出现了一些本不应该发生的事情。萧军的大女儿住进保育院时不满两周岁，由于缺乏必要的照料，六个月之后，已在那里"生过了各样的病：痢疾、眼疾、痘疮"。当萧军把她接回家时，小女孩已头发脱落，眼睛半瞎，耳朵四肢长满了不少的疮，脸上也裂着各种的纹。面对女儿的这种情况，萧军既感到万分痛心，同时又想到了许多。萧军把自己关于这个问题的一些思考写成《纪念鲁迅，要用真正的实绩！》一文，发表于一九四一年十月二十一日的《解放日报》上。对于延安在战时存在的一些实际困难，萧军给予了应有的体谅。但是萧军认为，即使是在最困难的情况下，也应该发扬鲁迅先生对待孩子的那种精神——"用无我的爱，自己牺牲于后起的新人"。对于孩子们，人们应该尽最大的可能去给予应有的关爱："我懂得，人世间没有绝对没有办法的事，我思想了，我要把我所想到的说给那些肯为孩子牺牲自己的一切的人！就是那希望后一代比自己更聪明，幸福……的

---

① 萧军：《两本书底"前记"》，《解放日报》1941 年 10 月 13、14 日。

人……”①

对延安“小鬼”教育问题的关心同样显示出萧军在这方面继承了鲁迅的思想。在延安各个机关、团体，有很多被称之为“小鬼”的、做勤务工作的少年，他们正处在一个渴望求知、迫切需要接受教育的阶段。萧军所在的文抗有一个十六岁的小鬼，他服务了近三年，曾提出若干次要求正式入学的请求，可是因为机关小鬼无法补充，他只好仍然“小鬼着”，不能接受本应该接受的教育。这个“小鬼”为此而苦闷、忧愁并且开始怠工，可他的年龄却并不是肯怠工的。在其他一些单位，萧军也见到过这种现象。有些单位的勤务工作并非离开这些“小鬼”便不能进行，只是某些领导贪图一时的方便而拒绝让这些“小鬼”入学。萧军对此发问道：“每个革命者尽了所应该的革命义务，不是就应该有革命的权利么？甚至有的为了自己一时方便竟把腐化社会里所有的奴化的毒素也来侵蚀这些孩子们新生的生命了！”萧军为此再次大声疾呼：“我懂得，人世间没有绝对没有办法的事，我思想了……我要把所想到的说给那些……希望后一代比自己更幸福，更聪明……的人！那些今年要以‘真正的业绩’来纪念鲁迅先生的人。……‘好些！再好些！’”②

当时的延安，男女性别比例严重失调，与儿童的培养、教育问题相比，妇女同志的结婚、离婚问题似乎更受到人们的关注。有两件事情引起了人们的议论，其一是关于结婚的。一位女同志声明结婚没有其他条件，只要有馍吃就够了，结果真的和一个有馍吃的阶级结了婚。其二是关于离婚的。一对夫妇离了婚，离婚的理由很简单，女方认为“男方的性能太低”。这两件事在延安“曾经使人微微有点惊奇过”，对于这两位妇女同志的做法，不少人感到难以理解。萧军则认为：“人无论用什么花头来遮盖，革命也罢，什么、什么也罢……，所争取的，那不外是：生存、传种、发展和自由。”③一个事物存在的合理与否，都应该以此为标准。“吃得不好，这对于生存是有碍的。‘性’能不好，这不独对于传种有碍，对

① 萧军：《纪念鲁迅，要用真正的实绩》，《解放日报》1941年10月21日。

② 同上。

③ 萧军：《论“终身大事”》，《解放日报》1942年3月25日。

于发展、自由以至于男女的终身‘愉快’也是有碍的。有敢于嗤笑上面这样结婚和离婚的理由者，那也只好名之曰‘孱头’一类。”① 延安妇女在这方面提出自己的要求，完全是合乎情理的，这本身就标明了妇女思想观念的改变与延安社会的进步，因此，萧军很为这两件事情感到高兴：“我却为这故事欢喜，因为直到今天，我才真正地——希望不是传言——听到了女人们正面的、本质的敢于提出自己的愿望和要求——这才是真正的大大进步的时候。”②

从人们对这两件事情的反应上，萧军看出，即使在延安，人们头脑中男女平等的观念也相当淡薄，特别是一些男子头脑中的封建思想依然十分严重，这就大大地阻碍了妇女迈向解放之路的步伐。1942 年 5 月 11 日，萧军在《解放日报》又发表了《续论“终身大事”》一文。文中，萧军倡导人类——特别是男人应该学习公鸡身上的一些“优秀品格”。公鸡虽然好斗，却很少以（弱者）母鸡做敌手，而且斗起来就认真得头破血流，不到最后完全击败对手不止。败者失败之后真正走下战场，输得心服口服，绝不散布流言或者学阿 Q 相。胜者固然要耀武扬威一番，但对于已缴械的“敌鸡”并不穷追不舍，“或学那些走兽类豺狼样，咬倒了同类企图吃一口肉，补充补充自己的维他命。”③ 除此之外，萧军还相当佩服鸡们的下列优点：“那就是鸡们虽然没研究过‘社会主义’或其他主义等等，‘各尽所能’这口号却倒像真正有些做到了。至于雌雄在某种方面底‘自由’和‘平等’好像做得也还‘差不多’。”④ 与鸡们自由、平等的社会相比，人类的“丈夫社会”有它的许多不合理之处，终究是要完结的。于人于己着想，男子们应该自觉地除掉自己身上的种种封建思想残余，携同女子一齐向“同志”社会迈进。萧军以自身为例，说明了每个男人身上都有这样或那样的旧社会所馈赠的“恶德”以及与之战斗的必要：“我是个男人，就具备着这历史社会所遗留给我的各种恶德：嫉妒、自私、专横，等等。除开对于不像我这样的人，表示十分尊敬外，对

① 萧军：《续论“终身大事”》，《解放日报》1942 年 5 月 11 日。

② 萧军：《论“终身大事”》，《解放日报》1942 年 3 月 25 日。

③ 萧军：《续论“终身大事”》，《解放日报》1942 年 5 月 11 日。

④ 同上。

于‘恶德’我是痛恨的，也是想方设法在消灭它。虽然有时也会藉理由来姑息一番，但一想到自己要做个‘人’，而且有时还装模作样去教训别人，这‘姑息’就要化成一身冷汗了。”[①]只有完全消灭掉自己身上的上述种种恶德，“同志”意识才能真正在男子的头脑中扎下根来，理想中的“同志”社会才能出现于人类世界中：“所谓同志，也就是在一个思想和理想下面结合的伙伴。他们底特征是什么呢？那就是互相砥砺进步，耐心说服教育，绝对站在人与人的平等的关系上——甚至应该忘了男人或女人的界限——共同战斗，达成共同的理想。”[②]为了妇女与后代的幸福，萧军甚至提出了试婚的主张，这不要说在当时的延安，就是在21世纪的中国，也无疑是惊世骇俗之论。与鲁迅在妇女问题的思想相比，萧军对自己观点的表述似乎更为大胆、直率。

为了切实保障文艺的社会启蒙功能，萧军极力维护文艺自身的独立性。如果文艺不能保持自身所应有的内在品格，不仅使文艺的社会功能大大缩小与弱化，而且有可能进一步使艺术作品沦落为政治宣传品，丧失掉最可宝贵的“真”与“美”。为了维护文艺这最可宝贵的“真”与“美”，萧军与延安的主流意见发生了分歧。其一是他对康生的抗议。1938年3月中旬，萧军第一次来到延安。为了表示延安对文化人的诚意，由毛泽东、张闻天等出面，代表党中央和边区政府举行一次宴会，欢迎萧军、何思敬、徐懋庸等几个刚到延安的文化人。会上几个知识分子被邀请发言。在徐懋庸、丁玲等人讲完之后，萧军做即席发言。主要意思是不同意延安的文艺为政治服务的方针，说是这种做法把文艺的水平降低了。最后，康生做了长篇讲话，阐述了中国共产党的文艺政策，中间针对萧军的发言，不指名地批评了一通。为了表示自己对康生讲话的不满，萧军中途离席而去。其二是他与胡乔木的争论。这次争论发生在文艺座谈会上，在毛泽东与丁玲的鼓励下，萧军第一个发言。在这次发言中，萧军仍然强调了文艺自身独立的重要性，他以绿叶、红花、白藕为喻，说明政治、军事、文化就像儒、释、道三家一样各自独立，各有各的作用，谁也不能领导谁，他还进一步举出例子，说鲁迅在广州

---

① 萧军：《续论“终身大事”》，《解放日报》1942年5月11日。

② 同上。

就不接受哪一个党派哪一个组织的领导。萧军的发言遭到了胡乔木的反对。胡乔木说文艺界需要有组织，文艺需要接受党的领导，鲁迅当年没有受到组织的领导不是他的光荣，而是他的不足。萧军不服，当场与胡乔木展开激烈的争论。

萧军清醒意识到，文艺的独立与艺术家自身的人格独立有着密不可分的联系。要想保持文艺自身的独立性，艺术家必须要有强烈的自我意识，对于任何思想观念的接受都要经过自己头脑的思考，不能随波逐流，要靠“我”而“不要靠‘我们’！”延安文艺座谈会以后，思想界、文艺界大都接受了阶级论，几乎所有的作家都明确表示自己在创作时要站在一定的阶级立场，与工农大众的喜怒哀乐保持高度的一致。萧军虽然也强调阶级立场的重要性，但他对于作家的立场是有着自己的理解的。《对于当前文艺诸问题的我见》是萧军在延安文艺座谈会上发言的主要意见，在谈到作家的创作立场时，萧军是这样说的：“我们——现代的中国人——是需要站在一个什么样立场来创作呢？这是明显的：第一个是为求得民族的解放；第二个是求得人类的解放。一切是为这‘解放’而服务。这解放面虽是较广义的，但它的集中点，却应该是最团结和最战斗的一方。”[①] 从这段话中我们可以看出，萧军所谓的作家立场，既含有五四文学中“人”的解放的因素，同时又没有脱离当时的民族抗战，有其现实意义与深远意义，与鲁迅的文艺观有着内在的一致性。

总之，萧军延安时期的言行，与鲁迅的文艺思想有着内在的一致性，同时又有着自己独立的看法。与鲁迅相比，萧军对某些观点的表述更为大胆、直率、乐观，却也缺少鲁迅所特有的细密与深刻。萧军的上述言行，对于促使前期延安文学向着科学、民主的方向靠拢，具有明显的理论上的启示意义。

（原载于《齐鲁学刊》2005 年第 1 期）

① 萧军:《对于当前文艺诸问题的我见》,《解放日报》1942 年 5 月 14 日。

特殊的存在

——萧军论

张根柱

萧军曾言："在一般中国所谓文坛和'作家'群中，我是特殊的存在。"[①]"我恐怕还要走我独特的路，给中国文学踏出一个新的方向来。这中间我必要被排挤和辱骂，误解，但要走下去。"[②]综观萧军在王实味事件中的表现，可知此言不虚。1942年延安中央研究院文艺研究室特别研究员王实味因发表《野百合花》《政治家·艺术家》等杂文被错误地划为"托派"，并在1947年战争环境中被处决。1991年2月7日，公安部在《关于对王实味同志托派问题的复查决定》中对王实味给予平反昭雪。在当年延安文化界、文艺界对王实味众口一词的批判、斗争中，唯有作为党外作家的鲁门弟子萧军单枪匹马，挺身而出，为非亲非故的王实味仗义执言，并因此深受各种误解、曲解、污蔑与疏远、排斥、打击，但萧军仍然一如既往地坚持自己的态度和主张，显示了其与众不同的"特殊存在"。

一

1942年1月8日，萧军在日记中写下了未来一段时期的打算："我来延安已一年半了，懂得了许多事，也懂得了许多人。我大概还要在这里住一年半，我要

---

① 萧军:《萧军日记》，出自《萧军全集》第二十卷，华夏出版社2008年版，第118页。

② 同上书，第395页。

继续学习下去，理解下去，我应该像一片无风的海洋似的，静静地静蓄着自己的力量，尽可能不使时间浪费。”[①]但事与愿违，不久以后萧军即卷入延安文化界批判王实味事件的旋涡之中，而萧军最早在重大的公众场合表明自己对王实味事件的观点、意见、立场则是在当年5月份由中共中央领袖毛泽东主持召开的延安文艺座谈会上。

1942年年初，萧军的本意是打算到陕北各地旅行，借以更加全面、更加深入地熟悉边区生活，为将来的文学创作做好材料上的准备，为此萧军在3月31日参加《解放日报》改版座谈会后，于4月5日特意“把头发剪掉做秃子了，旅行方便”[②]。但此时延安已开展了轰轰烈烈的整风运动，丁玲、王实味等发表的杂文在延安各界引起了强烈的反响，这不能不引起当时分管文艺界整风工作的中共领袖毛泽东的高度重视。如何在整风运动中解决延安文艺界长期存在的各种问题，以便使文化工作更好地配合整个革命工作向前推进，成为这一时期毛泽东重点关注的问题之一。由于萧军非中共党员作家的特殊身份及其在文艺界的影响，毛泽东多次约萧军会谈，听取他作为一个党外作家对党的文艺工作的建议，以便搜集各方意见为即将召开的文艺座谈会做准备，萧军外出旅行的计划也就此搁置下来。4月7日，萧军接到毛泽东来信：

萧军同志：

我希望你迟一回再出巡，以便商量一个重要问题，未知你意如何？如同意，希回示。如你有暇，希于今下午或晚上惠临我处一叙，商量一些问题。

敬礼！

毛泽东

四.七.下午三时[③]

---

① 萧军:《萧军日记》，出自《萧军全集》第十八卷，华夏出版社2008年版，第540页。

② 同上书，第597页。

③ 同上书，第598页。

萧军当日下午即应约到毛泽东住处，就毛泽东向自己提出的下列问题发表了自己的见解：（1）内容与形式；（2）作家的态度；（3）作家与一般人关系；（4）如何看待新杂文问题。这些问题后来毛泽东在延安文艺座谈会中都重点提及。

4 月 13 日，毛泽东又给萧军去信，请他“搜集各家的意见”：

萧军同志：

来信敬悉。前日我们所谈关于文艺方针诸问题，拟请带我搜集各家的意见，如有所得，祈随时示之为盼！

敬礼！

毛泽东

四．十三日[①]

4 月 18 日，萧军把已出版的《文艺月报》订成一份，给毛泽东寄去，以为将来召开文艺座谈会做参考。4 月 24 日，萧军给毛泽东写信催他尽快开会，其意大概不外乎再一次向毛泽东表明不要因开会而延误了自己外出旅行的计划。本日毛泽东即给萧军回信：

萧军同志：

准备本星期六开会，请你稍等一下出发，开完你就可以走了。会前我还想同你谈一下，不知你有暇否？我派马来接你。月报 1—14 期收到。谢谢你！

敬礼

毛泽东

四月二十四日晨[②]

---

① 萧军：《萧军日记》，出自《萧军全集》第十八卷，华夏出版社 2008 年版，第 602 页。

② 同上书，第 611 页。

4月26日，萧军在日记中记载："拟去毛泽东处，与他商谈开座谈会事。"[①]由此可见，萧军到陕北旅行之心何其急切。5月2日，延安文艺座谈会召开，萧军第一个发言，主要就以下六个方面的问题开诚布公地说明了自己的见解：(1)态度；(2)立场；(3)对象；(4)材料（写什么）；(5)如何搜集材料（和各方接近）；(6)学习。此外，萧军的发言还补充了以下问题：(1)作家与外界的关系；(2)作家对内界关系；(3)作家对姊妹行艺术的关系；(4)作家对作家的关系。萧军的发言引起了大家的普遍注意，其主要观点、内容经萧军整理为《对于当前文艺诸问题的我见》一文后发表于1942年5月14日《解放日报》。

在参加文艺座谈会期间，萧军对自己外出旅行的计划仍然念念不忘。5月4日，萧军给毛泽东写信，告知他自己打算于5月10日8时出发，这也就意味着此后召开的文艺座谈会萧军将不再参加。对于萧军的一再坚持，毛泽东5月5日给萧军回信表示尊重萧军的选择：

萧军同志：

会要到十六日才开，如果你觉得不能等了，你就出发罢。

此复。

即致敬礼！

毛泽东

五.五[②]

5月8日下午，萧军去毛泽东处准备辞行，恰逢毛泽东正在开会，萧军留下辞行信后顺便到凯丰那里坐了一刻。在与凯丰谈及文艺政策时，萧军又从以下三方面谈了自己的见解：(1)规定共产党在现实创作批评总方向；(2)与党外作家关系；(3)明确规定文艺的地位、作家的地位。在凯丰的挽留下，萧军决定再留一周左右的时间到17日再走。

---

① 萧军：《萧军日记》，出自《萧军全集》第十八卷，华夏出版社2008年版，第609页。
② 同上书，第616页。

由于上述原因和此后边区军事形势的一度紧张，萧军原拟到陕北旅行的计划最终未能实现，他也自始至终参加了延安文艺座谈会并就文艺的诸多问题开诚布公地发表了自己的意见。5月22日早10时第三次文艺座谈会在杨家岭召开，此次到会的人数多于前两次。在这次会议上，对王实味问题，萧军明确表示了以下两点看法：第一，就主观上来看，王实味是站在革命立场的，其根据就在于王实味是个党员。个别同志在发言中否认王实味主观的革命立场是不对的。第二，由于王实味是同志而不是敌人，因此，对王实味批评的态度应该采取同志式的而非敌人式的，当前文艺界对王实味的批评态度恰恰相反，因而是不对的。对于其他文艺问题，萧军在文艺座谈会召开期间也发表了自己内心真实的看法，并与一些人的观点产生了分歧，如与胡乔木关于鲁迅“转变说”还是“发展说”的争论、对何其芳自我忏悔的异议，等等。萧军虽然明明知道这种做法对于自己是不利的，但他认为对于真理、对于文艺的发展是有用的，因此也就开诚布公而用不着遮遮掩掩：“我无论何时何地，不隐瞒自己的主张，思想，意见和态度，只有怯懦的人，恐惧真理的人才如此。”[1] 这是萧军第一次在重大的公开场合表明自己对王实味事件的观点和态度，今天看来也是比较客观公正的，但在当时的特殊环境下，这种观点是不可能被大多数人接受的。

二

文艺座谈会召开以后，延安文化界、文艺界对王实味的帮助、批判、斗争、清算愈来愈烈。在性质上逐步升级：对王实味的定性从同志到“托派”再到敌特；在范围上也不断扩大：从中央研究院到文抗再到整个文化界，最后发展成为群众性的斗争运动。“在群众中坚持自己意见，不是容易的事，这是可以招到杀身和反对的。……群怒不可逆而又不可犯”[2]，这是萧军面对群众性运动及当时自己的处境得出的清醒认识。自然，对于王实味事件，身为党外作家的萧军本可以

---

① 萧军：《萧军日记》，出自《萧军全集》第十九卷，华夏出版社2008年版，第197页。

② 同上书，第707页。

这是共产党人的“家里事”[①]作为托词，采取事不关己、高高挂起的明哲保身的态度，但是，萧军毅然“决定一生要坚决，积极战斗下去。无理由的后退、不管事的态度，这全不是我的路”[②]。这就使得他在王实味事件中欲罢不能，愈陷愈深。在这场集体与个人、现实与理想、一般与特殊的激烈冲突中，萧军处于下风、劣势地位是显而易见的，但萧军的无畏与坚持也使得双方的对峙、交锋演变成了一场漫长的冷热混杂的拉锯战、持久战。

萧军主要在以下三次会议中深度涉入王实味事件：1942 年 6 月 4 日的中央研究院第二次对王实味的斗争会；1942 年 6 月 17 日在“文抗”作家俱乐部举行的文艺座谈会（根据《萧军日记》记载，此会在 6 月 15 日已召开）；1942 年 10 月 18 日的延安各界纪念鲁迅先生逝世六周年大会。[③]查阅上述三次会议的有关回忆文章、研究论文，文化界、学术界对会议的召开时间、参加人员及场面描述等均有不同程度的出入，因此，本文主要以《萧军日记》为依据，[④]对萧军参加三次会议及其会议期间的表现和思想变化做简要梳理。

1942 年 6 月 4 日上午，萧军和王德芬去参加中央研究院第二次对王实味的

---

① 萧军：《萧军日记》，出自《萧军全集》第十八卷，华夏出版社 2008 年版，第 642 页。

② 萧军：《萧军日记》，出自《萧军全集》第十九卷，华夏出版社 2008 年版，第 10 页。

③ 根据《萧军日记》记载，此次纪念会的时间应为 1942 年 10 月 18 日。其妻王德芬则说法有二：一是 1942 年 1 月 18 日，此说与《萧军日记》同，见王德芬的《安息吧，萧军老伴》，梁山丁主编《萧军纪念集》，春风文艺出版社 1990 年 10 月版，第 472 页；二是 1942 年 10 月 19 日，此说与《萧军日记》有出入，见王德芬的《我和萧军风雨 50 年》，中国工人出版社 2004 年版，第 117 页。其他有关萧军的评传、回忆及相关文章在此问题上均不外乎以上两种说法。本文以《萧军日记》中的记载为准。

④ 之所以采用《萧军日记》为主要依据，主要基于以下两点考虑：第一，主观上较为可信。对于如何记录自己的日记，萧军认为这是自己在与自己的灵魂对话，因此严格要求自己日记的真实性：我底日记，应该日日求真，事事求真……不能有一点虚饰或顾虑，这是纠正和洗练、坚强我灵魂和行动唯一的锻炼。（见萧军：《萧军日记》，《萧军全集》第十九卷，华夏出版社 2008 年出版，第 531 页。）第二，客观上较为可靠。萧军的日记一般为萧军本人的当日行为、思想、见闻的记录（个别情况有补记、漏记），时间上与当时的事件更为贴近，不易产生误差。因此，在萧军本人如何卷入王实味事件上，与实际情况发生出入的可能性较之关于此事的其他回忆文章较小。

斗争会。萧军和王德芬在桃树下休息时，看到“一个摇摇晃晃高身材，白面孔的人由山上走下来”[①]，萧军断定此人就是王实味。从《萧军日记》中的描述来看，这应该是萧军第一次和王实味会面。会议开始后，发言的同志轮番上场，用各种证据证明王实味“是有计划、有阴谋来进行破坏党，侮辱党的托派流浪份子……或者是小资产阶级染着托派思想的份子……”[②]这已经使萧军感到憎恶。等到王实味“这个半疯狂的神经质的人站起来”发言时，他的话不断被下面一些人打断，“致使这狂热人不能继续他的说话，而主席还纵容着不管”。这使萧军“再也不能忍受了”，他提议给王实味发言权以维持会场的秩序。萧军的提议得到了部分同志的赞同，但同时也引起了部分同志的反对。这次会议使萧军感到非常压抑，这一天也被萧军称为最不愉快的一天。

6月5日萧军在日记中告诫自己：“以此次事件为界限，此后关于党内人们底曲直决不再管”，“拒绝一切辩论，拒绝一切说服”，同时自己又要“一切要以沉默，一切记在日记上，但斗争还要斗争”。从萧军的描述中我们可以看出，此时的萧军对王实味事件表现出一种欲进还退、欲退又进的非常复杂微妙的矛盾心态。

6月11日晚饭后，因6月4日会后萧军发表的有关言论，中央研究院派4个代表和萧军谈判，要萧军表明态度，并且带来了8大团体和108人联合签名的抗议书。抗议书如下：

萧军同志：

我们一向认为你是中国共产党的朋友，愿意向我们的共同敌人奋斗到底，像你这种热情，我们一向表示十分敬意！

据许多同志对我们说：你在参加了我们对于托派份子王实味的斗争会议之后，你曾对我们的座谈会加以诬蔑，认为是“倒尿盆”“狗打架”“假公济私”，我们认为你这种态度是不正确违反真理的，不管你主

---

① 萧军：《萧军日记》，出自《萧军全集》第十九卷，华夏出版社2008年版，第644页。

② 同上。

观动机如何。我们这次座谈会是清算王实味的托派思想及其反党活动，我们的斗争是有原则的，有根据的，目的是为了教育自己及巩固党，因此不仅党员应该积极拥护，而且一切外党人士也应该抱同情的态度，给予积极的帮助，但使我们十分惋惜的，是你所表现的，并不是一个友人应有的态度，因此我们希望你好好地反省一下，改正这种错误观点。

此致

敬礼

六月十日①

萧军认为，尽管这封抗议书写得义正辞严，但是其根据片面且丝毫没有提到中研院在斗争王实味会议中立场、观点、方式、方法等方面的错处。为防止这件事情“搅不清”，对于抗议代表及抗议书提出的抗议，萧军主要表达了以下两点意见：“①我愿将此事提到党中央去解决。②我要求传达我话的人将人证、物证举出。”② 同时，萧军开始写关于这次事件的《备忘录》。《备忘录》的内容现在已无从查找，但从6月12日《萧军日记》中的记载来看，大体应主要包括以下几点：第一，坚持战斗，弄清是非。因为萧军自认为没有对不起“他们”的地方，也始终没错误过，所以他不能容忍“他们”以这样的压力对待自己。第二，斗争的结果为：要么“他们”当众收回“他们”的话，要么萧军自己离开边区——“此次我不斗争胜利，我万不能在延安存在下去”③。第三，在这件事情上，萧军绝不指仗任何人的帮忙与同情。6月13日，萧军在日记中记载：“几日来尽在写《备忘录》，昨夜把它写完了，觉得心情很舒畅。”④ 当日下午，在舒群、张仃、李又然等好友的极力劝说下，萧军“安下心来听取他们的意见”，准备修改《备忘录》中一些过激的表达。

---

① 萧军：《萧军日记》，出自《萧军全集》第十八卷，华夏出版社2008年版，第654页。
② 同上书，第653页。
③ 同上书，第655页。
④ 同上书，第655页。

6月14日，尽管众人一再邀请、劝说萧军参加在6月15日召开的“文抗”文艺座谈会，但萧军认为：“在中共中央没有明确表明他们的态度时，无论任何会议我决不参加。”[①]6月15日下午萧军把《备忘录》改好。6月16日在晚间举办的舞会上，萧军突然改变主意，当众宣布参加第二天在作家俱乐部举行的文艺座谈会并在会议上宣读自己的《备忘录》。6月17日，萧军出席座谈会并把自己写就的《备忘录》“捡选了几段读给他们听”，萧军自称：“我的态度很平稳，言语也清楚，并没激动。”萧军的发言遭到了周文、金灿然的反驳。萧军认为他们的发言态度恶劣：“把过错全推向我，这我是不能容忍的。”[②] 于是，他不顾好友舒群“头可杀，席不能出”的劝告，于会议中途决然退席。6月18日上午，萧军“参加第四天上午的文艺座谈会”，说明自己“昨天退席的原因，并参加这次会的原因”。为了不引起会场的混乱，萧军提出要求，希望今天发言的人不要针对自己提起中央研究院问题。在此意见遭到了众人的反对后，萧军退出会议以示抗议。6月20日上午，萧军重新把《备忘录》校勘一遍，觉得无可修正。为慎重起见，他又请张仃看了一遍后，亲自把它送杨家岭毛泽东处。

7月20日夜间，萧军以为此事大概已经“有些平息”了，在给朋友胡风的回信中曾提及中央研究院向自己抗议事件：

> 我在这里不大交往，此前不久我还有过“独战垓下”一场小风波呢，从此战中，大有“众叛亲离”之势，现在已算有些平息了。不过你放心，我却决不会“乌江授首”的。一笑！[③]

胡风在给萧军的回信中对萧军的“平静”生活状态表示欣慰，同时力劝萧军专注于文艺工作：

> 虽然几乎“授首”，但看来信，却很平静，而且大能工作，这是可

---

① 萧军：《萧军日记》，出自《萧军全集》第十八卷，华夏出版社2008年版，第655页。

② 同上书，第658页。

③ 同上书，第692页。

喜的。工作，工作第一，我们活的理由仅仅在这里。[①]

但从实际情况来看，中央研究院抗议事件在萧军的内心世界引起的波澜在这一时期从来就没有真正“平息”过。9月23日，萧军在日记中记载：“思想和感情竟像天气一般的恶劣。每想起中央研究院事，报复的心便勃然而起。我很艰苦地忍受在这精神的炼狱里，这会更坚强我战斗的心！”[②]9月24日，萧军给时任中央组织部部长的陈云写信，表明自己对中央研究院抗议事件：“如一日不有个水落石出，我将一日不甘心，所以甚盼有个回答。”[③]9月28日，萧军散步到小儿科医生侯大夫那里，在谈及此事时，侯大夫劝萧军明哲保身，“不要弄成王实味第二”。10月4日，萧军遇到鲁艺的陈子羽：“他告诉我关于研究院事件，有些人认为他们是过‘左’了，不应该如此做。那天在会场上，他们曾强迫别人签名反对我，甚至要驱逐我出边区……”[④] 这更加激起了萧军要在此事上弄个“水落石出”的决心，他下定决心要在今年鲁迅纪念会上把此事说清楚：“路上，我思量怎样在纪念会上讲出我的话，这是应该的。”[⑤]10月5日，萧军“睡在床上思量着，如何在纪念会上讲演的事，并决定是厉害些，还有若干时日，再好好考虑一番。”[⑥]10月6日阴雨，萧军晚饭后散步在中央医院路上，脑中却在反复思虑着自己准备在鲁迅纪念会上发言的事情：“自己的头脑几天来几乎总要想到那准备讲演的事，自己的头脑为什么竟不能冷静些，沉着些呢？这还要有半月，决定那样做就是了。言词我尽可能让它客观、和缓，取得群众的信任。”[⑦]10月7日上午，萧军把鲁迅纪念会讲稿纲领拟好。

10月13日，萧军在日记中记载：“夜间读十月九日刘少奇一篇论党内斗争的

---

① 萧军：《萧军日记》，出自《萧军全集》第十八卷，华夏出版社2008年版，第753页。

② 同上。

③ 同上书，第737页。

④ 同上书，第746页。

⑤ 同上书，第746页。

⑥ 同上书，第747页。

⑦ 同上书，第747页。

文章，便证明了中央研究院这次对王实味与警告我底错误了。我决定要把那经过在鲁迅纪念会上谈出，这是必要的。”[①] 萧军所读到的这篇文章应该是刘少奇同志在中央华中局党校所做的演讲《论党内斗争》，该文经毛泽东同意后发表于1942年10月9日的《解放日报》，为当时的整风文献之一（此文当时由电报发到延安，错字较多，1943年2月15日刘少奇重新修改此文，1943年6月编入解放社出版的《整风文献》）。为引起全党同志的高度重视，《解放日报》还特意加了编者按语：“这是刘少奇同志于一九四一年七月二日在中共中央华中局党校的演讲，理论而又实际地解决了关于党内斗争这个重大问题，为每个同志所必读。现当整风学习开展与深入的时期，特为发表，望全党同志注意研读。”[②] 在这篇重要文献中，刘少奇同志阐明了在中国共产党党内开展斗争的重要性、必要性，总结了在历史上、现实中开展党内斗争问题上存在的三种错误倾向，指出了正确开展党内斗争的立场、观点和方法。从现在查阅到的有关王实味事件的文章、著述来看，当时文化界、文艺界对王实味的斗争确实或多或少地存在着刘少奇同志在这篇文献中所列举的诸多过“左”、过火的偏向。这也是萧军对刘少奇同志的这篇文章产生强烈共鸣的根本原因。

10月16日晚饭后，好友舒群来劝萧军关于中央研究院之事不要再继续发展下去，对此萧军断然予以回绝。他认为这次事件并非简单的人事关系与个人面子问题：“这是个原则问题，党与群众的关系，党与他的朋友关系，党员的立场、观点、态度方法的关系。”[③]10月17日，萧军在日记中告诫自己：“今天准备把明天的讲稿提纲等弄好。要沉静，要固执，这是对的。”[④]

10月18日在延安各界纪念鲁迅先生逝世六周年大会上，双方交锋达到了最高点。关于当时的情形，萧军在日记中有记载：“在鲁迅先生纪念会上，我终于按我的计划发了言，也终于按我的预料，中途有人起来反驳了。第一个出来做证

① 萧军:《萧军日记》，出自《萧军全集》第十八卷，华夏出版社2008年版，第747页。

② 刘少奇:《论党内斗争·编者按》，《解放日报》1942年10月9日。

③ 萧军:《萧军日记》，出自《萧军全集》第十八卷，华夏出版社2008年版，第759页。

④ 同上。

人的是陈企霞，第二个是中央研究院陈正，……接着会场开始骚乱了，但我却是安然得出乎生理的常情。柯仲平、周扬、李伯钊、陈学昭、艾青他们全发了言”。对于中央研究院事件和众人的发言，萧军的声明主要如下：“诉说了文艺座谈会我谈话的经过，读了《纪念鲁迅——检查自己》，说了备忘录的摘要，驳斥了不能和共产党为朋友的胡说，……‘百分之九十九错处全在我，只有一分留给你们去考虑’我这样向他们说了。……最后本来要结束了，可是丁玲竟又来‘抢面子’了，她说共产党离开我固然损失，但最大的损失还是我等。又说那百分之一是什么指出来……”这使萧军非常愤怒：“要我指出那百分之一的错处么？那就是‘你们的方法’……”[①]，说完后萧军抖袖离开了会场。

在10月20日给胡风的信中，萧军提及10月18日鲁迅纪念会冲突之事，同时对自己“因忙于一些琐事”没能及时复信感到歉然。从《萧军日记》里的记述看，萧军这里所谓的“琐事”主要还是指他为鲁迅纪念大会的发言所做的各种准备工作，同时我们也可以体验到此事在他内心掀起的巨大波澜：

风兄：

接到你的信已经七八天了，因忙于一些琐事没能复你。前天十八日（星期日）这里举行了先生的六周年纪念。我当然参加了，而且讲话了，就引起了一场闹战！这“闹战”我事前早就料到的，也是我们的“战友们”早就布置好了的，不过大家事前全是照而不宣。这战事引起的是我提出了四个月前，中央研究院仅仅根据党员暗地里汇报，就由八大团体及百〇八人签名，派四名代表向我提警告书，说我有“诬蔑”罪名，我向他们要人证物证事经过说明。及我宣读了《纪念鲁迅——检查自己》一篇短文就开始了炮击。第一个从会场挺身而出的是陈企霞，他愿为第一个证人；第二个曾克算第二个证人。接着是柯仲平、周扬、李伯钊、艾青、陈学昭、丁玲……以及其他一些无名小将，在千余人的鼓噪呐

① 萧军：《萧军日记》，出自《萧军全集》第十八卷，华夏出版社2008年版，第760—761页。

喊声中，向我杀来了，各用得意的兵刃：柯以热情，周以理论，艾以警句……捶胸顿足，擢发数罪……大有非“灭此朝食”不可之慨……幸好我还有些招架功夫才算幸免“授首”，如今也还平平安安（当时也是平平安安），虽然这是以一对一千的差数而会战的。据我推想，将来也许还有一番或几番，更大或更深刻的会战在等待着罢？因为这战机不独还在，并且新的挑战信号（十九日解放日报社评《纪念鲁迅先生》中文）我已看见升起来了。有什么办法呢？也只好静以待战罢。如战不至，就续写些小说。那时为玉碎为瓦全虽不敢定，但宜我想，大约也还是平平安安罢。①

胡风在回信中深表念念之情，同时也劝萧军“慎之”，不要“斤斤于细故”：

近年来情形如何，深以为念。来信中曾提到独战群儒之事，后方报纸，亦间有捕风捉影之消息，但苦于不得实情。老弟虽立意甚诚，但表于外者往往给人以相反之印象，此点务宜慎之。因吾辈大业尚在初创时期，既不能以完满期之环境，亦不能以理解完全期之友人也。且吾辈工作后果主在未来，斤斤于细故如村妇然，实为大损。②

11 月 30 日，在和舒群、罗烽谈及此事时，萧军承认自己有以下过错：第一，《备忘录》取的名字不好；第二，自己不该在那会场上发言；第三，《备忘录》有些不妥当的地方等；但是，“若说这《备忘录》的内容我不该提出，无论如何任到什么时候我也不能承认的”③。这说明，自始至终萧军都认为自己在王实味事件上的基本立场、观点没有什么不对的。

在 1942 年行将结束之时，12 月 16 日上午，萧军在延安蓝家坪回顾自己这

① 萧军：《萧军日记》，出自《萧军全集》第十八卷，华夏出版社 2008 年版，第 764—765 页。

② 萧军：《萧军日记》，出自《萧军全集》第十九卷，华夏出版社 2008 年版，第 158 页。

③ 萧军：《萧军日记》，出自《萧军全集》第十八卷，华夏出版社 2008 年版，第 792 页。

大半年来度过的时光时，认为自己总算平安地走过来了，虽然没什么大胜利，也还没有什么大失败："自己变得更聪明了，也更懂得了一些事和自己的力量。此后怎样呢？对于一切事还是迎战下去罢，不要怕苦痛，不要怕麻烦，逃走和退避这全不是我应有的精神，为了平安，一定要挺起胸膛战斗罢。无论遇到什么，一定要战胜它——踏过去！"① 至此，萧军就王实味事件与延安文化界的论争算是基本结束了，在此问题上以后也没有发生过较大的冲突，但是这并不意味着萧军的精神世界已就此平复。②

三

萧军因王实味事件在与延安文化界、文艺界发生激烈冲突的同时，自身内在的精神世界也进行着一场理性与感情的痛苦裂变。理性和感情时而高度和谐、统一，时而又各执一端，趋向两极，理性和感情呈现出异乎寻常的矛盾；更多的时候则是两种状态的反反复复，你来我往，在萧军内心世界的海洋掀起了滔天巨浪。当理性和感情高度统一时，萧军的内心充满了勃勃生机与生命热力，表现出青春向外生长、扩张的强烈欲望："我的思想每天在成熟，我的感情每天在凝练，我的文笔每天在简单、有力，我的意志每天在坚强，我的智慧每天在生长，我的前路每天在清明，我的成功每天在进展，我的精神的力，每天在浸澈着每个人。"③ 此时的萧军希望自己以一个战斗者的姿态拿起杂文这柄铁锹，铲除人群中的败类和人性中的污点，埋下自己创作的基石，完成鲁迅先生所希望而未完成的堡垒，表现出一种毫不妥协的战斗精神和战斗意志。但是，当感情之马挣脱了

---

① 萧军：《萧军日记》，《萧军全集》第十八卷，华夏出版社 2008 年版，第 806 页。

② 1944 年 2 月 17 日，在乡下务农、自食其力的萧军在日记中写下如下一段话语："王实味的《文艺民族形式问题上的旧错误与新偏向》（中国文化第六期）我又细心地读了一番，实在还寻不出他的'托派'和'特务'的主张在哪里，而且我也同意他的主张。"（见萧军：《萧军日记》，《萧军全集》第十九卷，华夏出版社 2008 年版，第 324 页）可见此时他对王实味事件仍未能忘怀。

③ 萧军：《萧军日记》，出自《萧军全集》第十八卷，华夏出版社 2008 年版，第 666 页。

理性的羁绊之后，在外界的巨大压力下萧军的内心不由自主地产生了一种孤独、阴冷、厌倦之情，蓬勃的生命转而趋向封闭、保守和萎缩："每天的心情总是在一种沉重的烦闷中捱过着"，"夜间独自唱着，拉着胡琴，一种广茫的沉重的悲哀压抑着我，侵袭着我"①。"对于一般人尽可能保持沉默，不接触"，"忍耐、沉默、不和一切人来往、不参加任何会议、工作……这是度过我的这无味的岁月最好的战略"②。"我此后决定对任何人，全把自己的感情封闭起来"③。在上述这种理性和感情冲突、博弈的回环往复中，萧军变得茫然不知所从，他在自己的日记中真实、生动地记录下了这一切："自己的理性还不能很好地控制自己的感情，这是我最苦痛的事。"④"我现在的思想和感情复杂动荡已极，厌恶一切！不信任一切！"⑤"我用各种方法疏流、发散我底感情，但它们还是嫌太多，太汹涌，不容易平静啊！我用各种方法来填补灵魂上底空虚，但它却更加空虚了！"⑥萧军感觉自己似乎是一头被囚系的野兽，时时想要从既成的樊笼里闯出来，用自己的牙和爪试探着——甚至用自己的头去撞它们，"但我全失败了"⑦！处在这种状态中的萧军在感情上本能地想到了后退、妥协："时时想到和一切的人和解了罢，本来没有什么了不起的'仇恨'"⑧，"反叛与和解的心情与思想，总是每天在我的脑中战斗着"⑨。"不斗争了，明哲保身罢。"⑩但是萧军在理性上又意识到这种想法、

---

① 萧军:《萧军日记》，出自《萧军全集》第十九卷，华夏出版社2008年版，第90、102页。

② 萧军:《萧军日记》，出自《萧军全集》第十八卷，华夏出版社2008年版，第745、776页。

③ 萧军:《萧军日记》，出自《萧军全集》第十九卷，华夏出版社2008年版，第49页。

④ 同上书，第91页。

⑤ 同上书，第213页。

⑥ 同上书，第455页。

⑦ 同上书，第213页。

⑧ 萧军:《萧军日记》，出自《萧军全集》第十八卷，华夏出版社2008年版，第793页。

⑨ 同上书，第678页。

⑩ 同上书，第747页。

做法违背了自己的人生原则——“这怎能成！”[①] 自己应该一刻也不放松为真理而负责而战斗的精神：“战斗是人生最高的品德，无原则的宽恕是虚伪的罪恶。”[②] 如果自己真的采取明哲保身的做法，意味着对人对己都是一种欺骗。萧军宁愿为了真实而堕入黑暗的心灵地狱，也不愿在欺诈的现实土壤上去开花结果。理性和感情的波涛你去我来，时而纠缠、扭结成难分难解的混沌一团，时而又泾渭分明地划清着彼此各自的界限。理性与情感这种激烈的矛盾甚至让萧军产生了一种痛恨自己的心理：“甚至我憎恨自己为什么要有这样一颗复杂的心！我几乎每天像上战场一般和自己底一些思想，不正确的感情而战斗！……我的感情竟是野兽那般不能驯服啊！只有我自己知道这搏斗的苦痛啊！但我要继续搏斗下去！”[③]

上述理性与感情的反复搏斗在萧军内心世界掀起的狂澜是可想而知的，它甚至引起了萧军的生理反应：“我忽然感到一阵异常的饿，浑身无力，发颤，又冷……”[④] “皮肤粗糙得如树皮，各处感到非常不舒服。寒冷，烦躁，无生趣……”[⑤] 对于自己的生命是否存在本身，萧军此时也产生了怀疑。萧军一度曾非常自信，认为既然自己来到了这个世界上，那就要勇敢地活下去，“用尽各种方法把这段旅程走完了就是”[⑥]。况且自己“有旺盛的精力，坚强的意志，结实的身体……何事不可为？”[⑦] 虽然有时也要不得不面对一些感情的烦扰，但“人生所以活得有味的也就是为了这‘烦扰’。其实我对于一切并不看得如何重要，也只是为了‘不甘’和要试试自己的力量，于是就要闹下去”[⑧]。因此，即便在自己最艰难的时刻，萧军都直面生活而不愿意选择死亡以寻求解脱，更不愿用死亡来博得一些无聊人们的悼念。在他看来，虚伪的人们的悼念，远不如真正敌人的咒

---

① 萧军：《萧军日记》，出自《萧军全集》第十八卷，华夏出版社2008年版，第747页。
② 萧军：《萧军日记》，出自《萧军全集》第十九卷，华夏出版社2008年版，第15页。
③ 同上书，第7—8页。
④ 同上书，第30页。
⑤ 同上书，第7页。
⑥ 萧军：《萧军日记》，出自《萧军全集》第十八卷，华夏出版社2008年版，第809页。
⑦ 萧军：《萧军日记》，出自《萧军全集》第十九卷，华夏出版社2008年版，第212页。
⑧ 萧军：《萧军日记》，出自《萧军全集》第十八卷，华夏出版社2008年版，第809页。

骂来得愉快些。萧军宁可自己战死后人们把自己的尸身踏成烂泥，用辱骂的唾沫埋葬自己，即便那时没有一个人为自己叹息一声，流一滴泪，这又于自己有什么关系呢？所以萧军要按照自己选择的道路度过一生。只要活着，所获得的才是真实的。但是在环境的重压下和内心的搏斗中，萧军感觉自己就像一棵树一样，精神的枝叶得不到足够的滋润的露水，物质的根系也得不到应有的水分和泥土的滋养，现在只能靠着意志在工作在生活着，但生命之树依然被风雨无情地吹打着，如果总是这样继续下去，不久它就会干枯而死而朽并将要成为僵硬的化石："我这生命的树……将要完了！"[①] 此时的萧军也一度产生过轻生的念头。"我心情悲痛到极点，我要杀死我自己！我的情绪被压抑，情感、精神、工作一切被妨害，被压抑……无有慰藉，无有理解，无有勉励，无有关心……我是一条失去了水的鱼似地在生活在工作着啊！我不能形容我的灵魂苦痛！我说不出这苦痛，我不能解脱这苦痛啊！"[②]"今天去为歌儿买胡桃的路中，我的心情特别灰败，沉闷，我看到悬崖，甚至想到毁灭自己！我感到我将是作为一个贯以自己意志的悲剧角色而后毁灭了！"[③]"我晚饭后独自散步到一个坟场上，睡在草地上，我真想死！我从来没有经过这样长时期感情的折磨。"[④] 萧军自己也承认，任何人在极端痛苦中，都会出现软弱、失望、悲哀、厌世、虚无的思想和感情。因为人究竟还是人，作为一具社会关系总和存在着的血肉之躯，无论他意志怎样坚强，其实对于痛苦总有着可以承受的限度。萧军也因此更加理解自杀者的处境和心情。

可以想象，处在这种状态中的萧军想要进行艺术创作是一件多么艰难的事情，但是作为一个作家要他停止创作无异于选择死亡，因此，这种选择对于雄心勃勃的萧军来说是不可接受的，他一再努力地"要唤起我写作的欲望和感情"[⑤]，但这欲望却似霜打过的植物，虽然有了一点希望的、淡薄的阳光照射到它们，

---

① 萧军:《萧军日记》，出自《萧军全集》第十九卷，华夏出版社 2008 年版，第 188 页。

② 同上书，第 241 页。

③ 同上书，第 49 页。

④ 同上书，第 112 页。

⑤ 同上书，第 489 页。

“但它们的枝叶却是默默地低垂着，看不到春天那般生机和兴趣，而感情却是沾了水底棉花，秋天的早雾，它们沉重、凝结、寒冷……毫无弹性和燃力！以至于飘飞的欲望”[①]。对身为作家的萧军来说，手中的笔不能不用来写作，但它移动得又是那样缓慢、滞重，张扬生命的写作反而变成了自我惩罚的一件苦差：“一面写着，一面否定着，甚至于怀疑到自己写作的才能。”[②] 萧军认为，自己这一时段的写作毫无创作灵感，更谈不到什么艺术收获，而只是勉强地、忍耐地、毫无精神地描画着潦草粗糙的轮廓，而且还时不时地想要改变它。综观延安时期萧军的文艺创作，在文艺座谈会召开前后的一段时间内，杂文是他运用最多最娴熟的文艺形式，在当时引起的反响也最为普遍、强烈；在深度卷入王实味事件之后，萧军则更多地借助日记这种私密性较强的形式来记录下自己的生活和思想，这也为我们今天从另一个侧面了解延安当时的社会状况、文艺界发生的一些事件、知识分子这一群体的生活情况提供了生动的材料。

经过王实味事件，萧军深刻地认识到，痛苦和幸福实在是人生的两面。没有幸福，也无所谓痛苦；同样，没有痛苦，也无所谓幸福。两者相较而言，幸福很难得到而痛苦却并不容易抛开。普通人总是苦苦追求幸福而逃避痛苦，但高尚的人们却为了追求崇高的目标而主动选择与之相伴而生的痛苦，甚至是付出生命的代价也在所不惜。萧军深刻地认识到，自己的最大痛苦和不幸的根源就在于自己有思想有感情，而且是太复杂、太丰富、太固执。如果自己没有“自己”的思想，感情不太浓重、深刻，责任心不必如此强烈，或许自己将是“幸福”的罢？但萧军却清楚地知道，自己终生也不可能做这样“幸福”的人。由此，萧军对于痛苦的认识已经自觉地脱离现实层面进而升华到人生哲学的高度：“苦痛本身以至这苦痛的原则是无价值的，可贵是从这苦痛沙石滤清过来的汁液，这汁液越经过滤洗它就越精纯，也越于人有用。”[③] 萧军认为，现实生活的磨炼可以强身健体，精神世界的磨难则可以使灵魂变得透明而坚强，对于一个真诚的作家而言，

---

① 萧军：《萧军日记》，出自《萧军全集》第十九卷，华夏出版社 2008 年版，第 489 页。

② 同上书，第 497 页。

③ 同上书，第 300 页。

痛苦是体验现实生活和提升文艺创作的必需品——因为“寂寞和痛苦能够增加作品的深度和效能”[①]，因而也是一笔不可多得的人生财富。因此，萧军不但不排斥、拒绝痛苦，反而对痛苦采取了一种积极、开放的态度：“我不独需要一具坚强的肉体，更需要的是一颗坚强的灵魂！因此我决定放开最大的忍耐限度来承受一切：侮辱、粗糙的待遇、轻蔑、误解、阻害、烦琐、缺乏……这是磨炼我灵魂的砂！”[②] 黑格尔说：“在一个深刻的灵魂里，痛苦总不失为美。”[③] 生活中的痛苦和不幸经过作家心灵的激荡、过滤、沉淀，升华为一种智慧和情感的结晶，成为作家领悟人生和艺术创作的主要驱动力，这对视创作为生命的作家而言也许是另外一种常人所难以理解也难以企及的幸福吧。

王实味事件也使萧军更深一层地理解了党派、政治、革命、人生、人性、友情等概念的现实含义。在这次事件中，萧军饱尝延安文化界某些人士（包括一些以前过从甚密的友人）的无情攻击与有意疏远，此时的萧军在众人的眼中“像是一个危险性的传染病的人”[④]。萧军所在的单位——文抗的一些党员对萧军存在着顾忌和隔阂，为表明自己站稳立场“全用‘不交言’”[⑤] 和萧军战斗，尽管在萧军看来这不过是一种行帮气的表现，但也让萧军倍感寂寞、寒心。萧军以古诗的形式写下了这一时期自己内心的悲凉心境：“何期冷箭纷纷当心来，箭箭飞来如急雨！弦声交响如鸣筝，玄声时挟切齿声，群欲杀此强梁儿，楚歌十面声营营，十载交情一破帛，人间情义雪山崩！”[⑥] 萧军内心清楚地意识到此时是“要慢慢结束过去一些友人的时候了”，而自己“也将在精神上越孤独”[⑦]，这其中的原因在于自己和他们步调越来越不一致，因而距离也越来越远。尽管如此，但萧军毕

---

① 萧军：《萧军日记》，出自《萧军全集》第十九卷，华夏出版社 2008 年版，第 723 页。

② 同上书，第 158 页。

③ ［德］黑格尔：《美学》（第 3 卷），商务印书馆 1979 年版，第 390 页。

④ 萧军：《萧军日记》，出自《萧军全集》第十八卷，华夏出版社 2008 年版，第 655 页。

⑤ 同上书，第 778 页。

⑥ 同上书，第 720 页。

⑦ 萧军：《萧军日记》，出自《萧军全集》第十九卷，华夏出版社 2008 年版，第 502 页。

竟是个有情有义之人，在从刘庄回到中央党校工作以后，他听说老友舒群“已搬到鲁艺去养病，预备去看看他，想买点东西带去，又没有钱”①。这让萧军感到左右为难，但终究友情萦绕于胸难以忘怀，经过反复思考后最终萧军还是下定了决心，“从校部交涉到五盒纸烟，二斤饼干，预备今天去鲁艺看舒群”。对此，萧军心中倒也坦然，他认为：“因为我没钱，就顾不了一些小节，只好求助于学校，这是无何损害的，我思虑过了，因为我们究竟不是敌人，而且我也愿意给他们一些帮助的机会，好消除我们的生疏。”②为此，萧军认为自己本身具备着一种强烈的怀旧的感情，它们深沉、悠长且牢固：“心情很想念罗烽、舒群、又然……以及一些其他友人们——感情上我是这样一个软弱的人！”③1942 年 7 月 30 日，萧军写下了如下一段诗：“凡得罪了你的，侮辱了你的，甚至像犹大一样卖过人的……只要他向你真诚地低下忏悔的头，你的心就不要太坚硬了罢，要说：‘没什么，兄弟，下次不要再这样……’就应该真真的扫开仇恨的，或者卑视的云雾。”④而在延安当时发动的“抢救运动”中，文化界的某些人士对友对人却能做到“转眼无情”：“为了洗刷自己，不惜把别人作为肥皂衬托出自己的清白，而后再装作好人，这行为是卑劣的——无论从哪个立场说——毫无正义，公理，以及实事求是的科学精神。”⑤萧军认为，这完全是一种把别人作为垫脚石丢进泥淖让自己踏过去的一流自私自利卑怯痞子的行为。在“抢救运动”中萧军本人也未能幸免，他曾被人诬为“特务”，但他认为应该把存心卑劣的诬良为盗和重压之下的屈打成招分别开来，最终萧军原谅了多位证明自己是“特务”的朋友并与他们友好相处，做到了像他自己所说的那样“真真的扫开恨仇的，或者卑视的云雾”。综观萧军的一生，尽管他有时表现得锋芒毕露、咄咄逼人，但却宅心仁厚，从无害人之心，对曾经伤害过自己的人最后也是一笑泯恩仇。

---

① 萧军：《萧军日记》，出自《萧军全集》第十九卷，华夏出版社 2008 年版，第 496 页。

② 同上书，第 501 页。

③ 同上书，第 333 页。

④ 萧军：《萧军日记》，出自《萧军全集》第十八卷，华夏出版社 2008 年版，第 694 页。

⑤ 萧军：《萧军日记》，出自《萧军全集》第十九卷，华夏出版社 2008 年版，第 526 页。

自然，在王实味事件中，并非所有的文化界、文艺界人士对萧军都怒语相加、侧目而视或畏而远之，其中也不乏一些赞同萧军、挚爱萧军的人。1943 年 1 月 11 日晚间，萧军接到一封信件，来信人称："我是一个你的崇敬读者，目前我所读到的中国作家中，在我的崇敬簿上，你是第一个。"[①] 来信人说自己凡看到萧军的文章必仔细阅读，因为自己从那里面寻到了自己想要获得的：真理、智、仁、勇、巧。来信人因欣赏萧军的诗歌《盲肠与诗》而遭到了所在单位的斗争，然而，这并不能使她灰心丧气，"在负刑之余，又找了份文艺月报来看，使我更加挚爱你的文章。《艺术家的勇气》《我的态度》变成了我的力量，使我更知道世界上没有'可怕'也没有'寂寞'"[②]。因此，来信者声称敢向任何人宣称自己是萧军的崇敬者！萧军的文学创作成为青年前进道路上的明灯，自然这封信也让孤独寂寞的他感到了温暖欢喜，由此萧军认识到，凡是真正有勇气有胆量、个性坚强、积极革命的青年，他们的心是倾向于自己的，同时也反证了自己的存在价值。因此，萧军一方面更坚定了对一切"不正"战斗的决心和力量，同时也更增加了自己的谨慎和责任感。

经过王实味事件，萧军本身的性格也得到了很大的磨炼和改变。萧军认识到，自己之所以一再与环境产生冲突的重要原因就是：自己总是以一个作家的感情和方法去观察一切，处理一切，当然是要碰钉子的。这样的性格作为一个作家是好的，但作为一个社会中的人还有许多改进之处。因此，自己的性格还需要再有意识地进一步磨炼、提高。只有多多体谅别人的苦处、难处，多多反省自己的缺点、错误，一个人才会变得大度、谦虚和美丽。通过王实味事件，萧军自觉地去掉了自身性格的一些浮躁凌厉之气，变得更理性更深沉更成熟，对人对事也增加了一些忍耐、宽容和理解，"对于一些事能够解说解说也好，如果不能解说时，就先等一个时间，到那时总会有个水落石现。激动、发急全是无用的。这时期最好尽可能放冷静些多听取一些别人意见，尽管对方是歪曲或冤枉全不要紧，只要你自己脚跟站得稳，慢慢就会风平浪静。最主要还是多思量思量自己，认为有可

---

① 萧军:《萧军日记》，出自《萧军全集》第十九卷，华夏出版社 2008 年版，第 3 页。

② 同上书，第 8 页。

以坦白承认的错处，就说出来，当然也不必故意谦虚，抹杀事实或真理”[①]。这是他劝解处于人生低谷中的寒十坡的一番言语，其中当然包含了他本人对生活的体验、感悟和对自我的反思。

经过外部现实世界和内部精神世界的斗争，萧军深深地认识到，人生无论何时何地，全要付出相应的代价，才能够获得自己想要获得的东西。对革命和改造人类的工作来说，实在是更需要永久的耐心和坚持，而且在这一过程中先锋者要不可避免地会受到各种各样的伤害，但是“为人类不是全可以捐上自己的生命么？”[②]就王实味事件而言，自己所受的伤害和打击只是革命队伍中的一些不良倾向和一些不深明大义的人造成的，这无伤于革命事业的方向和大体，“不能因为一粒沙子，而抛弃了整锅的米饭啊！”况且，自己在这事件中还要负有部分责任呢？念及此，萧军的思路慢慢开朗了，认为“这是锻炼我情操的好机会”，不但一再告诫自己“不要怨恨它”[③]，反而“却更增加了我对中国无产阶级的拥抱！”[④]由此，萧军的思想和灵魂完成了从小我到大我、从个人到集体的蜕变和升华。

萧军认为，人们如果太哲学地、科学地懂得、看透了社会、自然、人生的一切，他们憧憬未来的热情要降低，其中有些人在这“降低”的过程中就抛弃了艺术的兴味，“过于智慧”的思维容易把人抛入绝望和虚无的深渊。而一个真正的艺术家却会从这“降低”中再度燃起生命的希望和热情。这种洗练过的希望和热情是值得珍贵的，它将以波浪运动般的形式不断把艺术家的灵魂和创作向前推进到一个又一个的高度，艺术家及其艺术创作也由此获得了凤凰涅槃般的新生。或许我们可以这样说，王实味事件使萧军在相当长的一段时期内处在人生的“降低”过程中，但萧军却勇敢地、坚韧地走出了人生的沼泽和低谷，把自己的生命和灵魂推向了一个自己所希望达到的高度——“特殊的存在”。

---

① 萧军：《萧军日记》，出自《萧军全集》第十九卷，华夏出版社2008年版，第22页。

② 萧军：《萧军日记》，出自《萧军全集》第十八卷，华夏出版社2008年版，第818页。

③ 同上书，第816页。

④ 同上书，第818页。

四

王实味事件不仅引发了萧军内心世界理性与情感的激烈冲突，而且使他更加清醒地认识到一个真正的艺术家所肩负的历史重任。萧军认为，一个真正的艺术家和一个普通的艺术工作者之间是有着质的区别的。对于一个普通的艺术工作者而言，他只能表现他人的或社会上一般的流行思想；而一个真正的艺术家一定要同时是个思想家，即：他必须同时拥有自己独立的、自成体系的思想和高超的艺术表现能力，唯有如此他才能成为一个“家”。在萧军所生活的彼时彼地的中国，他认为由于中国文坛的浮薄、芜杂，连一个像样的艺术工作者都难得一见，更不必谈到“家”了，这种情况严重地影响了中华民族在世界文化之林中的地位。萧军“不能容忍这样伟大的众多的民族，在世界文坛上，人类历史上永作为一株小草，一条不足轻重的小河那般被欣赏味地在看”[①]，因此，萧军立志做一个真正的有自己独立思想的艺术家而非一个普通艺术工作者。那么，经过王实味事件后，萧军究竟思考了哪些内容呢？他的思想又有哪些发展呢？从宏观层面上来看，萧军这一时期关于人生、社会的思考主要集中在以下两个方面：政治和艺术的关系；知识分子劣根性。

第一，关于政治和艺术的关系。萧军认为，把人生的制度设计得更合理，把人类的生活改变得更幸福、思想更聪明，把人类的情操提高到一个更美好的程度，总之一切为了人生更幸福，这应该是所有的无私心的哲学、科学、艺术、政治工作者最终的目标，也是政治和艺术相同的地方。但是我们知道，政治和艺术也有不同之处：一个政党为了实现自己的政治目标，除了全党要有共同的理想信仰和奋斗目标外，还必须要求其所有的党员在采取现实行动时步调要高度一致，个人意志要服从党的决议，因此，集中性、统一性是政党对党员的合理要求；而艺术是一个高度个性化的精神生产领域，“无可争论，写作事业最不能机械划一，强求一律，少数服从多数。无可争论，在这个事业中，绝对必须保证有个人创造

---

① 萧军:《萧军日记》，出自《萧军全集》第十九卷，华夏出版社2008年版，第445页。

性和个人爱好的广阔天地，有思想和幻想、形式和内容的广阔天地”[①]，那么，延安时期的萧军对于政治和艺术、政治家和文艺家的思考有哪些呢？就其自身的选择而言，他又是怎样处理政治和艺术这对看似相反实则相成的关系呢？

就政治和艺术的关系而言，萧军认为，政治主要作用于现实生活层面，而文艺则主要作用于人的精神生活领域，为了现代中华民族的新生，必须把政治和艺术紧密地结合起来：“我的事业是为了中国寻求着最好成绩的文学形式和最好成绩的政治形式，因此要很好懂得各种文学和政治等知识，我应把自己炼成为一个能担当一切的人。”[②] 为此，萧军曾经把中国现代史上的两位伟人——文化伟人鲁迅和政治伟人毛泽东做过一番比较和思考。萧军认为：“鲁迅对于中国国民性认识底深刻性，韧性，战斗的精神，严肃性，深沉性，这和毛泽东底对于中国社会、历史、政治认识的全面性，政治学说，策略运用的灵活性，忍耐的能容的力量——正是对照的。这是表现着思想家和政治家不同的特征。”由于都生长在近代中国这个半殖民地半封建的社会中，鲁迅和毛泽东两位民族巨人都具有浓厚的反帝反封建的思想并为之而终生奋斗，两者本质上是高度一致的。“将来的新中国必须将这两种东西——鲁迅的文化精神、毛泽东的政治制度——融而为一，才是一个新中国——这是他们的理想的结晶，而后再进入社会主义阶段。这是中国独有的特征和过程。”[③] 在这个全新的社会中，中国国民的精神品质将不断提高，生活水平也将不断改善，而这正是文化与政治两者完美结合之力量的现实体现。作为中华民族的一分子，作为鲁迅的学生和毛泽东的敬仰者，萧军愿为这两者的完美结合而奋斗终生：“我不独要在文学上负起清除、和领导一些新生力量的责任，同时在政治上我似乎也应该准备些了。……在此期内，我要把自己锻炼成一个政治家的基础，……我要为这个世纪思想，文学，政治底领导者之一。”[④] 因此

① 列宁：《党的组织和党的出版物》，出自《列宁选集》（第一卷），人民出版社 1995 年版，第 664 页。

② 萧军：《萧军日记》，出自《萧军全集》第十九卷，华夏出版社 2008 年版，第 19 页。

③ 同上书，第 345 页。

④ 同上书，第 9 页。

萧军自认为“我是一个政治性最浓的作家”[①]。

在承认政治和艺术必须相结合的前提下，萧军同时又认为艺术应该保持相对的独立性，主张作家应该要有自己的“权限”和“尊严”[②]。优秀文艺作品大都不是奉命文学，因此他一生愿意遵循鲁迅先生的“自然流露”说：“……好的文艺作品，向来多是不受别人命令，不顾到利害，自然而然地从心中流露的东西……”[③]因此，一个独立的作家，应该多到生活复杂一些而不是政治氛围浓厚一些的地方去，这对于作家体验生活乃至将来文学作品的“自然流露”是大有裨益的，所以他在认为自己是“政治性最浓的作家”的同时又宣称：“我不是政治化的人。”[④]萧军在延安文艺座谈会上以红莲、白藕、绿叶比喻政治、军事和文艺并认为三者虽是一家，但“辈分平等”的观点已广为人知，那么，具体到艺术家、艺术创作而言，它们的特点又是什么呢？萧军曾打过两个生动通俗的比喻——“两脚规”和“蒸馒头”来说明这两个问题。萧军认为艺术家是一支两脚规，他是站在“过去”与“未来”两个据点上的，而“现在”就属于这两脚规尺度以内的空白，因此，普通的人们就庸俗地认为他们空虚、高远、辽阔而无用。一个真正的艺术家，他两脚距离的度数越大，其间的空白也就越多，他也就更会被世人看成无用，永远不如一个实际事务家那样被世人尊敬，因此，他需要耐得住生活的清苦与内心的寂寞。[⑤]一个伟大的作家一定要能够冲破一切世俗的障碍，才能真正走自己的路。那么，这是否意味着作家可以“特殊性”为借口不参加实际的革命工作或不服从工作分配呢？萧军认为这并不矛盾，作家当然有他的特殊性，但这不是意味着他的“人”的特殊，而是工作的区分。一个作家，工作时就是个工作人员，写作时就是个作家，做党员时就是个党员。对工作要求效率，对作家要艺术完整，对党员要求纪律执行，这三者是不能借故含混的，也不能彼此

---

① 萧军：《萧军日记》，出自《萧军全集》第十八卷，华夏出版社 2008 年版，第 792 页。

② 萧军：《萧军日记》，出自《萧军全集》第十九卷，华夏出版社 2008 年版，第 327 页。

③ 同上书，第 321 页。

④ 同上书，第 121 页。

⑤ 萧军：《萧军日记》，出自《萧军全集》第十八卷，华夏出版社 2008 年版，第 669 页。

抹杀的。至于以何者为主，当然以最终最高的革命利益为主。“不忘记自己是作家；也不想自己是作家。”① 也就是说，作家作为个人既不能搞特殊化，同时也不要放弃自己工作的特殊性。要想在文学上有所成就，一个作家一定要比普通人学习得更多更深，思索得更多更深，生活得更多更深，战斗得更多更深。如果仅仅靠一点原始性的“天才”与一点文学上的浅薄知识，他的创作生命一定要早早地死灭。至于艺术创作则和“蒸馒头”差不多：思想是酵母，面粉是材料，碱水是作家的主观感情。酵母放到面粉里面融合后，要有历程、时间，要经过相当限度的温度。碱水不能太多，太多则馒头就蒸不起来；同时也不能太少，太少则有酵母的酸味就让人吃不下，或人吃了就要呕吐。至于这馒头采取什么形式：三角、四方、五星、八棱、长、圆……全是形式而已。馒头的第一个任务要使人能吃得下，没有邪味道；第二是要解饿且容易消化；第三要于身体有用，如此这馒头的价值才算形成了。艺术品也该如此。② 因而，艺术创作需要长期积累、充分酝酿和反复思考，感情和理性要达到一种自然而然的融合——太理性化了的感情是不能够进行艺术创作的，但是艺术的感情是通过理性洗礼、过滤的东西，否则它就不可能深刻和伟大：“凭了一时冲动，决不能写出较深刻完整坚实的任何作品，一定要保持这感情，使它加浓，加深，透过理性的网，长期坚持下去才对。”③ 急则易竭，徐则日塞。因此，写作要如抽丝作茧，不疾不徐，日日积之，久而自成。最理想的文学作品要有透视的构图、油画的色彩、钢琴和提琴的声音、水晶似的思想、海洋似的感情、云样的自然结构，雕刻似的字句、四季似的力量……所以，文学作品中要兼容并蓄其他各种艺术成分，但同时又要保持其本身所特有的品质，只有这样，文学才能有独立存在的意义而不能为其他艺术所替代，也只有这样“集纳”，文学才能够达到一定高度的形象美和一定深度的思想美。一个高超的文学家要能够体会着把各部门艺术的“美”质融解到文学作品里，并能自由地、巧妙地应用这些艺术手法来塑造、描写文学中的一切。所以文学是概括性

① 萧军:《萧军日记》，出自《萧军全集》第十九卷，华夏出版社 2008 年版，第 56 页。

② 萧军:《萧军日记》，出自《萧军全集》第十八卷，华夏出版社 2008 年版，第 808 页。

③ 萧军:《萧军日记》，出自《萧军全集》第十九卷，华夏出版社 2008 年版，第 527 页。

的艺术，其他科学可以不包括文学，但文学却一定要包括它们。文学将成为各种科学——自然科学、社会科学、精神科学——结晶体的最高峰。她一方面要建基在人类的实际生活上，一方面又要建基在人类的精神生活上。文学发展的规律就是由初级的单纯到复杂再到高级的单纯。由复杂中提炼出来的单纯才是真正的、高级的单纯，否则就是简陋，所以从初级的单纯到高级的单纯的中间一步——复杂是不应该也不可能被省略掉的。因此，就不能用外在的、简单机械的政治批判、政治运动代替内在的、复杂细腻的文艺批评、文艺创作："用群众运动的方式解决复杂细致的思想问题，这是不妥当的，应该用适当的各种各样的方式。硬性的'斗争'表面虽可'解决'问题了，实质也许相反。单一纯弄倒几个人，只要社会根源还在，这也无多大效果的。总之，单纯用外科式的手法是不行的，这倒可以用巴甫洛夫全面治疗的理论了。"[①] 这是中华人民共和国成立后萧军通过文化界历次以政治批判取代文艺批评的惨痛教训独立思考后得出的结论，其中应该也有对延安时期王实味事件的沉痛反思。

萧军认为，对一个真正的艺术家来说，应该高度重视作品的艺术性和思想性，两者之于艺术品，如源泉之于流水、根本之于树木，"没有大源泉的水，没有大根本的树木，这决不会流远或繁茂的"，但就思想和艺术在作品中的比例而言，两者又并非平分秋色，而是思想的比重应该更大一些。一个负责任的作家必须有一个真诚坦荡的胸襟，在进行艺术创作、艺术传播的过程中对自己内心的真实思想要同时做到人我无欺："连自己全不相信的思想，那是不应该传给人的。"[②] 就一个普通人而言，要他完整无遗地表达自己内心的真实感情和思想是一件非常痛苦也非常困难的事情，只有伟大的艺术家才有这勇气和能力。伟大的思想家和艺术家——不管他们是如何被误解、曲解或恶意利用，都始终是人类进步的引擎。从这个角度来说，一个作家要描写什么和怎么描写并不重要，重要的是"你要宣传些什么？肯定些什么？提高人？提到哪里去？真，美，善？什么样的真，

① 萧军：《萧军日记》，出自《萧军全集》第二十卷，华夏出版社2008年版，第742页。
② 萧军：《萧军日记》，出自《萧军全集》第十九卷，华夏出版社2008年版，第41页。

美，善？”[①]一个有使命感、责任感的作家，必须直面社会，直面人生，直面自己的内心，真诚地、勇敢地思索并回答这些困扰个人、人类的本质问题。在这里，思想之于艺术作品犹如指针之于航轮，只要它稍稍一动，整个船身就改变了方向和位置。因此，萧军认为艺术家是人类灵魂最勇敢的控诉者、告白者和裁判者，一个作家的最高道德就是忠实于他的思想和他的创作。从这个意义来说，一个连真话都不敢讲的人是不配当一个作家的，如果他没有自己的思想或者在作品中掩盖自己真实的内心，而仅仅是依仗一点点空洞的文字技巧在那里骗稿费，骗地位，在萧军看来这是最卑鄙的罪恶。这样的作家和奸商的下列行为无异：在面粉里掺假、酒里搅水、纯金里混铜……，最终他在艺术上必定要遭到失败，为读者和艺术所抛弃。他应该被抛入市侩的群体中而不能混入艺术家之列。萧军本人宁可去种地也不愿做这样的“空头”文学家。

萧军认为，作家、艺术家要想有独创的思想，保持思想的独立性当然是重要的条件，这是作家、艺术家之所以成为“这个”作家、艺术家的生命之所在。“人——更是艺术工作者——应该是自己的思想底导演和演员，不应该是纯雇佣的临时的演员，仅为了别人的思想来表演。”作家、艺术家即使偶尔为了一种自己认为满意的思想和感情来服务，“那也一定要通过自己的血和肉，而不应该仅是一具无机的傀儡”[②]。因此，一个真正的作家、艺术家要经常保持理论的创新活力和饱满的创作热情，“要创造若干思想，若干概念……否则他就要失掉了价值”[③]。唯有如此，艺术园地才能呈现百家争鸣、百花齐放的局面。正因为要保持自己思想的独立性，所以萧军虽然在感情上认同中国共产党及其领导下的边区政府，但在某些行动上却坚持自己的做法，或者确切地说萧军在自己认同的一些事情上能够和党保持一致，但在另外一些自己持有异议的事情上却特立独行。萧军这种貌似矛盾的做法却正源自其内心的真诚：“但我以为这特殊的音符或噪音对于整个的合奏——革命进行曲——不管进行的旋律上或和声上，它们是无大害

① 萧军：《萧军日记》，出自《萧军全集》第十九卷，华夏出版社2008年版，第242页。

② 同上书，第456页。

③ 同上书，第487页。

的，甚至是必要和精彩的。”[1]但因为部分革命者缺乏对革命音乐艺术的理解和认识，感到萧军常常发出不和谐的独奏或噪音从而妨碍合奏的统一，尽管萧军主观上感觉自己仍然是这个革命乐队的忠实合奏者，但是在现实生活中却不被部分革命者容纳和理解。

萧军主张思考的独立性不但体现在现实生活领域，而且体现在艺术创作层面；不但体现在创造性地继承、发展本民族的艺术思想方面，而且体现在批判性地吸收、借鉴国外艺术创作经验方面。萧军认为，如果人凡事养成一种思考的习惯，那就会减少很多错误。延安时期，萧军曾读过一本苏联作家的《我们创作的经验》一书，他在日记中真实地写下了当时自己内心的一些真实感受：“使我更蔑视了一些任何不适于我的、别人的既成法规或理论，我将要毫无拘泥地任着我自己的力量，采取自己的姿势跑我生活和文学的路。”萧军对彼时苏联作家的自我忏悔、自我批评感到无聊、无趣味。至于一些自己曾经关注的“典型”之类的艺术理论，他也失去了兴味。原因就在于，他认为艺术最终的目的只有一个——美的效果，它不是几何、代数以及机械式的低级联接，而是人类精神领域高级的、微妙的、难以名状的活动，因而艺术是统一的、混元的、不容许分割的。任何公式化、概念化的文艺理论都会用“合理”或“不合理”的名义捧杀或棒杀艺术的生命。当然，萧军也承认当时的自己还不能很好地说出对艺术的见解，但是他相信“自己会有一天也许能说出它”[2]。萧军的上述思考应该与延安文化界的自我忏悔和盛行一时的典型理论有着内在的关联。

至于萧军本人，他最初给自己的定位是做一个独立于党派之外的革命自由主义作家，是集体主义前提下一个顽强的无害他人的“个人主义者”，即萧军所谓的“不入党，不做官，这是我的决定，但要站在比较自由的地位，监督革命前进——这就是我的责任。”[3]在经历了王实味事件后，萧军在自己是否入党这个问题上一度陷入犹豫、矛盾的状态：“一年来，几乎每天在我思想中出现的关于入

---

① 萧军：《萧军日记》，出自《萧军全集》第二十卷，华夏出版社2008年版，第367页。
② 萧军：《萧军日记》，出自《萧军全集》第十九卷，华夏出版社2008年版，第488页。
③ 同上书，第16页。

党与否的问题。”[①] 萧军认为，如果自己决定从事政治那就加入中国共产党，那就要必须专一，拼出二十年时间不从事写作，因为一旦从事政治就不会有写作余时，而且也不方便。如果自己仍继续文学工作，就决定不入党，因为中国文学上是需要自己这样一个人。处在这多歧的路口，究竟何去何从呢？萧军认为自己的选择一切应该以内心的真实愿望和纯洁的动机为标准，不夸张，不矫情，不能使自己的双脚从自己的基地上飘浮起来。出于对文学事业的挚爱，在经过内心反反复复的斗争、权衡之后，延安时期的萧军最终决定选择文学：“人是通过各种矛盾、引诱、障碍……而前进的，只有能战胜这一切，认定一个目标前进的人，才是有望的。”[②] 因此，自己应该执一不渝，保持着可贵的自由，决不放开自己所驾驶的文学之舟，沉着、冷静、毫不动摇地前进在生活的海洋里。萧军一再告诫自己，一定要离浮躁的“文坛”远些，沉静地从事自己的艺术创作，最终要以自己的艺术作品证明自己作为一个作家的存在，而不是以一种不正的拉拢手段弄几个喽啰保自己做大王。[③] “一个被羁绊过多和载重过多的马，它一定不能够奔腾出美丽和自由的步伐来，也损害了它们底战斗力量。”[④] 因此，萧军并不羡慕跟随唐僧去西天取经而得到正果的孙行者，反而为他离开了花果山上的一帮猴兄猴弟、猴子猴孙以及自由的环境感到惋惜。萧军看到当时文坛上的一种现象：某些作家不但对真理和正义失掉了感觉，对文学也失掉了追求的热情和欲望，其文学生命正在一天天走向晦暗和终结；他们不但在降低着艺术的品质，更有着降低人格的行为。这使萧军感到痛心且对此类现象保持着高度的警惕，也更增强了他为中国文艺严肃工作的责任和意志。在与自己所钟情的作家托尔斯泰、拜伦、高尔基、鲁迅等作家相比较时，萧军感到内心坦荡无愧：“我觉得无愧于那些大作家的，就是我一直走着文学的路，不为任何卑俗的虚荣所引诱，一直追求真理而战斗，不为任何威胁所压倒，一直补充自己的知识，锻炼自己的身体和情操……一直为民

---

① 萧军：《萧军日记》，出自《萧军全集》第十九卷，华夏出版社 2008 年版，第 529 页。

② 同上书，第 681 页。

③ 同上书，第 723 页。

④ 同上书，第 420 页。

族、人类解放而工作，一直和共产党——这个进步的力量——保持着忠诚和‘谏友’的地位关系。”[①]

正因为自己所从事的文学事业是自己获得新的生命和新的战斗力量的源泉，萧军在内心中对文学充满了无限的感激、热爱之情。在纪念鲁迅先生逝世七周年之际，他写了一首激情洋溢的诗。他认为，土地是巨人安泰的母亲，而文学则是自己唯一伟大的慈爱无边的母亲："文学啊！它是我底恩主！我底最伟大的母亲！只有它把我才引回了真正人生底大路，只有它永远洗涤我底一切不洁，只有它使我才脱离了那重重的邪恶堕落，各样可羞耻的虚荣野心底追逐！"[②]因此，自己不但没有任何胡思乱想抛开她的理由，而且要把自己终生的整个肉体和灵魂为她而工作而战斗，以报答她伟大的爱于万一。年轻时萧军曾打算自己到老年时试写一部《艺术论》[③]，可以说，延安时期的他以自己的思想和行动为这部大著写下了一篇精彩的序言。

第二，对知识分子劣根性的反思。对中国国民劣根性的批判是鲁迅先生终其一生未完成也不可能完成的任务，因为无论是个人、民族还是整个人类，都始终处在一种不断产生缺点、弊端又不断自觉克服缺点、弊端的过程中。由于中国封建社会的历时之长世所罕见，因而中国国民的劣根性积弊更深更重，国民性的改造工作也更加漫长和艰难。也正因为如此，面对沉重黑暗的铁屋子一般的中国社会现实时，鲁迅先生在内心经历了希望、失望甚至是"梦醒了无路可走"的绝望的反复激荡、挣扎后，认识到了"纠缠如毒蛇，执着如怨鬼"般的韧性战斗精神之于改造中国国民性的必要性和可贵性。作为鲁迅先生的学生，萧军自觉地继承了鲁迅先生的这一文化批判传统："中国国民性被歪曲得太久了，一般的它们成了后天性的浮薄，软弱，女性，自欺……缺乏雄伟深沉博大悲剧性的性格！投机，取巧，自以为聪明等，这是最大的病根！这病根一时是不易改变的，要相当

---

① 萧军:《萧军日记》，出自《萧军全集》第二十卷，华夏出版社 2008 年版，第 11 页。

② 萧军:《萧军日记》，出自《萧军全集》第十九卷，华夏出版社 2008 年版，第 494 页。

③ 同上书，第 202 页。

时日。”[①] 萧军认为，自己终生的任务就是向上述各种的国民性“病根”作战，同时在这场战斗中也不断清除自己身上的这些杂质。

与鲁迅先生对一般的、普遍的、整体的国民性批判不同，萧军在延安时期对国民性的反思和批判主要集中在中国国民的部分群体——他所熟悉的小资产阶级知识分子身上，即所谓小资产阶级知识分子的“劣根性”。对于处在这个大变动时代的知识阶层，萧军有一个整体的认识和判断。他认为，小资产阶级知识分子是一个不同于真正的奴隶也有别于真正的奴隶主的阶层。真正的奴隶是愉快的，因为他们是在为自己的幸福、自由、平等而战斗，而且每战斗一次对他们而言就是一次上升的胜利，他们所失掉的仅仅是不自由的锁链。真正的奴隶主也是愉快的，因为他们会从镇压、流血中尽可能地享乐，当然最终他们的命运要么是毁灭要么投降革命。“只有介乎这两者之间的小资产阶级——更是智识层——是悲苦的。”他们一方面要求着奴隶主式的个人自由，另一方面却又不能够像一个奴隶似地无思虑地去战斗；他们一方面具备着新兴阶级的意识，另一方面却又流连着过去阶级的小小的梦境和温暖。于是他们就产生种种的动摇、挣扎、激动、消沉、反叛、没落、苦痛，处在一个所谓的“蜕变期”，“也是转净土坠地狱的关头”。这是一段需要最大忍耐力和韧性才能度过的艰苦行程，在这里小资产阶级知识分子只有不为自己打算才能彻底摆脱痛苦。每个知识分子几乎都在度着心灵的炼狱般的生活，只不过有的向上有的向下，有的借助外力有的借助自我反省的力量。[②] 那么，经过王实味事件，经过自己的观察、体验、思考和总结，萧军认为这个处于“蜕变期”的小资产阶级知识分子阶层的劣根性有哪些呢？“我越来越发现小资产阶级知识分子气底可鄙和可恶：猜疑、嫉妒、投机、自利、残忍、装腔、卖弄、言不顾行、支吾、遮掩、作伪、取巧。中国人是最喜欢投机、取巧、捡便宜、自以为聪明、走别人走过的路等。我知道抗战以后将要有更多的丑恶的病根要复发了，虽然这是过渡的。无论藏在什么阵营里，上面所举的那些病

① 萧军:《萧军日记》，出自《萧军全集》第十九卷，华夏出版社 2008 年版，第 451 页。
② 同上书，第 103 页。

根不除，决不会好。瞒和骗是中国人的大敌。”[①] 萧军勇敢地、无情地撕下了罩在所谓知识精英群体脸上的耀眼面具，展示了其背后隐藏的种种污点和泥垢，对促进中国知识群体反省、改造、提升自身是有益的。

对知识分子劣根性的反思始终是萧军重点关注的课题之一。如果说延安时期他对知识分子劣根性的思考还有些过于直观、零碎且局限于具体某人某事的话，那么中华人民共和国成立以后他则自觉地运用历史唯物主义关于社会存在决定社会意识的观点把上述思考提升到系统的、理论的、社会的层面。萧军认为由于中国受几千年封建统治和帝国主义侵略的影响，中国一部分人（真正劳动人民和有骨气的知识分子除外）就形成了一种奴才型和市侩型的产物，这特别明显地表现在知识阶层中。前者是封建统治结果的产物；后者是帝国主义入侵和本国资本主义兴起的产物："封建社会的副产物是奴才；资本主义社会的副产物是市侩。半封建半殖民地的社会副产物是奴才＋市侩。”[②] 在此基础上，萧军进一步具体分析了奴才型和市侩型知识阶层的特点：奴才型的特点是谄上骄下，逢当权者即取媚，以获得他们所要获得的东西，所谓廉耻、骨气、人的自尊、人的情义、正义、真理、公道等在他们是全不存在的。市侩型的特点是只要有利可图于己无害的事，不惜选取任何手段而达到目的，当然廉耻等类问题也是不存在的。以上这两种东西虽然产生的社会基础不同，表现的形式各异，但在本质上是一个东西：保存自己，损害旁人。奴才＋市侩型知识分子则集两者劣根性之大成。萧军认为“文化圈这些人”[③] 庸俗而无能，嫉妒而偏狭，其官迷程度比一般人更甚，因而对之报以大蔑视的目光、大冷淡的态度和大批判的行动——他甚至想写一部《新儒林外史》来描绘、暴露“文化圈这些人”的种种丑态。

萧军的可贵之处在于，他并没有把自己排除在对小资产阶级知识分子劣根性的批判之外。自己是中国人，因此身上不可避免地带有中国国民性的特点；同样，自己属于小资产阶级知识分子之列，也不可避免地带有小资产阶级知识分子

---

① 萧军：《萧军日记》，出自《萧军全集》第十八卷，华夏出版社 2008 年版，第 821 页。
② 萧军：《萧军日记》，出自《萧军全集》第二十卷，华夏出版社 2008 年版，第 827 页。
③ 同上书，第 351 页。

的劣根性。“我的生活和习惯以至于灵魂里，确实存在着这些可悲的东西的，但它们是历史的社会的遗留，它们也是固执的不要灭亡，虽然我是每天在用力消灭着它们，但这是长期的。”① 为此，他对自己思想中的一些杂质常常保持着高度的警惕：“常常有些可厌的、杂乱的、卑俗的思想要跑到脑子里来，我记得早先自己是没这些东西的。一个人底堕落，走入歧途，容易变成市侩和庸俗等，大概就在这样的时机罢？女人在 25 岁和男人在 35 岁的时候，他们要有个改变。这也许是他们真正认识了人生的开端，自私或为人底分歧点也在此。这是我应该警惕的时候啊！”② 萧军认为，中国人总喜欢占便宜，讨巧，顾眼前，为了自己方便而不惜牺牲别人以至更远大的、有价值的事物，爱在别人栽的树下阴凉里乘凉而自己不但不愿栽一棵树，甚至也不愿为“公共的树”浇一杯水，而且于临走之前还要折下一根枝条做手杖。总之，言行脱离、心口不一、浅尝辄止、投机取巧、自作聪明、始终不一、停止于感觉性的满足，等等，“这是中国一般人底缺点，弱点，我应自己警惕这些，改正这些，同时也用实际影响来克服别人，也应懂得这弱点，行走自己成功的路。”③ 萧军刚到延安时有一种下意识的优越感：“我是作家，我是萧军，一切应特殊点，被尊敬，被注意，被例外……”④ 通过反思，萧军认为自己的这种想法是可耻的、庸俗的市侩意识，应极力铲除。这些感情和意识的根源，当然全是旧社会的渣滓，在革命的阵营中、在未来新的社会里是不能被容忍的。正因如此，萧军对自己的要求是严格甚至是严苛的，他认为人生就像一架在天空中飞行的飞机，不前进即下落。如果没有高远的目标和强大的动力，人很容易跌进各种各样的世俗小坑里。人类中最大的勇者在于能克己而向人类中的兽性作战，最大的智者在于能使人类的弱点——愚昧、贪欲、软弱——转变为明智和纯洁。人只有毫无怜惜地一步步把自己从这些杂恶的矿石里剥凿出来，就像从粗糙的大理石里凿出完整的人像来，从原始的矿石里炼出精金来，才

---

① 萧军：《萧军日记》，出自《萧军全集》第十九卷，华夏出版社 2008 年版，第 42 页。
② 萧军：《萧军日记》，出自《萧军全集》第十八卷，华夏出版社 2008 年版，第 797 页。
③ 萧军：《萧军日记》，出自《萧军全集》第十九卷，华夏出版社 2008 年版，第 454 页。
④ 同上书，第 124 页。

能把那本质上最精纯的东西结成固体，才能完成一个“人”的存在。萧军深深地体验、认识到了这件事情的艰难：“我要用手高托着我的灵魂，向英雄底灯光里去行进啊！让它去照耀，让它像太阳用紫光杀死毒菌那样杀死我灵魂里一些毒菌罢。——这一切要从最小的实践，忍耐地做起。这是多么不容易的事啊！”①“我越来越感到人的感情、思想是庞杂的，防守自己是多么困难的事！”②“我每天在防守自己，这真有些苦！”③“我每天在洗刷、清除……自己一些卑俗的东西，但新的卑俗的东西又随着生长起来了！这洗刷、清除将要是一生的工作罢？”④“脱离恶，走向善，这比在泥沼里赛跑还要困难啊！”⑤自己虽然要极力改变自己，但那些被改变的东西却执拗顽强得如同一只疯狂的母狮，其反扑的力量是相当可怕的，只有自己的灵魂最清楚这战斗的欢乐和痛苦。

萧军认为，人要想在某事上取得成就，一定要像狮子捕食般全力认真，普通人之所以难以取得巨大成就，就是因为他们的性格中缺少了“认真”二字，“认真”二字正是促使自己脱恶向善的一剂良药。因此，萧军总是认真地反省自己，随时随地检查自己所发生的错误和不良的思想、行动和感情。尽管萧军认为自己改变得很少很慢，但毕竟是每天在改变着自己。从萧军反省自己的方式上看，他主要是采取两种做法：一是在读书中感悟；二是在生活中反思。托尔斯泰是萧军比较喜欢的作家之一，这其中的主要原因在于托氏的大部分思想萧军都从内心里表示认同。萧军在读《托尔斯泰传》时曾被深深感动，他认为这是深刻的人类灵魂的典型。托氏近于严苛的自我反省精神使萧军发现托氏所谓的卑琐和吝啬同样也隐藏于自己的心中，为此萧军倍感痛苦。他认为自己应该更谦卑，更勇于责打、暴露自己，唯有如此毫不留情地捶打自己的灵魂才能让它变得坚强和博大，唯有持续不断地学习自己才能从极端贫乏的教养中把自己尽可能丰富起来：“我

① 萧军：《萧军日记》，出自《萧军全集》第十九卷，华夏出版社2008年版，第30页。

② 萧军：《萧军日记》，出自《萧军全集》第十八卷，华夏出版社2008年版，第712页。

③ 同上书，第124页。

④ 萧军：《萧军日记》，出自《萧军全集》第十九卷，华夏出版社2008年版，第134页。

⑤ 萧军：《萧军日记》，出自《萧军全集》第十八卷，华夏出版社2008年版，第811页。

目前主要是要用一些人类最崇高和伟大的书先洗净我——提高我的灵魂，使我更真诚，坦白，勇敢，朴实……其余的事全是末节了。——先要堂堂地做个‘人’，真正的‘人’！”①

萧军深知，克服自己的弱点、缺点必须在现实生活中进行，单纯思想上的、唯心式的克服并不中用。“多多反省自己，理论与行动统一，这就是治这病的不二法门。”②“懂得一切，原谅一些，这还不是一个善行底完成，而还要靠不断的行动来证实——否则是一种欺骗或思想、感情的游戏而已。”③持续不断地反省、学习与实践是慢慢可以改变自己的弱点和缺点的。对一个作家而言，尽管他在理性上也会意识到自己的艺术创作肯定存在这样那样的不足，但当他面对外界对自己作品的批评时常常会不由自主地产生一种逆反心理，即便是面对最亲近的人发自内心的真诚的、善意的批评时也会如此。妻子王德芬曾经对萧军直言，自己在读萧军的作品时常常会产生沉闷、不流利、情节进行得太慢等感觉，另外她认为萧军对自己有时太刻薄，原因就是萧军以为她这样一类人不配读自己的作品。萧军在日记中真实地坦露了自己听到妻子的话语后引起的初始不快、本能抵制和自我反思：“起始听了这些话感到有些不愉快，但勉力克制了自己，终于有些自己承认了，但还有些支支吾吾，这是羞耻的，当然也是我进步的地方了。”④萧军由此想到，自己写无产阶级常常还是以小资产阶级的想法和感情，这一点是应该值得自己警惕的。一个人能够平心静气接受别人的批评——有时甚至是错误的批评，这的确不是一件容易做到的事。作为一个作家，他应该具备客观的态度和乐于闻过的精神，大量的听取无论怎样一个读者的意见——不管他是对或错，这对于他的进步是非常有益的。另外，萧军认为自己对于一些俗事，比如看到一些人发表了文章有点眼热、希望别人理解自己之类还不能坦然忘情，类似自私、嫉妒的心理感情依然深藏于自己的内心，只不过自己能克制它而不让它表现到一种可

---

① 萧军：《萧军日记》，出自《萧军全集》第十九卷，华夏出版社 2008 年版，第 511 页。

② 同上书，第 319 页。

③ 同上书，第 658 页。

④ 萧军：《萧军日记》，出自《萧军全集》第十八卷，华夏出版社 2008 年版，第 799 页。

怜的程度而已，这从另外一个方面也证明了自己的自信力、忍耐力的不足，这是庸俗的市民性在自己身上作怪，一定要消除这种躁性、偏狭、嫉妒、邀宠、面子等类恶习："不要把自己变得庸俗，怯懦，狭小啊！这是一个作家，一个人底大敌！"①

萧军类似的自我反思、自我批评还有很多，在此不再一一列举。通过自我反思、自我批评，萧军为自己的进步感到高兴："我知道自己一天天在接近于'真'，一天天在芟除着从恶社会带来的一些恶俗渣滓，也却是一天天在接近于美、善，以至于真勇。"② 总之，萧军延安时期的所思所想是特殊环境下特殊条件的产物，不可避免地带有时代、个人等方面的局限性，但萧军的可贵之处就在于他始终忠实于自己的内心并敢于把它用自己的方式表达出来，带有萧军个人所特有的鲜明色彩。

五

那么，除了外界的环境因素之外，促成萧军在王实味事件中有上述表现的原因还有哪些呢？总体来看，萧军本人的性格、他所奉行的新英雄主义精神、他对中国共产党及其领导下的边区的热爱成为萧军在王实味事件中挺身而出的主要动因。

第一，萧军本人的性格。1943 年 3 月 18 日，萧军在和妻子王德芬的谈话中认为，自己的性格趋于两个极端，热起来像火像花，冷起来像水像冰，其中存在着若干既对立又统一、既分裂又和谐的矛盾因素："人性和兽性，动和静，丑和美，善和恶，有趣和无聊，偏狭和宽大，自尊和自卑，动摇和坚定，锐利和模糊，爱和憎，主观和客观，进取与保守，个人和群体……"③ 总之这一时期正是萧军进一步修炼自己的过程，而贯穿这一过程的链条则是对压力的愤怒和对弱者

① 萧军:《萧军日记》，出自《萧军全集》第十八卷，华夏出版社 2008 年版，第 799 页。
② 萧军:《萧军日记》，出自《萧军全集》第十九卷，华夏出版社 2008 年版，第 206 页。
③ 萧军:《萧军日记》，出自《萧军全集》第十八卷，华夏出版社 2008 年版，第 314 页。

的爱，它们促使萧军走向群众，走向革命，走向艺术，走向“人”的大路。萧军的这种性格让自己一生多敌多友多爱，对此萧军也多有反思。1941 年 2 月 7 日，萧军在读《嵇康集》时曾摘录下嵇康自我评价的话语：“……又每非汤武，而薄周孔；在人间不止此事，会显世教所不容；此甚不可一也。刚肠嫉恶，轻肆直言，遇事便发，此甚不可二也。”① 萧军对此深有同感，认为嵇康此处所言的“二不可”好像是在为自己写照。另外，由于自己的独特经历，萧军也认为自身还存在着若干封建社会的遗留：如文人结习、武人脾气、侠客作风等。文抗解散后，萧军负气“不吃公家饭”，拖家带口到陕北的念庄、刘庄等地自立生活。在转到中央党校工作后，他与时任党校副校长的彭真有过一段对话，生动地说明了他性格中的“侠客”因素：“我是属于中国游侠思想一个体系，我们在‘个人英雄主义’这一点以及爱‘真实’，说真话……这一点是相通的。”② 萧军认为，在以后的发展中他们发展的形式则出现了不同，彭真是以集体主义走向了政治之路，而自己则一直以个人主义行走在文学之途，过着近乎名士与游侠的民间生活。

因此，客观地看，萧军的性格结构中有其好与不好的两面性。就不好的一面而言，它会使萧军率性而为，对人对事缺乏应有的耐心、细心，自尊有时近于自大，粗犷有时近于粗鲁，豪放有时近于狂放，而狂放有时又失于狂躁，这当然也与这一时期萧军的年龄与阅历有关。因为自己性格中不好的一方面，萧军在延安与周围的环境发生了不少不必要的冲突，如与中央警卫营的冲突、因洛男工作调动在文协生活检讨会上引起的冲突③、与中央医院大夫的争吵、招待所打人事件（法院因此判了萧军两年缓刑）等。毛泽东曾经非常准确同时又相当委婉地指出了萧军这方面的弱点：“我因过去同你少接触，缺乏了解，有些意见想同你说，又怕交浅言深，无益于你，反引起隔阂，故没有即说。延安有无数的坏现象，你对我说的，都值得注意，都应改正。但我劝你同时注意自己方面的某些毛病，不

① 萧军:《萧军日记》，出自《萧军全集》第十八卷，华夏出版社 2008 年版，第 375 页。

② 萧军:《萧军日记》，出自《萧军全集》第十九卷，华夏出版社 2008 年版，第 606—607 页。

③ 萧军:《萧军日记》，出自《萧军全集》第十八卷，华夏出版社 2008 年版，第 433 页。

要绝对地看问题，要有耐心，要注意调整人我关系，要故意地强制地省察自己的弱点，方有出路，方能‘安心立命’。否则天天不安心，痛苦甚大。你是极坦白豪爽的人，我觉得我同你谈得来，故提议如上。”[①] 对于毛泽东的建议，萧军的内心充满了感激之情。

就好的一面而言，它会使萧军疾恶如仇，路见不平，拔刀相助，不达目的，绝不罢休。萧军认为，自己完全是“野生的”[②]，“是打不倒，骂不垮，杀不死的”[③]，是用笔和拳头从一种卑俗、势利、冷淡、压迫、偏见中拼命滚爬过来的，因此自己具备了一种亡命徒和盗匪式的百跌无怕的性格，浑身每一处都流着兽性的血液。萧军曾把自己比喻为一只扑火的飞蛾，认为飞蛾是只看到灯火的，它是不懂得自己所奔赴的灯火是可以烧焦自己的，而且非到烧焦了自己的时候飞蛾是决不退走的。因此，凡事自己认为是对的，萧军都会坚持到底，真诚无隙，不管自己面对的对手是谁——敌人、朋友抑或普通的大众，表现出一种“虽千万人吾往矣”的大无畏勇气：“我只是行走我自己认为该走的路。大众的意志我不愿违背，但也不愿违背自己的意志，只要它于大的真理方向无错”[④]。“凡和习俗反抗的，一生将要是被攻击者，只有在真正为真理而战的血污里生活，才是真正的美丽的生活。我爱这生活，这也是我的生活。”[⑤] 懂得了自己的价值和任务后，对于自己所选择的道路，萧军的内心充满了坚定的自信甚至自傲：“我相信我能给人以前进和战斗的力量！我将要更多发挥这力量。我的精神将要成为将来人类精神的标志灯。”[⑥] 或许在别人的眼中萧军的上述言论有些桀骜不驯、狂妄自大，但萧军认为自己有自己的事业和理想，因此，对于外界对自己的种种批评，萧军大都

---

① 毛泽东:《致萧军》，出自刘润为《延安文艺大系·文艺理论卷》(上)，湖南文艺出版社 2015 年版，第 71 页。

② 萧军:《萧军日记》，出自《萧军全集》第二十卷，华夏出版社 2008 年版，第 11 页。

③ 同上书，第 552 页。

④ 萧军:《萧军日记》，出自《萧军全集》第十九卷，华夏出版社 2008 年版，第 203 页。

⑤ 萧军:《萧军日记》，出自《萧军全集》第十八卷，华夏出版社 2008 年版，第 592 页。

⑥ 萧军:《萧军日记》，出自《萧军全集》第十九卷，华夏出版社 2008 年版，第 187 页。

采取一种置之不理、淡然处之的态度："我应该对一些闲言杂语采取漠然的态度，这些会妨害我的工作和精神安宁。"[①] 萧军在王实味事件中的表现亦然。萧军坚定地认为，自己在王实味事件中解除了感情的负担，表明了自己的主张和态度，"是严格的站在了工农大众以至人民，以至共产党基本政策的立场上，和恶劣的倾向作斗争"[②]，因此自己"不怕与一切人为敌，做一个光荣的孤立"[③]。萧军坚信自己是为真理而战，而为真理而战是人类最高的精神品质，自己虽然在现实中处于绝对的少数、劣势，但最后的胜利仍然属于自己："但我是并不孤独的，我与真理共在。"[④] "为了保护我自己，保护真理，我只有忍受走我自己的路罢！历史会证明我是对的！"[⑤] 一方面在现实社会中是个"光荣的孤立"；另一方面在精神世界中却"并不孤独"，"与真理同在"。萧军这种看似矛盾的表达，真实地描绘了他这一时期内心真实的想法，也是其性格的真实反映。

第二，萧军的新英雄主义精神。延安时期，萧军大力倡导新英雄主义精神，按照萧军本人的说法，新英雄主义的标准和内容分为以下七个方面：①为人类（以示与"为自己"的旧英雄主义有别）。②争取第一（针对不紧不慢主义，尾巴主义，混混主义，被动主义，温情主义，无理解无主见主义，浪费时间主义……凡事要争取第一为标准：工作、学习、做人……无止无休地竞赛下去）。③强健自己（从各方面：智识、道德、体力、技能）。④敢作敢为（创作、言行、斗争、主张、信仰、实践）。⑤不断战斗（和外面的敌人，和自己卑丑的意识和行为、倾向，和自然，和不合理的人物制度，不良的习惯等）。⑥敬爱同志。⑦敌友分明。[⑥] 萧军认为，自己上述所主张的新英雄主义的标准有目的，有步骤，有计划，有根据，有方法，有取舍，有爱憎。中国和世界都需要新英雄主义精神，自己要

---

① 萧军：《萧军日记》，出自《萧军全集》第十八卷，华夏出版社2008年版，第728页。

② 萧军：《萧军日记》，出自《萧军全集》第十九卷，华夏出版社2008年版，第220页。

③ 萧军：《萧军日记》，出自《萧军全集》第十八卷，华夏出版社2008年版，第314页。

④ 同上书，第666页。

⑤ 同上书，第668页。

⑥ 同上书，第344页。

切实地实践自己的主张："我要决然走我新英雄主义的路，一切陈腐的东西，全要给以否定。我暗暗意识到一种看不见的潜在的力量和条件，在催迫我，等待我，中国需要新英雄主义，世界也需要它，它会引导人加紧地进步，我将要为它的引擎。"①

萧军曾把自己的新英雄主义精神与自己所喜欢、热爱的作家的不同之处做过比较：托尔斯泰以宗教为手段而追求善，描写着"饶恕"；鲁迅以革命为手段描写着憎恨和战斗；罗曼·罗兰以音乐为题材，以大勇主义为手段，以善为目的；巴尔扎克仅是描写出了那时代，仅是提供人生的一种改进材料的本分小说家，而不是个哲人；而萧军本人则是个以新英雄主义为手段而追求"美"的人，为美而战斗，为美生活。"善与真这全是过去的前人所追求的目标，如今和最近将来已经现实了一部或是全部。只有美还是那样遥远而存在着，值得人类终生为它底现实而战斗。"②在这方面，萧军不愿意自卑和自谦："我对历史上的伟大人物虽然尊敬，但不以为他们不可超过，因为我有我的时代。"③萧军这种发自内心的自信在他与美国作家杰克·伦敦的比较中表现得更加明显。萧军认为：自己的写作是为了改变人类的品质，提高人类的情操，团结人类、鼓励人类去消灭人类中一切丑恶的东西。虽然杰克·伦敦的写作本质上也是如此，但他被金钱和自己不能战胜的私欲所俘虏，几乎被它们消灭了自己的信念。而萧军自信一直是坚强执着地走过来的，对于这庄严的写作目的从未产生过一分钟的动摇。杰克·伦敦是崇拜原始的力的，自己却是爱慕理性的力的；杰克·伦敦是在无意有意企图消灭人的情操，相反，自己却正在努力追求它。因此，自己比杰克·伦敦更坚强，更彻底，更严肃，因而战斗力更强。自己是具备着鲁迅式的、东方人所特有的一种明敏超乎物力的大胆，对于死亡带着一种宿命的轻蔑似的忽视，超功利性地执行着自己的信念所给予的任务。④萧军下定决心要吸取世界优秀作家的精华来滋养自己，

① 萧军：《萧军日记》，出自《萧军全集》第十九卷，华夏出版社 2008 年版，第 51 页。

② 萧军：《萧军日记》，出自《萧军全集》第十八卷，华夏出版社 2008 年版，第 549 页。

③ 同上书，第 801 页。

④ 萧军：《萧军日记》，出自《萧军全集》第十九卷，华夏出版社 2008 年版，第 39 页。

继承人类最好的文明成果——“我将要到那树底最高处采取那最美的，最成熟的果子”[①]，完成时代赋予自己的历史任务，为世界人民写作，为下一代人写作：“我时时感觉我正积蓄着这犷野的力量，它们时时在鼓荡着我，燃烧着我……在我面前正有一片荒芜而广大的旷野等待我开垦、播种以至于建筑那雄伟辉煌不朽的殿堂。”[②]至于自己写作的作风，它应像古希腊建筑那般简捷、严整、朴质、洁净，寓精神于全体之中，不学其表面的雕镂和装饰，而要像一块完整的大理石那般坚贞，给予人一种崇高的无垠的感觉和精神启发：“我要使我的作品像海那般自由，雄伟，深沉……山那般凝重，宇宙那般复杂无所不包……”[③]这样的目标也许自己达不到，但萧军认为自己至少要有这样的胸怀和志气。

萧军大力提倡的新英雄主义精神无疑给当时的中国文坛吹进了一股雄浑刚健之风，有着强烈的现实针对性。1943年3月15日，萧军收到一本当时在桂林出版的期刊《文学创作》，里面刊载的一些作品让他大失所望：“翻看了一下，我感到一种腐臭的新士大夫气充满篇幅，同时也感到文学上一种空虚和堕落的倾向。”[④]这使萧军感到在目前中国文坛上自己是不能和这些腐臭的市侩气氛合流的，自己一定要把鲁迅的精神作为改造中国新人民的赤血球，注入进每个有为的青年血管里去，要把一种新的英雄血液输入进中国的文学里来，把一些僵尸们冲洗干净。至于自己的写作方法，“也得要求进步，求改变，要从庞杂到真纯，到精炼，不能靠其他的效果而忽视了文学固有的美和力”[⑤]。萧军认为，人类在科学方面的探索没有尽头，对美的追求同样也永无穷尽之时。人深入现实越深，对现实概括得越好，这“美”也就越真实，越富于感染力。美是人生追求的终极目标，是人类永恒的宗教，她将不断吸引着人类向前、向上、向高处发展，而这对于正处在战争硝烟中的中华民族和整个人类来说是迫切需要的：“博

① 萧军：《萧军日记》，出自《萧军全集》第十九卷，华夏出版社2008年版，第208页。
② 同上书，第446页。
③ 同上书，第217页。
④ 同上书，第57页。
⑤ 同上书，第6页。

大的、美丽的灵魂底引导和铸造，对于中国人以及此番战后的人类是多么迫切地需要啊！”[①] 真正美的人，一定是具备着美的灵魂的人。一个人如果心中没有对美的追求，那么在现实生活中什么丑恶的事情他都会做得出来。个人如此，每个集团、民族、国家乃至整个人类亦然。为了完成自己最终的目的——美——的任务，他认为自己需要懂得一切，使用一切："科学家的方法，哲学家的智慧，艺术家的热情，宗教者的意志，或许说革命者的意志，军人的捷快和准确，政治家的筹谋……"[②] 萧军要求自己要有坚强不屈的意志、深沉厚重的感情、明察远虑的情操，为此他认为自己应该像一个小学生那般不断从各方面进行学习，"要多多的吞吃，细细嚼咽，慢慢概括，慢慢吐出"[③]，日益增己所不能，脚踏实地地实施自己的新英雄主义精神："有伟大的行为，才能有伟大的作品，有伟大的精神，才能有伟大的成就。要决然地担当起人类保护者监督者的担子，我能！"[④] 那么，萧军的新英雄主义精神在艺术方面有哪些主要主张呢？萧军认为，艺术不仅在于怎样描写人，更主要的还在于怎样改造人。一个作家的真正任务，就是透过个人、人类的表面发现其灵魂深处与精神结构的多样与矛盾，并把它引导到真、善、美的方面去。因此，培养灵魂并使之伟大、崇高、纯洁，这对于一个作家来说是最基本的工作。要如此就非得深深地抓住人的永恒的灵魂不可，不然，艺术的存在就毫无意义。那么，什么是永恒的灵魂呢？那就是从兽性到人性，从丑到美，从假到真，从卑下到崇高，表现为一种斗争过程的失败或成功的力量。这永恒的灵魂像一支箭似地前进着，它贯穿所该贯穿的东西，遗落所该遗落的东西，在此不断贯穿、遗落的过程中灵魂铸就了自己的美，而艺术本身也实现了由质朴到复杂再由复杂到质朴的回归。萧军认为，自己要在艺术领域实现自己的新英雄主义精神，那就需要自己永远要以一个人类灵魂的控诉者、监督者、见证者、改变者的姿态，像一面旗帜似的独立在艺术的海洋上，反抗那些残害人的事和物。

---

① 萧军:《萧军日记》，出自《萧军全集》第十九卷，华夏出版社 2008 年版，第 446 页。

② 萧军:《萧军日记》，出自《萧军全集》第十八卷，华夏出版社 2008 年版，第 552 页。

③ 萧军:《萧军日记》，出自《萧军全集》第十九卷，华夏出版社 2008 年版，第 235 页。

④ 萧军:《萧军日记》，出自《萧军全集》第十八卷，华夏出版社 2008 年版，第 460 页。

由萧军的上述主张可知，他所说的美实际上就是一种人性的美、灵魂的美而非唯美主义者追求的纯粹意义上的形式美或虚无缥缈的美："只有透过一切现实基础的花，才是真正的，美丽的，它底寿命才是永恒的。虚空的幻影中那种苍白的无根的云似的花，只要一阵微小的风，它们就要分解或零落！"① 他所倡导的新英雄主义尽管具有人类主义色彩，但主要是针对中国国民的劣根性提出的。从萧军所提倡的新英雄主义精神的渊源来看，其中显然有着五四运动新文化精神的影响，特别是与鲁迅先生的国民性批判有着直接的血缘关系，而萧军一生也以鲁迅先生的学生自居。鲁迅先生是萧军平生所唯一崇拜的中国人，世界上没有什么人能如此深刻如此长久地感动着萧军，他近乎用一种宗教般的情怀在膜拜着鲁迅先生。对于鲁迅先生灵魂上、行为上的伟大，萧军景仰一生，毫不怀疑。因此，每次想到鲁迅先生，萧军总会在内心激起一种悲怆的发奋的心情，认为鲁迅先生"将是我一生灵魂的碇泊柱！为了他底缘故，我也要一刻不放松自己，强健起来，扫除那些曾间接、直接迫害过他的丑类群"②。

萧军一方面如此崇拜鲁迅先生，把他视为自己的精神导师和民族的灵魂，一方面又把鲁迅还原为一个有血有肉、有爱有恨的活生生的社会中人。这一点从他对鲁迅先生的研究、比较中可以看出来。延安时期，萧军和漫画家张仃在谈及影响当时延安文化界的两个文化巨人——高尔基和鲁迅时，就两者的不同之处他发表了自己的独特见解："高尔基所演的是一种艺术上的悲剧；鲁迅却是真正生命上的悲剧。前者还有着一种抒情的自我表现愉快的程度上的艺术性叫喊；后者则完全是生命挣扎愤怒的几乎不成声的嘶唤！前者已经死在他憧憬的晨光里；后者却生在暗夜，死在暗夜里的！"③ 至于自己和鲁迅先生的异同之处，萧军也做过认真的思考。他认为，自己和鲁迅先生有着绝对不同的一面，也有着相同的一面。鲁迅先生所长的正是自己所短的，鲁迅先生所有的正是自己所无的。鲁迅先生趋向于精深，自己则倾向于博大。鲁迅先生和自己在本质上是同一的，但发

① 萧军：《萧军日记》，出自《萧军全集》第十九卷，华夏出版社 2008 年版，第 650 页。
② 同上书，第 38 页。
③ 同上书，第 73 页。

展、努力、成就是相异的。只有如此相成，才能完成一个整体。恐怕这是古今中外两代人的通例。①

萧军不但是一个鲁迅精神的实践者，而且还是鲁迅精神的传播者。在周文夫妇去晋西北工作之际，萧军赠给周文一个鲁迅石膏像，背面写了这样的话："我愿您以鲁迅的精神为精神，帮助那里的人民。"在好友高原等人要去陇东工作之时，萧军同样送给他一座自己珍藏的鲁迅先生石膏像，上面写着这样一句话："愿你们永远以鲁迅的精神为精神。"萧军对鲁迅精神的宣传非常执着，1944 年 2 月在乡下自食其力时，他把一幅鲁迅先生石膏像送给了刘永廷——乡间唯一有文化的人，并为他解说了鲁迅先生的生平："我就把先生的种子带给这片'荒田'罢——虽然它也许不会抽出什么芽，但我却应该信徒似的宣传我的道。"② 萧军认为，鲁迅先生给予了自己所缺乏的："坚强的理性，韧性战法，和晶真的灵魂。"③ 每当萧军要疲倦、要懒惰、要自暴自弃的时候，他就听到鲁迅先生在向他召唤："要战斗啊！韧性地战斗啊！我的孩子！"④ 于是萧军又变得重新坚强起来了。萧军认为，鲁迅先生像维吉尔引导但丁那样引导着自己，成为他向各种不良倾向做斗争的强大精神动力。

第三，萧军对中国共产党及其领导的边区政府的热爱。对于自己生于斯长于斯的这个国度，对于源远流长、勤劳勇敢的中华民族，萧军有一份发自内心的热爱，对她未来的光明前景也充满了信心："中华这民族，它将要是未来人类进向真、善、美的大路的最主导的力量之一，它具备着一种近乎神秘的黏着力，漠视一切的固执、容纳、同化、和平……一切的伟力潜藏着的。我渐渐对这民族产生了深沉底爱！——但我却憎恶应该憎恶的丑恶，像我的生活那样——我要发扬它，表现它，鼓励它——它是具备着古希腊一般的品质的，它比它还要美，还要

① 萧军：《萧军日记》，出自《萧军全集》第十九卷，华夏出版社 2008 年版，第 642 页。

② 同上书，第 330 页。

③ 同上书，第 531 页。

④ 萧军：《萧军日记》，出自《萧军全集》第二十卷，华夏出版社 2008 年版，第 823 页。

悠远而深沉！”[①] 然而，萧军所生活的时代，正是中华民族在外饱受帝国主义欺凌、在内则贫富分化异常严重，即民族矛盾、阶级矛盾异常尖锐对立的时期。萧军的故乡——富饶美丽的东三省在九一八事变中因国民党政府的不抵抗政策被日军几乎不费一枪一弹占领，因此，萧军对凶恶残忍的日本帝国主义有着本能的民族仇恨，对腐败无能的国民党政府有着发自内心的深深厌恶，也正因为如此，他才真挚地热爱着领导中国人民反抗民族侵略和阶级压迫的中国共产党及陕甘宁边区政府。

萧军对中国共产党及其领导下的边区政府在认识上有逐步深入、行动上有慢慢靠拢、亲近的过程。1938 年春，萧军第一次到延安，期间曾与毛泽东会晤，后旋即离去，彼时他对中国共产党及边区政府仅止于一般性的印象。1940 年 6 月，因上了国民党特务的黑名单，在八路军办事处负责人林伯渠、董必武、邓颖超等人的安排下，萧军携妻子王德芬第二次去延安，从此成为边区文协的专业作家。在延安，萧军亲眼看见了中国共产党抗日民主政策在边区得到具体落实，对中国共产党及其领导的边区产生了发自内心的热爱。同时，通过理论上的学习，对中国共产党的发展历史和建国主张也有了更深的认识和理解。在延安时期，萧军曾经读过一本名为《十年共产党》的集纳文章，这使他对中国共产党十年的艰苦卓绝的奋斗历史有了系统的、深刻的理解，对党也产生了真挚的感情：“也感到这是世界上从没有过的艰苦的党！我应该好好地帮助它，维护它，但对于一些坏蛋应该不容情。”[②] 当萧军从报上读到关于甘地（印度国民大会领袖）和金纳（印度回教同盟领袖）会谈印共书记约希的观察论文时，引起了萧军如下的感想：共产党的存在是帮助民族独立解放、防止已发或未发的资本主义毒害、合理地争取劳动人民利益的主要力量，只有那些自私自利的少数人类臭虫才否认它，反对它。在整个世界上有共产党存在只有利益，决无害处，它是杀菌的新血球，是民族解放、人类解放必不可少的新生力量。[③]

---

① 萧军：《萧军日记》，出自《萧军全集》第十九卷，华夏出版社 2008 年版，第 39 页。

② 同上书，第 245 页。

③ 同上书，第 496 页。

正是由于对中国共产党的热爱，萧军自觉地把中国共产党这个集体和党内的一些个别投机分子、卑恶分子区分开来，“共产党人他们有的伤害我，侮辱我，忽视我……这不能动摇了我对于这党的本身有什么不信任”[①]，他认为这是整体与局部、集体与个人、一般与特殊的关系。因而，部分共产党人对自己的伤害、忽视、疏远、想要“治”自己[②]的恶劣行为，并不能动摇自己对中国共产党及其领袖的信任和忠诚。为了维护党的利益和党的纯洁性，自己要作为一个党外的监督者、战斗者的角色存在，与一切危害党的投机分子、卑恶分子做斗争：“我一定要为保护这个党，这个人民的领袖毛泽东而战罢，经过任何损害与挫折，决不灰心。”[③]因此，尽管自己在延安有着种种的不愉快，但是中国共产党及其领导下的边区政府对于大多数贫苦的人确是有好处的，整个的革命事业也是以大多数人的福利为福利，那么自己所受的一些小委屈、小不愉快又算得了什么呢？萧军认为，前者是个人的感情，后者是集体的道理。当两者不可避免地发生矛盾时，前者当然应该服从于后者。不为自己打算，不为一切不必要的卑俗的传统等意识、思想、感情所阻碍，一切以真理为依归，这才是做人应持有的态度。懂得了这个道理，人就会减少很多不必要的苦恼。人的主观愿望只有顺应了客观现实存在的条件，才有现实的可能。[④]正因为如此，在抗战胜利以后，萧军激动地写下了如下的诗篇来赞美中国共产党：“今天胜利了！——但是我们决不能够忘记：中国共产党——这伟大的中华民族，最伟大的子孙！只有他们——二十年如一日，领导着广大的中国人民，为了这五千年的奴隶古国翻身而战斗，它——中国共产党——爬过了冻死人的凛凛的雪山！滚过了饿死人的茫茫草原！浮过了吞吃人的滚滚的长江和大河！用去了最英勇的战士尸首和鲜血，为后来者留下了指标和路线，它追求啊！追求……追求的是中国人民底独立和自由，幸福和光明……”[⑤]

---

① 萧军：《萧军日记》，出自《萧军全集》第十八卷，华夏出版社2008年版，第335页。

② 萧军：《萧军日记》，出自《萧军全集》第十九卷，华夏出版社2008年版，第176页。

③ 同上书，第176页。

④ 同上书，第95页。

⑤ 同上书，第692页。

这是萧军发自内心的真实情感，也是他一生保有充沛战斗激情的源泉之一，对此我们应当充分予以肯定。

萧军坚信，只要你确认到真理，抓住它而且有勇气在人前举出它，到最终真理总会出来为了你，为了它自己证明它是存在的。[①] 在“《文化报》事件”中，萧军曾经对主管东北局宣传工作的刘芝明说过如下话语：“这些事情我们过十年或二十年甚至我死后……那时再说是、非罢。”[②] 历史证明了这条规律是客观存在的，同时也证明了萧军在“《文化报》事件”和王实味事件中的观点、立场是正确的。自然，单就王实味事件而言，萧军的整个表现并非十全十美，带有其桀骜不驯、狂傲自大的一面，但就其对王实味事件经过独立思考而得出自己的基本判断并将之勇敢地付诸行动而言，又值得我们充分肯定。正如萧军所言：“凡是能献身为人类，增加着愉快和幸福的工作，即使他们扮演得再幼稚，浅薄，甚至丑恶，但他们那真挚的心，真挚的献身的精神——是可贵的，是美丽的啊！人一定要抓住这本质来谈论一切！”[③] 正因为如此，萧军特别憎恶那些说风凉话的吹毛求疵者和指手画脚的取消论者，他认为社会的进步绝不是建筑在这类狭小、冷淡、无所作为的鹦鹉的脑袋身上的，而是建筑在蠢笨的牛和可笑的傻子们身上的。在王实味事件中，萧军就曾自喻为西班牙作家塞万提斯笔下的堂吉诃德和鲁迅先生的作品《聪明人和傻子和奴才》中的傻子。或许，萧军因在当年王实味事件中的表现被许多“聪明人”目为“蠢笨的牛”和“可笑的傻子”，而这正是萧军之所以成为萧军的可贵品格——“特殊的存在”，也是他在中国现代文化史上值得后人记住的地方。

（原载于《临沂大学学报》2019 年第 4 期）

① 萧军：《萧军日记》，出自《萧军全集》第二十卷，华夏出版社 2008 年版，第 835 页。

② 同上书，第 360 页。

③ 萧军：《萧军日记》，出自《萧军全集》第十九卷，华夏出版社 2008 年版，第 35 页。

“海滨故人”女性群体的自我追求及其现代意义

张根柱 *

海滨故人群是庐隐在“社会问题型”小说中塑造的第一批觉醒了的中国现代知识女性形象，她们亲身经受了“五四”风潮的洗礼，认识到“人”的尊严，努力追求自我的实现。可以说，追求自我价值实现是海滨故人群人生追求的最高法则，是她们精神世界所表现出的一致特征。为了这个目标的实现，她们在封建礼法之网中苦苦挣扎，身心备受摧残。由于庐隐本人即是这批现代知识女性群体中的一员，并且也曾为了追求自我付出了惨重的人生代价，所以，在展示海滨故人群的奋斗史时，庐隐的心情是极为沉重、愤激的。她用饱蘸着血和泪的笔，忠实地记录下了这段艰难的历程，为我们描绘了中国第一批现代知识女性追求自我的心灵史。

在庐隐的小说中，海滨故人群的自我追求主要体现在两个方面：第一，对情爱的寻找和失落；第二，对事业的困惑和彷徨。

一、自我在情爱中的寻找和失落

追求自主的爱情、婚姻是五四新青年追求自我价值实现的一个重要方面，表现在庐隐的小说中，就是海滨故人群对理想男子汉的寻找，这一追求目标寄寓着

---

* 本文系与曹允亮副教授合作。

她们对人生的理解和自我价值选择。由于她们是最先觉醒的少数知识分子，与周围强大的黑暗势力相比，她们只是汪洋上漂浮的一叶小舟，随时都有倾覆的危险，在这种情况下，她们渴望找到自己的异性同行者，同舟共济。她们理想中的男子汉，往往是精神上的慰藉者和凭依者，是“灵”的化身，他们与女人的相悦相爱，很大程度上带有柏拉图式的“精神恋爱”的意味，而不是灵肉合一的、健全的爱。这种灵肉分裂的现象表明了现代知识女性的下述心态：由于周围黑暗环境的挤压和她们的孤苦无依，寻求精神支持和安慰的渴求压倒了她们本身的正常生理需要。这种理想中的男人从来就没有作为一个有血有肉的形象在作品中出现过，他们更多的只是出现在现代知识女性的幻想中，带有很大的想象性与虚构性，因此，他们身上有着浓重的“脂粉气”。女人落泪他们跟着唏嘘哀叹，女人高兴他们也笑逐颜开，他们完全成了女人的影子，身上多阴柔之风而少阳刚之气。

在现实世界中寻找这样的男人，特别是在封建思想占主导地位的20世纪20～30年代的中国寻找这种理想化的男人，意味着寻找的失落和自我的放逐，随之而来的必然是心灵的无尽痛苦，因此，当海滨故人群在现实世界中寻找理想男子汉的时候，这个世界给她们的回答是否定的。她们焦虑地发现，男人们在她们身上找寻的只是名利和肉感，他们和女人的交往，不是出自对女人的尊重和爱恋，而是有着种种的目的和险恶的用心，特别是一些伪现代人——受过教育的无良男子——打着自由恋爱的神圣旗帜进行感情欺骗，现代知识女性往往在不自觉中陷入此类男人所设的情感陷阱中。在小说《灰色的路程》中，庐隐毫不留情地撕下了一个教员的假面具：他贪图女人的美貌，把女人看作自己泄欲的工具，企图通过征服众多异性来炫耀自己的能力。庐隐对此类男人发出了愤怒的指斥和嘲笑：“他们还不曾了解男人和女人在世界上的关系呢！他们对于女性的爱，仿佛蜜蜂为它自己采蜜，从不注意花瓣的美丽，他们和自私的老鹰一般，只为饥饿的热欲而扑捉小鸡呵！”小说《象牙戒指》则为我们展示了男人的另一种丑恶行径：把女人视为他们的进身阶和敲门砖，为了自己的飞黄腾达去攀龙附凤。为了达到这个目的，他们卑劣地采用欺骗手段离弃自己的发妻：“他们是拿女子当一件货物，将女子比作一盏灯，竟公开宣言有了电灯就不开洋油灯了。”[①] 这样无论新式女子还是旧式女子，都成了伪现代人的牺牲品。

现代知识女性满怀热望地把自我寄托在自己理想中的男性身上，但当自我踏入现实中的男性世界后，她们不仅在这个世界中找不到自己的位置，而且还感到欺骗和危险充斥于这个世界的每一个角落，因此，她们不得不从这个世界中逃出，在父权制度的边缘毫无着落地漂泊。她们祈盼着这个世界能够产生出真正的男人，却又投之以憎恨、怀疑和恐惧的目光。面对这种情况，海滨故人群有一种沉重的失落感和幻灭感，也萌生出一种强烈的复仇意识。既然男人在她们心中酿造了这杯苦酒，那么她们又何妨再把它回敬给男人呢？在《漂泊的女儿》这篇小说中，庐隐描写了畏如和星若这一对吃尽男人苦头的现代知识女性。面对男人给她们的欺骗、侮辱，她们喊出了心底的复仇之声：“我要玩弄所有的男人，如他们玩弄所有的女人一样！”这个世界毕竟是男人的世界，玩弄男人的结果也只能是被男人所玩弄。迫于生计，畏如最后只想嫁给一个有钱人，而星若则彷徨迷失，黄昏时独自凄凉地徘徊在静安寺的坟场。

对男人的陌生和憎恨，导致了庐隐笔下男性形象的缺失。读完庐隐的全部作品，我们甚至不能说出一个富有血肉的男性形象的名字。在庐隐的作品中，男人只是作为一个给女人制造痛苦的小丑出现的。当他们完成了给女人制造痛苦的表演后，便匆忙地从前台溜走，或者说庐隐毫不留情地把他们划掉，不肯让这些男人在她的作品中多留片刻。作品中出现的大段空白，只能让女人去填充，留下的痛苦，也只能让女人去勇敢地承受，而女性的形象就在这种填充和承受中丰满起来。从这个角度讲，庐隐作品中的男性，只是制造女性心灵痛苦的符号而已，根本就不是作为一个“人”的形象出现的。庐隐以他们的卑鄙龌龊衬托出女性的伟大和勇敢，这反映了男人本身的萎缩和庐隐对此类男人的极端憎恨与藐视。

庐隐小说中对男女情爱关系的描写，没有一般作品中的卿卿我我和相亲相悦，有的只是剑拔弩张和欺骗玩弄。就此而言，庐隐是五四作家群中比较特殊的

---

① 庐隐：《象牙戒指》，出自凡尼、郁苇《庐隐作品精编》，漓江出版社2004年版，第399页。

一个，她自觉地在性别文化的背景下展示了男女之间的对立，其激烈程度前所未有。值得注意的是，在考察现代知识女性寻找自我、寻找男子汉的过程中，庐隐除了批判男性的卑鄙龌龊外，还展示了女性自身存在的弱点。从旧社会中觉醒的新式女子，无论她们的思想观念多么现代，无论她们对旧社会的抨击多么激烈，在她们的潜意识中都或多或少地留有旧社会的残渣，行动中也或隐或显地留有旧社会的痕迹，这是一条不依人的意志为转移的规律，庐隐笔下的现代知识女性也是如此。经过五四人道主义风潮的洗礼，自由、平等的观念已深入她们的内心，但在她们的意识底层，仍然留有旧思想、旧观念的影子，这使得她们在追求自我的道路上步履维艰。比如说贞操观念，它本来是封建社会中男人为达到女人对自己的绝对忠贞而设计出来的，《象牙戒指》中的张沁珠却把它移嫁到男人身上。张沁珠开始之所以拒绝真诚地爱着她的曹子卿，除了伍念秋仍然活在她的心中这个心理障碍外，贞操观念在其潜意识层面的影响不能不说是一个重要原因。为了与张沁珠生活在一起，曹子卿与家庭包办的妻子离了婚，而张沁珠却因为"不愿和一个已经同别的女人发生过关系的人结合"而对曹氏的求婚敷衍推迟，致使曹子卿带着遗憾呕血而亡。张沁珠在曹氏死后陷入了巨大的悲痛之中，经常到他坟墓上献花，以寄托对曹氏的哀思，最后自己也死于心病。陈腐的贞操观念既害死了曹子卿，又害死了张沁珠本人，导演了一场本不应该发生的悲剧。张沁珠是庐隐的好友石评梅的化身，《象牙戒指》这篇小说是庐隐根据她与高君宇的真实爱情故事创作的。通过这个悲剧故事，我们可以看到庐隐对现代知识女性情爱观的观察和思考的深刻性和矛盾性。

由于社会和现代知识女性自身这两方面的原因，对男子汉的寻找必然导致一种失落的结局。庐隐清醒地意识到了这一点，在《象牙戒指》这篇小说中，她借主人公之口说道："我也觉得这个时期的男女很难找到平坦的道路。多半走的是新与旧的岔道，自然免不了种种的苦闷和愁惨。"[①] 尽管这种寻找给现代知识女性带来了"种种的苦闷和愁惨"，但她们并没有使自己的脚步停止下来。从大量作

---

① 庐隐:《象牙戒指》，出自凡尼、郁苇《庐隐作品精编》，漓江出版社2004年版，第355页。

品中透露出来的主人公不甘失败的心理，我们可以明显地感觉到这一点。只要这个社会上还有男女两性存在，这种寻找也许永远不会结束，但这种寻找应该是双向的——男女双方相互在对方身上寻找自我，并且对自我的理解有着某种内在的一致性，只有这样，这种寻找才是合理的和可能的。

二、自我在事业中的困惑和彷徨

“事业”这个词，对封建社会中的女人来说如同外语一样是闻所未闻的。在中国长达两千多年的封建社会中，女人连做正常人的资格都谈不上，更不要说在社会上有什么作为。如果说她们还有“事业”的话，那就是为男人们传宗接代。在“五四”思想影响下成长起来的海滨故人群清醒地意识到，她们是和男人一样的“人”，要想真正做到和男人平等，那就要勇敢地走到社会上去，在事业中实现自我的价值。在事业中寻找自我，实现自我，对于海滨故人群来说，面临着许许多多的困难。她们首先面对的问题是：怎样解决家庭和事业之间的矛盾？中国的传统家庭是以长者为本位，以男子为本位的。男耕女织的传统模式在现代社会中以改头换面的“男主外、女主内”的面目出现。这是一种十分不合理的家庭模式，它像一条绳索一样把女性紧紧地束缚在家庭里，女人的才能只能在家庭这个小圈子里体现，家庭以外的社会对于女子来说是一个禁区。这样的家庭模式与海滨故人群想在事业中寻找自我的理想是不相容的，她们只能面临着以下两种选择：要么奉行独身主义，执着地在事业中寻求自我；要么放弃自我，放弃事业，做传统家庭的贤妻良母。

当海滨故人群奉行独身主义，执着地在事业中寻求自我，她们是否就有一种自我实现的满足感和幸福感呢？在《何处是归程》这篇小说中，庐隐为我们展示了此类现代知识女性的心态。沙侣的姑姑年轻时美如春花，追求者很多，但她奉行独身主义，热衷于妇女运动，结果被人冠以“准政客”的刻薄称号，及至中年又萌生结婚的念头，已是鹃啼嫣红，春意阑珊，心中十分眷念既往的青春，倍感凄凉冷落。依靠自己的努力奋斗，或许能在社会上有所成就，但伴随而来的却是精神的孤寂和凄凉。

既然奉行独身主义的女子不能获得幸福，进入家庭的女子又有着怎样的命运呢？当海滨故人群为争取自己的婚姻幸福和封建势力做斗争的时候，她们表现出决绝的勇气和魄力，但当她们真正走入家庭以后，才发现自己无法走出这个怪圈。结婚把她们从天堂摔到人间，照看孩子、料理家务似乎成为她们的职业。即便是做家务，她们也很不称职。在家庭这个怪圈里，她们扮演着十分尴尬的角色：既不善于管理家庭，又不能兼顾社会，她们简直成了高等游民。处在这样的境地之下，她们的内心十分痛苦，感到了做人的无趣。在《胜利之后》这篇小说中，庐隐记述了此类现代知识女性的尴尬处境和寂寞心情。沁芝结婚以后，以前的雄心壮志都消磨殆尽，但是她又不甘心自己目前的处境，满怀凄楚地对好友琼芳说："当我们和家庭奋斗，一定要为爱情牺牲的时候，是何等气概？而今总算得到胜利，而胜利以后依然是苦的多乐的少，而且希冀的事情也更少了，可借以自慰的念头一打消，人生还有什么趣味？"[①] 因此，她十分向往以前无拘无束的少女生活，整日沉浸在对往日的回忆、对现在的厌烦、对将来的恐惧之中。上述处境带来的只能是更大的遗憾，使得海滨故人群的心灵总是处于一种躁动不安的痛苦状态，她们渴望摆脱家庭的束缚，努力为自我探索出一条新的出路。从作品中反映的实际情况来看，海滨故人群并没有达到自己的目标。这真实地反映了当时的社会情况。这种寻找自我的愿望和这种愿望实际上不可能实现的矛盾，又进一步加剧了她们对人生的困惑和痛苦。家庭和事业的这种矛盾在当时已经引起社会各界的普遍关注，北京、上海等地的家庭研究社都曾提出过"改造家庭"的口号，并且讨论过以合理的方法对家庭的各问题进行具体改造。庐隐也在积极地探讨现代妇女的出路问题，她在《今后妇女的出路》这篇文章中发表了自己的见解："我以为家庭是由男女共同组成的，对于家庭的经济，固然应当由男女分担；对于家庭的事务，也应当男女共负。除了妇女在生育期中，大家都当就其所长积极服务社会，求得各人经济之独立。男女间只有互助的、共同的生活，而没有依赖的生活。"[②] 这种两性关系和家庭关系是合理的，但在20世纪20～30年代的中

---

① 肖凤、孙可：《庐隐选集》，百花文艺出版社1983年版，第264页。

② 同上书，第444页。

国，对于大多数的妇女来说，也只能是一种可望而不可即的美好愿望吧！

既然家庭和社会中都不能停驻自我，那么，庐隐该怎样安置这些痛苦的灵魂呢？纵观庐隐的全部作品，我们发现，庐隐在一篇作品中让她们为追求自我而死亡，但在下一篇作品中又重新让她们为追求自我而复生，再次去追求自我，再次去承受痛苦，如此生生死死，死死生生，反复不已。这样，庐隐的全部作品便构成了一个存在—死亡—存在—死亡的循环链条，庐隐笔下的主人公便在这个链条上一直艰难地奋斗着、挣扎着。她们因追求自我而失败，继而由失败再追求，从来就没有停止过前进的步伐。

综上所述，由于社会和自身的原因，海滨故人群在情爱和事业两方面的追求是以失败告终的，为此她们经受了许多常人难以忍受的苦难，接受了注定的孤独命运，并不断地与世界、与自身努力地抗争着，即使是在生命中最艰难的时刻也没有放弃对自我的追求。她们是搏击在 20 世纪 20 ~ 30 年代中国黑暗夜空中的群鹰，向着心中的理想天国飞驰，而生命的美丽与庄严，也在它的忍受和反抗、执着和追求中熠熠闪光！

（原载于《齐鲁学刊》2007 年第 3 期）

论《呐喊》《彷徨》中虚无主义思想的复杂性

张根柱

《呐喊》《彷徨》中含有相当比重的虚无主义思想。这一观点，目前已逐渐得到学界的普遍认同，但从现有的研究成果看，对这一课题的研究总体上尚处在一种表面化、简单化的层面。这在很大程度上妨碍了人们对《呐喊》《彷徨》做进一步的认识，因此，有必要对这个课题重新进行认真的探讨。

一、价值观念的循环否定和自我否定

首先，在价值取向上，《呐喊》《彷徨》呈现多向互动、循环往复的特征，即它既以理想的价值观（否定项）来否定现在的或既有的价值观（被否定项）的荒谬性——正向否定，同时又以后者的某些合理性来拷问、质疑前者的合法地位——逆向否定。在这种循环往复的否定、拷问中，就出现了严家炎先生所说的“两种或两种以上不同的声音”[①]，前者在对后者进行否定的同时，自身却呈现某种不合理性；而后者在遭到否定时，却能找到它在现实世界中的生存依据。《呐喊》《彷徨》在价值观念方面所表现出来的这种循环否定与自我否定现象，在中外文学史上是极为罕见的。

在《呐喊》《彷徨》复杂的思想体系中，我们可以发现两种基本的价值观，

---

① 严家炎：《复调小说：鲁迅的突出贡献》，《中国现代文学研究丛刊》2001 年第 3 期，第 23—27 页。

以及它们之间在逻辑上的紧张对立关系：否定项——以“狂人家族”为载体的启蒙主义价值观，被否定项——以农民、看客等为载体的传统价值观。前者以西方现代个性主义为核心，突出强调每个个体的个性特征，主张只有通过每个个体的自新自强，才能达到整个民族的新生与复兴；后者则在几千年的历史发展中自觉不自觉地形成一种封闭的群体趋同心理，任何求新求变的言论与行动都会被其视为异端而大加排斥，两者在价值观念上的巨大差异必然导致一场剧烈的冲突。在这场剧烈的文化冲突中，不言而喻，深受西方现代思想熏陶的鲁迅是站在前者阵营中的。

但是，一种价值观念的先进性并不是其合法性的代名词。在鲁迅看来，判断某种价值观念是否合法的标准应该同时满足以下两个方面的要求：第一，合乎个性主义的要求。第二，合乎人道主义的要求，即这种价值观念应该更多地体现出对人的现实关怀，通过对这种价值观念的追求，不仅使人体验到一种较高的精神境界，而且给人带来实实在在的现世幸福。前者较多着眼于理想层面，后者则更注重现实感受。以此标准来衡量以“狂人家族”为载体的启蒙主义价值观和以农民、看客形象为载体的传统价值观。鲁迅发现，这两种价值观自身都存在着不可避免的缺陷，不能同时满足上述标准中两个方面的要求，因而均不具有合法性。

以个性主义为内核的启蒙主义价值观虽然具有无可置疑的先进性，但它不能满足上述标准中第二方面的要求，即它不仅不能给追求者带来实实在在的现世幸福，而且还使追求者在现实社会中陷入一种相当悲惨的境地，我们可以从狂人家族的自身处境中清楚地看到这一点。《药》中的夏瑜在牢狱之中向红眼睛阿义灌输民主思想时饱尝阿义的痛打，而阿义的此举却得到了花白胡子、驼背五少爷等人的啧啧赞许。不仅如此，当夏瑜被杀后，其为民众而流的鲜血却被愚昧的民众浸湿了馒头当作医治痨病的灵丹妙药，这种结局对启蒙主义者来说不能不说是一种悲剧。《狂人日记》中的狂人，因为踹了古久先生的陈年流水簿子而被村人视为疯子。《长明灯》中的“疯子”因为想吹熄象征着封建思想的长明灯而引起了族人的公愤，最后被囚禁在庙中。在民众构筑的无形的坚实壁垒前，启蒙主义者的命运不外乎两种结局：死或者发狂。《狂人日记》中的狂人、《长明灯》中的疯子均是不堪忍受外界的压力而发狂发疯。《孤独者》中的魏连殳虽然为了坚持自己的理想而愿意求乞、冻馁、辛苦、寂寞，但在社会的巨大压力下却不得不自认失败，躬行他“先前所憎恶，所反对的一切”，转而拒斥“先前所崇仰，所主张的一切”。但魏连殳并不能承受这种自我分裂的巨大痛苦，最后投水而亡。启蒙主义者或死或疯的结局使鲁迅对启蒙主义思想本身的合法性产生了质疑：如果启蒙主义既不能改变周围环境，又给追求者本身带来了厄运与痛苦，那么启蒙主义的意义又何在呢？在《头发的故事》中，鲁迅借N先生之口说出如下话语：“我要借阿尔志跋绥夫的话问你们：你们将黄金时代的出现预约给了这些人们的子孙了，但有什么给这些人们自己呢……你们的嘴里既然并无毒牙，何以偏要在额上贴起‘蝮蛇’两个大字，引乞丐来打杀？”鲁迅不仅让我们看到了启蒙主义思想的先进性，而且也让我们看到了它所带来的现实负面效应，这也使《呐喊》《彷徨》有别于同时代其他启蒙主义文学作品，与大呼猛进的五四运动多少显得有些背离。

相比之下，传统价值观虽然不能满足上述标准中第一方面的要求，但它在现实、心理两个层面都能给人带来稳定感、安全感。在心理层面，传统价值观能使信仰者与现实社会保持一致，不会像狂人家族那样有被分裂出去或产生自我分裂的危险。狂人的母亲在女儿被吃时没有反对，女儿被吃后也没有体验到失去爱女的强烈痛苦，原因就是她接受了割股疗亲的传统价值观，认为理应如此：“大约也以为应当的了……大哥说爷娘生病，做儿子的须割下一片肉来，煮熟了请他吃，才算好人；母亲也没有说不行。一片吃得，整个的自然也吃得。”在现实层面，传统价值观更是显示出其无与伦比的优越性。在《呐喊》《彷徨》中，传统价值观的主要载体为看客，它出现在《呐喊》《彷徨》中的绝大部分小说中，构成了小说的主要社会文化背景，并决定着主人公的命运与作品的结局。作为一个庞大的社会文化群体，看客的成员在本质上消泯了年龄、阶级以及地域的差别，遍布于整个中国，构成了一种“无物之阵”，无所在又无所不在，既具体实在又虚无缥缈，既毫无力量却又具有无比强的吞噬力，令对象感到实实在在的伤害，却又让对象觉得如在云里雾里，找不到具体的对手，鲁迅形象地喻之为“无主名、无意识的杀人团”。看客所具有的这种性质能使其自身在与启蒙主义者的交锋中永远立于不败之地，而自身却免于受到任何实质性的伤害。

通过上述分析我们可以清楚地看到，《呐喊》《彷徨》在价值观念的判断方面存在着一个相当复杂的循环否定和自我否定现象。在正向否定中，启蒙价值观以其先进性否定传统价值观的落后性；在逆向否定中，传统价值观又以其现实的合理性反过来否定启蒙价值观的合法性；而在这种双向的循环否定中，两种截然不同的价值观念又各自存在着一个自我否定和自我肯定的方面：传统价值观虽然落后却能使人在社会现实中免于受到实质性的伤害，并且在精神上给人以皈依感、安全感；启蒙价值观虽然有其先进性但却给人带来实实在在的伤害，使人在精神上承受巨大的痛苦。这样，《呐喊》《彷徨》的思想体系就产生了多重的循环否定和自我否定，呈现出一种相当深刻的混乱状态，给人以强烈的荒谬感。正如严家炎先生所说，这种循环否定和自我否定的多重变奏“并非来自两个不同的对立着的人物”，而是鲁迅本人思想、精神状况的真实反映，“是包含在作品的基调或总体倾向之中的”，它真实地反映了鲁迅思想深处的若干矛盾之处。对于自身思想深处的这些矛盾，鲁迅本人有着清醒的认识：“我的意见原也一时不容易了然，因为其中本含有许多矛盾，教我自己说，或者是人道主义与个人主义这两种思想的消长起伏罢。”在这里，我们看到了鲁迅不同于“五四”时期其他启蒙主义者的一个重要特点：不管某种思想观念多么先进或者多么落后，他都要经过自己的思考和现实的验证，既不盲从别人，同时自己也不武断地、简单地赞成或否定它。这也就是他所说的：“在未有确切的证明之前，我的‘疑’是存在的。”正是这种“疑”的精神使鲁迅的思想具有一种同代人所无法企及的深度。

二、两难选择中的价值虚无

面对上述两种对立的价值观，鲁迅陷入选择的两难：选择传统价值观，显然有违鲁迅本人作为一个启蒙主义者的基本立场；选择启蒙价值观，鲁迅又对它能否给人带来幸福持一种深刻的怀疑态度。除了这两种价值观之外，在当时的社会条件下，他又找不到第三条理想的道路，这样，在价值观念选择这个问题上，鲁迅面临着“梦醒了无路可走”的情形，陷入了不能不选择却又无法选择的尴尬处境。那么，鲁迅又采取了什么方法来摆脱这一思想困境呢？在《呐喊》《彷徨》中，我们发现鲁迅主要采取下列两种方法：说谎和遗忘。

第一，说谎。在《呐喊》《彷徨》中，说谎这种方法常常表现为如下情形：面对上述两种截然不同的价值观，主人公不是旗帜鲜明地站在一方反对另一方，而是持一种貌似不偏不倚的中立立场，有意无意地混淆两种价值观在本质上的区别而不去做任何选择，从而使《呐喊》《彷徨》在价值取向上呈现出一种虚无或悬置的状态。由于这种做法违背了主人公作为一个启蒙主义者的基本价值立场，给人以言不由衷的感觉，因而带有明显的说谎特征。在《端午节》中，面对各种不同的人物和事件，主人公方玄绰最爱说的一句话就是“都一样”，后来因为觉得有所不妥，便改为“差不多”。无论是“都一样”还是“差不多”，其价值中立立场的倾向都是显而易见的。方玄绰自从发现了这一句平凡的警句以后，虽然引起了不少的新感慨，同时却也得到许多新的安慰：“譬如看见老辈威压青年，在先是要愤愤地，但现在却就转念道，将来这少年有了儿孙时，大抵也要摆这架子的罢，便再没有什么不平了。又如看见兵士打车夫，在先也要愤愤地，但现在也就转念道，倘使这车夫当了兵，这兵拉了车，大抵也就这么打，便再也不放在心上了。”在《祝福》中，我们又看到了说谎的另一种表现——“说不清”。“我”为了不增添末路人的苦恼，面对祥林嫂“一个人死了之后，究竟有没有魂灵的”的疑问，违心地、“吞吞吐吐”地说出下列话语：“也许有罢，——我想。”当祥林嫂继续追问有无地狱、一家人死后能否在地狱见面的时候，“我”只好以“说不清”一语搪塞了事。对于“说不清”一语的好处，小说中有下列议论：“‘说不清’是一句极有用的话。不更事的勇敢的少年，往往敢于给人解决疑问，选定医生，万一结果不佳，大抵反成了怨府，然而一用这说不清来作结束，便事事逍遥自在了。”无论是“都一样”“差不多”还是“说不清”，其急于摆脱两难困境的目的是一样的。

从表面上看来，“都一样”“差不多”“说不清”等说法，相当接近或等同于庄子所主张的相对论和虚无主义思想。在论及鲁迅的虚无主义思想与庄子思想的联系时，论者也大多持上述观点，但我们从方玄绰、“我”等人的现实处境和表现看，《呐喊》《彷徨》中所表现出来的“说谎”这种价值取向，与庄子所主张的相对论和虚无主义思想有着重要的不同之处。第一，从思想体系自身的复杂程度来看，庄子所主张的相对论和虚无主义思想相对来说比较单纯，从本质上讲，它是用一种理想的价值观对社会现实进行单向的、彻底的否定，其思想体系内部能够形成一个统一的有机体，不存在循环否定和自我否定的现象，因而，在其否定社会现实的同时能够向世人展示出一副潇洒飘逸的风姿；《呐喊》《彷徨》所表现出来的虚无主义思想则恰恰与之相反，由于其思想体系内部存在着诸多矛盾、混乱之处，不能形成一个有机的思想体系，因而，其否定的姿态显得摇摆不定，给人以相当沉重的感觉。第二，从与社会现实的联系程度来看，庄子所主张的相对论和虚无主义思想有种看破现实、凌空蹈虚的倾向，带有相当浓重的出世意味；《呐喊》《彷徨》所表现出来的虚无主义思想则给人以虚中有实、无中含有的感觉——表面上似乎给人以“事事逍遥自在”“不放在心上”的印象，但骨子里始终与现实保持着一种欲断难舍的复杂情感，表现出一个中国现代知识分子对国家、民族、人民的深深忧虑，因而带有一种相当强烈的忧患意识。第三，从思想内容与语言形式之间的联系来看，尽管《庄子》大都采用寓言这种较为间接的艺术形式来阐明自己对宇宙、世界和人生的观点，但是其思想内容与语言形式之间仍然存在一种明显的逻辑推理关系，人们不会因为《庄子》采用寓言形式而对它的思想产生误解、歧义；《呐喊》《彷徨》则不然，尽管它采用一种相当简洁、精练的语言来表达自己的思想，但由于其思想体系内部存在着难以克服的矛盾和混乱，小说文本中的话语根本不能准确、完整地表达作者内心真实的思想，作者往往出现这种所言非其所想而所想又非其所言的“失语”现象，思想内容与语言形式之间出现了相当严重的断裂、错位，小说中的诸多晦涩难懂之处实源于此。

第二，遗忘。如果从回避价值选择这一角度来说，遗忘似乎比说谎更为高明：说谎虽然采取一种不偏不倚的价值中立立场，但它毕竟要对不同的价值观念要进行思考和判断，而遗忘则完全把各种不同的价值观念置诸脑后，对其中的种种矛盾既不思考也不选择，从而使自己彻底摆脱了两难处境。鲁迅在《〈呐喊〉自序》中称之为“麻醉法”，它的主要表现形式有两种：一是抄古碑，借助于这种枯燥乏味的形式让自己回到与现在毫无联系的古代去，由于“古碑中也遇不到什么问题和主义”，自然而然就达到了回避价值选择的目的。读鲁迅这一时期的日记我们可以发现，鲁迅抄古碑相当用力，有时竟到了通宵达旦、废寝忘食的地步，即便在除夕之夜也不忘此举："旧历除夕也，夜独坐录碑，殊无换岁之感。"由此我们可以看出，为了摆脱自身的思想困境，鲁迅几乎对抄古碑形成了一种依赖关系。二是读佛经，通过与佛经在精神上的交流、对话，佛教的四大皆空、因果论等观念潜移默化到自己的头脑中，这样，困扰自己的种种思想情结俱可迎刃而解："释迦牟尼真是大哲，我平常对人生有许多难以解决的问题，而他居然大部分早已明白启示了。"鲁迅对好友许寿裳的这番话语，的确道出了他的心声。关于佛教对鲁迅的影响，目前，研究者们大多赞同许寿裳的观点："别人读佛经，容易趋于消极，而他独不然，始终是积极的。"如果我们不是先入为主，而是从《呐喊》《彷徨》中流露出来的思想、情感的实际状况出发，我们就会发现，读佛经、抄古碑对鲁迅的影响应该是消极避世的成分居多，这一点从小说中"我"这个形象身上得到了部分印证。

从主体与现实的关系来看，《呐喊》《彷徨》中的"我"大体上可以分为两种类型：一类是局内人，"我"始终坚守着自己的思想阵地，与现实社会保持着一种紧张对立的关系，因而在精神上承受着巨大的压力和痛苦。此类小说的感情色彩相当浓烈，但数量不多，在《呐喊》《彷徨》中仅有两篇：《狂人日记》和《伤逝》。另一类是局外人，"我"对社会、人生表现出一种异乎寻常的达观、超脱，面对种种不平之事时少有喜怒哀乐，这一形象与《〈呐喊〉自序》中的"我"极为相似。与前一种小说相比，此类小说的情感表现藏而不露，从数量看，在《呐喊》《彷徨》中占有相当大的比重，如《故乡》《头发的故事》《祝福》《孤独者》《在酒楼上》等。上述两种不同形象的"我"可视为鲁迅思想观念中对立的两极，真实地反映了其内心深处的种种矛盾。

作为局外人的"我"是明显受到佛教的影响的，这一点在《孤独者》中"我"与魏连殳关于孩子问题的争论中有着明确的表述。魏连殳认为孩子的本性是天真烂漫的，之所以后来会变坏，"那是环境教坏的"；而"正在看佛经"的"我"则从佛教因果论出发，认为孩子变坏的原因主要在于其本身有"坏根苗"，所以长大后会有"坏花果"，这自然就在很大程度上消除了对周围环境的不满，因而对这种现象持一种超然的达观态度。除因果论之外，佛教的生死观对"我"

的影响也是相当大的。普通人认为，生与死是生命中对立的两极，生命是可贵的而死亡则是可怕的，而在佛教看来，人生存在世上即是“苦”，老、病、死、怨、憎等种种苦处使人深陷苦海之中不能自拔，只有打破生与死之间的两极对立，采取一视同仁的无分别态度，方能真正求得解脱。在这种生死观的影响下，“我”对于死亡这种现象虽然有时感觉不平，但转念之间就心平气和。在小说《祝福》中，当“我”在除夕之夜听到祥林嫂死亡的消息时，始而吃惊，继而又有如下想法:“这百无聊赖的祥林嫂，被人们弃在尘芥堆中的，看得厌倦了的陈旧的玩物，先前还将形骸露在尘芥里，从活得有趣的人们看来，恐怕要怪讶她何以还要存在，现在总算被无常打扫得干干净净了。魂灵的有无，我不知道；然而在现世，则无聊生者不生，即使厌见者不见，为人为己，也还都不错。我静听着窗外似乎瑟瑟作响的雪花声，一面想，反而渐渐的舒畅起来。”研究者在阐释这段话语时，大都认为是鲁迅用反讽手法来表达自己对现实社会的不满，但这种观点不能从根本上解释“我”面对祥林嫂的死亡“反而渐渐的舒畅起来”的内在原因，因为毕竟“我”的这种心理感受是真实存在的。在笔者看来，其主要原因大概还是佛教的生死观已经深入“我”的内心，因而“我”认为祥林嫂的死对深陷苦难中的她本人来说反而是一种解脱，所以才会产生上述让人难以理解的心理。这种观点同样可用来解释《孤独者》中“我”面对好友魏连殳死亡时的反应，在此不再做具体分析。

三、结语

无论是说谎还是遗忘，都不过是鲁迅借以摆脱自身思想困境的方式，它们都没有对价值观念做出属于自己的选择，这就使《呐喊》《彷徨》在价值取向方面找不到任何答案，虚无主义思想由此产生。这种带有鲁迅本人个性特征的虚无主义思想既反映了他内心世界的种种矛盾，又与当时的社会现实存在着一种同构关系，形成了《呐喊》《彷徨》的整个思想基调，竹内好先生曾隐约指出过这点:“鲁迅文学的根源应该是被称为‘无’的某种东西。”值得注意的是，从心理学的角度上来说，说谎与遗忘都带有某种强制性的意味，不可能真正从根本上解决鲁迅思想深处的种种矛盾，这也是《呐喊》《彷徨》始终带有苦闷色彩和忧患意识的内在原因。

（原载于《郑州航空工业管理学院学报》2005 年第 6 期）

历史文本的传奇化与文学文本的历史化

——论金庸武侠小说的历史写作策略

张根柱

追求武侠小说的史诗性品格，向来是中国武侠文学的传统。从西汉司马迁《史记》中的“游侠列传”到现代港台新武侠小说家的作品，莫不含有丰厚的历史内容。武侠小说与历史的有机结合，为武侠小说本身营构了一个更为广阔、深远的文学表现空间，同时也使武侠小说本身跳出了纯娱乐文学的文类范畴，有效地提升了这一小说品种在整个文学园地中的地位。

与其他港台新派武侠小说家相比，金庸有着更为清醒、自觉的历史创作意识。从他的第一部武侠小说《书剑恩仇录》到其封笔之作《鹿鼎记》，虽然每部作品的历史含量不一，但有意识地使武侠与历史结合在一起是金庸一贯的艺术追求，因而也成其为武侠小说的鲜明特色。金庸的武侠小说有着丰富的历史内容，从历史时段来看，从春秋时期的吴越争霸到清朝康熙年间的收复台湾乃至中国现代历史中的文革运动，在金庸的笔下都得到或隐或显的反映，其中，宋、元、明、清四个朝代构成了金庸武侠小说的主体历史背景；从历史空间来看，从风光绮丽的江南到大雪纷飞的东北，从黄沙漫漫的回疆到充满异域情调的大理，每个具体时段的历史空间在金庸的武侠小说中都有着具体、细腻的描写；从历史人物来看，上至帝王将相、达官贵人，下至义军领袖、平民百姓，都鲜活地跃动在金庸的武侠世界中。金庸的 15 部武侠小说，构筑了一个上下几千年、纵横数万里的巨大历史时空。在这个巨大的历史时空中，侠客们的笑傲江湖、行侠仗义与历史人物的运筹帷幄、决胜千里，彼此纵横交错，虚实相生，共同演绎出一个迷人的艺术世界，历史文本与武侠小说得到了有机的统一。

历史进入文学层面，必然要经过一个审美化的过程，历史真实与文学真实之间的争议便由此产生。这是一个古老而又新鲜的话题，自亚里士多德始，古今中外学者们的观点总是存在着这样那样的分歧，不过下述观点或许能得到他们大多数人的首肯：历史与文学之间的统一是有条件的，对立却是绝对的。“对‘真实’的纯粹简单的‘再现’，对‘是什么’（或‘一直是什么’）的如实叙事，证明是抵制意义的；这种抵制再一次证实了经验 [vecu，或经历过的]（或活着的）与理智之间伟大的神话对立”①，罗兰·巴尔特的上述话语的确道出了作家、评论家们的共同苦衷。为了在最大程度上消解这种“伟大的神话对立”，作家、评论家总是想方设法，使历史真实与文学真实在具体的文学文本中成功地实现对接。具体到金庸的武侠小说，金庸又是采取什么样的写作策略，巧妙地把历史与武侠缝合在一起呢？

一、历史文本的传奇化

在历史题材的选择和处理上，金庸运用历史文本传奇化的写作策略，成功地把历史题材纳入武侠小说创作机制中的传奇轨道之中。武侠小说有着一套自身所必须遵循的文类创作机制，故事情节的传奇化是其中极为重要的一个方面。一部武侠小说的成功与否，在很大程度上取决于其故事情节的编码是否精彩。从这个角度来讲，进入武侠小说世界中的历史题材不能把自身变成历史教科书，以过于干瘪、抽象的历史事实对武侠小说的审美肌体造成伤害。这也就是说，所谓的历史真实，在具体的武侠小说文本中应该有一定的“真实”限度。金庸对此有着非常清醒的认识，这特别鲜明地表现在他对下面这个问题的高度重视上：什么样的历史题材适合进入武侠小说？

要想把历史与武侠两种异质的叙事范式统一或协调起来，从而使武侠小说

① ［美］弗雷德里克·詹姆逊：《政治无意识：作为社会象征行为的叙事》，王逢振、陈永国译，中国社会科学出版社 1999 年版，第 219 页。

本身富有一种“完整性”，对历史题材的择取或许应该引起武侠小说作家的高度重视，历史题材的择取不当，极有可能使其本身成为武侠小说中的不和谐因素。金庸深明此理，他总是别出心裁地择取一些富有传奇色彩的历史人物或历史事件，使之与武侠小说情节编码的传奇性原则保持高度一致，这样，历史与武侠之间不仅消解了“伟大的神话对立”，而且形成了一种相互转换、相互生成的良好循环关系。综观金庸 15 部武侠小说中的历史题材，我们会发现其来源渠道大约有以下三种形式：某些尚有争议的正史；富有传奇意味的野史；生动的民间历史传说。上述三类历史题材本身富有强烈的传奇色彩，却又并非空穴来风，自行其是，使得金庸在处理武侠与历史的关系时可进可退，可虚可实，为其艺术才情的纵横驰骋营构了一个游刃有余的表现空间。

在金庸的 15 部武侠小说中，《书剑恩仇录》《碧血剑》《鹿鼎记》等作品典型地体现了金庸择取历史题材的传奇性倾向。《书剑恩仇录》是金庸走上武侠小说创作道路的开始，故事情节的主干是清朝乾隆皇帝与红花会总舵主陈家洛之间的恩怨情仇。在这部小说中，金庸大胆采用流行于故乡的民间历史传说——乾隆是浙江海宁陈阁老的儿子，被雍正以女易男调包，后立为太子并登基做了皇帝。这个传说在多种历史书籍中都有记载。民国四年（1915）元月，中华书局出版的日本稻叶君山著《清朝全史》说：“一说又云：乾隆非那拉氏所出，实浙江海宁陈氏之子也，未知孰是。”民国十七年（1928），商务印书馆出版的萧一山的《清代通史》对此事也详有记述：

> 或曰：“弘历为海宁陈氏子，非世宗子也。陈氏自明季衣冠雀起，渐闻于时，至之遴始降清，位大学士，厥后陈诜、陈世倌、陈元龙父子叔侄，并位极人臣，遭际最盛。康熙间，雍王与陈氏尤相善。会两家各生子，其岁月时日皆同，王闻而喜，命抱之来。久之送归，则竟非己子，且易男为女矣。陈氏惧，不敢辨，遂力密之。未几，雍正即位，特擢陈氏数人至显位。迨乾隆时，其优礼于陈氏者尤厚。尝南巡至海宁，即日幸陈氏家，升堂垂询家世。将出至中门，命即封之，谕：‘厥后非天子临幸，勿轻启此门也。’由是陈氏永键此门，盖乾隆事实自疑，将

欲亲加访问耳。”又或曰：“雍正之子实非男，入宫比视，妃窃易之，雍正实不知也。”二说见《清史要略》及《清秘史》，然无确证，注此以备异说而已。①

民国二十四年（1935），开明书店出版的金兆丰所著《清史大纲》则明确得出结论：“玉牒彰彰可考，稗史所云，绝无确证，不足辨也。”民国二十六年（1937），上海申报馆又出版冯柳堂著《乾隆与海宁陈阁老》一书，对这一传说进行了考证，但考证的结果是：“有谓你唠唠叨叨，拉拉扯扯，写上一大套，到末了，事之为真为假，仍没有一个解决，说他做甚。……本书的著作，原以消遣，事之真假，只可由读者自得之了！”② 史家的论述让我们清楚地看到这件史实本身的两重性，而金庸正是从这件两重性的史实出发，巧妙地选取其中富有传奇色彩的部分，在此基础上大胆地虚构、演绎，让陈家洛率领红花会群雄与清朝乾隆皇帝展开了一场交织着恩怨情仇的生死决斗，历史与武侠在《书剑恩仇录》中契合无间，浑然融为一体。

《碧血剑》《鹿鼎记》等武侠小说对历史题材的择取同样也体现了这个特点。《碧血剑》中有一段非常引人注目的历史描写，即清太宗皇太极之死。这段历史在《清史稿·太宗本纪》中记载如下：“崇德八年八月庚午，上御崇政殿，是夕亥时无疾崩，年五十有二。”皇太极死后不久，摄政王多尔衮即与皇太极的妃子庄妃、即顺治皇帝的母亲孝庄太后正式结婚。由于皇太极白天还在处理政事，晚上却无疾而终，所以后人对皇太极的死因多有所疑，认为极有可能为摄政王多尔衮所杀。近人孟森认为不确，胡适则以为孟森之考证不够令人信服。这段历史也扑朔迷离，颇有争议。《碧血剑》对这段历史的描写是出现在少侠袁承志为父袁崇焕复仇的过程中。袁崇焕为明朝边关大将，在阻遏清军入关方面立下了巨大的功劳，但崇祯却误中了皇太极的反间计，残酷地把袁崇焕杀死。少侠袁承志在为父复仇时目睹了这件历史事件的发生：“皇太极坐到床上，正要躺下休息，突然

---

① 冯其庸：《论书剑恩仇录》，《北京师范大学学报》（社科版）1997 年第 5 期。

② 同上。

坐起，脸上满是怀疑之色，在房中东张西望，蓦地见到床边一对放得歪歪斜斜的男人鞋子，厉声喝问。那女子花容惨白，掩面哭了起来。皇太极一把抓住她胸口，举手欲打，那女子双膝一曲，跪倒在地。皇太极放开了她，俯身到床底下去看。……便在此时，皇太极身后的橱门突然打开，橱中跃出一人，刀光闪耀，一柄短刀向皇太极后心插去。那女子'啊'的一声惊呼，烛光晃动了几下，便即熄灭。过了好一会，烛火重又点燃，只见皇太极俯身倒在地下，更不动弹，背心上鲜血染红了黄袍。袁承志这一惊当真非同小可，看那人时，正是昨天见过的睿亲王多尔衮。"①历史在一个恰当的时间进入了武侠叙事层面，两者相互交叉、缠绕所产生的侠史情节对于受众来说极具吸引力，历史本身所固有的扑朔迷离色彩与武侠小说的传奇性形成了一种和谐的共生关系。

李自成之死是史学界的一桩悬案，有关死因、死地与死亡时间的说法，历史文献中的记载多有所不同，几百年来学者们也一直为此争论不已。《明史流寇传》中的说法是，李自成于顺治二年九月死于湖北通城九宫山。《明纪》中则认为他为村民所困，不能脱，自缢而死。《明季北略》说李自成在罗公山军中病死。《沣州志》中记载，李自成逃到夹山出家为僧，到70岁才坐化。武侠小说《鹿鼎记》中有关李自成的描写，是采取后一种观点的。在《鹿鼎记》这部小说中，李自成虽然削发为僧，却为情所困，不仅经常与风韵犹存的中年美妇陈圆圆幽会，而且还为此与吴三桂大打出手。《鹿鼎记》中的主人公韦小宝爱上了李自成与陈圆圆的女儿阿珂，并且亲眼看见了李自成与吴三桂打斗的场面。

> 果然李自成为了救陈圆圆，心慌意乱之下，杖法立显破绽。吴三桂忽地矛头一偏，噗的一声，刺在李自成肩头。李自成右手无力，禅杖脱手。吴三桂乘势而上，矛尖指住了他胸口，狞笑道："逆贼，还不跪下投降？"李自成道："是，是。"双膝缓缓屈下跪倒。
>
> 韦小宝心道："我道李自成有什么了不起，却也是个贪生……"念头甫转，忽见李自成一个打滚，避开了矛尖，跟着抢起地下禅杖，挥

① 金庸：《碧血剑》，生活·读书·新知三联书店1994年版。

杖横扫，吴三桂小腿上早着。李自成跃起身来，一杖又击中了吴三桂肩头，第三杖更往他头顶击落。[①]

在这种侠史场面的叙写中，不仅历史事件本身得到了形象化展示，而且历史人物形象本身也在金庸的笔下尽显性情，暗寓了金庸本人对他们各自不同的历史理解与历史态度。在金庸的其他武侠小说中，我们同样可以找到带有浓厚传奇色彩的历史题材，在此不再一一举例。这种处理历史题材的艺术手法符合金庸本人的历史审美观：没有定论的历史事件，小说作者自然可选择其中的一种说法来加以发挥。通过历史文本传奇化的艺术手法，金庸成功地把历史纳入武侠小说的传奇轨道中，使历史与武侠巧妙地糅合在一起，大大提升了武侠小说的可读性。

二、文学文本的历史化

无论作家怎样声称自己对历史如何尊重，历史文本在文学化的过程中还是要不同程度地改变、丧失其本来面目。这其中的原因大概有两个方面：第一，从载体的性质来看，历史文本与文学文本有着根本的区别。尽管历史文本也不可避免地带有人的主观性痕迹，但是这种主观性痕迹与文学文本毕竟有着很大的不同，金圣叹从《史记》与《水浒传》的比较中就得出了这种结论："其实《史记》是以文运事，《水浒》是因文生事。以文运事，是先有事生成如此，却要计算出一篇文字来，虽是史公高才，也毕竟是吃苦事。因文生事却不然，只是顺着笔性去，削高补低都由我。"[②] 所谓"以文运事"，是要求史家以严肃的科学态度尊重历史事实，其想象力要最大限度地贴合历史事件与历史人物，尽量减少对历史的主观性介入和干预；而"因文生事"则恰恰与之相反，它要求作家在艺术创作过程中充分发挥其主观能动性和想象力，天马行空，自由驰骋，对手中的各类题材享有绝对的控制权，唯有如此，才能达到妙笔生花的艺术效果。第二，从创作主

① 金庸：《鹿鼎记》，生活·读书·新知三联书店 1994 年版。

② 金圣叹：《金圣叹全集》(一)，江苏古籍出版社 1985 年版，第 18 页。

体的角度来说，存在着历史认识与历史本真的差异性问题。对于同一历史事件与历史人物，不仅不同的作家在同一时段有着不同的观点，即所谓共时性差异，而且就同一作家而言，此时与彼时的看法也会发生很大的变化，即所谓历时性差异，后一种情形在创作里程较长的作家身上体现得尤为明显。这样，各种不同的历史观点与历史本真的距离就有远有近，对历史本真的反映自然也存在着一个“隔”与“不隔”的问题。

既然历史文本在文学化的过程中要不可避免地偏离、丧失其本真，那么，对一个严肃的作家而言，在不损伤小说审美肌体的前提下如何最大限度地恢复、保持历史的本来面目就成为一个相当重要的课题。具体到金庸的武侠小说而言，金庸又是采取什么样的写作策略来做到这一点的呢？

文学文本的历史化是金庸在其武侠小说中成功还原历史的主要手法。所谓文学文本的历史化，就是凡在武侠小说文本中涉及尚有争议的传奇性历史题材时，金庸均引经据典，采取学术论文中脚注、尾注或按语的形式，对争议之处一一详加说明，让历史走出文学语境，重新回到历史文本中。历史文本对武侠文本的这种有意识嵌入，使历史文本与武侠文本构成了一种“互文性”，两者相互对照，相互说明。这种处理手法既让干瘪、抽象的历史题材在武侠文本中焕发出迷人的艺术光彩，同时又最大限度地保持、恢复了历史的本来面目，反映了金庸本人高度的审美自觉与历史自觉。我们不妨结合具体的武侠小说文本，考察一下金庸这种文学文本历史化的写作策略。

仍以《书剑恩仇录》《碧血剑》等小说为例。如上文所述，《书剑恩仇录》通篇建立在乾隆乃陈世倌之子这一历史假说基础上，而这一说法在学界争议很大。为了使读者对这一历史事实有一个基本的了解，金庸在该书后记中对此特别加以说明：“历史学家孟森做过考据，认为乾隆是海宁陈家后人的传说靠不住，香妃为皇太后害死的传说也是假的。”[①] 这样一来，《书剑恩仇录》就排除了在历史事实方面误导读者的可能性。皇太极之死在史学界颇有争议，《碧血剑》中对这一

---

① 金庸：《后记》，出自《书剑恩仇录》，生活·读书·新知三联书店1994年版。

历史事件的描写，是采取了皇太极为多尔衮所杀这一说法。

对此，金庸在《碧血剑》第十四回《剑光崇政殿　烛影昭阳宫》文末特别加以注明：

> 注：清太宗皇太极死因不明。《清史稿·太宗本纪》："崇德八年八月庚午，上御崇政殿，是夕亥时无疾崩，年五十有二。"当天他还在处理政事，一无异状，突然在半夜里"无疾崩"，后人颇有疑为多尔衮所谋杀，但绝无佐证。顺治六年，"皇父摄政王"多尔衮据说和皇太极的妃子庄妃、即顺治皇帝的母亲孝庄太后正式结婚。张煌言诗有云："春官昨进新仪注，大礼恭逢太后婚。"此事普遍流传，但无明文记载。近人孟森认为不确，胡适则对孟森之考证以为不够令人信服。北方游牧渔猎民族之习俗和中原汉人大异，兄终弟及，原属常事。清太后下嫁多尔衮事，近世治清史者大都不否定有此可能。回目中"烛影"用宋太宗弑兄宋太祖"烛影摇红"故事。"昭阳"用赵合德居昭阳殿故事。赵合德为皇后赵飞燕之妹，封昭仪，与人私通，后致汉成帝于死。清庄妃为太宗孝端皇后之侄女，民间传说称之为"大玉儿""小玉儿"者也。汉、宋、清三朝宫闱秘事，未尽可信，牵扯为一，或近于诬。小说家言，史家不必深究也。①

经过这一说明，传奇性的历史题材走出了文学文本，重新恢复了自身的本来面目。读者尽享审美愉悦的同时，又不会误以为《碧血剑》中有关皇太极之死的叙写为历史定论。从上文的字里行间，我们既体验到了作为文学家的金庸对传奇性历史题材的由衷喜爱之情，同时又看到了金庸面对历史所保持的那份清醒理性。

在金庸的其他武侠小说中，我们同样也可以找到文学文本与历史文本的这种"互文性"笔法。在《神雕侠侣》第三十九回《大战襄阳》中，为了增加小说的

---

① 金圣叹：《金圣叹全集》（一），江苏古籍出版社 1985 年版。

生动性，金庸安排了元宪宗攻襄阳不克中飞石而死的情节。这一情节虽然有其历史依据，但仅仅是诸多历史可能性中之一种，即所谓“片面的历史真实”。为此，金庸在文末特别加以注明。

> 注:《元史》本纪卷三载:“宪宗讳蒙哥，睿宗拖雷之长子也。……九年二月丙子，帝悉率诸兵……丁丑，督诸军战城下……攻镇西门、攻东新门、奇胜门……攻护国门……登外城，杀宋兵甚众……屡攻不克……癸亥、帝崩。……帝刚明雄毅，沉断而寡言……御群臣甚严。”
>
> 《续通鉴》:“蒙古主屡督诸军攻之，不克……蒙古主殂……史天泽与群臣奉丧北还，于是合州围解。”《续通鉴考异》:“元宪宗自因顿兵日久，得疾而殂。《重庆志》谓其中飞蝗石……今不取。”
>
> 依历史记载，宪宗系因攻四川重庆不克而死，是否为中飞石，史书亦记载各异。但蒙古军宋军激战最久、战况最烈者系在襄阳，蒙古军前后进攻数十年而不能下。为增加小说之兴味起见，安排为宪宗攻襄阳不克，中飞石而死，城围因而得解。[①]

在这里，金庸把历史文本中有关这一史实的记载一一呈现给读者，以便让读者在欣赏武侠小说之余，对历史的本来面目有一个清楚的了解。在《倚天屠龙记》《射雕英雄传》《鹿鼎记》等小说中，我们同样可以举出类似的处理手法，在此不再一一举例。

文学文本中的历史真实，并非仅仅指作家严格忠实于历史文本中的有关记载，从更高层次上来说，作家的历史观正确与否或许更为重要。一部历史文学作品，如果作家的头脑为某种片面的、错误的历史观所屏蔽，尽管它对史实的描写与历史文本中的有关记载丝毫不爽，它与历史真实之间也永远隔着一段距离；相反，一部历史文学作品尽管在某些细节上与历史文本稍有出入，但它能够以锐利的思想穿透历史迷雾，揭开历史的本来面目，那么我们就有理由判断它达到了较

---

① 金庸:《神雕侠侣》，生活·读书·新知三联书店 1994 年版。

高的历史真实。由此可见，作家要想在历史文学这种“二合一”的特殊领域有所作为，不但要求其自身拥有广博的历史知识，而且还要求他能够站在相对客观、全面的立场上，用现代化的思想对历史事实进行独具个性的透视与剖析，以得出与历史事实相一致的结论。唯有如此，受众在阅读历史文学作品的同时，才能够不仅流连于精彩纷呈的故事情节，而且会对其中的历史事件、历史人物产生一种全新的理性认识。文学文本与历史文本结合的高下文野之分，在很大程度上取决于此。以武侠小说而论，中国古代侠义小说对历史的描述与评价，脱不出当时主流意识形态所规定的框架，而且所作所述基本上是前朝前代的事情，侠义小说作者逍遥于自身所处朝代的利害关系之外。金庸的武侠小说则不然，他对历史事件、历史人物的评价虽然个别有失偏颇，但就整体而言，经历了一个从道德评判到理性认知的过程，其历史眼光逐渐开阔，历史判断也更为准确，某些结论既独出机杼又不失客观公正，达到了一种自我的真实与史实的真实。这特别表现在他对历朝历代皇帝的评价上，从《书剑恩仇录》中的乾隆到《射雕英雄传》中的成吉思汗再到《鹿鼎记》中的康熙，我们可以明显地感觉到作者评判视角与历史观念的变化。在《书剑恩仇录》这部小说中，金庸站在汉民族的立场上，对乾隆的描写带有相当大的个人主观好恶色彩，这与历史上的乾隆本人有较大的出入。金庸在1975年此书修订版中也坦然承认了这一点：“乾隆修建海宁海塘，全力以赴，直到大功告成，这件事有厚惠于民。我在书中将他写得很不堪，有时觉得有些抱歉。他的诗作得不好，本来也没多大相干，只是我小时候在海宁、杭州，到处见到他御制诗的石刻，心中实在很有反感，现在展阅名画的复印，仍然到处见到他的题字，不讽刺他一番，闷气难伸。”① 在《射雕英雄传》中，金庸对成吉思汗的评价就较为客观，尽管成吉思汗出现的场面不多，但我们从作品对成吉思汗的描写中可以体会到，《书剑恩仇录》中那种纯粹的汉民族立场已经发生了很大的变化。至写《鹿鼎记》时，金庸完全摒弃了褊狭的汉民族立场，把康熙塑造成一个英明的君主形象，先后做了一系列惊天动地的大事，如杀鳌拜、平藩镇之

① 金庸:《后记》，出自《书剑恩仇录》，生活·读书·新知三联书店1994年版。

乱、收复台湾等历史壮举，其雄才大略为历史上的许多汉人皇帝所不及，较之《书剑恩仇录》中的乾隆有天壤之别。金庸的汉民族写作立场发生了根本的变化，字里行间由衷地流露出对康熙的敬佩之情，作家的“史识”与历史人物的本来面目达到了高度的统一。

通过历史文本传奇化与文学文本历史化的写作策略，金庸巧妙地将历史与武侠糅合在一起，从而使武侠小说在与历史的结合方面达到了一种新的高度，这也为我们在其他文类中如何处理历史事件与历史人物提供了很好的借鉴。

（原载于《华文文学》2005 年第 1 期）

文化符码与心理符码的合一

——鲁迅作品中的看客形象小议

张根柱

看客是鲁迅作品中经常出现的形象。从鲁迅的第一篇小说《狂人日记》到晚年的书信、日记、杂文，都有看客形象出现，其历时之久，出现频率之高，是其他形象所没有的。特别是在鲁迅的文学文本中，看客构成了主人公活动的主要社会文化背景，决定着主人公的命运与作品的结局，因此，看客这一艺术形象在鲁迅的作品中占有重要的位置，在某种意义上说，对看客的研究深度直接影响着对鲁迅作品的理解程度。遗憾的是，目前学界对这一文学形象的重视程度不够，已有的研究也有种种令人不满意之处，特别是对这一形象的心理及美学意蕴的挖掘尚付诸阙如。本文试图对看客所蕴含的社会文化因素及创作主体心理做一番分析。

一、看客——作为社会存在的文化符码

在鲁迅的笔下，看客常常作为一个面目模糊的群体出现，并且在不同的作品中有着不同的称谓——有时有着具体的名字，如《药》中的驼背五少爷、花白胡子，《长明灯》中的鲇鱼须、郭老娃，《伤逝》中的雪花膏等，这些名字既能体现出其主要的外形特征，同时又颇具内在的概括与象征意味；有时则直接冠以一些抽象性的名称，如《示众》中的看客、《阿Q正传》中居住在未庄的闲人们、《孔乙己》中的短衣帮、《复仇》中的路人等，对这些人的命名，鲁迅主要是从其

社会活动方式着眼的。

作为一个群体，看客的社会构成是耐人寻味的。

首先，从年龄层次看，看客老少俱全，几乎囊括了所有年龄段的人员。上至颇知世故的花白胡子，下至少不更事的儿童，无一不位于看客之列。对于老年、青年看客，鲁迅投以极端的憎恶与蔑视之情，而对于看客之列中的儿童，鲁迅则给予了更多的思考与关注。在鲁迅为数不多的小说中，有关儿童看客的描写不断出现。在《狂人日记》中，小孩子也同成年人一样，成群结伙，在背后议论狂人，给狂人以无形的精神压力，这不能不使狂人伤心且纳闷。《孤独者》中的魏连殳一向相信儿童的天性“总是好的”，但恰恰是儿童也充当了看客的角色，使魏连殳倍受打击。《示众》中的胖孩子与小学生，因急于观看受刑的犯人，在看客们中间钻来钻去，表现得比老年看客更为活跃。天真的儿童为什么会充当看客的角色？这在《狂人日记》中已有明确的答案：“这是他们娘老子教的！”[①]这也是鲁迅本人经过思考得出的结论。从老年到青年到儿童，再从儿童到青年到老年，看客固有的观念与行为方式陈陈相因，代代相传，形成一个恶性循环链，几千年来的封建文化就是通过这个链条发展下来并将继续发展下去的。对这个恶性循环链的揭示，使鲁迅笔下的看客给人一种纵深的历史感。

其次，从看客的社会身份来看，看客主要以下层农民为主体，同时也包括城镇居民和某些社会上流人士。在《孔乙己》《阿Q正传》等小说中，看客主要由属于下层农民的短衣帮、闲人们组成，他们虽然处在社会的最底层，但也以制造、欣赏别人的痛苦为乐。在《示众》中，鲁迅进一步把地域的范围从鲁镇、未庄延伸到“首善之区”，看客也由下层农民演变为城镇居民。不仅如此，看客也包括某些所谓的社会上流人士，这在小说《长明灯》中即有所揭示。《长明灯》中的郭老娃和鲶鱼须，均与阔亭、方头在身份、地位上有着很大的距离，但是为了对付要放火的“疯子”，也加入了看客的行列。这说明看客本身并无地域、阶级的差别。

---

① 鲁迅：《狂人日记》，出自《鲁迅全集》（第1卷），人民文学出版社1981年版，第423页。

通过上文的分析，我们可以看出，看客在本质上消泯了年龄、阶级以及地域的差别，满布于整个中国，形成了一个庞大的社会群体。以群体为社会存在方式的看客，它本身又有什么特点呢？

首先，这一群体具有强烈的排他意识，而排它意识又来源于其本身固有的封闭性。在鲁迅的笔下，看客出现的地点虽在城镇、乡村间变化，但看客的社会活动范围却极其有限，基本上停留、静止在某一封闭的村庄、城镇或场景上，从来不会越出这个范围。《阿Q正传》中的闲人们，世世代代居住在未庄，对外界的事情一无所知，因此遭到阿Q的蔑视、嘲笑。《药》中的老少看客虽然表现得相当活跃，却被鲁迅粘贴在华老栓的茶馆里，活动空间相当狭小。看客们足不出户，养成一种因循守旧、故步自封的文化心理，他们与狭小的活动空间保持着高度的一致，“从来如此”是他们所信奉的圭臬，因此，对于任何异于“从来如此”的行为，他们都会视为一种异端，不能相容。《狂人日记》中的狂人、《孤独者》中的魏连殳等新派知识分子自不必待言，就是属于他们体系内部的孔乙己、祥林嫂等，因为违反了“从来如此”的行为方式，也不能见容于看客们的世界中。正是从这个意义上，鲁迅深刻地揭示了看客体系吃人与自吃的本质。

其次，从社会行为方式上来看，看客的行动主要是“挤”，具体又表现为“看”与“说”。“看”是指看客用眼睛观赏别人的不幸与痛苦，从而满足自己的心理需要；“说”是指看客以咀嚼别人的不幸与痛苦为乐，借以打发无聊的时光。鲁迅笔下的看客大都以这两种方式出现在作品中的。“看”与“说”虽是两种具体不同的行为方式，却都有观赏与品味对象痛苦的目的，都是企图对对象造成一定的伤害，但又不敢正面接触对象，而是与对象保持一定的距离，似逍遥其外而又身居其中，无所在又无所不在，既具体实在又虚无缥缈，既毫无力量却又具有无比强的吞噬力，构成了一种“无物之阵”，令对象感到实实在在的伤害，却又让对象觉得如在云里雾里，找不到具体的对手。这种效果的取得是不能离开群体的力量的，因此，鲁迅笔下的看客大都成群结队，即使以个体的面目出现，其背后也有一种无形的群体力量与他沆瀣一气，使对象有一种被“挤”的感觉。“挤”者，“能用历史和数目的力量，挤死不合意的人”之谓也。这种“挤”的方法，一方面能消灭对手；另一方面又两手干干净净，不沾一点儿人血。狂人对此深有体悟："直接杀了，是不肯的，而且也不敢，怕有祸祟。所以他们大家连络。布满了罗网，逼我自戕。"从狂人的思考中我们可以看出，"挤"具有吃人的残酷性，同时又有杀人不见血的怯懦与狡猾。狂人用下述语言概括了"挤"这一行为所特有的心理内涵："狮子似的凶心，兔子的怯弱，狐狸的狡猾，……"[①]，真是一语道破了实质。

值得注意的是，看客的这种吃人行为是在一种完全无意识的状态下进行的，他们无法从自身出发去认识社会，也无法通过对社会的认识来反省自己。他们与现有的社会是凝为一体的，任何异于现有社会的行为也就是异于他们的行为，因此，他们对自己的吃人行为不但没有任何的良心自责，反而认为从来如此，合情合理。短衣帮们在嘲笑落魄的孔乙己时，不但没有起码的同情心，而且还不时爆发出阵阵快乐的笑声。柳妈接受了传统的迷信观念，因此，她会在痛惜祥林嫂失去贞节的同时，给她指出一条捐门槛的出路，然而也正是这条道路失败使祥林嫂失去了最后的生活信念。从这个意义上说，对于祥林嫂的死，柳妈比鲁四老爷更负有直接的责任，但柳妈本人是至死也不会明白、承认这一点的。鲁迅把看客概括为"无主名无意识的杀人团"[②]，正是着眼于封建文化对人的巨大侵蚀作用而言的。一旦人接受了某一种文化，他就会成为这种文化的俘虏，对所接受的文化完全失去了抵御能力，看客们对封建文化的接受也是如此。

看客本身所具有的这些特征，正是几千年来封建文化在中国国民身上所留下的印痕，是国民劣根性的集中表现。鲁迅也正是从这样的角度来认识、概括看客的，因此，与其说看客是作品中的人物形象，不如说是作为封建文化的符码存在于作品中的。

---

① 鲁迅:《狂人日记》，出自《鲁迅全集》(第1卷)，人民文学出版社1981年版，第427页。

② 鲁迅:《我之节烈观》，出自《鲁迅全集》(第1卷)，人民文学出版社1981年版，第124页。

二、看客——作为创作主体的心理符码

文学作品中出现的任何一个形象，都直接或间接地反映了创作主体的某种心理，这已经成为文艺心理学的基本常识。那么，看客这一艺术形象又反映了鲁迅什么样的审美态度与审美心理呢？我们不妨从鲁迅创作人物形象的方法入手，来寻绎这个问题的答案。

在谈到自己的文学创作方法时，鲁迅是这样说的："所写的事迹，大抵有一点见过或听到过的缘由，但决不会用这事实，只是采取一端，加以改造，或生发开去，到足以几乎完全发表我的意思为止。人物的模特儿也一样，没有专用过一个人，往往嘴在浙江，脸在山西，是一个拼凑下来的角色。"[①] 这种"杂取种种人，合成一个"的创作方法，是鲁迅营构人物形象的根本方法，看客自然也不例外。中华人民共和国成立后的高校文艺理论教材，大都把鲁迅的这段话奉为文学典型化原则的最好例证，鲁迅研究界也往往采用此说，而忽略了这种创作方法所特有的心理内涵，这不能不说是鲁迅研究的一大失误。

在我看来，"杂取种种人，合成一个"的方法，其实正是德国美学家沃林格所说的抽象原则。在《抽象与移情》一书中，沃林格把艺术表现的原则概括为两种：移情与抽象。抽象原则的艺术表现主要体现为下列两个方面："第一种可能是，通过对空间表现的抑制和对任何一种主体渗透的排除，达到了这种自成一体的材料个性；第二种可能是，通过对绝对的结晶体形式的接近使客体摆脱了其相对性，并使之永恒。"[②] 王才勇先生把这两个特征简洁总结如下：第一，抑制对空间的表现，以平面表现为主。第二，抑制具象的物体，以结晶质的几何形式为主[③]。鲁迅对于看客形象的塑造，大体上也是从这两方面入手的。

首先，从看客的活动空间来看，这些空间形式单一、封闭，缺乏变化与深

---

① 鲁迅：《我怎么做起小说来》，出自《鲁迅全集》（第1卷），人民文学出版社1981年版，第513页。

② ［德］W. 沃林格：《抽象与移情》，王才勇译，辽宁人民出版社1987年版，第37页。

③ 同上书，第15—16页。

度感，给人一种平面化的感觉。看客们的表现总是被粘贴在某一特定的地点、场景中，很少出现地点、场景的移位现象。即使地点、场景出现了转换，空间形式的某些特点（单一、封闭、缺乏变化与深度感等）也没有因此而产生改变。《药》中的茶客们群聚在华老栓的茶馆里，《孔乙己》中的短衣帮总是在咸亨酒店里品味着孔乙己的痛苦，未庄的闲人们大都在观赏别人打斗的场面里出现。对这些空间形式的描写，鲁迅基本上把它限制在长与宽两个维度，构成一个平面，以便给看客们提供一个有限的表演场所，所以，看客们大都出现在一个缺乏深度感的场面里，就像在一张纸上被描画出的几个黑点。对于抽象原则有意抑制空间表现的原因，沃林格在理论上做了说明："空间就是所有抽象努力的最大敌人，在艺术表现中首先要加以抑制的必然是空间，这个要求是不可分离地与这些广泛的要求相连的，即回避对三维物体，对深度感物的表现，因为，这些物体的维度就是真正的空间维度。……对表现空间的回避和对深度关系的抑制就导致了这样的结果，即趋于对平面的表现。"[①] 从这里我们可以看出，鲁迅有意抑制看客们活动的空间，使之趋于平面化，其目的之一在于回避对看客们的立体塑造，以便更好"杂取种种人，合成一个"。这虽然使看客们给人一种扁平化的感觉，但却把看客们最内在的本质凸显出来，给人以悠长的回味与深刻的思考。

其次，就看客们本身的表现而言，看客们很少以个体的形式出现在作品中，他们大都成群结队，千人一面，给人以某种"绝对的结晶体形式"的感觉。作为作品中的文学形象，每个看客自身毫无性格、个性可言，个体与群体保持着高度的一致，以至于我们很难把某一个看客单独抽出来，指出他与所隶属的看客群体有何不同之处，但是，如果把他还原到现实生活中，我们也许会发现，作为一个活生生的人，他还是有着与众不同的生活与性格的。难道说鲁迅有意歪曲看客，对现实生活做了不真实的描写吗？其实不然，鲁迅对现实生活的思考，是在一种文化对另一种文化的观照下进行的，在他看来，现实生活中的人，都是某种文化的产物。当鲁迅站在西方现代先进文化的高度对中国社会进行观照时，他就

① ［德］W. 沃林格：《抽象与移情》，王才勇译，辽宁人民出版社 1987 年版，第 38 页。

会发现封建文化的种种荒谬之处，而作为封建文化的载体，自然是现实生活中的人——不是作为个体存在的人，而是以集体形式存在的人。也正是站在这样的高度，鲁迅删除了现实生活中个体生活的丰富性与性格的多面性，抽取了群体生活、性格的某些共性，塑造了看客这一富有文化底蕴的形象，因此，与其说看客是作为人存在于作品中，不如说是封建文化的结晶质，是作品对封建文化的形象概括。

通过上述两方面的分析，我们可以看到，鲁迅是用典型的抽象手法来塑造看客的。那么，这一手法所特有的心理内涵是什么呢？具体到鲁迅本人来说，又是什么样的心理动机促使他用这样的手法来营构看客这一文化形象呢？

在《抽象与移情》一书中，沃林格分别对抽象与移情的心理内涵做了不同的阐述。他认为，移情冲动的心理前提是，创作主体对自己与外在的世界充满信心，至少对外在的世界有一种善意的理解，因而，他能将自己沉潜到外物中，或在外物中玩味自身，与外物存在着某种同化关系；而抽象冲动则是人由外在世界引起的巨大内心不安的产物，创作主体发现自己所面临的世界纷乱无紊，充满了威胁，因而，他有一种寻求安全的冲动，即创造必然律的冲动。也就是说，“把单个事物从其演变的长河中抽离出来，使之摆脱一切偶然性和变动性并把它提升到必然性层面”[①]，这样，他就能驻足于对这种必然律的观照中，心灵获得了某种安全感。以这种观点来考察鲁迅与郭沫若、郁达夫等人的创作，我们就会发现，鲁迅与他们在本质上具有不同之处。

沃林格的这种解释，有助于我们从理论层面来理解鲁迅采取抽象原则的心理动因。当鲁迅用现代眼光来观照中国社会时，他发现了封建文化的吃人特性，发现了作为这种文化载体的国民的种种荒谬之处，内心中必然会因此而产生一种恐惧感。在《狂人日记》中，狂人的内心中就充满了被吃的担心、恐惧，面对周围怪头怪脑的人们，他常常从头直冷到脚跟，觉得自己怕得有理。狂人的这种恐惧感也充斥在鲁迅的其他作品中，在此不再一一举例。这种感觉是属于狂人等人物

---

① ［德］W. 沃林格：《抽象与移情》，王才勇译，辽宁人民出版社 1987 年版，第 36 页。

形象的，但是在某种意义上说，更是属于鲁迅本人的，因为从根本上说，它源自鲁迅的内心世界。正是出于摆脱这种恐惧感的内心要求，鲁迅采用抽象的艺术原则塑造了看客这一文化形象，“它的目的在于打破对象对主体的控制。它一方面导致艺术形式的创造；另一方面也导致对对象的认识”[①]。这样，他才能感到把握了外在世界，消除了外在世界对他生存的威胁，获得了一种安全感。从这样的角度来认识看客，我更愿意把它视为鲁迅内心世界的心理符码。

三、结语

鲁迅对看客曾下过如此断语：“群众——尤其是中国的——永远是戏剧的看客。牺牲上场，如果显得慷慨，他们就看了悲壮剧，如果显得觳觫，他们就看了滑稽剧。……对于这样的群众没有办法，只好使他们无戏可看倒是疗救，正无须乎震骇一时的牺牲，不如深沉的韧性的战斗。”[②]其爱憎之心、痛切之情，溢于言表。在鲁迅的一生之中，也许没有哪一个形象能像看客一样，让他如此牵萦一生，难以释怀。鲁迅作品中的空间感、时间感、恐惧感乃至韧性的战斗精神，均与这一形象有着密不可分的关系。看客的许多方面尚有待学界进一步挖掘，希望看客这一形象能引起学界的更多注意。

（原载于《东方论坛》2002年第6期）

---

① ［瑞士］荣格:《荣格文集》，冯川译，改革出版社1997年版，第207页。

② 鲁迅:《娜拉走后怎样》，出自《鲁迅全集》（第1卷），人民文学出版社1981年版，第163—164页。

乡下人的文学神庙

——论沈从文的人性观对其创作的影响

张根柱

在中国现代文学史上，沈从文的文学观是相当特殊的。它的特殊之处在于，它既与文研会、创造社、新月派等诸家的文学观存在着许多相似之处，同时又迥然独立，自成一家。文研会具有强烈的忧患意识，主张文学“为人生”却相对忽略了艺术中“美”的因子，导致了其文本中的诸多晦涩与粗糙；创造社尽管在作品中不乏现实生活的底蕴，但在艺术表现上一味主张“全”与“美”，带有浓厚的唯美主义色彩，颇有不食人间烟火的味道；而新月派的人性文学观虽然更多地触及文学的本质，但却带有浓重的欧美气息与较多的抽象意味，缺乏一种粗犷朴素的生命力和中国化的本土精神。沈从文的文学观能兼及上述诸家之长而扬弃其偏颇之处，下面一段话具体而形象地道出了他心目中理想的文学是什么样子。“我只想造希腊小庙。选山地作基础，用坚硬石头堆砌它。精致，结实，匀称，形体虽小而不纤巧，是我理想的建筑。这神庙供奉的是‘人性’。”① 这段话大体可以代表沈从文文学观的主旨。简言之，沈从文的文学观念是以人性为核心，以善与美为两大支点，精致、结实、匀称是其在形式上的要求和外在体现。这种以人性为核心的文学观，决定了沈从文文学创作对题材的定向选择，也决定了其创作的成就与不足，使其文本具有复杂多重的内涵。

---

① 沈从文:《沈从文文集》(第11卷)，花城出版社1984年版，第42页。

沈从文的全部文学创作有一个核心指向——人性，作为沈氏文学观的灵魂，它统摄着沈氏所有的文本，鲜活地跃动在字里行间。这种文学观念的产生既与中国社会现代化过程中民族精神的堕落与滑坡有着必然的联系，同时又与沈从文独特的个人经历与时代要求密不可分。现代文学的产生，既是与中国的现代化进程相伴而生的，同时又处在一个政治与战争、金钱与欲望、城市化与商业化的复杂背景下。中国现代化一个很重要的方面就是城市化进程的快速发展。这种快速发展一方面使中国现代化进程加快；另一方面也使得普通民众和部分知识分子逐渐培养了一种实利意识，这种实利意识和传统文化中的庸俗、自私、虚伪、愚昧、懒惰、狡猾等消极因素相结合，形成了一种古怪的东西，它严重地腐蚀着整个民族的健康肌体，使生活平面化、世俗化、市侩化，失去了推动其前进的理想力量，沈从文称之为“近于被阉割过的寺宦观念”[①]。这种“寺宦观念”造成了整个民族精神的堕落。“最明显的事，即农村社会所保有那点正直素朴人情美，几乎快要消失无余，代替而来的却是近 20 年实际社会培养成功的一种唯实唯利庸俗人生观。敬鬼神畏天命的迷信固然已经被常识所摧毁，然而做人时的义利取舍是非辨别也随同泯没了。‘现代’二字已到了湘西”。[②] 在政治与金钱的双重夹击下，文学也面临着严峻的考验：要么继承“五四”精神，坚持其应有的高贵品格与精英意识，沿着“改造国民灵魂”的道路坚定不移地走下去；要么随波逐流，换上一副迎世媚俗的面孔，向政治与金钱低头。“五四”落潮后部分鸳鸯蝴蝶派作品的风行与创造社精英之一张资平向三角恋爱小说专家的转化典型地说明了后一种倾向，它在根本上背离了“五四”文学精神，成为民族精神领域中的垃圾和毒素。这就需要每一个有良心和责任感的中国人——特别是知识分子勇敢地扮演起“精神界之战士”的角色，义无反顾地对这种民族精神的堕落与滑坡宣战，实现民族品德和民族精神的再造与重建。沈从文正是在这样的时代要求和文化背景下走上文坛的。沈从文自幼生活在偏僻封闭的湘西，这种偏僻和封闭一方面有其保守落后的一面；另一方面也保持了其固有的自然、纯洁、朴实和粗犷，拒绝了

① 沈从文:《沈从文文集》(第 6 卷)，花城出版社 1984 年版，第 166 页。

② 沈从文:《沈从文文集》(第 7 卷)，花城出版社 1984 年版，第 2 页。

中原文化与不良精神的侵入与浸蚀，对唯利唯实的庸俗人生观有一种天然的厌恶与反抗。沈从文深受湘西文化的熏陶，再加“五四”那种开放、批判、怀疑等观念的影响，使他对民族精神堕落的滋生地——城市与城里人持有强烈的敌对态度与否定倾向。

在沈从文的全部创作中，最引人感兴趣的，便是其中对男女关系的描写和作品中透出的牧歌情调。由于作品中多描写前者，沈氏曾被人冠以“桃色的沈从文”的称号，但对于沈从文来说，男女关系最能体现着人性的美与丑、善与恶、健全与缺憾，却不管什么桃色与蓝色。“因为生存的枯寂烦恼，我自觉写男女关系时仿佛比写其他文章还相宜。”① “我为年轻人解释爱与人生，我告他们女人是什么，灵魂是什么，我又告他们什么是德性，什么是美。”② 正是从人性角度出发，沈从文笔下的男女关系迥异于海派作家对男女关系的描写。后者在批判城市中男女关系堕落的同时或多或少地流露出欣赏的意味，而沈从文则对这种堕落一直持一种彻底的否定态度，这突出地反映在《八骏图》《绅士的太太》等作品中，也突出地反映在他对穆时英等海派作家的评论上。在《八骏图》《绅士的太太》中，沈从文揭示了所谓社会名流、绅士淑女在私人空间中所体现出来的人性堕落。也正是从人性的角度出发，沈从文又描写了一种理想的男女关系，它的生存地便在湘西乡下的山水间。理想中的男男女女都是“乡下人”，他们因为相爱而透露出来的真诚纯粹与周围的环境多么和谐一致，即使是死亡都显得那么的幸福和浪漫，《月下小景》便是明证。在这篇作品里，小寨主与女孩子为了彼此间真诚的爱情，双双在充满月光、鲜花、野草的高山流水间微笑着死去，这与“城里人”在城市中的虚伪做作形成鲜明的对照。沈从文对此直言不讳：“请你试从我的作品里找出两个短篇对照看看，从《柏子》同《八骏图》看看，就可明白对于道德态度，城市与乡村的好恶，知识阶级与抹布阶级的爱憎，一个乡下人之所以为乡下人，如何显明具体反映在作品里。这不过是一个小小例子罢了。”③ 着眼于

① 沈从文:《沈从文文集》(第 5 卷)，花城出版社 1984 年版，第 2 页。

② 沈从文:《沈从文文集》(第 12 卷)，花城出版社 1984 年版，第 12 页。

③ 沈从文:《沈从文文集》(第 11 卷)，花城出版社 1984 年版，第 44 页。

健全的人性，沈从文不仅在男女关系中描写了灵和情，而且在灵和情之中渗透了人性中的一些本能欲望，但同样是描写男女性爱，侧重点却大不一样。把城市间男女联系在一起的除了赤裸裸的欲望以及相互利用之外，别无其他。对乡野间男女恋情的描绘虽然不乏性的色彩，却情字当头，显得温和适度、灵肉合一，更合乎健康自然的人性法则。请看《月下小景》中对于男欢女爱场面的描写："两人皆在忘我行为中，失去了一切节制约束行为的能力，各在新的形势下，得到了对方的力，得到了对方的爱，得到了把另一个灵魂互相移入自己心中深处的满足。到后来，于是两个人皆在战栗中昏迷了，喑哑了，沉默了，幸福把两个年轻人在同一行为上皆弄得十分疲倦，终于两人皆睡去了。"除男女恋情之外，沈从文在描写湘西时总是伴随着一种迷人的牧歌情调。牧歌情调是沈从文作品中极富诗意的部分，它既是沈从文追求完美人性的心态在作品中自觉不自觉的一种流露，又是他对已逝湘西的深切怀念。与废名作品中牧歌情调所蕴含的禅趣不同，沈从文作品中的牧歌情调透露出一股淡淡的忧郁，如轻烟般飘逸在作品中，如丝如缕却又挥之不去。这股忧郁之气并非庸人自扰，多愁善感，而是源于对现实的清醒认识和对未来的深切的忧患意识。沈从文清醒地意识到了"现代已到了湘西"，清醒地意识到湘西在"现代"和现实的双重侵蚀下逐渐消失的严峻事实，他不无痛惜地说："除了自然景物的明朗，和生长于这个环境中几个小儿女性情上的天真纯粹，还可一点希望，其余笔下所波及的人和事，自然便不免黯淡无光。尤其是叙述到地方特权者时，一支笔即再残忍也不能写下去，有意做成的乡村幽默，终无从中和那点沉痛感慨。"[①]《边城》中白塔的坍塌、《七个野人与最后一个迎春节》中野人与迎春节的消失等也都形象地说明了这一点。沈从文既抒写了牧歌情调存在的轻快愉悦，也描绘了牧歌情调消失的惆怅。牧歌情调既使沈从文的作品平添一些浪漫气息，也增加了一份感伤色彩。沈从文自称是"20 世纪最后一个浪漫派"，称自己的作品是"20 世纪最后一首抒情诗"，其主要原因即源于此。

对完美人性的追求也决定了沈从文在文学表现方法上的特点。沈从文认为，

---

① 沈从文：《沈从文文集》（第 7 卷），花城出版社 1984 年版，第 6 页。

完美的艺术形式即是完美人性的外在体现，因此他总是让自己的作品变得更美更精致一些，力求作品的艺术形式与所反映的生活内容和谐一致。在一些文章中，沈从文表达了类似的看法："美就是善的一种形式"①，"文学艺术只有美和不美……不管是故事还是人生，一切都应当美一些！"②为了让自己的作品更好地反映人性中的善与美，为了更多地给读者以阅读中的愉悦感，沈从文不惜花费气力，刻意求工。在《〈长河〉题记》中，他道出了自己的良苦用心："唯恐作品和读者对面，给读者也只是一个痛苦的印象，还特意加上一点牧歌的谐趣，取得人事上的调和。"③在文字来源上，沈从文主张既要向古代诗词学习，培养对文字的特殊敏感，同时更要吸收生活中富有活力的词汇，给作品注入一股刚健清新的生命气息，这就使得他的文字既有古典作品的凝练含蓄，又不乏现代生活的实感与灵气；在文字的把握与运用上，既要精心雕琢，又不能一味堆砌，要严格遵循艺术表现上节制与适度的法则："能尽文学德性的作者，必懂文字，也不过分挥霍文字。'用得其当'实为作者所共守的金言。"④同时文字表现要和整个小说浑融无间，合为一体，"单是文字同思想，不加雕琢同配置，正如其他材料一样，不能成为艺术"⑤。这使得他的文字风格真正做到了精致纤巧与粗犷豪放、刻意雕琢与返璞归真的统一。在创作过程和叙述方法上，沈从文主张作家要充分发扬自己的个性——"写作时要独断，要彻底地独断！"⑥不受外界的任何干扰——尤其是来自一些庸俗批评家的干扰。作家在创作时要全心全意地投入作品中，用作家的人格和感情来浸透作品，努力做到客观描绘与主观抒情的一致，在缓缓地讲述故事的同时，作家心中的感情于不知不觉间注入笔端，达到"有我"之境与"无我"之境的有机统一。沈从文也正是这样做的，他的文学作品真正打通了诗歌、

---

① 沈从文:《沈从文文集》(第 11 卷)，花城出版社 1984 年版，第 49 页。

② 同上书，第 302 页。

③ 沈从文:《沈从文文集》(第 7 卷)，花城出版社 1984 年版，第 6 页。

④ 沈从文:《沈从文文集》(第 11 卷)，花城出版社 1984 年版，第 42 页。

⑤ 沈从文:《沈从文文集》(第 7 卷)，花城出版社 1984 年版，第 6 页。

⑥ 沈从文:《沈从文文集》(第 11 卷)，花城出版社 1984 年版，第 42 页。

散文和小说的界限，把各种独立自在的因素涵容在一起，做到了三者的水乳交融和完美合一，享有“乡土抒情诗”的美誉，这特别明显地体现在《边城》《长河》《月下小景》等代表性作品中。创作方法上的节制和适度也使得沈从文的作品近于一种中性状态——没有情节上的大起大落，也没有情绪上的大喜大悲，接近于传统文学所要求的“哀而不伤、怨而不怒”的境界，给人以超然物外的感觉，然而事实并非如此。即以《边城》《丈夫》而言，前者讲述的是两个家庭家破人亡的凄惨故事，后者背后隐藏的则是丈夫忍辱让妻出卖肉体的事实，然而，沈从文的文学观使他不能也不忍把这惨不忍睹的事实赤裸裸地抖搂出来，牧歌情调和异域色彩使得这些大苦大悲成为一股暗流，潜藏于作品中，不乏现代气息却又流露出古典美的神韵。沈从文的这种文学表现方法极具迷惑性与隐藏性，因此，20世纪30 ~ 40年代的读者对《边城》《丈夫》等作品多有误读，不能了解他创作这些作品的真正含义。对此，沈从文曾不无遗憾地指出：“你们能欣赏我故事的清新，照例那背后蕴藏的热情却忽略了；你们能欣赏我文字的朴实，照例那作品人背后隐伏的悲痛也忽略了。”[①]

在20世纪30 ~ 40年代的中国，沈从文的这种人性观多多少少显得有点迂阔，露出些贵族气息和清高姿态，得不到大多数人的理解，这是必然的，对此，沈从文有清醒的意识。“我需要清静，到一个绝对孤独环境里去消化生命中的具体与抽象……我好单独，或许正希望从单独中接近印象里未消失那一点美。”[②]外在的孤独使沈从文感到凄凉和陌生，内心的孤独却使他倍感温暖和自由，并增强了他向“城里人”进军的勇气和信心，也正是在这点上，我们说孤独成就了沈从文。

（原载于《齐鲁学刊》2002年第5期）

---

① 沈从文：《沈从文文集》（第11卷），花城出版社1984年版，第44页。

② 同上书，第275、278页。

悲亦美　美亦悲

——论沈从文湘西题材创作中独特的悲剧意蕴

刘　香

除了郭沫若的《女神》以凯歌高唱的姿态屹立文坛之外，几乎全部中国现代文学创作都普遍笼罩着一种悲凉感伤的情绪氛围和基调。这种普遍的美学风格中就包含着沈从文这个作家独特的悲剧意蕴，即悲中蕴含着美，美中蕴含着悲，悲与美相协相融，从而传达出这位湘西自然之子对生命价值和人生意义最本真的审美观照和艺术关怀，尤其是他湘西题材的小说和散文创作更是固执地守护着这份独特性。本文试图从创作者的情感思维倾向、作品的主题内容以及作品的艺术表现方式等方面略做分析描述，以揭示沈从文“湘西世界”的创作中所蕴含的悲剧意蕴。

命运多舛的沈从文，出生于贫困偏远的湘西凤凰县。在进京之前，亲眼看见、亲身经历了中国乡村世界的野蛮残酷、破败凋敝和中国农民困顿而悲惨的生活，感同身受着农民的命运，并同这些下层劳动人民结下了深厚的感情。而美丽多情的凤凰城，充满灵性的生命，激荡的山山水水，善良纯朴又野味十足的湘西人都真切地融入作者的潜意识之中，作家的悲悯情怀和悲剧情绪油然而生，甚至在一定程度上融化在了他的情感思维方式和精神气质里，成为其人格结构的不可或缺的一部分。后来，作家带着一种渴望和向往来到都市，想找寻属于自己的生存空间和生命形式，然而都市给他的是彻底的失望和苦闷。心中对远去故园的怀恋是唯一的精神慰藉和寄托，也是作家创作灵感的突发点和动情处，记忆里湘西的一切成为他创作的源泉动力。沈从文认为生命永远是美的化身，触目皆美。即便是野气的船妓、粗俗的水手、迟钝的山民也因了家乡原始的活力而显得浑厚可爱，他们一幕幕平凡而惊心的悲剧，也具有了美的气质、美的灵魂。哪怕是最令人恐惧的死亡的悲剧也充满了浓郁的诗情画意。《月下小景》中自愿走向死亡的一对痴情恋人可以说是为不曾蹂躏的爱而唱的一曲美的颂歌。生活在深山里的民族有一个民俗，即女子不能嫁给第一次拥有她贞操的男子，否则就会被“沉潭”或者放到“地窟窿里”。而寨主的儿子傩佑和柔情似水的女子在情不自禁之后才意识到令人战栗的恐惧，因为他们都想整个地把自己交与对方。在四顾逃离无望后，唱罢一首爱情的圣歌，用美丽的死亡保持了爱情的纯洁。沈从文“表现出受过长期压迫而又富于幻想和敏感的少数民族在心坎里那一股沉忧隐痛”[①]，但是死亡的悲剧里却蕴蓄着无限诗美的意蕴。

五四作家们，在渲染惨伤悲凉的氛围时，弥漫的是一种随处可见可感汩汩流动的悲剧情绪和悲剧意识。并且往往为此悉心营构悲剧的情境，排解忧愁或发泄怨愤。而沈从文却把这种悲剧的情感倾向用婉转绮丽别具一格的方式显现出来，试图用美来遮盖悲，用美来表达悲，不给读者揪心的压力或惶恐，将更深切更深层的关怀及忧郁留给自己，我想此时此刻创造者的内心痛苦要远胜于欣赏者。而沈从文则认为：神圣伟大的悲哀不一定有一摊血一把眼泪，一个聪明作家写人类痛苦或许是用微笑表现的。基于此，即便是他的悲剧性作品如《边城》《萧萧》《媚金、豹子与那羊》《三个男子和一个女人》等，也都悲而不哀，痛而不绝，体现了沈从文作品独特的悲剧审美意识。

沈从文孜孜不倦地致力于寓含式悲剧创作之中，创作主体与客体之间保持着一定的距离，把这种距离的美感留与读者去揣摩玩味。无论是悲剧的创造者，还是悲剧的承受者都找不出具指的错，都被作家强制性地放到一种悲且美的艺术氛围之中衍生出悲剧的深层意蕴。在具体创作中，作家主要从三种不同的悲剧人物的审美视角揭示、探讨人的生命价值意义之所在，以及人对生命强力执着追求的主题内涵。

---

① 朱光潜:《从沈从文先生的人格看他的文艺风格》,《花城》1980 年第 5 期。

首先是对妓女的悲苦与哀怨的抒写。带有野气和蛮性的湘西妓女们，为了生存或者说为了活着（她们不明白也不想去明白为什么生活），岁月悠悠，漂荡在无根无藤的水上，荡走了青春和年华。她们活泼可爱、洒脱爽快，也有过刻骨铭心的爱与恨，并且爱得热热烈烈，恨得坦坦荡荡。对于生活无怨无悔，对于生命也无过分的苛求。日出日落，生活而已。《一个多情水手和一个多情妇人》中的那个等牛保回来过年的妇人，将自己不舍得吃的核桃、栗子、干鱼……还有一大堆痴话送与自己的情人，哀怨娇嗔，惹人怜爱。然而"露水"恩情会不会是地久天长的幸福，不得而知。及至《丈夫》里的妇人，已经有了更深广的意蕴的开掘。清清淡淡的介绍和轻描素写的事件里隐含的已经是又深一层的忧虑和悲苦。冷静细致的笔致深处飘浮着不可测度的悲痛。而更大的悲剧还在于这些已经习惯了寄居生活的妓女们虽有顽强的生命活力，但最后的命运却又常常是悲剧的。她们被不可改变的原始性和固有性以及野蛮性牢牢地束缚了手脚，生命便在不可把握的偶然性中损失殆尽，生命的价值和意义也不能完整地体现。在此，作家不是把她们作为妓女来写，而是把她们作为常人中的一类代表来写，因为伦理道德在这里没有立足之地，只有生命的感伤美和陨落美表述着悲剧又深一层的意蕴。

其次是抒写水手和船人们的悲歌。黑脸、粗壮的水手们，活得洒脱豪爽、真实痛快，他们阅历丰富，待人真诚热情，从不考虑利益、计较得失，只有把自己对生命和人生的满腔热情尽情挥洒在辰河水上。头天与相好的妇人缱绻缠绵，第二天就可以满腔激情地投入湍急的河流中。人生的无忧无虑就在粗野的戏谑谩骂中活灵活现。

柏子在几乎把所有的血汗钱都给了妇人以后，"也将高高兴兴地做工，高高兴兴地吃饭睡觉，因为今夜已得了前前后后的希望，今夜所'吃'的足够两个月的咀嚼，不到两个月他可又回来了。"（《柏子》）这又是何其本能的一种生命最原初然而却是最自然真诚的生存欲求！《爹爹》《石子船》《一只船》等多篇作品都表现了水手们共同的命运。他们麻木愚蒙，安于现状，正酝酿和延续了自身命运的可悲的循环往复。然而在人性面前，有时真诚的欲求也会自觉隐退。当过土匪的船工七老在众人的怂恿下去了吊脚楼的方向。"却并不胡闹……只有橘子卖，知道我喜欢吃橘子，就把钱全买了橘子带来了。"并且对自己所做的事"感觉如何愉快”。(《辰河小船上》)这又是何其神圣的人性！然而作家对他们的感情又是极其混杂的。既对他们的安于现状表示惊讶和欣赏，不愿惊动他们，又希望能有一种方法使这些人放弃这种生活态度，能够感觉到生命的忧伤和惨淡，处于这种“变”与“不变”的矛盾混沌状态中的悲剧意识更发人深省，而另一方面审美的快感也无遮无拦地向前推进。水手和妓女是作家揭示独特悲剧意蕴的两类重点人物。从这两类湘西习以为常的人物身上发掘人的生命强力，从而挖掘人性美和人情美，同时又寄寓忧思和惆怅，悲悲美美、哀哀怨怨、反反复复荡涤着读者的心灵。

第三种人物视角就是纯朴的山民形象。通过对他们苦难和不幸的抒写，展示并探讨普通民众的生命价值和意义寄托乡情、乡愁、乡怨。由这些平常人的平常事中发掘出悲亦美的独特意蕴和情趣。“与西方悲剧冲突中那种尖锐的、不可退让的血淋淋的方式不同，中国悲剧作品表现冲突的方式很难体现激扬高蹈的悲剧精神，而这正是中国民族性格的一种表现。”[①] 这其实也正如鲁迅所说：“这些极平常的，或者简直近于没有事情的悲剧，是很不容易察觉的。然而人们灭亡于英雄的特别的悲剧者少，消磨于极平常的、或简直近于没有事情的悲剧者多。”[②]

《灯》《会明》中的老司务长、老伙夫会明也都是那种毫无奇处的普通人，然而作品中的他们却以一颗“优良”的心，一颗永远不会被污染的灵魂，守候着他们所信奉的价值，那单纯的价值携刻在他们心间如磐石一般坚定不移。随着时间的推移，价值信仰已变得面目全非，失去意义。时代将他们置于可笑尴尬的境地，然而，却无从动摇他们对理想的忠诚心。这份忠诚令人感动，但滑稽的人生角色又足以令人悲悯。

沈从文始终给予第一关怀也是着墨最多的人物就是乡下美如画、纯如水的女子。她们的结局差不多都是悲剧的。然而这不是崇高的毁灭，而是“善”的“不凑巧”的悲剧。在着意表现这种“优美、健康、自然而又不悖乎人性的人生形

---

① 邱紫华：《悲剧精神与民族意识》，华中师范大学出版社 1990 年版。

② 鲁迅：《几乎无事的悲剧》，出自《鲁迅全集》（第 6 卷），人民文学出版社 1981 年版，第 371 页。

式”的同时，流动着悲剧的旋律，摄人魂魄，自然而然地引起人的悲悯和怜惜之情。这种悲剧也更加平实、真实，也更容易为普通人理解和接受。沈从文也说过：“美丽总使人忧愁”，“美有时叫人伤心”，在美的氛围里，弥漫的是浓得化不开的悲剧色调。

萧萧的不幸不在于长长的十年，过着无助无望的生活，陷入被动悠长的等待，也不在于情人远走不归，丈夫不能圆房……而12岁的儿子娶了年长六岁的媳妇，“这一天，萧萧抱了自己新生的毛毛，在屋前榆蜡树篱笆间看热闹，同十年前抱丈夫一个样子”。(《萧萧》) 这才是萧萧最大的不幸。历史单调的循环往复，送走了一辈又一辈的过去，又迎来了一辈又一辈毫无变更的未来，懵懵懂懂、糊糊涂涂便走完了人生的路程，却始终未能挣脱历史的轮回。作家在此对人生所做的深刻思考，对生命价值究竟何在的潜在探索意味隽永。

三三的不幸又与萧萧不同。三三的不幸是一个女子深深的、难以言明、朦胧模糊的幽怨。三三是在悠忽来去的梦幻中有所倾注和期待，这点小小的希求到头来也戛然而止。

在《边城》中，翠翠不知道老大天保是因不能得到她的爱而忧愤出走后发生“水鸭子”被溺死的悲剧，她不知道老二傩送离乡远行也是因为不能得到她的爱，她甚至不知道爷爷突然离世也全是由于替她幸福的思虑而心力交瘁所致。只有这一切都已发生，陪伴她的杨马兵向她说明之后，她才如梦初醒，“哭了一个夜晚”，最后只得陷入遥遥无期的等待之中。这些平凡生命主体的沉浮飘忽，折射出作家对人生命运的不可把握、偶然性和不可知性的深沉的忧虑和思索。那份沉郁厚重而又幽微难名的伤痛灼烧着创作者的主体情感体验，对众生广泛性和普遍性悲剧意蕴的探索与思考的内涵意义指向了希望和永恒。这种深层悲剧意蕴又暗中负载了创作主体和接受主体舒畅的审美快感，从而具有了“美到极致”的情绪体验效果。

沈从文声称，他的小说“一例浸透了一种‘乡土抒情诗’的气象”，与鲁迅以思想的深邃性而享誉文坛不同，沈从文是以淋漓酣畅的艺术魅力而超凡脱俗的。

沈从文重视官能感受，将自己的亲身体验、心灵感受倾注到作品的字里行间，不雕饰，不浮华，让悲天悯人的情感缓缓流动于对优美的人情人性的淡泊叙述中，通过对古朴人生和自然神韵的顶礼崇拜，营造一种忧郁宁静的抒情意境。

沈从文还用一种独特的文体结构方式来传达内容，蕴含独具特色的深层悲剧意味。先以歌咏田园诗般的散文笔调缓缓地展开对湘西人纯朴风情的细致描述，当你陶醉在田园牧歌式悠缓的抒情境地时，作者此时会猛然来一个转折，把你从梦幻中惊醒，使主观情感体验产生强烈的反差效果，从而产生彻底的震撼力量，而且创作主体的那份深忧也内化在这股强大的情感流程中，形成自己鲜明的文体特色。

《灯》的结尾是这种转折性结构开始成熟的标志。通篇写老司务长的质朴善良，结尾却揭示此人物纯属虚构，给读者一种缺憾感，回味无穷。还有《丈夫》《三三》《三个男人和一个女人》《黔小景》等文本全都采用了这种突兀结尾的结构方式。此种独特文体结构最突出的体现是《边城》。《边城》里为故事的进展勾画了大段大段极有诗意的风俗民情。小溪、河水、石塔、黄狗……端午节赛龙舟，赶鸭子……自然之美和风情之美充溢你的眼帘，使你如痴如醉。情节的发展似有似无，忽断忽连。正当你流连忘返于美妙的意境氛围中时，最后结尾的一场雷雨和祖父的病死一下子毁灭了所有的意境和希望，主角的命运也陡然转折，接受主体就在这种极大心理落差中产生深深的破碎疏离感，也构成了奇妙的艺术效果。

沈从文以博大的胸襟关怀着其笔下的万物生灵，构筑了独具特色的“湘西世界”和具有永久魅力的艺术乐园。而对美的别样追求，对生命终极价值和意义的深沉思考，对人生角色的悲悯情怀，则体现了其独特的深层悲剧意蕴。

（原载于《临沂师范学院学报》2001 年第 2 期）

生命活动的艺术结晶

——论庐隐作品的情感结构与其文本形式的对应关系

张根柱 *

中国传统文学在其长期的发展中，形成了“哀而不伤、怨而不怒”的整体美学特征，五四文学则恰恰与其相反，它一反传统中和之美，在与封建主义做毫不妥协的斗争中，激荡着一种高昂而凄厉的旋律，庐隐则以自己独特的音调汇入这一时代的大合唱之中。

一、分裂、混乱的情感世界

读庐隐的作品，我们会深切地感到有一股感伤之情迎面扑来。如果把庐隐的人生哲学和其情感世界相对照，我们就会发现，这种感伤之情与逃亡意识有着密切的联系。庐隐必然会因为自我漂泊流离的逃亡状态产生一种感伤的情怀。在庐隐的作品中，这种感伤之情像一条笼罩着愁云惨雾的河流，缓缓流淌在作品的字里行间。它呜咽着，悲叹着，并挟裹着一股阴冷之气盘桓在作品中主人公的心灵里。“海滨故人群”在这股感伤之流的控制下，经常处在一种独处的境地，静静地品尝感伤之情的滋味，静静地体会这种忧伤之情降临她们的心灵时所带来的那种难以言说的感觉。“我真不能描绘此时此刻所环绕着我的世界——冷静、幽美，是一幅不能画在纸上的画，是一首不能写在纸上的诗。”这绝不是《象牙戒指》

---

* 谨以本文纪念本文的指导者许志英教授。

中张沁珠的一己感受，而是庐隐的、整个“海滨故人群”的共同感觉。在通过忧伤之情的体验和品尝中，她们远离了尘世的喧嚣和虚伪，似乎找到了心灵的停居地，找到了真实的自我，找到了另外一个世界。这使得她们对这种感伤悲哀之情特别偏爱，经常主动地去寻找它，并把它拽回自己的心灵。“悲哀才是一种美妙的快感，因为悲哀的纤维是特别的精细。它无论触于怎样温柔的玫瑰花瓣上，也能明白地感觉到。比起那种近于欲的快乐的享受，真是要耐人寻味多了。并且悲哀能与超乎一切的神灵相近。当你用怜悯而伤感的泪眼，去认识神灵的所在，比较你用浮夸的享乐的欲眼时，要高明得多，悲哀诚然是伟大的！”[①] 在这里，对感伤悲哀之情的体验品尝，已经成为她们感悟和享受人生的一种方式。她们经常探索“人生的究竟”，苦苦地追求自我，因此，这种感伤悲哀之情也就时时光顾她们的灵府。在庐隐的作品中，对“海滨故人群”独自品尝感伤悲哀之情的场面描写随处可见，由于已经超越了一般世俗之见，使这种忧伤的场面别具一种温馨感和亲切感。

由于这种感伤悲哀之情长期盘踞在“海滨故人群”的心灵，便造成这种情感在心灵的堆积和压迫。愈来愈重的情感压力必然使得这种感伤悲哀之情自身发生质变，于是，她们感情世界中的另一种情愫——冷漠便产生了。乍一看来，这种冷漠之情似乎处在情感零度状态——它不冷也不热，保持着一种中性性质；处在一种情感体验的空白阶段——它已经失去了喜怒哀乐等诸种情愫，做到了心灵对尘世和自我的完全超脱。在《象牙戒指》这篇小说中，张沁珠曾说：“现在我已是一池死水，无波动无变化，一切都平静。”我觉得一个人能在他活着的时候，安安详详地安排后事，那种心情是值得珍贵的。——生与死是一个巨大的关头，但能顺从自然，不因生喜，不为死惧，便可算达人了。”张沁珠的这一段话所表达的对人世的冷漠之情在“海滨故人群”中是有代表性的。然而，尽管她对生死看得那样透彻，对人世是那样冷漠，她在行动中却做不到这一点。这说明，这种冷漠之情和真正意义上的解脱截然不同，它既无佛教的无情无欲之境，也迥

① 庐隐：《寄燕北故人》，出自肖凤、孙可编《庐隐选集》，百花文艺出版社 1983 年版。

然异于道教的潇洒飘逸之姿。伴随着冷漠之情而生的故作达观和解脱，并不能给人轻松自由之感，相反，它却带着一种异常沉重的压力。实质上，这种冷漠之情是“海滨故人群”在受到重创之后一种无可奈何的自我解脱，是一种极度的悲哀，是由于对这个世界的极度失望造成的。透过她们一张张冷漠的面孔和一系列貌似颓废的行为，我们依然看见一颗颗正在跳动的火热的心，故作达观的背后分明潜伏着对人生的执着和热望。“一个人要是能看开些，还有生活的趣味吗？还有生活的力量吗？无论谁遇到难关时，都以看开些解之，那么这死沉沉的世界再也不会在新局面发展了。”①这是她们自己对冷漠之情的否定，是自我对她们的呼唤，也是存在意识对逃亡意识牵制的结果。

在庐隐作品的情感世界中，与上述感伤、冷漠之情形成明显对照的是愤激。如果说感伤、冷漠之情与逃亡意识密切相连，那么愤激之情则与存在一极有着明显的血缘关系。自我必然因存在意识而产生抗争的愤激之情。与大量充斥于作品中的感伤、冷漠之情相比，这种愤激之情显得那样渺小、可怜，如果我们稍有疏忽，它就会被感伤、冷漠的潮水所淹没。可它依然存在着，存在于庐隐的作品中，存在于“海滨故人群”的心里。当“海滨故人群”被愤激之情所控制时，她们又充满了对这个罪恶世界作战的勇气。“我曾幻想我是英雄的气概，手里拿着明晃晃的雌雄剑，独自站在喜马拉雅的高峰上，傲然地下视人寰，仿佛说：我是为一切的不幸，而牺牲我自己的，我是为一切的罪恶，而挥舞我的双剑的呵！”②如果我们把感伤之情比做一条呜咽低回的溪流，那么愤激之情则是一条喧啸奔腾的激流，它流速峻急，带着冲决一切的气势和灼人的热力，毫无畏惧地向着既定的目标冲去。前者是彷徨式的，后者是呐喊式的。这种愤激之情的进一步发展则使它完全摆脱理智对它的约束而演变成为一种狂热之情。由于“海滨故人群”在现实面前屡屡受挫，她们感到了这个世界的罪恶和强大，可回荡在胸中的愤激之情使她们不能善罢甘休，她们渴望与这个世界一同毁灭。“为什么地球

① 庐隐:《人生的梦的一幕》，出自朱珩青编《庐隐小说精编》，浙江文艺出版社 1995 年版。

② 庐隐:《醉后》，出自肖风、孙可编《庐隐选集》，百花文艺出版社 1983 年版。

就不爆炸呢？人生，人生，除了不协调、纠纷、矛盾、冲突，还有什么呢？”[①]然而毁灭世界的同时，也就毁灭了她们本身，而这与她们追求自我的初衷是相反的。

感伤与冷漠、愤激与狂热这两组相互对立的情愫只是我们为了论述的方便对庐隐作品中情感世界所做的固定划分。事实上，上述两组情愫就像两条不同方向的河流一样，不仅各自在流动变化。而且还彼此发生冲突和碰撞，并由此造成了庐隐情感世界的混乱和迷惘。它们时而交汇融合，时而对立分裂，这使得庐隐作品中的情感世界时时处于一种动荡不安的境地中，有时竟令人难以捉摸。“这心情真太复杂了。因此，我的喜怒无常，哀愁瞬变，比那湖上的天气，变得还快。”[②]这种碰撞不仅使庐隐情感世界的构成变得复杂，而且还给庐隐的作品蒙上了一层扑朔迷离的神秘色彩。

著名美学家苏珊·朗格认为，情感实际上就是一种集中、强化了的生命，是生命湍流中最突出的浪峰。因此，庐隐作品中情感世界的碰撞和交融是一种极为复杂真实的生命感受，是交融为一体而不可分割的心理现实。庐隐正是在内心世界的情感冲突及由此而造成的痛苦中浓重地品尝人生，探索人生的意义。上述情感世界的混乱和冲突如此剧烈，以至于庐隐很难借助中国小说美学传统中的以人物行动折射其心理的艺术手法来营构作品，而是直接切入人物的内心世界。人物内心的喜怒哀乐酣畅地从她的笔下流淌出来。这就决定了庐隐心理描写技巧有别于传统文学。她的心理描写是赤裸裸的直接展示，一股脑儿倾出，甚至这还不够，有时她还让她笔下的人物凄厉号叫来抒发其内心的苦闷，因此，庐隐作品中感叹句和疑问句出现的频率很高。

除情感的直接描摹和展示外，这种情感的冲撞及由此而带来的混乱，还间接地表现在庐隐作品中意象群的构筑上。意象批评派认为，作品中出现的意象是作家情感的象征，它反映了作家的喜怒哀乐，折射出作家创作时的心态。因此，我们可以从作品中出现的意象来逆推作家情感世界的波动。庐隐作品中出现的意象

---

① 庐隐:《女人的心》，出自朱珩青编《庐隐小说精编》，浙江文艺出版社 1995 年版。

② 庐隐:《归雁》，出自朱珩青编《庐隐小说精编》，浙江文艺出版社 1995 年版。

明显地区分为两大截然不同的群落。笼烟含雾的垂柳、轻啭歌喉的娇鸟、美意酣畅的朝阳等令人愉悦的意象，组成一个如诗如画、如梦如幻的境界，表明了庐隐对自我存在之境的渴望之情，而狼藉的残红、萧萧的白杨、荒草离离的孤坟及残月孤星等令人感伤恐怖的意象则构筑了一个地狱般的世界，这事实上是现实社会在庐隐心中的印痕。

一般来说，出现在同一作家作品中的意象，都有着稳定的情感指向。例如，明月鲜花代表作者的喜悦之情，凄风苦雨则表明作者心中的痛苦。庐隐作品中意象的奇特之处在于，它们不仅可以明显地区分为两个不同的意象群落，而且还表现为同一意象的裂变。这种情况，特别适用于“夜”这个意象。在庐隐的作品中，“夜”诚然有与白昼不同的一面，但更为重要的是它自身分裂为两个截然相反的景观。“夜”有时是美丽和谐的——它像一张巨大的幕布一样，掩盖住了白天的黑暗和污秽，却把无限宇宙的神秘和惊异指示给人们：温柔的女神唱着甜美的歌，跳着优美的舞蹈，白云在蓝天上飘来荡去，织成美丽的地毯，星和月则羞涩地偷窥这一切。“夜”有时又是阴沉可怖的——残月和孤星凄冷地点缀在黑暗的天空中，旷阔的原野布着几座零零落落的坟墓：远处不时传来几声乌鸦的叫声，而坟墓间似乎有鬼魂在游动；同一个意象变化竟如此之巨大。这种情况同样适用于庐隐作品中出现的月亮、大海等意象，在此不能一一分析。意象是作家情感的象征，同一意象本身的裂变反映了庐隐情感世界的剧烈波动。

二、高强度的情感释放形式

苏珊·朗格在《艺术问题》中指出：“……它们之间的（即各种情感和情绪）相互关系和组合也就反映了生物存在的方式。这就是说，如果要想使得某种创造出来的符号（一个艺术品）激发人们的美感，它就必须以情感的形式展现出来；也就是说，它就必须使自己作为一个生命活动的投影或符号呈现出来，必须使自己成为一种与生命的基本形式相类似的形式。”庐隐的小说则典型地证明了这种情感与形式之间的对应关系。各种情感之流在庐隐心灵的冲突和碰撞，形成了巨大的情感张力。这股巨大的情感张力迫切需要找到与之相适应的释放形式，这就决定了庐隐创作上的两大特色：日记书信体小说的大量出现和诗化散文化的整体趋向。

庐隐创作中一个明显的特征就是，日记书信体小说在其创作中占了很大比重。杨义先生在《中国现代小说史》中称庐隐是“日记书信体的专家”[①]不是没有道理的。在中国现代文学史上，庐隐也许是运用日记书信体这种形式最多的作家，这不妨视作庐隐在小说创作中的独特之处。庐隐为什么如此热衷于这种文学形式呢？黑格尔在论述独创性时曾说：“独创性是和真正客观性统一的，它把艺术表现里的主体和对象两方面融合在一起，使得这两方面不再相互外在和对立。从一方面看，这种独创性揭示出艺术家的最亲切的内心生活；从另一方面看，它所给的又只是对象的性质，因而独特性的特征显得只是对象本身的特征。我们可以说独创性是从对象的特征来的，而对象的特征又是从创造者的主体来的。”[②]这就为我们理解庐隐创作上的这个特点找到一把钥匙。我们一方面探索对象——日记书信体的客观性；另一方面也研究创造者——庐隐的主体性，以求达到两者的“不再外在和对立”。

与情节型、性格型小说相比，日记书信体小说要灵活自由得多。它不像情节小说那样要求作者去苦心孤诣地安排故事的跌宕起伏，也不像性格小说那样要求作家精雕细镂地刻画好一个人物，只要作家把“我”——书中主人公的所见所闻及所感所思忠实地表达出来，小说便告成功。有话则长，无话则短，因此它便于适应，富有弹性。日记书信体小说，顾名思义，由“我”的日记书信组成，这决定了它以揭示“我”的主观世界而非描绘客观现实为旨归。因此，作家要毫不犹豫地舍弃一些屑碎的社会背景交代，直接切入“我”的内心世界，把一个活生生的灵魂呈现给读者。作家对“我”的心灵世界的掌握程度，是决定此类小说价值的关键因素。对于自传色彩较浓的作家来说，他们的心灵与“我”的心灵相近，有时甚至完全叠合，这也决定了他们的此类小说成功率是相当高的。他们借着“我”的心灵倾诉他们的喜怒哀乐，从某种意义上说，日记书信体小说完全成了

① 杨义：《中国现代小说史》（第一卷），人民文学出版社1986年版，第259页。

② ［德］黑格尔：《美学》（第一卷），商务印书馆1979年版。

他们发泄内心郁闷的工具。

“文艺是苦闷的产儿”①，庐隐在自己的创作中曾多次引用厨川白村的这句名言。她是一个情绪型作家，创作对她来说，是一种情感表现而非逻辑再现。我们很难想象内心燃烧着一团火的庐隐会精心地营造一部逻辑严密的作品——作品中有哪些事件、人物和场面，事件怎样一步步走向高潮，人物性格又是怎样逐渐趋于定型，众多的场面该如何串联，某个细节又该如何处理。对于庐隐来说，这无异是一种惩罚。奔涌在内心的情感之流像炽热的岩浆一样急不可耐，迫切需要找到一个喷火口，找到能容纳它的空间和形式，而日记书信体小说无疑为这股激情的喷发提供了一个广阔的艺术天地。于是，庐隐的心灵形式和日记体这种艺术形式便紧紧地结合在一起。米兰·昆德拉说：“如果在行动中无法抓住自我，在哪里，怎么样才能抓住它呢？于是这样一个时刻来到了：寻找着自我的小说只得离开行动的可视的世界，去关注不可视的内心生活。在18世纪中期，理查德森从书信体中发现了小说的形式，在书信中，人物可以倾吐他的思想和感情。”② 庐隐也是这样，正是由于在行动中抓不到自我，使她的人生哲学出现了存在与逃亡意识的矛盾。这对矛盾又引发庐隐情感世界的裂变并形成很大的张力，这种张力又决定了庐隐对日记书信体的定向选择。庐隐以自己内心的情感变化为标尺，来拉长或缩小此种小说的篇幅。因此，在庐隐的为数众多的日记书信体小说中，短、中、长等篇制兼具。为了加强作品的情感力度和尽情抒发心中的愤懑，庐隐还在书信体小说中再夹杂日记书信。如果说外在的世界对庐隐来说是狭窄受限的、充满敌意的，那么这种日记书信体小说形式对庐隐来说则是广阔的、自由的、亲切的，这个世界完全属于庐隐，属于她的心灵。她让自己的心灵自由自在地在这个世界里畅游，从而达到了心灵、情感与形式的统一，使这些凝固静止的形式富于强烈的动感，凝聚着巨大的感情力量。

庐隐创作的另外一个重要特征就是诗化散文化倾向，这也是由抒情的需要决

---

① 此系厨川白村语，原文如此：“生命力受了压抑而生的苦闷懊恼乃是文艺的根柢。”［日］厨川白村：《苦闷的象征》，百花文艺出版社2000年版，第16页。

② 米兰·昆德拉：《小说的艺术》，生活·读书·新知三联书店1992年版，第21页。

定的。

初读庐隐的小说，会给人一种十分松散的感觉。在她的作品中，我们很难找到形神兼备的人物，也很难寻到性格在环境的塑造下一步步走向定型的过程。我们发现的只是一种深刻的感觉，一团浓重的情绪。出现在作品中的人物，与其说作为形象而存在，不如说是情绪所凭依存在的外形。她们的外在行为已经失去了与环境发展的联系，而成为情绪自身变化的原因和结果。这反映了庐隐的个人气质及其在创作上的体现。庐隐是一个情绪型作家，她构思小说不是来源于对社会的理智观察和深刻剖析，也不需要典型化等工序，而是来源于情感世界的真实体验和不可抑制的心灵激荡，然后再以一种直觉的方式把它们组织起来。“灵海既拥潮汐，其活泼腾跃犹如游龙，竟至不可羁勒。”[1] 正是这种活泼腾跃的灵海潮汐成为她整合作品的内在动因。在作品中，灵海潮汐的涨落形成一条情绪流，它把各种对立的情感涵容在一起，把各种松散的材料熔铸为一体，在对立中求和谐，在松散中求完整，达到了松散的完整或完整的松散。形散而神不散，使庐隐的小说别具一种散文美。

在具体的作品中，这条情绪流演变为两种形式：直线突进式和波状起伏式。前者多表现在一些篇幅短小的作品中，如《愁情一缕付征鸿》《雷峰塔下》，情绪流往往以一种情绪为主流，或悲痛或高昂，如江河大川，滚滚向前，使作品呈现一种力度和单纯美。后者多体现在一些篇幅较长的作品中，如《归雁》《父亲》等。情绪流的变化呈现为优美的波浪线，这是多种情绪相互纠结的结果。随着波峰和波谷不断地交替和延宕，情绪流呈现有节奏的律动，时而高昂时而低沉，时而愤激时而忧伤，不同的情感波以不同的方式冲击着读者的心胸，情绪流的内在波动使静止凝固的作品获得了强烈的动感和变化。

上述情绪流的内在波动也决定了庐隐作品的诗化倾向，因为诗歌的最大特色就是强烈的感情活动。就这一点而言，庐隐的小说是散文，更是诗歌。在小说里，庐隐不仅直接以诗歌入小说，而且也诗化人物所处的情景；所以直接以诗歌

---

① 庐隐:《灵海潮汐致梅姊》，出自《庐隐选集》，百花文艺出版社 1983 年版。

入小说，是庐隐创作上的一大特色。在她为数不多的作品里，诗歌出现的频率是相当高的。这些诗歌或古体或今体，形式变化多样，不一而足。它们不仅使小说形式本身丰富多彩，而且与整个小说的情绪波动合拍，给人以文气贯通、浑然一体的感觉。质而言之，这些诗歌不是作为作品的装饰物出现的，也不是作者故意炫奇耀才，而是庐隐写作到一定程度时情感白热化的必然产物。这些诗歌的出现，加重了小说的抒情化倾向，平添了许多浪漫气息。

庐隐作品中的情景描写，主观色彩相当浓厚。前人在评价柳永与贺铸词风之异时曾说："耆卿于写景中布情，故淡远，方回于情中布景，故浓至。"[①]这种情中布景的手法恰好说明了庐隐创作中的情景描写。它和景中见情的思维方向相反，不是由眼前之景引发，而是从胸中之情写起。每个物象，完全失去了物理上的意义，而成为地地道道的情感象征。各个物象的存在与组合，并非按照自然界本来的样子，而是遵循着作家内心世界的情感编码。前文对于夜的分析即是一例。另外，庐隐作品中对于月亮的描写也典型地说明了这种手法所特有的主观色彩。在《象牙戒指》[②]中，对于月亮的描写多达数处，月亮竟因主人公的心情变化而变形变色，与周围物象的组合也随主人公的喜怒哀乐而变化。当张沁珠与伍念秋的恋情初萌之时，"……那夜的月色非常晶莹，我走到楼上去睡时，月儿的光波正照在我床上，我将脸贴着枕头，非常舒适的睡了。"衬托出一个少女初涉爱河时的幸福心情。而当"我"因张沁珠的人生悲观论心情波动时，"今夜月色被一层薄云所遮，忽明忽暗，更加着冷风吹过梧桐叶丛，发出一阵杀杀的悲声，我禁不住流下泪来。"表现出"我"对好友张沁珠人生境遇的无能为力与同情之心。当好友相聚开怀之时，"今夜天公真知趣，不到 8 点钟，澄明的天空已漾出一股清碧的光华，那光华正托着圆满皎莹的月儿。"而当张沁珠正处于绝望的心境中挣扎时，"一勾冷月，正皎洁的悬在碧蓝的云天上。"残缺的月亮衬托出张沁珠的残缺人生观。由于对宋词的喜爱和熟悉，庐隐多化用前人词中的意境入小说。"这

① 龙榆生:《唐宋名家词选》，上海古籍出版社 1980 年版，第 150 页。

② 朱珩青:《庐隐小说精编》，浙江文艺出版社 1995 年版。

时正是秋凉时候，天空如洗，黄花满地，一群群雁子正往南飞。”[1] 这一段景物描写，暗含范仲淹《苏幕遮》“碧云天，黄叶地”等句之意。此种情况经常出现在小说中，使得小说的抒情氛围更浓，诗化特征更为明显。

“情是滋润草木的甘露，要想开美丽的花，必定要有情汁来灌溉。”[2] 庐隐的这句话用来评价她本人的创作也许是最为合适的。她的作品正是一朵朵情汁浇灌的花，虽很美丽，但总给人一种纤弱之感；虽很真挚，但又有用情过滥之嫌。

（原载于《中山大学学报》2001 年第 4 期）

① 庐隐:《海滨故人》，出自《庐隐选集》，百花文艺出版社 1983 年版。

② 同上。

叙述的狂欢：写作者的自我救赎之道

——评莫言的长篇小说《四十一炮》

刘　香

每当阅读莫言的小说时，我常常忘记时间，忘记存在，彻彻底底地沉浸在他“华美和丰盛”的叙述语言中。读长篇小说《四十一炮》的状态和感觉依然如故。小说最激动人心之处首先在于叙述，不停的诉说，不停的语言流动，构成了小说的全部内容和全部魅力，让读者流连忘返。

诉说就是一切，一切尽在诉说中。诉说就是目的，诉说就是主题，诉说就是思想，一切的表达尽在无尽的诉说中。语言的存在作用发挥到了极致。洋洋洒洒三十万字的长篇小说，并不明确创作意图，也不明确写作的中心和重心，只是让读者倾听主人公罗小通的倾诉。这番倾诉无论天长地久，悠长绵远，都不去管，只要小说的所有意蕴都在其中就大功告成了。

主人公罗小通在五通神庙里对大和尚的诉说构成了小说的主体。小说故事也就在这个炮孩子的回忆、想象和对现实的讽刺性叙述中全面铺开。通过这个精神年龄处于“儿童”时期，肉体却是成人的生命个体，来叙述所谓的“故事”，这的确是一件不可思议的事。说故事人的胜利首先在于故事的动人，而非故事的意义，如此而言，莫言绝对是一个成功的故事人。在罗小通的奇特叙述里，我们可以体会到所有想体会和不得不体会的一切内容和意义，我们可以体会到真实世界和虚幻世界存在的复杂矛盾关系。

在罗小通回忆的“真实世界”里，童年和少年的他是不幸和尴尬的生命存在。心目中伟大的父亲与野骡子姑姑的婚外情，对于这个对肉有着超常嗜好或者说变态狂热的孩子来说是无比完满的事，在自己那位节俭到吝啬的母亲那里，他见不到一点油水。而野骡子姑姑却能够让他放开肚皮吃肉，这是世上最美的享受。他喜欢野骡子姑姑不仅仅因为她的风骚、她的美貌、她是父亲的情人，更重要的是她能够给予他“肉”这个美妙绝伦的东西。曾经听过莫言的一报告，印象最深刻的是，他说小时候最大的愿望就是能吃上一顿水饺。也就是说，饥饿是他记忆里最深刻难忘的人生体验。这个主题在他的作品里不止一次地出现过。只不过在这部小说中，表现得更加明显而已，饥饿变相为对肉的渴望与追逐。父亲与野骡子的私奔对“我”的最大打击，不是因为尊严和脸面，而是因为“肉”从此离开了“我”的生活，这才是“我”的最大悲愤，也是“我”怨恨父亲“不够意思”的最大理由。

在与母亲相依为命的那五年里，“我”心里生长的只是恨。恨母亲的吝啬节俭，因为她从来就没想到过为“我”买一块肉；恨母亲变本加厉的拼搏发奋，因为她把“我”当成发泄怨恨的对象，她把“我”当壮劳力使唤，从没想到“我”还是个孩子。这一切的惨苦对一个孩子的正常成长过程来说都是不正常的，所以在那个天寒地冻的早晨，父亲的突然出现照亮了“我”生活的天空，“我”知道生活从此步入了另一种欲望膨胀的轨道。五年的生活使“我”对肉的幻想几近疯狂，这种不满足感在今后的日子里又得到了变相的补偿，十几岁的罗小通因为发明了“洗肉”的方法（这实际上是更高明的注水方法），从而得到了老兰的赏识，并荣升为肉联加工厂的车间主任，从此开始了肆无忌惮的食肉生涯。主人公成长过程中命运的前后戏剧化反差是对社会畸形发展进程的莫大讽刺。

罗小通的诉说除了让我们了解了他悲惨无助、卑鄙龌龊而又希望渺茫的成长史外，还让我们了解了屠宰村的村史，村长老兰罪恶的发达史。

在他诉说的想象世界里，我们会读到老兰的三叔这个传奇人物的情史和性史。另外，小说的铺开还有一条线索，就是罗小通在诉说的过程中看到的真实世界里发生着的故事，包括肉食节上演的形形色色的节目，丑陋的现代官场现形记，等等。虚虚实实的叙述，所有庞杂、丰富的现实的历史的内容，我们都是从一个儿童的观察视角与诉说中得到的，事实上这样的叙述效果对一个作家写作水平的要求是几近苛刻的。

莫言曾说过："我的少年时期，印象最深的就是饥饿和孤独……"从《四十一炮》中，不仅可以读到成长的主题，即主人公罗小通的畸形的成长历程，还可以进一步深刻理解莫言所谓的饥饿和孤独的含义。

农村大规模改制之前存在的最普遍问题就是温饱问题。事实上直到今天，我国也只是解决了大多数人的温饱问题，饥饿是一个缠绕了我们很久和太久的问题。小说中，除了罗小通因为饥饿而变态的"馋肉"细节之外，还在很多地方精笔刻画了农村人的饥饿状况和复杂心态。当罗小通同父异母的野种妹妹娇娇，用她那幼稚但却动听的声音说"爹，我饿"时，此种情景催人泪下！却又无可争议地为无数中国人透心地熟悉。要不是因为饥饿，"我"也不会沦落为"馋肉狂"和"吃肉狂"。当小说写到吃肉大赛的时候，当罗小通用极尽美妙的语言形容肉的鲜美时，当他优雅地心满意足地吃完了那一巨盆肉的时候，我的喉咙好像被什么东西堵塞了一样，难以言语。这就是饥饿给我们的伤害，这就是饥饿对人类的残忍虐待。饥饿是伤心的往事，更是难忘的人类历史。尤其在发展中的中国，"饥饿"更是一个看不见形体的"魔鬼"，它曾侵蚀吞没了无数善良无辜的生命。每一个从饥饿年代里走来的中国人都不会、也不可能忘记饥饿的无奈和残忍，都会刻骨铭心地记住那种惨痛的历史。莫言通过虚构的世界展示给我们的是赤裸裸的惨不忍睹的事实。在此意义上，《四十一炮》可以说是一部中国农民的饥饿史和畸形抗争的血泪史。

读这部小说的时候，实际上我更多地在体会着孤独，孤独感是这部小说自始至终绕不开的意象和氛围，小说中的人物是一群精神和情感极度孤独和空虚的人。罗小通在父亲私奔以后，不仅因为失去父亲这样的朋友而孤独，更重要的是被童年伙伴抛弃了的孤独，还有来自内心忧伤的孤独。没有人可以了解他，也没有人试着去了解他，包括天天一起生活的母亲，母亲的眼里只有因为要报复而积攒起来的仇恨，和由于报复而得到的狭隘快感。刻骨的内心孤独异化了他正常的心，腐蚀了他作为人的善良本性，他的性格和人格都得到了非正常的、非人性的发展，从某种意义上说是孤独造就了主人公的阴狠和冷酷，罗小通是"孤独"符号的意义存在！也许本来我们就无法对他做出符号逻辑和学理的价值判断。母亲更是一个彻底的孤独者。她活着的意义是什么，除了赚钱、风光和报复之外，一切都是虚无。丈夫、儿子都不属于她，她万万没想到的是，最后迎接她的滑稽而悲惨的结局竟然是被丈夫亲手错杀。这实在是一种不可预知的偶然，却又是一种可期待的命运的必然。父亲也是一个孤独者，不同的是，他是一个能引发人对其产生人道同情的孤独者。他曾是村里真正响当当敢作敢为的一条汉子，他也是可以公开和专制统治者与执行者老兰挑战的唯一受人尊敬的“能人”，他曾经可以为了自己真切的爱情不仅仅是情欲而牺牲和抛弃他拥有的一切，包括他的儿子。无疑他是屠宰村唯一曾活得有血性和人性的人！但这是怎样的环境！这一切是不可能被顽固愚昧的社会接受和容忍的，最终受尽伤害、筋疲力尽的他只好带着情人远走高飞，企图寻找一个能够安身立命的精神之乡。然而他终于还是失败了，败得一塌糊涂！情人死了，私生女儿没了妈妈，他更失去了唯一的精神伴侣。狼狈不堪的他不得不屈服于命运，带着满身的疲惫和倦怠回到了故乡屠宰村。作为这块土地的一分子，他永远无处逃遁！从此他变了一个人，他不再是本真的他，只剩下一具躯壳！那个意气风发、锐不可当、充满朝气和希望的他已经死了，固执的、封建的、专制的乡村文明扼杀了他。他的“回来”就意味着他彻底的失败。后来妻子的抱怨、孩子们的嘲讽，只不过一一印证了他的失败，一个没有了自我，没有了血性和人性的人只能任人摆布，在违背良心和道德的情况下所做的一切就是行尸走肉的怪物在任人摆布。勇者、挑战者、反抗者的悲惨遭遇意味着微弱进步力量在对抗过程中的全面败退和崩溃。而因错杀妻子蹲了监狱的结局对这个孤独者来说应该是他悲剧命运的最好解脱。

小说中除了对个人命运的关注之外，作家还把笔触伸向社会现实。尽管莫言一再强调他只是用写作“再造少年岁月，与苍白的人生抗衡，与失败抗衡，与流逝的时光抗衡”。但谁也否认不了他辛辣老练的笔对社会、对现实的冲击。在这部小说中，作家带给读者回味最多的恐怕还是对“欲望”这个词的深刻阐释与嘲讽。笔者认为欲望的主题是这部小说的重要主题之一。小说中无处不在地对“肉”的多重追求隐喻着人类对原始欲望的变态渴望与向往。罗小通经历的、看见的社会，他描述的真实的、虚拟的社会，都是充满欲望的社会，这个社会中的人都是被欲望奴役的人。由充满物欲和情欲的人主宰着社会，所以社会只能变得肮脏不堪不可理喻。老兰发明的更科学合理的高压注水方法、硫黄烟熏法才使得屠宰村的注水肉在市场上驰骋纵横，被饥饿和贫穷吓怕了的人们从此过上了丰衣足食的生活，他们不会也无力去过多地考虑法制和道德、正义和公平等形而上的问题。这里根本就是一个道德和法律苍白的世界，这里更是一个被生活逼得无可奈何的畸形世界。活在这个世界里的人们都是被生活压扁了的充满奴性的非人和不健全的人。肉不注水就会赔本，不注水、不加化学物品，就没有销路、没有市场，这就是事实。这种恶性循环实际上是经济畸形膨胀发展时物欲横流背后必然会产生的畸形现象，集体无意识状态下的集体犯罪使这个世界充满着矛盾、荒诞和不合理。像老兰这种靠发黑心财而致富的原始积累狂，在今天的农村依然不在少数。这种现象，揭示了农村在改革发展过程中存在的普遍问题。莫言用他锐利的观察力，抓住了问题的关键。当罗小通用四十一枚迫击炮尽情轰炸仇人老兰却悲壮失败时，当老兰在农村的地位愈来愈巩固、本人也愈来愈风光、生命力愈来愈顽强时，我们是否可以在此冷静思考作家的写作意图。

莫言初期创作的农村小说，看得出来是把农村作为一种精神寄托。那神秘的充满生命力和想象力的“高密乡”，那象征着原始生命律动勃发的“红高粱”家族，都是作家在反抗和颠覆城市文明和现代文明时所找寻的“精神家园”和“精神归宿”。作家向往的是农村单纯质朴、明净鲜活的品质和习性。叙述语言也新鲜活泼，充满诗情画意，浸淫着作家的热情和希望。到了《四十一炮》，作家的笔调已经不再轻快，也不再激情澎湃。那么究竟为什么呢？也许是由于他寻找的寄予厚望的“精神家园”已不复存在，也许是随着改革的深入，农村的那点优美和质朴，希望和纯洁早已经烟消云散了？所以《四十一炮》只能看作是作家对农村人性和品格痛心疾首的反思和嘲讽，又带有那么一丝丝恨铁不成钢的冷酷。他让读者认清了农村改革的艰巨性和长久性！看来改革要走上正常的、适应国际形势的轨道，必须要付出血淋淋的代价，农村现代化的道路仍是一个漫长的历史过程。此外，围绕着改革的主题，还上演了新的“官场现形记”。官商勾结、权力的泛滥等等描写都无疑充分暴露了现代化过程中农村问题的严重性。作家在用超常夸张、写意的手法来表现这些批判性主题的时候，他语言的冷静与无情已经把自己的丰富复杂的思想表达得淋漓尽致了。

五通神是肉欲的象征，他隐喻了老和尚过去荣华靡烂的生活。一个身份非同凡响的国民党，过着奢靡肉欲的生活，他以一次能占有数十个女人而自豪。人们对五通神的崇拜，尤其是女人对男性的幻想的欲望，都深刻地反映了这个社会对欲望的疯狂追求。对五通神和肉神的崇拜，已经是一个时代欲望的象征和神话。它预示和演示了一种对荒诞和滑稽理想的狂热追求。叙述者在想“出家”才到五神庙叙述个人经历的时候，却对女人肉欲的身体充满了不可遏制的欲望，此处可谓作家不露声色的反讽。莫言用他看似不紧不慢却滔滔不绝的叙述语言，让他的一切主题，一切思想不知不觉地流淌在沸沸扬扬的字里行间。

他虽然一再申明不想把作家的思想强加给书中的人物，但至少他对世界和现实社会的感悟与观察、想法与期待都通过人物的语言表达出来了，应该说莫言驾驭语言的非凡能力在当代作家中是数一数二的。形形色色的、花花绿绿的、五彩缤纷的、姿态各异的语言使长篇小说《四十一炮》充满了迷人的审美艺术魅力。罗小通这个对“成人世界充满恐惧、对衰老充满恐惧、对死亡充满恐惧、对时间流逝充满恐惧”的孩子，对上述一切彻底绝望后，能做的唯一努力就是向儿童世界的精神回归，他时而运用儿童的想象与夸张，时而运用成人的狡黠与疯癫，极尽叙事之能事，“与其说是他在讲故事，不如说故事在讲他”，是“他”和“故事”本身为小说营造了充满艺术张力的复合性的语言情境，从而使整部小说充满了艺术张力。不仅是主人公的语言，更重要的是作家的叙述语言在同时得到了最大限度地张扬和展示。作家也就从主人公喋喋不休的诉说中得到了自我满足和自我安慰，从而最终达到了自我救赎的写作目的。

（原载于《名作欣赏》2005 年第 6 期）

后　记

2012年，我们有幸申请到国家社科基金项目“在政治与文艺之间：延安文学研究”（批准号：12BZW090）。项目批准立项后，课题组多次召开课题组研究成员会议。经过多次讨论，大家普遍认为当时学术界对延安文艺的研究主要存在以下不足之处：第一，学术思维不够辩证、科学，学术观点不够客观、全面，存在着各执一端、以偏概全的局限。对于延安文艺的研究，从20世纪30～40年代延安时期的同步评判到中华人民共和国成立后相当长的一段时间，国内一直都存在着以政治性话语为中心进行价值褒贬的倾向。在20世纪80年代中后期开始的“重写”“重评”的多元文化语境中，学术界整体上超越了“政治决定论”的阐释立场和以意识形态为本位的研究思路，却陷入另一种新型的思维逻辑局限，从一个极端走向另一个极端，即，根据自身不同的价值立场，来不同程度地遮蔽、贬低、排斥甚至否定延安文艺中政治性话语存在的历史必然性及文化合理性。这种非此即彼的二元对立思维模式漠视了延安文艺所赖以生成的多重历史语境及两者之间复杂的动态关系，也无助于学界全面、深入地理解、阐释延安文艺的丰富性、复杂性及其曲折的演变过程。第二，学术视野不够开阔，对延安文艺的研究存在着历史知识、美学知识储备不足和既有学术路径依赖的现象。部分研究者注重对延安时期具体作家作品的研究，能深入阐述文本本身内涵，而对世界范围内无产阶级文化运动特别是苏联文化界之于延安文艺的间接影响，国内主要矛盾、国共两党关系及中国共产党党内高层领导的变化之于中国共产党文化思想、文艺理论、文艺政策的直接影响，对延安作家群体在《讲话》后发生集体转向的内外在机制及其文艺活动发生的重要变化，对延安文艺在不同历史时期形成的具有不同政治立场、主题题材、情感倾向、话语模式的文艺作品及其与外部社会环境的关系，则缺少全面深入的探讨；注重延安文艺史料的挖掘、整理，但研究工作存在起于史料、止于史料的原地踏步走现象，较少关注文艺史料与政治史料、社会史料之间的内在联系，较少从客观史料出发提炼出具有整合性、贯通性的思想基点与学术框架对延安文艺进行系统性的考察，较少对延安文艺与中国思想现代化、中国文化现代化的关系进行深入细致的学术梳理，上述种种原因使得延安文艺研究长期难以突破现有的学术格局。本课题研究工作应该力避上述两种研究弊端，在研究工作中尽最大努力朝以下“五个统一”努力：主观与客观相统一、宏观与微观相统一、内部与外部相统一、历史与美学相统一、历时与共时相统一。

尽管项目已于2018年结题，但由于这样那样的原因，上述目标最终并没能完全达到，既给已完成的研究工作留下了一些遗憾，也给下一步的研究工作留下了空间。现在，把课题组部分成员的科研成果结集出版，一是给课题研究工作有个交代，二是希望以后自己的研究工作能够善始善终、善做善成。

本书初稿不当之处较多，责编郭峰女士工作认真负责，耐心细致并不厌其烦地与我多次沟通，给我留下了极其深刻的印象。在此特别向郭女士致以衷心的感谢！

张根柱

2020年5月